马伯庸 作品

古董局中局 新版

1.
佛头奇案

图书在版编目（CIP）数据

古董局中局.1 / 马伯庸著. — 长沙：湖南文艺出版社，2018.5（2025.6 重印）
ISBN 978-7-5404-8607-5

Ⅰ.①古… Ⅱ.①马… Ⅲ.①长篇小说—中国—当代 Ⅳ.① I247.5

中国版本图书馆 CIP 数据核字（2018）第 054504 号

© 中南博集天卷文化传媒有限公司。本书版权受法律保护。未经权利人许可，任何人不得以任何方式使用本书包括正文、插图、封面、版式等任何部分内容，违者将受到法律制裁。

上架建议：畅销·长篇小说

GUDONG JU ZHONG JU.1
古董局中局.1

作　　者：马伯庸
出 版 人：陈新文
责任编辑：薛　健　刘诗哲
监　　制：蔡明菲　邢越超
出 品 人：周行文　陶　翠
策划编辑：李齐章　王　维
营销支持：刘斯文　周　茜
封面设计：Topic Design
版式设计：李　洁
内文排版：百朗文化
出版发行：湖南文艺出版社
　　　　　（长沙市雨花区东二环一段 508 号　邮编：410014）
网　　址：www.hnwy.net
印　　刷：三河市鑫金马印装有限公司
经　　销：新华书店
开　　本：700mm×980mm　1/16
字　　数：326 千字
印　　张：19
版　　次：2018 年 5 月第 1 版
印　　次：2025 年 6 月第 14 次印刷
书　　号：ISBN 978-7-5404-8607-5
定　　价：45.00 元

若有质量问题，请致电质量监督电话：010-59096394
团购电话：010-59320018

目录 Contents

**第一章　为古董界掌眼的神秘组织
　　　　五脉"明眼梅花"**

有人做旧，就有人掌眼。有人被打了眼，自然就有人帮着砸浆。这五脉传承久远，掌的是整个古董行当的眼，定的是鉴宝圈的心。只要过了他们的手，真伪就算定了，全天下走到哪里都认。所以五脉凑在一起，又叫作"明眼梅花"。这五脉一不欺行霸市，二不倒买倒卖，靠的是一手识真断假的本事，一直替整个圈子扛鼎掌眼，从未含糊。你看改革开放以后古董业这么兴旺，就有明眼梅花在背后的功劳。／001

**第二章　民国文物大案
　　　　武则天明堂玉佛头失窃案**

则天明堂，那在中国建筑史上属于一个空前绝后的杰作。这间明堂方圆近百米，高也是近百米，极其华丽宏伟，在古代算得上是超大型建筑，被认为是唐代风范的极致体现——可惜建成以后没两年，就失火烧没了，不然留到现在，绝对是和故宫、乾陵、长城并称古代奇观。武则天对明堂如此重视，里面供奉着的东西，自然也是海内少有的奇珍异宝。随便一样东西流传到现在，都是国家一级保护文物。我爷爷许一城居然盗卖明堂里的玉佛头，那真是冒天下之大不韪了。／047

第三章　先有天津沈阳道，
　　　　后有北京潘家园

这地方别看简陋破落，可着实出过不少好东西，像什么乾隆龙纹如意耳葫芦瓶、成化九秋瓶之类的，都是从这里淘出来的。今天是周末，来的人更多，热闹程度不输潘家园，满耳朵听到的不是京片子就是卫嘴子。北京鉴古界的人，没事儿都会来这儿晃一圈，我先前也来过几次，认识个把熟人。/ 071

第四章　智斗青铜器赝品世家

20世纪80年代初，专家开发出一种新的青铜器鉴别方法。古人在用泥范铸造比较复杂的青铜器时，会用一些细小的金属片连接在范型之间，用来固定。待得浇铸成功，泥范被去掉以后，这些细小金属片有可能会被烧熔留在器物中，或造成微小空腔。通过X光对青铜器的扫描，垫片的痕迹便成为区分真赝的标准之一。结果这个研究成果公布没几年，市面上的赝品青铜器就已经出现了不规则的金属垫片，与真品几无二致……/ 095

第五章　《素鼎录》：金石鉴定的权威秘籍

《素鼎录》是金石鉴定的权威之书，凝结了白字门历代心得。江湖上一直流传，得到此书，则金石无忧。郑国渠是专做青铜器赝品的，这书对他来说，就像是化学家拿到元素周期表、军人拿到作战地图一样，绝对是不可多得的好东西。/ 119

古董局中局1

第一章

为古董界掌眼的神秘组织

五脉『明眼梅花』

事情发生的那一天，恰好是我三十岁生日。

小时候算命的说我命格是"山道中削"。什么意思呢？就是我前半生好似一条山道，走起来弯弯曲曲，十分坎坷，走到一半的时候，突然"咔嚓"一声，眼前的山路被什么东西给削断了，没啦。你接着往前走，运数将会有一场剧变——究竟这剧变是福是祸，是吉是凶，算命的没说，我也没问。总之他的意思是让我在三十岁那年千万当心，有事。

我万万没想到，真让他给说中了。

哦，对了，先自我介绍一下。我叫许愿，今年刚满三十岁，皇城根儿下城墙砖缝儿里的一条小虫，职业是倒腾古董。

古董行当在中华人民共和国成立以后沉寂了三十多年，一直到改革开放以后，文物和收藏市场才升温。原来"破四旧"时蛰伏起来的买卖人们，就像是早春三月的蛤蟆，蹬蹬腿，扒开泥土，又开始活络起来。我仗着有点祖传的手艺，在琉璃厂这片小地方开了家倒腾金石玉器的袖珍小店，店名叫作四悔斋。

偶尔会有客人指着牌匾问是哪四悔。我告诉他们，是悔人、悔事、悔过、悔心。这是我父亲在"文革"期间自杀时的临终遗言，他和我母亲因为历史遗留问题挨批斗，一时想不开，步老舍的后尘投了太平湖。

我三十岁生日那天，大概是喜气盈门，生意着实不错，统共让出去了一串玉蟾小坠子和一方清末牛角私章，都是卖给广东客人，挣的钱够付一个月吃喝水电房租了，这对我这苦苦挣扎的小店，是件喜事。

眼看着天已黑下来，我估摸着不会有什么客人来了，决定早点打烊，去月盛斋吃点东西，好歹犒劳一下自己。我把店里稍微归拢了一下，刚要落锁走人，忽然听到外

"我先把门锁喽，小店怕遭贼。"我嘟囔一句，掏出钥匙锁好门，把防盗措施都检查一遍，这才出去。一出门，迎面看到门外停了一辆黑色的红旗CA771轿车，敢情这就是刚才店里振动的原因。我的店面不在琉璃厂正街，而在里面一条偏斜的胡同内，水泥地正在翻修，地面上全是沙子。那沙沙声正是轮胎跟沙地摩擦传出来的。

我没想到方震居然把红旗车大模大样地开进胡同，停在我的店铺门口。那时候红旗虽然已经停产，但仍旧是身份的象征，全北京没多少人能有机会坐上去。真不知道他是为了替我少走两步路，还是故意给我制造压力。

这辆红旗车有点旧，但洗得一尘不染，在黑暗中有如一头庄严的石兽。方震拉开后排车门，示意我先上车。我注意到方震用右手拽开门，左手挡在车门上端，防止我的脑袋磕到边框。

这绝对是外事接待工作的老手！

一个老军人，一个外事接待老手，一个八局的干员。他的这三重身份让我惊讶不已。我就是一介凡人老百姓，犯不上跟神仙顶牛，乖乖跟着吧。

红旗车的后排特别宽敞，座椅也很软。我坐进去以后，还能把腿伸开。方震也上了车，他殷勤地把两边的车窗都拉上紫色绒布窗帘，然后拍拍司机的肩膀。

司机也不说话，熟练地打着火，方向盘一打朝着胡同外开去。方震把两排之间的木隔板也升起来，然后冲我笑了笑："不好意思，规定。"

得，这回什么都看不到了。我忽然想到，小时候看的小人书里，土匪把解放军侦察员带去老巢，就是这么蒙着眼睛一路牵着走的。

方震在车里坐得笔直，脊梁虚贴靠背，双手放在膝盖上闭目养神，一看就是受过特殊训练。我几次想问咱们去哪儿，看他那个样子，把话都咽回去了，索性闭目养神。

大约开了有二十分钟，车子终于停了下来。原来一直闭目的方震"唰"地睁开眼睛。

"我们到了。"

"这里是八大处吧？"我轻描淡写地说了一句。方震有些惊讶，但他很快克制住了，别有深意地看了我一眼，放下前面挡板和左右窗帘，示意我在车里坐好，他自己却下了车。

此时天色已经黑透，不过周围的路灯十分亮堂。我环顾四周，发现车子停的地方是一处幽深小路。小路两侧都是茂盛的白杨树，四周没有特别高大的建筑。在小路的尽头是一座围墙很高的大院，门口没有标牌，但有两名荷枪实弹的卫兵在站岗，浅绿色的大门紧闭着。

我看到方震下车以后，径直朝着卫兵走去。两个人说了几句话，方震抬手朝这个方向示意。司机发动车子，一直开到门前才停住，卫兵趴在车窗上警惕地看了我一眼，对方震说了句话，方震指着我点点头。可惜车子是隔音的，我听不清他们说什么。

我听说在动乱时期，有些老将军老干部会在半夜忽然被一辆车带去某处不知名的场所，在那里审讯人员早已经严阵以待，他们必须在毫无心理准备的情况下交代自己过去的罪行。

我闭上眼睛，回想自己以前做过的生意，是不是哪一桩触动了国法，或者有眼不识泰山，惹恼了微服私访的高层领导。我正瞎琢磨着，大门悄无声息地向两侧打开，车子低速驶进院子。我忽然发现，方震没有返回车里，他站在卫兵脚下的黄线之外，拢起手，点了一支烟，目送着我们进去。

看来这似乎是一个连他也没资格进入的场所。我心头一震，看来这件事情诡异的程度，远远超过了我的想象。

车子又开了两三分钟，终于停了下来。一个秘书模样的男子早迎候在外面，他冲我做了个跟随的手势，一句话都没有说。我乖乖跟随着他走进一栋高大的浅灰色苏式建筑，里面的走廊宽阔而阴森，头顶是绿罩灯，脚下的地毯很厚，厚到扔一个摔炮上去都不会发出声音。

很快我们来到一间会议室前。秘书敲了敲门，然后推门让我进去。

我进屋后，第一眼看到的，是两枚黄澄澄的金印。

这两枚金印有巴掌大小，颜色斑驳，印纽是一头飞熊，很有些意思。奇怪的是，它们两个的造型一模一样，至少我这一眼扫过去，没看出任何分别来，就像是放在镜子前一样。它们被小心地盛在一个玻璃罩内，底上还铺着一层深红锦毯。玻璃罩周围站着十几号人，大多数都是头发花白的老者，他们聚拢在金印周围，不时窃窃私语。

我正愣神，一位身穿中山装的老人从沙发上站起身，迎面走过来，一名军人在身后寸步不离地跟着。

"你就是许愿吧？"老人的语气很亲切。

"是。"

老人笑眯眯地打量了我一番："很年轻嘛！今年多大？"我恭敬回答："刚满三十。"领导道："比我正好小三轮，你就叫我刘局好了。"他看到我有些拘束，拍拍我的肩膀："别紧张，今天叫你过来，不为别的，是想请你帮一个忙。"

这么大的领导，能找我这升斗小民帮什么忙？

他没等我再开口，直接把我拽到桌子旁，指着桌上的两枚金印："能看出来这是什么吗？"

原来摆出这么大的排场，只是为了让我鉴定古董。我略微放心了些，这是我熟悉的领域。我家传下来一本书，专讲金石玉器，叫《素鼎录》，里面所记载的学问够我吃一辈子了，是我们四悔斋的立店之本。

我看了一阵，心里有数，可看到周围一圈老专家，就有点犹豫。鉴宝这事儿吧，有时候鉴的不是宝，是人，周围几位权威人士都没发话呢，你一个愣头青跳出来说真断假，这叫僭越。

刘局看出我的犹豫，大手一摆："没事儿，你大胆地说。"

"这金印，我看是汉货，不知道说得对不对。"我斟字酌句。

"我告诉你。这两枚印是一真一假，其中一枚是真品，还有一枚是最近出现在市面上的赝品，但是两者做得太像，很难鉴别出来。我们怀疑有一个造假集团在市面上活跃，你如果能鉴定出两者真伪，将对国家有很大帮助。"

刘局别有深意地看了我一眼，拿出一副胶皮手套让我戴上，然后塞给我一把崭新的放大镜。

周围的人听到我们的对话，都纷纷把注意力转移到这里来。当他们看到刘局居然让我把金印拿起来看，都露出惊讶和不解的表情。一个戴着玳瑁眼镜的老者说："我说刘局，这可是文物呀，您叫个毛头小伙子来，岂不是把国家大事当儿戏？"

刘局却稳坐钓鱼台，摆摆手道："有志不在年高。要善于听取各方面的意见，才能集思广益嘛，对于目前的现场鉴定，也会有所帮助。"

抛开这些繁杂的念头，我深深吸了一口气，把这两方金印捧起来，先用眼，再用放大镜细细观察。

造假与掌眼[①]，这是藏古界永恒的主题。我在琉璃厂混了这么久，深深感觉到，鉴宝就像是攻克一个堡垒，攻城的人拼命要寻找破绽，守城的人拼命要掩盖破绽，

[①] 掌眼：本义为留心观察与出主意，在古董圈中则意为鉴定古董的真伪。

两边斗智斗勇，都需要绝大的耐心、眼光和机缘，才能有所成就。

这两枚金印，就是哪位不知名的伪造者筑起的大城。多少老将折戟于此，现在轮到我这火头军来做先锋了。

这飞熊纽做得十分精致，熊身拱起成桥状，四肢各攀出印方一角，两肋各伸展出一片羽翼，紧贴于身，既能体现出翱翔之态，又不会影响印章的使用与携带。我把金印翻转过来，这方印上刻着"飞旭之印"四字，"飞旭"二字为朱文，"之印"二字为白文[①]，字体为缪篆，写得古朴严谨，勾画非常端正。

"规制、纹饰、凿痕、材质，甚至上面沾着的泥土颗粒，我们都检验过了，毫无破绽。"一位老专家没好气地提醒道，他不相信我还能有什么新的发现。

刘局举起两根手指，军人干脆利落地递过一支特供的熊猫烟卷，给他点上。很快烟雾笼罩了他的脸，变得暧昧不清："许愿，你能鉴定出来吗？"

我的回答出乎所有人的意料。

"能。"

面对周围人惊异的目光，我提了一个要求："能不能给我两根线？不用太长，三十厘米就行，一定要等长。"

刘局疑惑地问道："这些行吗？如果你想要什么精密仪器，我都可以调过来。"

"不，不，棉线就够了。"

刘局虽然不太明白，还是回头吩咐了一句，很快军人就取来了两根黑色棉线，应该是从哪里的毯子上扯下来的。

我把两根棉线分别拴在两枚金印的飞熊纽鼻上，然后将它们高高端起，用指头揪住另外一侧的线头，突然松手。一位专家"哎呀"了一声，急步上前要去接。只见那两枚金印被棉线吊在半空，滴溜溜转了几圈，然后静止不动了。

"你疯了吗？这可是一级文物！"专家出言呵斥。刘局也皱起了眉头。他们大概觉得我这一手好似杂耍一样，没什么意义。

"大家现在能看清了吗？"我揪着两根棉线，把两枚金印悬在半空，让他们仔细看。

经过我的提示，他们看到，两枚吊在半空的金印倾斜角度有些不同。左手那枚向前倾歪，右手那枚却是正正当当。这种区别十分微小，不仔细看是很容易忽略的。

[①] 篆刻中，印字凸起的阳刻叫朱文，反之的阴刻则为白文，缪篆为汉魏时期制印常用的篆书字体，以形体匀整、屈曲缠绕具绸缪之意而得名。

"右手一号印是赝品，左手二号印是真品。"我做出了判断。

屋子里一片寂静，没人相信我说的话。专家问我："你的根据何在？"我耸耸肩："刘局只是让我做一个判断，您是专家，应该知道对错。"

专家们听了面色一怒，大概是觉得我太嚣张了。这是我故意为之，手艺和钱财一样，不能轻易露白。我把金印放回到原处，回过头来："刘局，我可以走了吗？"

刘局站起身来，一挥手："咱们隔壁屋子里谈，小范，你招呼一下几位专家。"那个带我进来的秘书悄无声息地拉开会议室的门，示意我们离开。

我跟着刘局走到走廊尽头的一个房间。这里是间办公室，当中一张厚实的办公桌，两侧两个大书架足足占了两面墙，上头摆着各种党政书刊，还有一些小古董。我扫了一眼，没什么值钱的东西，要么是大路货，要么是赝品。

"看来您不常用这间办公室。"我主动开口说道。

刘局冲我笑了笑："你眼力不错，这里只是个临时落脚的地方，没怎么布置。"这时候我注意到，这次连他身后那个寸步不离的军人保镖都不见了，整个屋子里就我们俩。

我们两个人对视良久，我试图看穿刘局的意图，却发现他表现得滴水不漏，礼貌周到，但让人难以捉摸。刘局看我的眼神，却好似洞悉一切，让我感觉非常不舒服。

终于，他开口说："小许，我听方震说，刚才你猜出了这个地方在哪儿，你怎么做到的？"

"很简单，我是凭着身体的摇摆来判断车子的行进方向和速度。车子从琉璃厂一路北行，差不多到了长安街以后开始朝西走，接下来跟北京地图一对照就行了，车子一停，我就知道是在西山附近。"我点了点太阳穴，表示全都记在我脑子里。

"可是你怎么知道在八大处？"

我微微一笑："长安街上红绿灯很多，可这车子上了长安街以后，一直保持着匀速前进，从来没减速或者加速过，更没停过。它一定拥有我无法想象的特权，而西山附近，只有八大处够得上接待这种级别的特权车。"

刘局击掌赞道："看来你很聪明，也很谨慎。"

我回答道："您也知道，我是小本儿买卖，不留点神，别说买卖了，连人都得折进去。"

刘局看我谨小慎微的模样，笑了起来："你一进门，先看人，再说话，我就知道你是什么性子了。这样很好，搞古玩这一行的，不够聪明不行，没什么疑心病，也不行——对了,你刚才不愿意当众说出那一手'悬丝诊脉、隔空断金'的来历,是不是有所顾虑?"

一听刘局这话,我的冷汗"唰"地就下来了。刚才我拿丝线称量金印的手法,在那本《素鼎录》里就叫作"悬丝诊脉、隔空断金"。可是这八个字,刘局是怎么知道的?要知道,《素鼎录》不是新华字典,每家书店里都有的卖——那是一本手写的笔记,就我们家里有一本。

在这个神秘的政府大院里,一位背景不明的高官忽然说出了我家独传的秘密,我的心顿时不踏实起来。

"小许你别紧张,我也只是知道那八个字而已。不过,你能跟我说说,这到底是怎么回事吗?"

我权衡片刻,开口道:"其实说白了也没什么特别,我做判断的原理很简单,就是重心。"

刘局似有所悟,我随即解释说:"汉代铸印使用的是灌铸法。这种工艺在浇铸曲面较多的复杂造型时,很容易混入空气,产生气泡,造成空心。越是复杂的造型,空心越多。这枚印章最精致的部分,是飞熊状的印纽,因此这一部分的金属内质会含有不少气泡。"

那位伪造高手显然不知道这个细节,他在伪造的时候把飞熊纽这部分给做实了,没留气泡,导致的结果就是伪章的重心较之真章发生了变化,这是个初中物理常识级别的马脚。

"刚才我拿棉线吊印,就是在判断两者重心的位置。真正的飞熊纽金印,应该是下沉上轻,易生翻覆,只有假货才会正正当当不偏不倚。有时候古董鉴定就是这样,没那么神秘花哨,就是捅破一层窗户纸的事。"

刘局听完笑道:"看着神秘,原来也就是初中物理的水准。"我点点头,没有否认。

"我已经跟您说了一个秘密,现在轮到您给我交一个底了吧?"

刘局大笑:"你果然是不肯吃亏啊。"他从抽屉里拿出一个檀木的茶盘,茶盘上搁着五个莲瓣儿白瓷小茶碗。我对瓷器不太熟,感觉似是德化窑的,不过估计是晚清或者高仿的,不算什么珍品。

刘局拿起一个竹质茶夹子,把五个茶碗摆成一个十字形状,一碗在当中,其他四个分别位于东南西北四个方向。然后他又把西边那个茶碗翻过来扣着,抬头望着我。

我不明就里地瞪着眼睛，不知道他是什么意思。这套手法我知道，显然是个茶阵，我以前听人说在旧社会，像是漕帮、洪帮之类的会党道门，会用这一套玩意儿作为联络暗号。可我一个生在新中国长在红旗下的小青年，哪明白这些东西。

我跟刘局对视了半天，无动于衷，刘局有些失望："看来你什么都不知道。"

"这要看刘局你让我知道多少了。"我绵里藏针地顶了一句。

我俩对视了半天，刘局忽然问："你这手鉴定功夫，是从哪里学来的？"我老老实实回答："一半是看书学习，一半是自己做买卖时琢磨的。"

"没人教你？"

"没有。"

"你父亲许和平呢？"

我心里一突，到底是政府大领导，连我爹的名字都打听清楚了。

"我爹一直不让我沾这行，说脏，他自己也从来不碰。一直到了'文革'他去世，我才开始接触金石①，跟人混久了，多少学到点东西。"

我一边说着一边暗暗打定主意，如果他要问那本《素鼎录》的事，我就一口咬定，死不承认。匹夫无罪，怀璧其罪，我可不能惹这麻烦。

听我说完，刘局露出若有所思的表情："难怪……这四悔斋的名字，倒真是实至名归。"

"您认识我父亲？"

"不认识，不过你这手'悬丝诊脉'的功夫，我以前是见识过的。"

我爹为人一向很谨慎，似乎从来没跟同事之外的人接触过。刘局说见过悬丝诊脉，那肯定是从我爷爷辈上算的。我爹从来不跟我讲，我是两眼一抹黑什么都不知道——估计得追溯到民国，更是糊涂账一本，谁知道有什么恩怨纠葛，还是少说为妙。

刘局用指头慢慢敲着桌面："你没得家传，居然也会'悬丝诊脉'，看来家学也不算完全荒废。很好，我很欣慰。若非如此，你今天也进不了我这间办公室。"他往桌上一指："这副茶阵，以你的观察能力，不妨试着猜上一猜。"

我皱起眉头，这可真是给我出难题了。

刘局淡淡道："若你能看破这个茶阵，咱们才好往下谈。若是看不破，说明你我缘分就到这里为止，其他事更不必知道。我让人把你送回去，该有的酬劳一分不少，

---

① 金石是古董收藏中的一个门类，主要包括青铜器和石刻、竹简、甲骨、玉器和明器等。

你继续做你的生意。"

听了这话，我还真想干脆一走了之。可刘局这是话中有话，刚才他一眼识破"悬丝诊脉"的眼力，还有一口说出我父亲名字，让我心里特别不踏实，他一定知道不少事情，藏着没说，而且这些事情跟我似乎有莫大的关系。

我有预感，如果这么走了，恐怕会错过一个机缘。我决定先沉下心思，把这个茶阵解了再说。

有个在旧社会上海滩混过的老头曾经对我说过，茶阵是洪、漕帮等秘密社团用来联络的，这些社团里多是青皮混混，文化水平不高，所以这茶阵没有多么深的讲究，多是用谐音、比喻之类的手法，配些粗俚口诀。阵形要么对应阴阳五行，要么对应天象星宿，都有一定之规。

这个茶碗的摆法，显然是按照东、南、西、北、中五个方向来排列成一个十字的形状。五向对应金木水火土五行。现在既然西方的茶碗被扣起来了，西方属金，说明这一副茶阵的第一层含义，是五行缺金。

想到这里，我卡壳了。

再往下可就难想了。缺金有很多意思，总不至于他这么大个领导，打算找我借钱吧？刘局看我抓耳挠腮，忍不住乐了。他往茶碗里斟了一点茶水："我这茶碗，一式五只，一般模样。一碗倒扣，四碗朝天，是个五行不全之势。我也好久不使了。"他指了指茶碗，又指了指我身后的墙壁，算是额外给了个提示。

我回头看了一眼身后的墙壁，心里忽然一动。这间办公室的墙壁是最普通的那种白色，跟茶碗的胎色差不多。

对了，应该是跟颜色有关系。

阴阳五行涵盖的意义非常广，对应五向、五味、五音等，同时也对应着玄白赤黄青五种颜色。

金对应的颜色，恰好就是白色，白色又被称为素色。难道……我惊疑地抬起头，他的意思难道是说，这个茶阵里缺少的，是我的那本《素鼎录》？

"您想要的，是本书？"我故意把书名含糊了一下，带了点侥幸。

刘局闻言哈哈大笑："你这孩子，心眼儿还挺多的。我告诉你，刚才那汉印，试的是你的师承；而这茶阵，试的是你的见识。你说我想要的是一本书，只解对了一半。不过你原本一无所知，能凭见识解到这一层，算是不容易了——你那本书，里头带了个素字,对不对?"

我没有选择,只能点点头。这位刘局讲话很有艺术,从头到尾都掌控着局面,而且问的问题都带着预设立场,这在藏古界有句行话,叫"话耙子",意指舌头上带着三钩六齿,三两句话就能把人的底细全耙出来。

"看把你吓的,我不会要你那本书的。"

"您要了也没用,那书是加密过的,密码就我一个人知道。"我嘟囔了一句,刘局却只是笑了笑。

刘局把西边的茶碗重新翻过来,忽然叹了口气:"这五行之势缺金,其实缺的不是你那本书,而是那本书背后隐藏的东西。"说完他动手把五个茶碗重新摆成梅花状,然后若有所思地看着我,看得我直发毛。

我又扫了一眼那五个攒成一堆的茶碗儿,忍不住开口道:"五瓣梅花阵?"这个意思再明显不过了,梅花五瓣为一聚,意为结义或者聚首——刘局是打算把《素鼎录》背后隐藏的那个什么东西,跟其他四瓣合到一起。

刘局从椅子上站起来,背着手走到窗台边,把窗帘往里拽了拽,神色也变得郑重其事:"小许,你说古董这一行,最重要的是什么?"

"别买假货。"

"不错。古董这一行变化万端,但归结到最后,就在两个字上打转:一个'真'字,一个'赝'字。几千年来古董这个行当,说白了就是真伪之争,正赝之辨。"

说完刘局用手慢慢摩挲茶盘:"有人做旧,就有人掌眼。有人被打了眼,自然就有人帮着砸浆[①]。这五个茶碗,分别代表五条鉴宝的源流。这五脉传承久远,掌的是整个古董行当的眼,定的是鉴宝圈的心。只要过了他们的手,真伪就算定了,全天下走到哪里都认。所以五脉凑在一起,又叫作'明眼梅花'。玩古董的人去鉴宝,听到这四个字,都服气。"

"我怎么都没听说过?"我自己好歹也做了好几年买卖,可对所谓"五脉"却闻所未闻。刘局的话越听越玄乎。

"那么你听过中华鉴古研究学会吗?"

"这个听过。"我点点头。玩古董的,多少都听过这个学会的名字。它虽不是国家机构,但也算得上是民间专业级别的鉴定机构,不过它比较低调,只偶尔会在一些重

[①] 圈内术语,打眼指没看准买了假货,砸浆指压价。

要的鉴定会或拍卖会中出现,我这层次,还接触不到。

刘局道:"这个学会,就是五脉传人整合而成,不混到一定层次是不知道的。它代表了一种身份,一种地位。你不知道,就是不知道,没人会告诉你。"

"我以为解放以后特权阶层早就被打破打烂了呢……"我咕哝道。

刘局却正色道:"这五脉一不欺行霸市,二不倒买倒卖,靠的是一手识真断假的本事,一直替整个圈子扛鼎掌眼,从未含糊。这是技术,是受国家保护的。虽然在'文革'浩劫中五脉受的冲击不少,但气脉仍在,乘时而起,成立了中华鉴古研究学会。你看改革开放以后古董业这么兴旺,就有明眼梅花在背后的功劳。你可知道,靠的是什么?"

"真。"

我只说了一个字。权威的鉴定机构,都有这么一条原则:绝不作伪。试想一下,一个鉴定机构靠的就是公正中立的信誉,如果自己也造假,那岂不是等于给自己当裁判了吗?再者说,鉴定古董的人,必然对造假手法熟稔于心,如果他们起了伪赝之心,那危害将是无穷无尽。

所以好的鉴宝名家,都绝不敢沾一个"赝"字——只要有那么一次犯事,就能把牌子彻底砸了。

刘局满意地点点头:"去伪存真,正是鉴古学会的原则所在。"

我问:"您为何对我说这些?"

刘局似笑非笑:"你还不明白吗?你们许家,就是那盏扣翻的茶碗。五脉梅花,独缺你们这一门啊。"

我脑子轰隆一声,这都什么跟什么?

我可不记得我家跟古玩有一星半点的联系。我家是最普通的那种家庭,住的是学校大院,两室一厅,家里摆的不是盆栽就是马恩列斯毛全集,墙上挂着几条毛笔字横幅,都是我爹星期天自己写的,平时来往的都是普通教职员工——怎么看都跟深宅大院里一群古董贩子扯不上关系。他们去世以后,我整理他们的遗物,除了那本书以外,一件解放前的物件都没有。

可是刘局的话,我又不能不信。我对许家的印象,其实只是对我父亲这一代的印象,至于许家在解放前如何,我爷爷是谁,做过什么,他从来不和我说。若不是无意中发现家里头藏着这么一本《素鼎录》,我都未必会踏上这么一条路。

不如当初直接说解不开，回来安安生生地过日子。现在可好，捅了一个大马蜂窝。我一向自诩谨慎，可还是没有勘破这名利心。

"好吧，您到底想要我怎样？"

郑教授抬腕看了看时间："我有个主意。今日是周日，潘家园正热闹。咱们去那里，你和药不然每人限两千元内、半天时间，各自去淘宝，种类不限。谁淘来的东西最赚钱，谁胜出。"

"怎么判断两件东西谁比较值钱？"

"如果你们信得过我，就让我来估价。"郑教授扶了扶眼镜，"评估这种事，是我的老本行。"

这个较量内容倒是挺有意思。考较的不光是眼力，还有决断力和规划能力。潘家园几百个摊位和店铺，各家收藏均不相同，要在半天时间内判断出哪家藏有好东西，又得以尽量低的价格砍下来，找出价格与价值的平衡点，做出最优决策，压力着实不小。

所以一个光会鉴宝的人，赢不了；一个光会砍价的人，也赢不了——必须得德才兼备才行。这绝不是靠运气捡漏儿，而是对一个人淘宝能力的综合判断。

郑教授出了这么一个主意，看来是有备而来。

"我若赢了如何，输了又如何？"我问。

药不然回答："赢了，我家的收藏你随便挑一件走；输了，就把那本《素鼎录》交出来给哥们儿看一眼。"

他说得直截了当，我心中不由得一震。果然像刘局说的一样，许家一经曝光，就会有许多人盯上这本书。这两个人上门，根本不是为了寻仇或寻衅，而是冲着这本书来的。

可能对五脉或者文物鉴古学会来说，《素鼎录》十分重要，象征着文化传承或者门派权柄什么的。但其实对我来说，这本书没那么金贵，一本鉴宝实用指南而已嘛。我相信里面记载的很多技巧，早已流传于世；有些东西，随着科技的进步也在逐渐过时，我既然没有开宗立派的野心，藏私也没什么意义。

"怎么样？给个痛快话！"药不然催促道。

我搓动手指，为难道："我倒是想去，只是这店里就我一个人，我离开了，就得锁门……"我还没说完，郑教授先掏出钱包："小许你也不用为难，我们押两百块钱在这儿，弥补你的损失。"

我把那两百块钱收好，这才开口道："若是我赢了，也不要东西，就请您以后不要再来烦我，如何？"

"成交。"药不然毫不犹豫地答应了。我看到他的眼神里爆起两团火花。

我把店门锁好，跟着郑教授和药不然上了一辆桑塔纳小轿车。有专门的司机，郑教授坐副驾驶，我和药不然坐到后排。看来除了我们这一脉，另外四脉都混得不错，都有专车了。

车子发动，缓缓驶出了琉璃厂。药不然坐在我旁边，伸出手说道："重新认识一下，哥们儿是五脉之中玄字门的门人。"

"玄字门？"我有些茫然。

"我×，你连这都不知道？"药不然故作惊讶地提高了声调，眼神里闪过几丝得意。对了，就是那种优等生看完差等生考卷的得意眼神，挺讨厌的。

我摇摇头，我对五脉和中华鉴古研究学会的了解，只限于刘局告诉我的那一点点可怜的信息。药不然得意扬扬地伸出五个指头，像是炫耀似的给我一一数过去："俗话说术业有专攻。现在中华鉴古研究学会分得没那么细了，在以前，咱们五脉分别掌管的是五门术业。青门主木器；红门主书画；黄门主青铜明器；我们玄门，主业是瓷器。"

我想起"素鼎"这个名字，不禁脱口而出："莫非许家一脉，就是主金石玉器的白门？"

我们许家果然擅长的是金石玉器之术。这也就解释了，为何那本《素鼎录》里，只提及这两个门类的辨伪鉴定之术，却对瓷器什么的绝口不提。

"不错。刚才拿玉器斗口，你是以本门专业胜我这个外门的，胜之不武，我跟你说，哥们儿不算输啊。"

我看着药不然气哼哼的表情，忽然有点想乐。这人倒也有意思，说话听着冲，其实挺直爽，看来不是什么坏人，最多是个纨绔子弟，有点浑不吝（北京方言，什么都不怕的意思）的脾气。

"您出身名门，我可没有什么长辈可以依靠。"我把眼神瞟向郑教授，意思是你只是背后有人。

药不然大怒："呸！哥们儿可不是那种不学无术的高干子弟！北大是我自己考上

的！高出录取线十来分呢！"

这人倒真容易套话，我一句没说完呢，他把高考成绩都报出来了，直肠子……

我望着车窗外不断后退的高楼大厦，心中忽然觉得有些荒谬。这都什么年代了，还有这种好似武侠一样的事情发生。在这个现代化的北京城里，居然还蛰伏着五个古老的家族，怎么想都有些不真实。

说话间，车子已经开到了潘家园前那条树林荫翳的小街，然后就开不动了。街上熙熙攘攘站的全是人。这里是潘家园的外围，多是卖吃卖喝的小贩，还有进不去园子、指望能在外头碰运气的买卖人。我们三个人在这里下了车，推开上来兜售东北貂皮的小贩子，步行进去。

潘家园可是北京城的一块风水宝地，已经兴旺了好几年了。从堪舆的角度来说，京城东南宜流气不宜聚气，但这里偏偏又占了一个兑卦——兑卦属泽，水聚成泽。因此潘家园这个地方，聚水不聚气，正迎合了走土之象。走土，那不正就是文物吗？

还有个现实一点的原因：潘家园靠近陕西与河南驻京办事处，这两处都是古董与明器大省，来往人多聚集在这里，风聚水，财聚人，久而久之，就演变成了一片大生意。

这天是休息日，特别热闹，两侧店铺和市场上几排纵横的地摊都铺排开来，卖旧书的、卖字画的、卖明器古玩的、卖各类杂器的，琳琅满目，不一而足。不少人就在这市场里来回转悠，有老有少，看他们的动作，有老炮儿，也有想捡个便宜的新手，甚至还有几个金发碧眼的大鼻子老外，拿着相机喊里咔嚓地拍照。放眼望过去，乌泱泱的一大片，热闹得很。

还有许多大老远从陕西、河南等地来的农民，站在墙根屋角，穿着破军装，赤脚踏着解放鞋，举起还沾着墓土的新鲜玩意儿向过往的行人叫卖——不过这些东西十有八九是假的。

郑教授站在入门的照壁处，看看时间，说现在是上午十点半，咱们就以三小时为限，到下午一点半，来此集合。届时每人带上自己淘来的东西，他会公平地予以估价。反正大家都是业内人士，估价多少一眼就能看得出来，谁也骗不了谁。

我和药不然对视一眼，不约而同地"哼"了一声，分别朝着左右走去。我没有跑，那样显得自己很急躁，我估计药不然也是一样的心思。于是我们俩都迈着方步，三步一回头，唯恐比对方走得快，失了风度。走出去十几米，我忽然又回来了。

"你怎么了?"郑教授问。

"……身上没那么多现金,您先借我点儿?"

我身上的钱,一般很少超过五十块。这一下两千元的赌注,我还真掏不起……郑教授笑了笑,把钱给我补齐,药不然早不知跑哪里去了。

限时淘宝,这是个体力活,也是个技术活。首先需要想好的,是你想要淘的物品种类,这样才能做到在有限时间内有的放矢,不至于挑花了眼。

我的选择很简单,老本行:金石玉器——定得再细一点,金石。相比起别的东西,金石捡漏儿的概率比较高,像是秦砖、汉瓦当或者北魏残碑什么的,经常混在一堆砖头里给人垫桌脚,不是行家不易分辨。玉器就不行,再眼拙的人看到一尊玉像,就算是假的,也觉得值钱。

所以藏古界有句话,叫作"真石不如假玉",不是说金石不及玉器值钱,而是说在老百姓眼里,玉器比金石更容易看出价值,更不好收。

定下物品以后,其次要想好的,是搜寻区域。潘家园太大了,几百个摊位一个一个地逛过来,时间绝对不够。必须决定是主走地摊还是古玩商店。地摊上的东西鱼龙混杂,假货概率极高,但偶尔见到好东西,这中间差价就赚大去了。

古玩商店的东西品质有保证,可店主大部分都是行家,给的价格水分太少,不易靠低价博到好东西。

我权衡了一下,决定还是把重点放在古玩铺子里。

药不然既然自称是玄字门的,那么他的重点肯定放在瓷器上。瓷器与金石相比,价格不太平均,贵的极贵,贱的极贱,中间价格的相对比较少,所以两千块钱的价位对他来说很尴尬:好的买不起,破的能买一大车。

相比之下,金石价格分布均匀,什么朝代的什么价,低、中、高几档都很清楚。郑教授的两千元预算,只要打准了档次,出手肯定差不到哪里去——只要你确保东西是真的就行,这点我可是有绝对的自信。

这天稍微有点热,尘土飞扬。我买了瓶汽水,握在手里在人群里挤来挤去,汗流浃背。穿过几排地摊和棚铺时,吆喝声此起彼伏。我随便扫了几眼,全是假货,连一点驻足蹲下来看看的兴趣都没有。我甚至还亲眼目击了一个中年知识分子模样的人被摊主忽悠,掏出厚厚一摞大团结换回一件宣德炉——那"宣德炉"的炉足黑中带绿,明显是造假时铅搁多了。

不过我没有出言阻止。一是我没时间，二是因为淘宝有自己的规矩，非请莫鉴，如果不是别人请求，即使眼看赝品过手，也不能说，说了就是砸卖家的生意。

每个人都有自己的缘分，希望那位被打眼的兄弟，以后能买到真正的宣德炉吧。

我略微在地摊逛了几圈，一无所获，于是按照原来的计划，直奔古玩店而去。

古玩铺子沿墙开着一溜蓝灰色店铺，都是一窗一门的格局，里面分成里外两间，外间摆货，内间是个雅座，只有大买卖的客人，才会被请进去品茗细谈。家家户户都在上头悬块金匾，有的还挂着个幌子。比起地摊，这里相对高端、正规一些，闲人比较少，来来往往的多是专业收藏家或买卖人。

我整整衣领，信步逛去。那些铺子老板也都是眼贼之人，一看我的样子，再谈上几句话，就知道是同行。同行不起哄，所以他们不像对付棒槌那么热情招呼，而是让我自己随便看。

我不看玉件，也不瞄瓷器，专围着金石转悠。从汉俑看到魏碑，从宋砚看到明清铜具，有真有假，都细细看过一遍。看完了也不表示什么，冲老板点个头，背着手出去了。这叫货比三家，从这里离开，不一定是不满意，看过一圈可能还会回头。所以古玩铺子里，绝没有国营商店服务员那种一看顾客什么都不买，立刻摔脸子的事。

我一路慢慢地逛下来，逛到第五家的时候，总算看到一件好东西。这家铺子叫瑞细丰，门口一面杏黄挑子，有点乡间酒馆的意思。我进店的时候，老板正靠着墙边打瞌睡。我俩简短地攀谈了几句，老板就让我在屋子里随便看。

我在货架上看了一遍，没什么特别值得买的东西。我习惯性地环顾四周，忽然发现，这里的里屋和外屋之间没有门，只有一道布帘挂着，布帘只挡住了上半截。我略一矮身子，便从下面看到里屋的情形。

里屋的沙发边上搁着个黑乎乎的东西，我定睛一看，居然是两个佛头，顿时有了几分兴趣。

"老板，那尊佛顶，我能看看吗？"

老板听到我问话，"哦"了一声，转身钻进里屋，很快就抱着两个石佛头出来。

买卖人大多信佛，而佛头有斩首之意，不吉利，所以做佛头买卖时，都讨个口彩，该叫佛顶。事实上，佛头这东西，在从前根本就没人理睬，一直到清末民初外国人对佛像有了兴趣，这买卖才算兴旺起来。一直到今天，佛头买卖大多也集中在与老外的交易中，国内很少有人专门玩这个。

佛头是金石中的大件，也是《素鼎录》里谈得最多的一个门类。不过因为交易佛头的买卖不多，我的手法不太熟，只知道个大概。

我经过比较，挑中了其中一个。这个佛头是释迦牟尼佛，不大，和小孩脑袋差不多大小，风格属于典型的盛唐。佛头有螺旋式高髻，高鼻大耳，丰唇宽颊，两只长眼的眼角高挑，瞳孔下视。我用手去摸佛头的脸，石质呈青色，已经有多处自然皴裂，看来已经历了许多年的风雨，裂口处甚至能看到青苔痕。

这佛头应该是晚唐时期的，市场价格两三千块钱，可这个佛头的真实价格可不止这些。这瑞缃丰的老板把佛头随手搁在沙发旁边，看来是没意识到其中价值。我的机会来了。

"老板，这东西谁家哪儿收的？"我问。

"安徽。孙家收的。晚唐货色，绝对真。"

古董买卖，讲究个来历。一枚铜镜，从汉侯墓里挖出来，和从当地村民炕头捡回来，意义完全不同，价儿差得极大，非得问清楚不可。从当地老百姓家里收的古董，叫孙家收的；从进店的客人手里买的，叫臧家收的；自己亲自从地里墓里挖的，叫童家收的。这都是老词儿，至于为啥挑这三个姓当隐语，没人说得清楚。中华人民共和国成立以后，童家的不敢公开提了，慢慢地合并到孙家里去了。

他一说是孙家收的，我就知道这一准儿是从当地农民手里收购的——从来没听过拿佛头当明器的。

我点点头，没言语，推门出去了。在别的地方又转悠了半天，没发现比这个佛头更合适的。我又回到瑞缃丰里，看到佛头还在，就冲老板一指："这个佛顶我请了，给个脆价。"

脆价就是一口价，取个干脆劲儿。行内交易没外面那么多花样，都是行家里手，不用玩那么多虚的绕的，直截了当。老板抬眼看看我，懒洋洋地说："给你个交行价，两棵。"

这是行话，意思是两千块钱。我摇摇头："送人玩儿的，太贵了。去半棵吧。"

老板伸出两根指头，意思是只肯再让两百。

我又还了一百，最后一千七百块钱把这个佛头拿了下来。我没动声色，让他给我找个盒子装好，老板在柜台里翻腾半天，最后找了个蛋糕盒子，给我装起来了。那佛头仰面躺在蛋糕座上，两只木然的佛眼隔着半透明的玻璃纸望向天空，看上去有些诡异。

我告别老板,拎着盒子走出瑞缃丰,看看时间,差不多一点钟了,便朝潘家园门口走去。

潘家园里此时的人比上午还多,好似一辆特别拥挤的公共汽车,密密麻麻全都是人。我只得把蛋糕盒子举在头顶,用肩膀极力拱着往前走。周围的人都纷纷冲我投来迷惑不解的眼神,琢磨怎么这家伙在旧货市场捧着个蛋糕盒瞎溜达。

人实在太多了,我一边得护住头顶的佛头,一边得看着脚下的地摊,别一脚踩到人家摊上踩坏了什么东西,被讹上就麻烦了。整个人跟走钢丝似的,摇摇欲坠。我就这么一步一蹭,千辛万苦地蹭到了过道口,前头已经能看到潘家园门口的照壁了。

就在这时,忽然一个老大爷抱着几轴字画斜刺刺冲了过来,几步踉跄,摔倒在距离我两米开外的地方。旁边的人连忙弯腰去扶,屁股一撅,把后头的人给拱倒了,后头的人一倒,一脚踩在了另外一位的皮鞋上。这一连串连锁反应搞得鸡飞狗跳,顿时稀里哗啦倒下了一大片,惊呼声与叫喊声一齐响起。

我被左右的人那么一撞,手里的蛋糕盒子飞了出去,身体咕咚一声倒在地上。我心中大惊,暗叫不好佛头要糟,急忙从地上爬起来,抬头去看:那蛋糕盒子落在了一堆二手书当中,封口被撞裂开来,佛头从里面滚出来,顺着书堆骨碌下去,咣当一声砸在水泥地上。

我赶紧爬起来,冲到书堆前捡起佛头一看,发现后颈处被摔出了一条细细的裂缝。我一阵心疼,这一条缝砸出来,少说也会被少估一棵的钱。可这时候时间已经快到了,我来不及处理,只得把佛头抄起来夹在胳肢窝下,朝照壁走去。

照壁之下,郑教授和药不然都在。药不然一脸幸灾乐祸地瞅着我:"啧啧,瞧这一身土,敢情是亲自去挖新鲜的啦?"

我没搭理他,把怀里的佛头搁地上,先喘了几口气。郑教授一拍巴掌:"好,两个人都在一点前回来了。小药,你淘来了什么东西?"药不然从怀里掏出一个瓷碗,递给郑教授。这碗广口、斜腹、小圈足,是典型的斗笠碗。釉色青灰,碗底的胎足却没施釉,呈出灰白颜色。郑教授扶着眼镜仔细看了半天,抬头对药不然说:"宋代同安窑的?"

"您眼力好,这是宋同安窑的青釉划花纹斗笠碗。"药不然说,又补充了一句,"换了别人,都以为是龙泉窑的。"

他这个挑得还真不错。同安窑是福建的窑，不像柴、汝、钧、定、哥那些名窑那么出名，却一直挺受日本人追捧，属于价平质高的类型。郑教授思忖片刻，给他估了一个三千五百元。药不然点点头，咧开嘴笑了，从兜里又掏了十张大团结。

原来他今天运气特别好，碰到了一个棒槌。那家伙是外行人，拿着老爹的遗产来潘家园碰运气，急于出手，结果被药不然给逮住了。药不然三言两语就唬住了他，最后用一千块钱拿下了这个斗笠碗。那个棒槌还觉得占了大便宜，欢天喜地走了。

这么算下来的话，扣掉成本，药不然一共赚了两千五百元。

"哥们儿不是吹牛啊，那小子一看就是败家子儿，我也算是替他老爷子给他个教训。"

郑教授回头看向我，问我对这个价格有没有什么疑义。我摇摇头，表示很公道，然后把手里的佛头递了过去，让他鉴定我这个。他们俩早看见我手里的佛头了，所以都没什么惊奇神色。郑教授捧起佛头来细细端详，药不然双手抄在胸前，一脸不屑地踮着脚。

也不怪他这么一副胜券在握的嘴脸，我那个佛头的品相确实不咋地，正常来说，是绝对竞争不过他的同安斗笠碗。

郑教授看了一会儿，抬头对我说："小许，你这佛头是晚唐风格，我估的价是一千五到两千。你可有什么问题？"

我早预料到他会有这么一问，微微一笑道："我看不见得，郑老师您再看看？"

郑教授知道我这一句口头禅说出来，这佛头肯定别有玄机，又翻过来掉过去仔细端详。药不然在一旁说话带刺："愿赌服输，别死撑着啦，输给哥们儿的人，能从菜市口排到永定门，不差你一个。"

我当他说风凉话，也不理睬，耐心等着郑教授审查。郑教授又看了十分钟，把头放下，长长叹了口气："恕我眼拙，实在看不出其中奥妙。"药不然道："什么奥妙。他根本就是怕自己输了，忽悠郑老师你呢！"

我笑了笑，说："郑老师您看这里。"然后我把那个佛头颠倒过来，轻轻点了一下脖颈处的裂隙。郑教授经我提醒，"啊"了一声，把头凑近了仔细观察。他又嫌看得不清楚，从怀里拿出一个放大镜。看到郑教授认真的神态，药不然的神态有些不自然，也不吭声，目光死死盯着那个佛头，想看出什么端倪。

这一次郑教授看了足有二十分钟，然后抬起头来，连连感慨："小许你说得不错，我刚才真是看走眼了。"然后他对药不然道："小药，这回是你输了。"

"凭什么！不就是个佛头吗？又不是核弹头！"药不然一听就跳起来了，一脸不服气。

郑教授示意他少安毋躁，对我说："小许，要不你给他解释一下？"

"其实说白了，也没什么特别。"我先说了一句惯用的开场白，然后道，"佛头的鉴别，除了看它的佛像样式和石料质地以外，最关键的是看它的脖颈断口。从断口的形状，能大致推断出来它佛像的姿态是如何，然后才好判断佛头本身的价值。"

药不然拿着我买的佛头，翻过来掉过去地看，但还是看不出所以然。我指了指脖颈断口："你看，这一尊佛头，断口很平整，只在右侧有条狭长的浅槽，石皮和其他部分颜色有细微差别。说明盗佛之人手段很高，用特制的铁铲从佛像脖颈右侧一铲，一下子就楔入石脖，再轻轻一撬，就把整个佛头凿下来了。"

药不然这次没继续嘴欠，听得很认真。

"这个铲槽前浅后深，说明盗佛者是站在佛像右侧从上至下来凿。如果是一般的立佛，盗佛者会在左侧或右侧平进，铲槽应该是直的。如果铲槽前浅后深，略有倾斜，则说明佛像两侧有阻碍之物，盗佛者不得不选择从佛头上方向下凿击。所以这尊佛不是立佛，而是坐佛，而且右臂半抬，挡住了盗佛者的活动空间。在佛教里，如来佛祖只有在一种情况下才会半抬右手，指做兰花，是什么时候？"

"坐坛说法宣讲佛法……"药不然喃喃道。

"不错！在这种造像里，佛祖的嘴唇是半开半合的，以示敷衍佛法，经传万众之耳。再看我这尊佛头的肥厚嘴唇，上宽下窄，确实是半开之状，与铲槽能够对应得上，证明确实是真的。"

多余的话，我就不必说了。唐代坐佛传世很少，讲经佛祖像更是罕见。我淘到的这尊佛头既然是从讲经坐佛上凿下来的，价格可就与寻常佛头大不相同，恐怕要翻上几番了。郑教授重新进行了评估，估完以后他给出的价格是六千元，扣掉一千七百元的成本，利润达到四千三百元，比药不然的两千五百元可超出太多了。

这一次的赌斗，我是压倒性胜利。

郑教授宣布了结果以后，药不然脸色非常尴尬。他眼神游移不定，先瞪瞪我，又看看郑教授，还假作不经意地把手插进裤兜，去看来往的行人。这局他输了，按照约定，以后不许再去骚扰我，让我安安生生过自己的平静日子。

我也不吭声,笑眯眯地看着他。最后我把药不然看得有点毛了,他不得不咳嗽一声,眼神瞪着我身后的一块牌匾,正经八百说:"愿赌服输,我们药家没有食言而肥的人。这个斗笠碗算我让给你了……"说完他头一偏,还想吹吹口哨表示一点不在乎,结果声音却像一只得了哮喘的狗在喘气。

这人就是太好面子,不肯低头认错。不过我不为已甚,便把碗接了过来,揣到怀里。我跟着这一老一少忙活了半天多,收点酬劳也是应该的。这小子既然是五脉中人,背景是中华鉴古研究学会,家境一定不错,我就不跟他客气了。

"小许,你这一招,也是《素鼎录》里教的吗?"郑教授问。

"正是。佛头的真假鉴别,很多时候光看这个铲槽就能判断出来。这在《素鼎录》里,叫作'验佛尸',名字听着有点瘆得慌,大概是因为多少跟仵作、法医验尸的手法很相似。"

佛头的伪造者和鉴定者,往往只关注佛头本身的雕刻工艺和石料的做旧,却忽略掉这个小小细节。瑞绱丰的老板和郑教授一样,没留意铲槽的位置,把它当成了普通的晚唐佛头,错失了宝物。

郑教授把佛头交还给我,大为赞叹:"小许啊,年轻人像你这么有眼光的,真是不多。何必一身才学,要埋没在琉璃厂的小店里呢?"我淡淡一笑:"人各有志。我那铺子叫四悔斋,用的是我爹临终前的话,悔过、悔人、悔事、悔心,所以我胸无大志,只想安生做人,能活就成。"

其实我说了谎话。

自从刘局给我透了个底之后,我对"明眼梅花"和"中华鉴古研究学会"背后隐藏的五脉产生了浓厚的兴趣。尤其是对我许家一脉的渊源,更是十分好奇。为何我许家会家道中落?为何我父亲绝口不提?为何刘局对这些事情知道得如此清楚?明眼梅花聚首又意味着什么?《素鼎录》到底什么来历?

这一个又一个疑问,如同一群活蹦乱跳的绿油皮大肚子蝈蝈,接二连三地从打开了盖子的草笼里蹦跳出来,在我眼前转悠、蹦跶,让我恨不得一个一个扣住它们,看个究竟。

但我必须得谨慎,不可轻举妄动。今天这两位自称是五脉中人,可到底什么底细,我不知道,所以不可与他们牵扯太紧密,还是等等刘局那边的消息。要知道,这世界上什么人都有,父亲临终前的那八个字,就是对我的警告——当爹的不会害儿瑞缃丰……瑞缃丰……瑞缃丰。

缃者，浅黄也。难道说，这家店铺，是五脉的产业，属于黄门？

可是黄门不是分管青铜明器吗？怎么卖起佛头来了？那应该是我许家的专业范围啊。

"哎呀，那是老皇历了。自从改组为中华鉴古研究学会以后，打破了家族体系，这五脉的专业分得没那么细了，彼此之间都有融合。"郑教授犹豫了一下，才继续说道，"改组以后，五脉有些外支旁系，遂破了'只鉴不贩'的规矩，自己偷偷在外头办个买卖，倚仗着学会的门路赚点钱。"

药不然接口道："郑老师你说得太委婉了。什么赚钱，根本就是骗钱。这人心哪，一沾到利字，就变了味道。有些人敢为了点蝇头小利，不顾学会的规矩。这个瑞缃丰是黄门的产业，我可耳闻了不少他们的劣迹，想不到今天居然骗到咱们头上来了。"

嘿，不知不觉地，我和药不然竟然成了"咱们"了。

"走，走，去找他们去。我就不信，黄字门明目张胆地搞这玩意儿，学会的那群老头子们会不管。"药不然很气愤地挥动手臂。

我暗暗有些心惊。没想到一次赌斗，居然牵连出了玄、黄二门。看那个佛头，伪造之法十分高明，绝对是出自行家之手。也只有五脉这种积数百年鉴宝经验的专业学会，才会有如此高仿的手段。

郑教授一把拽住药不然的胳膊："小药你不要冲动，现在佛头已经摔碎了，人家认不认，还不知道。再说你直接找上门去，也不合规矩。还须请学会的理事们仲裁。"

"等到那些老头子仲裁出个结果，黄花菜都凉了！"药不然嚷嚷起来，"佛头摔碎了怕什么？茅石就是茅石，砂岩就是砂岩，把那些残骸归拢到一堆拿回去，他们还能不认账？"

"还是算了……"我说。

古董不是去百货商店买皮鞋，不满意了可以退换。这圈子的人都知道"货钱两讫，举手无悔"的道理。只要你交了钱，离了店，这东西就是你的了，无论它是真是赝，是好是坏，都不能反悔了——如果不幸买到假货，对不起，那是你眼拙，跟店主没关系。错买了假货还要上门讨还，这是棒槌才会做的事。

再者说，直觉告诉我，这似乎涉及学会内部的历史恩怨，我还是少插手的好。

药不然见我不甚积极，不由得大急，揪着我衣领道："你脑子进水啦？好几千块钱呢。你还自诩行家,这让人给忽悠了,传出去得多丢人。"

"我就开个小店,没什么知名度,丢人就丢人吧。"我觉得多一事不如少一事。

药不然大怒,把手臂一摆:"哥们儿今天输给了你,你要是被他们打了眼,那不就等于间接说我不行吗?好!你们不去!我自己去!我就不信这个邪!"说完他把我甩开,自己一转身,怒气冲冲地朝着瑞缃丰走去。

我和郑教授面面相觑,在原地愣怔了一阵。郑教授道:"小许,我得跟过去看看。小药的脾气有点直,我怕他惹出什么乱子。这些铺子盘根错节,背后都藏着势力,一个不好,他就有可能吃亏。"

说完郑教授也匆匆跟了过去。我心想这药不然性格虽然有问题,倒是个难得的直爽人,现在他跑过去找瑞缃丰的人理论,说到底也是为我出头。如果我无动于衷,有点说不过去。

想到这里,我低头把佛头的那几十块碎片都捡起来,扔进一个塑料袋里,然后拎着袋子也奔瑞缃丰而去。一到那门口,听到里面已经传来激烈的争吵声。我心想这个药不然还真是够可以的,他进铺子前后还没两分钟,已经吵得这么凶了。

我推门进去,眼前的情景却让我觉得很不可思议。

原来不是什么争吵,而是单方面的训斥。药不然叉着腰,大声哇啦哇啦说着,唾沫横飞。那卖我佛头的老板,不住点头哈腰,像是一个没写完作业的小学生。郑教授站在一旁,一脸无奈。

他们看到我走进门来,药不然从鼻子里冷哼一声,对老板道:"苦主就在这儿呢,是个没胆子的厌货。你打算怎么处理?说来我听听。"

老板道:"药小二爷,这事我可做不得主。"

听这个称呼,药不然的身份还挺高的,那老板四十多岁的人了,还得称他为小二爷。

听到老板说话,药不然一瞪眼:"放你的乌烟屁!做不得主?那卖赝品你就能做主啦?这是多大的事,你不知道?"

"我就是一个看店的。上头进什么货,我就卖什么货。您要是有意见,可以找黄经理说去。"老板满面笑容。

我算听明白了,这不是训话,这是打太极呢。无论药不然说什么,老板都是一招云手,缓缓推开,回答得滴水不漏,仔细一听却一点有用的信息都没有。

药不然把我拽过去："这人刚从你店里买过一尊佛头，你承认吧？"

老板点点头。

"咱们学会的店有规矩，绝不能有赝品，对吧？"

老板听到"学会"二字，眼神突然收缩了一下，旋即又恢复正常，点了点头。

"他刚买的那尊佛头，是用茅石雕出来的，不折不扣的赝品，孙子，你怎么解释？"

"我就是一看店的，上头进什么货，我就卖什么货。您要是有意见，可以找黄经理说去。"老板满面笑容。

"……"

药不然看老板盐酱都不进，实在着恼。他把盛着佛头残骸的塑料袋递过去："证据在此，你自己看看，这是什么？"

老板看了一眼，赔笑着回答："可惜碎得太散了，我眼拙，看不出来是秦砖还是汉瓦。"

碰到这样的人，真是一点辙都没有。药不然气得满脸涨红，捏紧了拳头，当场就要发作，郑教授走上去按住他的肩膀，低声道："别闹了。这不过是黄家外姓的小喽啰，你跟他们发脾气有什么用？还是去找学会解决的好。"

老板道："药小二爷以后结交朋友，应该谨慎点，免得被他们给拖累了。"

药不然勃然大怒，我拍了拍药不然的肩膀："交给我吧。"药不然道："你能搞定？"我微微一笑："这件事我不愿意追究，但如果真欺负到头上，也不是轻易可以被占便宜的。"

我走到老板跟前。老板以为我要对质，正运足了气要辩解，不料我突然绕过他，把他身后另外一个佛头举了起来。

当时我买的时候，老板一共拿出来两个佛头，一个我买走了，一个还搁在柜台后头没收走。

"这个多少钱？"我问。

老板不知我有什么用意，随口报了个价。我举着佛头，双手摇晃了一下："茅拓之法，民国时已不传，今日竟能亲眼得见，实在不容易。真希望有机会能认识一下作者。"

老板一瞬间就从刚才的点头哈腰变回一脸怠懒："先生您说笑了，敝店从无假货，也没听过什么茅拓茅厕。"我笑了："我看不见得吧？我本来已不打算追究，但你既然说出这种话，我倒是要维护一下消费者权益。"

老板一脸茫然，装得跟没听懂一样。

我把手里的佛头掂量了一下："茅石佛像，都会故意把裂隙做成直线形，假装成砂岩热胀冷缩。但如果直接摔碎的话，裂隙就会成蟹爪纹，细而散乱。"

说到这里，我眯起眼睛，往里屋瞟了一眼："我那个已经摔坏了，但这个可是您店里摆出来的。我磕打磕打，看看裂隙是什么样子。如果是砂岩的，我十倍价格赔给您，如果是茅石的，那……"药不然在一旁帮腔："这笔费用哥们儿扛了！你给拿出来，可劲儿摔！"

老板脸色大变，结结巴巴道："那个佛头敝店现在不卖了，您可不能强买。"

我不慌不忙说道："不卖你为何摆在外头？刚才为何还要报价？我不买也可以，我去举报，到时候请专家来公开鉴定，可就不是这点动静了。"说完作势要摔。

这个老板，我看出他是外强中干，心里已是慌得不得了，只要逼他一逼，就能服软。果不其然，老板为难了半天，最终还是服软，从兜里掏出一千七百块钱还给我，一把将佛头抢回来，忙不迭地扔去后屋。

我拉着药不然和郑教授离开了瑞绌丰。临离开之前，药不然沉着脸道："学会的名声，不能被你们这些人败坏。这事儿咱们没完。"老板面无表情，目送我们三个人离开，然后把店门给关了。

这一折腾，都下午三点多了。从潘家园离开以后，我们三个人坐车回到琉璃厂我那家铺子前。车子停稳以后，我对药不然说："你等我一下，我去拿那本《素鼎录》给你，不过你复印完得把书还回来。我就那么一本，可不能给你。"

药不然却把手一推："哼，哥们儿输就输了，要你扮什么大度？"他纹丝不动，屁股连挪都没挪。

我拉开车门走出去，隔着车窗道："我错买赝品，技不如人，您有什么不好接受的？"

"别跟我您您的，你就行了。假装客气，哥们儿听着肝儿颤！以后咱们老死不相往来就是。"药不然说完摇起车窗玻璃，催促司机快走。

我俩正在僵持，忽然身旁走过来一个人道："两位，不好意思。"

我和药不然同时转头去看，居然是好几天不见的方震。方震的表情还是那样，手里夹着半截香烟，慢条斯理地对我说："你回来得挺巧，你家里遭贼了。"

我一惊，这贼来得这么巧、这么寸，居然专门挑选药不然约我去潘家园赌斗的时候来。

药不然一听,眉头一皱,也推开车门,凑过来看到底怎么回事。我走到四悔斋门口,看到店门和窗户大开,几名公安干警在店铺里进进出出,拍照的拍照,采集指纹的采集指纹,还有两个拿着小本本在跟我的左邻右舍交谈。

看来方震所言不虚,他在这附近布控监视警力,一发现失窃,就立刻赶到了,比我这个主人知道得还快。

"赶紧查查丢什么东西没有?"方震提醒我。

我在前屋扫了一圈,没少什么东西,抬腿往后屋走。后屋更没什么值钱的,就一个墨绿色的大保险柜,上头是一具哈洛格式机械密码锁。我蹲下身子,按照密码转了几圈,一拧把手,保险柜的机簧与锁舌"锵啷"一声松开了。

保险柜里放着两三件玉器,都是客户托在这里保管的,都还在;玉器底下压着一张工商银行的存折,里面也就几百块的存款;下一格是我几年前给爹妈申诉平反准备的厚厚一摞材料,一张不少地放在那里。

"少了什么没?"方震问。

"书没了。"我面如土色。

我把《素鼎录》搁在柜子里,放在我爹妈的申诉材料旁边,可现在没有了。

方震告诉我,四悔斋的门窗都完好无损,周围监控的警察也没发现任何异状或者响动,也没有可疑的人出入。我证实了他们的猜想,因为我离开的时候,都会在门窗附近放一些只有我才知道的记号。这些记号完好无损,说明门窗没有开启过。

方震问我保险柜的密码除了我外还有谁知道,我说从来没有跟任何人讲过。

"不过这也不说明什么。"方震说,"我们技术科的人,三十分钟就可以打开这种锁,不留任何痕迹。毕竟是一把老式锁了。"

他眯起眼睛,扫视四周,试图找出隐藏在房间中的线索,很有老刑侦的范儿。

这时我忽然想起一件事,说:"既然门窗无异状,保险柜也不是被撬开的,又没有任何人注意到——那你是怎么知道我家失窃的呢?"方震笑了笑:"因为我们在保险柜上装了个小玩意儿,只要保险柜开启,它就自动向附近的公安局发送信号。"

"……你们什么时候装的?"我有些生气,这明明没经过我同意,他们居然就擅自行动了。

"你去见刘局那天。"

看来方震他们早已有了预谋,有关部门果然神通广大。方震见我不再追究,吸了一口香烟，又从鼻孔里喷出来，继续介绍案情："公安局接到保险柜开启信号的时间是在今天中午一点，我们知道你那时候在潘家园，所以立刻派了人前往调查。人到四悔斋的时候，是一点十五分，没发现任何异状，无侵入痕迹，无指纹，保险柜处于关闭状态。也就是说，那个贼从潜入你屋子打开保险柜时起，到他离开，一共用了一刻钟不到。"

方震的语气很平淡，不知是在赞叹还是在感慨。

我看过几本日本推理小说，知道有一种犯罪叫作密室案件：犯罪分子运用奇妙的手法，进入一间不可能进入的屋子，眼前这种情况，似乎挺符合那个定义的。

我从保险柜前直起身来，左右环顾，然后把手伸到保险柜平整的顶部，用手指在上面抹了一抹，凑到眼前揉捏。方震看到我的举动，也学着我的模样去捻土："你们玩古董的眼力了得，有时候比刑侦都灵。你看出什么端倪没有？"

"这不是尘土，这是干泥土，应该是砌墙用的泥土长期风干形成的。"我搓动指头，让一些细腻颗粒留在我的指头上。

我和方震同时仰起脖子，朝上头看去。

我当初开这家店的时候，为求古香古色，没有找平房，而是租的一间大瓦房。这瓦房已经有些年头了，屋顶层层叠叠，青灰色的瓦片呈鱼鳞状排列。如果那贼是从屋顶揭开瓦片跳下来，也就能解释为何保险柜顶上留有屋顶的泥土了。

方震立刻命令两名干警一内一外，去查看屋顶。果然如我预料的那样，在保险柜正上方的屋顶，有四片瓦片比较松动，像是被人抽出来又硬塞回去的，所以这一带的瓦片被挤压得不够紧致，缝隙不均匀。

也就是说，这人攀到屋顶，偷偷卸了四片瓦片，拿绳子吊下来开了保险柜取走东西，再吊上去，掩盖掉所有痕迹后逃离现场。

"手脚够利落的。"我啧啧称赞。那个飞贼塞瓦片的手艺很高超，不凑近了看，还真看不出痕迹。

方震把最后一口烟吸完，在屋子里找了个小琉璃茶盅，把烟头丢了进去。他知道我这里没什么稀世珍品，所以也不怕糟践东西。可我一看，还是心疼，赶紧给他换了一个小瓷碗。

"我说，你们都侦查完了，能不能把警察都撤了？"

"为什么？"

"我这可是古董铺子，安全最重要。万一遭贼这事传出去，人家还怎么放心往我这儿存东西？到时候生意都没法做了。"

方震说好，让周围的警察解除封锁，收队。药不然恰好一步踏进来："这么多警察，出什么事了？"我告诉他，那本《素鼎录》丢了。"我可没拿，真的。"药不然张嘴就说。

"没人说是你。"我没好气地回答，这家伙，唯恐别人不把他当成嫌疑人。方震眯起眼睛，看了看药不然，忽然笑起来："你就是药家老二吧？"

"是。"药不然没好气地回答。这人能一口叫出他的排行，想来也是圈内人，他不敢太过造次。

方震道："那么这次是谁盗走的，想必你心里也有数吧？"一听这话，药不然一脸不高兴："不错，我是很想看到那本书，不过我没兴趣做贼。"

"我没说是你偷的，但你肯定可以猜出是谁指使，我说得没错吧？"

药不然犹豫了一下："拿贼拿赃，捉奸成双。没凭没据的话，哥们儿可不会乱说。"

我若有所思地望着药不然。他的话已经暗示得很明显了，这个偷《素鼎录》的黑手，是从中华鉴古研究学会里伸出来的，至于什么目的，就不知道了。《素鼎录》里的鉴古技术，其实并没有那么神秘。像"悬丝诊脉""验佛尸"什么的，和魔术一样，看似神奇，说穿了窍门，是个人都能学会。还有一些技术，已经过时，现在用科学仪器能更精确地搞定。

说白了，这书就像是一本高考复习资料，每一个要点，都是专为考试而设置的，但如果真想掌握知识，光看这些绝对不够。鉴古和中医一样，归根结底还是要靠经验打底。没个几十年工夫磨砺，看什么秘籍都是花拳绣腿。真正有内蕴的大家，没人会觊觎这本鸡肋一样的笔记。

"更何况这本笔记还被做过手脚。"

方震和药不然同时看向我，眼神都充满了惊讶，两个人异口同声地问道："笔记被做了手脚？"

"是啊，这也是防盗手段之一。"我告诉他们，《素鼎录》的内容，是用密码写成的，不知道密钥的人，怎么也看不明白。

"好小子，难怪你刚才说借书给我的时候，答应得那么干脆！原来早就动过手脚了，我借过来也看不懂。真是世风日下，人心不古！"药不然反应了过来，一蹦三尺高。

"江湖险恶，防人之心不可无。"我坦然道。

就在这时，门外传来脚步声，一个警察探进门来："方处，电话。"方震"哦"一句转身接电话去了。我和药不然站在屋子里，大眼瞪小眼。

"我说，你这些手段，都是从那本书里头学的？"药不然问。

我连连摇头："哪能，我也就从中学得几手旁门左道，鉴古得靠经验积累啊。"听我这么一说，药不然的脸色好看了一些。

他忽然左右看看，压低声音说："我告诉你，中华鉴古研究学会也不是铁板一块。改革开放以来，四脉的人在学会里斗得厉害，想法都不同。像我们玄字门，还算是守规矩；有几脉现在简直折腾得不像话，为达目的不择手段。你的书，八成就是那几脉的人偷的。"

"像今天那个叫瑞缃丰的店铺，是不是属于黄字门？我猜黄字门跟你们玄字门不大对付，所以郑教授不让你跟他们闹出太大动静，我说得没错吧？"

我把自己今天的观察说出来，药不然没吭声，算是默认了我的猜想。这些秘辛，本来他都是不该说的，看在我是许家后人的分上，才肯透露一二。

现在看来，鉴古学会中的四脉，都想弄到我手里的《素鼎录》，只不过有的人是直接上门讨要，比如药不然；有的是直接偷。刘局对此早有预料，这才让方震提前安排监控。这一本书简直成了沾着血水的猪肉，才露出尖尖一角，便立刻引来轰轰一大群苍蝇。

药不然抬头看了看屋顶瓦片，咋舌道："你这里也太不安全了，大白天的一个人在屋顶揭瓦，愣是没人看见。接警过了十五分钟才来人，那小偷打着太极拳都能跑了。"

听到这句话，我心念一动。

不对，方震说从接到保险柜开启的信号报警到警察赶到现场，一共花了十五分钟。可最近的派出所就在街口，离四悔斋不到八百米，跑步也就一两分钟的事。以方震的老到，怎么会舍近求远，把监视力量放到那么远的地方？

难道说，他是有意纵容那贼去偷东西？刘局到底有什么打算？

我正胡思乱想着，方震回来了。我赶紧对药不然说一些有的没的话，免得方震看出我对他的怀疑。方震倒没起疑心，乐呵呵地又点上一支烟，对我说道："丢书的事，我们会尽快查。不过刚才刘局打了个电话过来，说要请你吃个晚饭。"

药不然刚要说话，方震又对他说："刘局让你也跟着去。"

得，看来我这一天，都甭开张做生意了。

吃饭的地点，是在后海附近，方震亲自开车带我们去。郑教授年纪大了，于是我们先把他送回了家。

夜幕下的北京华灯初上，这几年一到夏天晚上，城里是越发热闹起来，乘凉的、散步的，还有各色摊贩和车辆在路上呼啸而过，比白天还兴旺。药不然弄了一辆北京吉普，带着我上了新修不久的二环路，一路没红绿灯，一会儿工夫就到了鼓楼大街，直奔着后海而去。车子在狭窄的胡同里七转八转，很快就来到了一处四合院前。

这一座四合院显然和普通老百姓住的不太一样，街门坐北朝南，左右各有一道阿斯门①，门前两棵高大的银杏树。正门前两头石狮子，地上还有石鼓门枕。两扇漆得油亮的红木门颇有些雍容气象，门槛高出地面得有四寸。看这个体制，怕是原来清朝哪家王府的院子。院子外头停着好几辆车，不是桑塔纳就是红旗。

我们下了车，那一扇大红门"吱呀"一声开了，从里面走出一个小女服务员。她冲我们微微一鞠躬，做了个跟我来的姿势，引着我们两个进了院子。方震照旧靠在车旁，悠然自得地抽着烟，仿佛这一切都与他无关。

我们绕过一道八字砖雕影壁，穿过游廊，来到四合院的内院里。这内院特别宽敞，被正房、东西厢房和南房围成四方形状。院子正中是一棵大石榴树，石榴树下搁着两个宽口大水缸，树上还挂着几个竹鸟笼子，一副老北京消夏的派头。

我警惕地抬眼看去，看到石榴树下早已经摆好了一个十二人台的枣红大圆桌。桌上摆了几碟菜肴，旁边只坐着四个人。在正座的刘局我是认识的，其他两男一女，年纪都是六十岁上下。他们背后，都站着一个年轻人，年纪与我相仿，个个背着手，神情严肃。我看到上次那个秘书，也站在刘局背后。

只有一个老头身后空着。我正好奇，药不然已经忙不迭地跑过去，冲他一鞠躬："爷爷。"那老者横了他一眼："你又给我惹事了？"

"没有，我也就是去看看。"

"哼，回头再说你，你先旁边儿给我站好吧。"老者说。药不然看了我一眼，站到老人身后，背起手来，眼观鼻，鼻观心，一副老僧入定的模样。

我看他也归位了，有点手足无措。我前头有一张现成的空椅子，可现在坐着的人个个都是老前辈，我一个三十岁的愣头青，站也不是，坐也不是。

---

① 在王府、宫殿等大型建筑群中供用人出入的侧门被称为阿斯门，有阿斯门的建筑规格比较高。

"小许，好几天没见了。"刘局冲我打招呼。

"您可又耽误了我一天的生意。"我苦笑道。这刘局把我给当什么了，招之即来，挥之即去。现在是新社会，人人平等，他就算是大官，也不能这么使唤人。

"哎，小许，主要是这宴会也是临时起意，所以来不及提前通知。我考虑不周，向你道个歉。我自罚一杯，算是赔罪吧。"刘局站起身来，把身前酒杯一饮而尽。

"我看不见得。"我扫了一眼全场，"我刚才进来的时候，看到外头停的那几辆车上落着银杏叶，银杏叶子上还有干鸟屎，可见你们来的时间已经不短了。"

"小小年纪，疑心病还挺重，这又不是鸿门宴。"老太太冷笑道。

眼看局面有些尴尬，刘局冲我笑眯眯地说："小许，我给你介绍一下，这几位都是中华鉴古研究学会的理事，也是咱们五脉如今的管事。"

经过他一一引见，我才知道，药不然身前的老头，叫药来，是玄字门的家长；另外一个穿唐装的老头，叫刘一鸣，是红字门的家长；那个鹤发老奶奶叫沈云琛，青字门的。这些人都是京城鉴古界的泰山北斗，也是跟我家有千丝万缕关系的几个世家之长。

我数了数，似乎这才三门，还有一门呢？

刘局看穿了我的心思："黄字门的黄老先生还没到，他路上耽搁了。"他指着我，对那几位说道："大家都知道了，这是小许，许和平的儿子。白字门如今唯一的血脉传人。"

药、刘、沈三位家长各自打量了我一眼，表情都很冷淡，完全没有看到故人之子的激动，反而有些若有若无的警惕。我暗自嘀咕，不知许家先祖到底有多大过错，让他们记恨到了今天。

沈云琛率先开口道："如今哪还有什么这门那门的，已经是研究学会了，何必分得那么清楚？"她的声音好像是京韵大鼓的味道，抑扬顿挫，极有韵律，煞是好听。我忽然注意到，沈云琛背后站着的那人，我似乎在哪里见过。沈云琛简单地介绍道："他叫沈君，是我们家的高才生。"沈君略一点头，把脸重新隐没在阴影中，一句话没说。

这时刘局笑道："沈大姐说得对。不过今天咱们是家宴嘛，不提公事，只叙旧情。古人说得好：六月清凉绿树荫，小亭高卧涤烦襟。来来，我先敬几位一杯，权当开席。"说完他端起身前的酒杯，一饮而尽，同桌的人也纷纷端起来，不冷不热地干了一杯。

能看得出来，刘局不在鉴古研究学会之内，但颇有影响力。他的一举一动，都引导着整个局势，到底是当领导的人，气势和其他几位闲云野鹤的学者风范大不相同。

喝完酒，刘局把酒杯轻轻搁下，十指交叠，慢条斯理道："我今天把大家叫过来一起吃饭，不为别的，还是为这两天咱们一直讨论的事：五脉聚首。今天我特意把许小朋友也叫过来，民主嘛，就是要各抒己见，畅所欲言。"

他这番话说完，我感觉到好几道视线在我身上扫过，有的带刺，有的冰凉。从进院到现在，刘局一直没让我坐下，不知是有意怠慢，还是有什么别的想法。不过他既然已经挑明了目的，我也不好直接离开，只得尴尬地站在原地。

沈云琛道："小刘你可得说清楚，这五脉聚首，到底是什么意思？"刘局回答："既然重新找到了许家传人，我是想把白字门迎回来，让他们重回五脉之列，不然咱们这个学会不够完全。"

沈云琛冷笑一声："咱们五脉，从来靠的是鉴古的手艺，不是什么血脉。他一个小孩子，就算侥幸鉴出几件玩意儿，凭什么独占一脉与咱们同席论事？"

药老爷子往桌子上一拍，迎合道："沈家妹子说得对。五脉也罢，鉴古学会也罢，都是凭实力说话，不问他娘老子是谁。"药不然在一旁听了，急忙插嘴道："许愿的鉴古水准，可不差，我今天……"

"闭嘴，这儿没你说话的份儿。"药老爷子喝道，药不然只得闭上嘴，悻悻退回到后头去。

面对这两位大佬的反对，刘局早有准备，他拿起筷子在半空画了一圈："无才不服人。我今天特地把他叫来，也是希望几位理事能给他个机会，让小许证明一下自己。"

药老爷子和沈云琛商议了一下，然后把脸转向我："小许，看在你是许家后人的分上，我们也不成心刁难你。你看这桌子上，已经上了一道菜。你不动筷子，猜出盛放这一道菜的器皿究竟何来历，我们就让你上座议事。"

这时候，一直没说话的刘一鸣睁开了眼睛，缓缓道："这都是你们玄字门的瓷器活儿，拿这个考较白字门的人，亏你想得出来。"药老爷子一抬下巴："那又怎么样？他若连这些都说不清楚，那我看咱们还是散了席吧，别耽误工夫，我还得去天津听相声呢。"

这时我才注意到，刘一鸣的眉眼，和刘局有些类似，两人说不定什么亲戚关系。

刘局问我："怎么样？小许，你觉得呢？"

我没别的选择，只得回答："尽力而为。"

药老爷子这道题，出得实在是刁钻。那几个盘子上都搁着各色菜肴，又不能动筷子。我别说去摸，连看都看不到，寻常的鉴古法子，这回都用不上了——看来只能从菜品上做文章。

药老爷子看到我为难的神色，开口道："我也不叫你断出是哪个窑的，也不叫你判断真伪。你只消说出是什么时候的什么器皿，就够了。"

光是为了挣一把椅子，就得费这么大力气。真不知道吃完这顿饭，我还能剩下什么。谁再说这顿不是鸿门宴，我跟谁急！当然了，急归急，我没别的选择，只好深吸一口气，把注意力放到桌上的菜肴上。

放在桌子正中的是一个大青瓷盘。盘中放着两只碳烤羊腿，互相交叠，表皮油亮，浮起一层暗橘色的酥皮，还撒着星星点点的孜然，香气四溢。羊腿底下的盘子隐约可以见到莲花纹饰。

我盯着这瓷盘看了半天，开口道："这个，应该是元代的青花双鱼莲花纹瓷盘吧？"

药老爷子眉头一挑："你可看仔细了。"

"我看仔细了，确实是元青花。烤羊乃草原风物，必是有元一代；羊腿皮色烤成暗橘，暗示的是胎体足部呈出火石红的特点，此系元瓷特色。两个条件交叠，自然明白。"

这时我看到药不然在药老爷子身后摆了摆手，灵机一动，随即又说："可惜，这个不是真的，是高仿品。"

"何以见得？"

"若是真品，底部胎足处的火石红该在胎、釉分界处分布，晶莹闪亮，渗入胎中。而这个盘子，明显是后人在盘底抹上铁粉烧制而成，颜色虚浮。"

"这就是你说的理由？"

"还有个理由。"我严肃地说，"这元青花双鱼莲花纹瓷盘的真品，是在湖南博物馆藏着，一级文物，我以前去长沙见过。"

药老爷子哈哈大笑，冲我做了一个手势："好小子，唬不住你，坐吧坐吧。"药不然冲我挤了挤眼睛，两个人心照不宣。我对瓷器其实所知不多，真让我去鉴识，只怕十不中一。但药不然既然给了我提示，我便可以对着正确答案，拿理论往上套，自然没什么破绽。

我作弊成功，松了一口气，走过去刚要落座，忽然沈云琛一声脆喝："慢着。"我一下子又欠起屁股："您……有什么吩咐？"沈云琛瞪了一眼药老爷子："刚才是他们玄字门自作主张，我们青字门却还没出题目呢。"

我想起药不然的话，这青字门主业是木器，心想反正都赶到一起来了，索性横下一条心，一咬牙："您说！"

沈云琛道："药家既然不为难你，我也不欺负晚辈。你来看看，你屁股底下那张椅子，是真是假。"

我这才注意到，这把木椅的造型与寻常不同。酸枝红木的质地，手摸起来包浆溜光儿滑腻，椅裙前有十二颗吊珠，椅背是三朵花雕祥云拱着一面石板。夏天人坐上去，后背紧贴石靠，异常清凉。

但我也就知道这些。瓷器我还能忽悠点，木器我可真是一点不通。

要说这鉴古研究学会，排场还真是不小。一顿普通私宴，用的是王府的院，盛菜用的是元青花的盘子，虽然是仿制品，坐的还是酸枝木的石靠椅。真是太奢侈了。

我一边装模作样地摸着椅背争取时间，一边在心里盘算该怎么办。判断真假容易，就算我不懂，也有五成的概率猜中，就怕那沈云琛老奶奶问我为什么，总不能说是瞎蒙的吧……

鉴古这行当，有一个心照不宣的技巧。有时候在古董常识上瞧不出什么端倪，就靠逻辑推理。逻辑上如果说不通，那这玩意儿多半是假的。方震说玩古董的与搞刑侦差不多，是有道理的。

我不懂木器，眼下就只能靠观察和逻辑判断，看能不能从椅子上找出不符合常理的矛盾之处了。

我扫了一圈又一圈，迟迟不说话。沈云琛道："小许，你若是答不出来，直说就是，不必在奶奶面前穷装。"她说完以后，得意地瞟了一眼刘局。刘局不动声色，拿筷子从羊腿上撕下一丝肉来，就着白酒吃了下去。

刘一鸣继续闭目养神，似乎这些事情跟他没关系。药不然趁这个机会，在药老爷子耳边叽叽咕咕地说着话，估计是在讲潘家园的事情。

我的手从椅子腿摸到了扶手，又从扶手摸到了椅背上的石靠。

木器我不熟，不过金石可是我的老本行。

这面石靠被镶成了椭圆镜形，我用指头叩了叩，质地很硬，而且是实心的。按道理，这种椅子是夏天才用的，所以石质应以绵软阴冷为主，表皮光滑，背贴上去很舒服。可是这块石靠的表皮皱起粗粝，有一道一道的斜走石纹，凹凸不平。

毫无疑问，做工这么粗糙，应该是假的。

我满怀信心地抬起头，却看到沈云琛的眼神颇有些意味，心里陡然一惊。假的？我看不见得。我连忙又去翻看。我的手指再次滑过酸枝木的弯曲扶手，忽然感觉到上头似乎刻着什么字。我再仔细一看，原来这扶手上有六道长短一样的线段，从上到下依次排列下来。

我再去看另外一侧扶手，上面写着两个汉字：九三。

一道灵光从我脑海里闪过。

六道杠和九三，那么这东西，只有一种可能。

《周易》里的乾卦，卦象是双乾层叠，六爻俱为阳，画出来就是六道线段。而九三，显然指的是乾卦的爻题。九为阳爻，三为位置。作为混古董圈子的人，《周易》是必备的基础常识。我记得这一爻的爻辞是"君子终日乾乾，夕惕若，厉，无咎"，意思是说君子应该白天努力，晚上戒惧反省。

我豁然开朗，直起腰来，对沈云琛道："这椅子是清末的老酸枝挂珠石靠椅，肯定是真的。"

沈云琛似笑非笑："你凭什么说得这么肯定？"

"因为这把椅子不是用来坐的，这是一把诫子椅。"

沈云琛微微点头，伸出右手把额前白发撩起，表情不似刚才那般冰冷。看来我的答案对了。

"请坐吧。"老奶奶慈祥地说。

若不是尊老敬贤是传统美德，我真有心骂一句脏话出来。

诫子椅，顾名思义，指的是训诫自己子侄晚辈的椅子。古人认为观行止而知为人，所以特别讲究立如松、坐如钟。这把椅子上的石靠太硌人，如果身子靠过去，背后会被磨得生疼，坐着的人必须正襟危坐，取"昼夜惕若"之意，随时警醒，不敢松懈。既纠正了坐姿，又表达出君子之道，是以又名乾椅。这种寓道理于器物之中的手法，是典型的传统文化特点。

他们根本就是成心的，这把诫子椅怕是早早就准备好了，要给我一个下马威，暗示我是晚辈，得好好听他们的训诫。

我不再客气，拉开椅子一屁股坐下去，端起面前酒杯，环顾四周："暂不论五脉六脉的，几位在座的都是长辈，无论怎样，我做小辈的，都该先敬你们一杯。"然后不待他们说话，仰脖一饮而尽。

"呵呵，你这孩子，气量真小。好，我陪你！"药老爷子拍拍桌子，把酒杯满上，冲我一举，也喝光了。刘一鸣和沈云琛也各自举杯，喝了一口。

"行啦，行啦，大家都入席吧。"刘局拍了拍手掌，几位理事身后的人这才纷纷就座，这桌上顿时围坐了八个人，比刚才热闹多了。药不然坐在了我的左首边，悄声道："看见了没有？那几个站在身后的，要么是各门的精英子弟，要么是得意门生，一个个狐假虎威人模狗样。"

"你不也是他们中的一个吗？"我问。

"哼，我有理想、有道德、有思想、有追求，四有青年，他们可没法比。"

小服务员接连不断地把热菜凉菜端上来，以江淮菜为主，兼有几道川菜，做得都异常精致。那盘北京特色的烤羊腿搁在正中，反显得有些豪放突兀。我饿坏了，不管三七二十一，先夹了块松鼠鳜鱼扔到嘴里。这鱼做得松软酥香，不愧是名厨手笔，搁到外头饭店，怕不得八块十块一盘。

沈云琛没动筷子，徐徐对我说道："小许，我们刚才只说答应你考验通过以后，有资格入座，可没说同意你们许家回归五脉。"

我放下筷子，从容说道："晚辈只想多了解了解许家先人的事迹，至于回归五脉什么的，听凭刘局安排就是，我自己并没什么得失之心。"

沈云琛有些无奈，转向刘局道："你听见了？人家也不是特别情愿哪。"刘局避实就虚地笑道："大家先见见面，互相熟悉熟悉，都有好处，都有好处。"

就在这时，一个不阴不阳的声音飘飘忽忽进了院子，在每个人头顶弥漫开来："你们吃得好开心哪。"

古董局中局1

第二章

民国文物大案
武则天明堂玉佛头失窃案

除了我之外，所有人都放下筷子，朝着院外看去。我被药不然捅了一下，赶紧三两口咽下干丝，也跟着众人视线看去。从院子外头走进来一个老头。这老头身材宽大，一头白发，穿的是一件丝绸功夫衫，走起路来虎虎生风。他身后跟着一个二十来岁的小姑娘，身材极好，就是面部线条有些硬朗，看着很像最近港台电影里的那个打女杨紫琼。

药不然悄悄对我说："这就是黄字门的家长，叫黄克武。身后那个是他孙女，叫黄烟烟。"他忽然想起来什么，又说："对了，今天那家瑞缃丰，就是他的产业。"

"哦……"我看着这位黄克武，如果不介绍，还以为这老头子是哪位武学名家呢。

"这次刘伯伯策划五脉聚首，反对最激烈的，就是他。你们白字门的金石玉器这块儿，现在大部分都是黄家兼管着。如果许家回来，受损最大的就是他们黄家。"

刘局一见黄克武来了，连忙站起身来，离开座位迎了上去："黄老，您来啦。"

黄老看看饭桌眼皮一翻："我来不来，也没什么区别，你们这不是吃得挺开心的嘛。"

刘局道："看您说哪儿的话，几位理事都在等您呢。小辈儿们不经饿，我让他们先吃点垫垫肚子。咱们今天是家宴，不用讲那么多规矩。"

黄克武走到桌边，冲其他三位理事拱拱手，大马金刀地坐到椅子上，一双虎目瞪着我。

我哪里还能吃下东西，只得放下筷子，也看着他。

"你就是许愿？"黄克武劈头就问。

"是。"

"你爹是许和平？"

"是。"

"你爷爷是许一城?"

"……这个,我不知道。"

这是我这辈子第一次听到我爷爷的名字,原来是叫许一城。

黄克武看到我的反应,讥讽地撇了撇嘴,对刘局道:"看看,他连这些都不知道,你还要搞什么五脉聚首。有什么好聚的?"

药老爷子忍不住开口道:"再怎么说,他也是五脉中人。五脉同气连枝这么多年,见见故人之子,叙叙旧,有何不好?"

他刚才还出题刁难我呢,现在黄克武一出来,他反而开始帮我说话了。看来药不然说的"玄黄二门不和",果然是真的。黄克武看看药老爷子,又看看沈云琛,最后把视线落在一直不吭声的刘一鸣身上:"好哇,你们三位看来是早商量好了,就等着欺负我一个老头子呢。"

刘一鸣睁开眼睛,慢条斯理道:"老黄你还是这性子,太急。现在什么都还没定论呢,你生什么气?"

"定论?定论在六十几年前就已经有了!"黄克武伸平手掌,在桌子上一拍,整个桌子上的菜盘都跳了一跳。他一指我:"这个许家人不知道,难道你们也不知道?当初许家干过什么,你们全忘了?"

他这句话一说出来,满桌子都安静下来。刘局给黄克武斟满了酒,表情如常。沈云琛皱眉道:"老黄,提六十年前的事做什么?那都是解放前的恩怨了。"

黄克武从鼻子里冷哼一声:"药老三刚才不是说要叙叙旧,见见故人吗?那今天咱们不妨把话说开,给这位小朋友讲讲,他们许家当年到底做过什么,要被开革出五脉。"

我的呼吸变得急促,心脏也不争气地剧烈跳动起来。无论刘局还是药不然,他们一提到许家过往就变得吞吞吐吐,不肯吐露信息。这让我非常不耐烦,也是我至今都不是很积极地响应五脉聚首的原因——我不想稀里糊涂地搅和到这些事情里头。

反观这位黄家长,虽然上来就明显对我有敌意,但说话痛快,正中我的下怀。

我从椅子上站起来,手中平端酒杯,三指在底,两指握杯,大声道:"我虽然姓许,对自己家的事却完全没了解。请您为我解惑。"

现代人不兴下跪,这是比较正式的求人手势,圈子里一般只有在涉及生死大事时,才会使用。黄克武见我用这手势,左右看看,对刘局道:"你们都没跟他说过?"

"还没。"刘局回答。

"真有意思。你们要把人家拉进鉴古研究学会,却连这种大事都不肯说。藏着掖着,到底是机关干部的做派。"

刘局也不尴尬,反而笑道:"今天我把几位都请来,正是想聚齐了人,把这事摊开来讲。既然赶上这个契机,那就由黄老您讲讲吧。"

黄克武把目光转向我:"你爹从来没讲过你爷爷的事情。你可知为什么?"我摇摇头。他毫不留情地说道:"因为你爷爷做了一件极其丢人的事情,太丢人了,你爹都没脸跟别人说。"

"是什么事?"

"你爷爷,是个汉奸!"

从我小时候开始,一直对这位爷爷充满了好奇的想象。有时候,我爷爷是个十恶不赦的山贼,他抢劫绑架杀人无恶不作,每一个村民听到他的名字,都会战栗着匍匐在地;有的时候,我爷爷是个忍辱负重的地下党,他智斗鸠山,巧取情报,还救出了杨子荣与铁梅。无论是什么样的人,最终他都会以一个轰动性的大案作结局,结束自己的生命。

这个疑问成为我幼小心灵中一个挥之不去的主题。我的童年,就是在这种揣测中度过的。

我至今都无法忘怀那个夏夜的后海四合院。黄克武冷冷地吐露出七个字来,彻底终结了我童年的想象,让我在炎热的夏季如坠冰窟。我无论如何也没有想过,他会是一个汉奸。

黄克武看到我的反应,没有流露出丝毫同情,继续冷酷地讲述起来——

"五脉自唐初始创,以鉴宝知名于世,历经唐、五代、宋、元、明、清,一直绵延到了民国,声望不堕。那时候还没有中华鉴古研究学会这个机构,时人都把五脉称为'明眼梅花'。清末时局大乱,无数古董旧物流落民间,一时泥沙俱下,良莠不齐,正需要鉴宝之人掌眼把关。那时候,五脉的掌门,正是白字门的家长,你爷爷许一城。

"许一城是个天才,不光精通本门术业,连其他四门的门道也是一清二楚,又兼具雄才大略,深孚众望,在各界都吃得开。五脉在他的带领下,声望达到巅峰。那时节,在京沪等地,提起许一城和明眼梅花,无不跷起大拇指。买家若是一听这玩意儿被许一城鉴过,问都不问,直接包走。

"有件事你得知道，在民国之前，咱们中国人是不碰佛像的，尤其是不玩佛头。佛头这东西，只有洋人才格外有兴趣。许多国外著名的博物馆，都来中国收购，价格还都不低。古董贩子们一见有利可图，纷纷从龙门、敦煌等地盗割佛头，卖给洋人，连出了几件大案子。这些案子曝光以后，影响极坏，佛教徒和文化界、考古界纷纷要求民国政府采取措施，通过考古委员会呼吁，认为这是对中华文明的一大破坏。

"在这个节骨眼上，我们五脉却出了一件大事。1931年，我们伟大的掌门人许一城，鬼迷心窍，跟一个叫木户有三的日本人勾结，潜入内陆。五脉中人谁都不知道他们两个去了哪里，干了什么。等到木户有三回到日本以后，在《考古学报》上发表了一篇游记，说在中国友人许一城的配合下，寻获了一件稀世珍宝'则天明堂玉佛头'，还附了两个人的合影和那个玉佛头的照片。

"日本媒体大肆宣扬了一阵，消息传到中国以后，舆论大哗，纷纷指责许一城是汉奸。五脉也因此在藏古界声名狼藉，几乎站不住脚。你想想，谁会去信任一个盗卖文物的鉴宝人呢？何况还是盗卖给日本人。

"这件大案被媒体起了大标题《鉴古名宿自甘堕落，勾结倭寇卖我长城》，着实哄传过一阵。拜他所赐，我们五脉成了过街老鼠，人人喊打。五脉的家长找到许一城，要求他做出澄清或解释，他却拒绝了，什么都不肯说。民国政府很快将他逮捕，判决很快就下来了：死刑。

"许一城很快被押赴京郊某一处的刑场执行枪决。与此同时，五脉的家长也做出了决定，鉴于许一城的影响太坏，罢免他的掌门之职，同时把许家开革出去。从此五脉就变成了四脉。

"许一城的老婆倒是个有志气的女人。门里宣布开革的第二天，她就带着儿子离开了五脉，从此再无音讯。但经过这一次打击，四脉气象大不如前，后来又赶上抗日战争和解放战争，更加衰微。一直到中华人民共和国成立以后，在总理的关怀下，这四脉才重新改组成中华鉴古研究学会，获得新生。"

听黄克武讲完以后，我惊愕得说不出话来。

如果黄克武所说皆为实情的话，那我爷爷还真的是一个大汉奸、大卖国贼。

勾结日本人什么的且不说，盗卖则天明堂的玉佛头？那还了得？

则天明堂，那在中国建筑史上属于空前绝后的杰作。这间明堂方圆近百米，高也近百米，极其华丽宏伟，在古代算得上是超大型建筑，被认为是唐代风范的极致体现——可惜建成以后没两年,就失火烧没了,不然留到现在,绝对是和故宫、乾陵、长城并称古代奇观。

武则天对明堂如此重视,里面供奉着的东西,自然也是海内少有的奇珍异宝。随便一件东西流传到现在,都是国家一级保护文物。我爷爷许一城居然盗卖明堂里的玉佛头,那真是冒天下之大不韪了。

看周围人的反应,他们早就知道这个故事了——准确地说,中华鉴古研究学会的人,全知道这个故事,只有我这个许家的后裔不知道。

一想到这里,我就有点汗颜,看向黄克武的眼神也不那么有底气了。不过我心中隐隐觉得有什么地方不对,可又说不太清楚。

"你现在明白了?当初许家做下那等无耻之事,还牵连了其他四脉,五脉根基几乎为之不保。你若想重回五脉,就先把你爷爷的罪孽清算清楚!"黄克武训斥道,情绪也变得激动起来。他是亲历者,一定对许一城案发后五脉所处的窘境记忆犹新。我呆呆地看看他,一时不知该说什么才好。

刘局估计是看出我的尴尬,轻轻拍了拍桌子:"黄老您别激动。许一城做错了事,那是他的问题。小许与许一城虽是爷孙,可一城死的时候,他还没出生呢。再者说,小许的父亲自知有愧,闭关隐居,一世都不掺和五脉的事,赎罪也都赎够了。上一代的恩怨,何必牵扯到下一代、下两代去呢?咱可不能搞'文革'那一套,老子反动儿浑蛋什么的。"

黄克武冷哼一声:"照你这么说,我们就该当没事人一样,跟这个许一城的孙子勾肩搭背称兄道弟?荒唐!"

刘局见黄克武说得决绝,赔笑道:"依您老的意思,小许该怎么样才能重回五脉?"黄克武略做思忖,开口说道:"若想让许家重归五脉,也简单。他爷爷不是把那个玉佛头卖出去了吗?他若是能给弄回来,我黄家亲自给他抬进五脉!"

说完以后,黄克武得意地瞥了我一眼,桌子上的其他几个长辈都微皱眉头。这个条件表面看合情合理,实则是故意刁难。这改朝换代都几十年了,时过境迁,物是人非,现在让我一个小古董贩子把明堂玉佛头搞回来,那不比盗掘乾陵简单多少——且不说那玉佛头如今下落不明,就是知道下落,肯定也是价值连城,藏在什么收藏家的博物馆里。我哪来的钱买?总不能偷回来吧?

"小子,你能做到吗?"黄克武问。

我心中愤懑越发浓郁。重返五脉这事,我从来没想过,也不知道回归有什么好处。从头到尾,其实全是刘局一个人在不停地撺掇,现在倒好,黄克武一巴掌打回来,却是打在了我的脸上。

我强压住怒气,端起酒杯道:"黄老爷子,从前我不知道我爷爷和我家的来历,一直稀里糊涂过日子。今天晚上听您解惑,把这个事儿说透,给了我一个明白交代。我谢谢您,改日请您吃饭。不过五脉一事,我真没那么大兴趣。既然我爷爷是犯下了事被开革出门,我这当孙子的也不好意思厚着脸皮往里钻。玉佛头我找不回来,也不想找回来。咱们哪说哪了,今天就这样吧!"

我许家是讲尊严的,既然被人开革出门,那么也没必要硬拿热脸去贴冷屁股。

我把杯中酒一饮而尽,推开椅子要走。刘局使了个眼色,药不然赶紧起身一把拽住我,低声道:"你急什么?我爷爷和刘一鸣都挺你,沈奶奶也没说啥,三比一,黄家奈何不了你。"我摇摇头说:"我本来也没打算蹚这摊浑水,你们非逼着我掺和。"药不然气得直瞪眼睛:"多少人削尖了脑袋想进鉴古研究学会,你倒好,把机会往外推!笨不笨!"

"人各有志,何必强求。"

我铁了心要走,谁也劝不住。最近这一连串事件让人太不自在了:刘局半夜约谈,药不然上门挑衅,瑞锦丰卖假佛头,五脉聚餐,一件事接着一件事,每个人都理所当然地把我使唤来使唤去,从来没问问我乐意不乐意。我感觉自己成了一枚象棋子儿,人家在棋盘上想怎么摆弄就怎么摆弄。

凭什么啊!

泥人还有个土性,耗子逼急了还咬人呢。我把药不然甩开,转身要走。刘局原本慢悠悠地啜着酒,听到我这一说,微微一笑,淡淡说了句:"你就不想替你爷爷许一城平反?"

这一句话有如头顶"咔嚓"响过一声巨雷,当时就把我震在原地。我狐疑地转过脸去,看着刘局。桌子上的其他四位老人,也都齐齐望过去,表情各异,院子里一片寂静。

什么?平反?

"平反"这个词儿对我来说,太熟悉了。我爹妈在反右期间被打成右派,"文革"期间被打成反革命,在"文革"中双双自尽。头几年我一直忙于写申诉材料,替他们平反摘帽子。所以一听到这个词，我心里一激灵。

我停下脚步，回头看向刘局："您是说，我爷爷许一城的案子，另有隐情？"

刘局从容道："也许有，也许没有，我不知道，得靠你自己好好把握机会。你往下挖，说不定能挖出些不一样的东西；你不挖，这汉奸的帽子你爷爷就得一直戴着。"

刘局不愧是领导干部，说起话来云山雾罩，从来不肯说清楚。这一席话听着七拐八绕，实则滴水不漏，什么信息都没提供，什么保证也没承诺，却隐隐约约地抓住了我的软肋。

这个软肋，就是我们许家的名誉。我爷爷许一城若是个货真价实的汉奸，也就罢了；倘若其中藏有什么隐情，我这做孙子的绝不会坐视不理，一定会彻查到底，给他平反昭雪。我们许家人对荣辱看得极重，做人的原则也是一以贯之，对此刘局了解得很清楚，故意说出这种话来，就是想吃定我。

但我无法拒绝，无法坐视自己爷爷有平反的机会而不理——这是刘局堂堂正正的阳谋。

我回到餐桌前，双手撑住桌面，身子前倾，盯着这一干鉴古学会的老大们："五脉我们许家回不回来，无所谓。不过许一城这件事我得问清楚。刘局，您说的好好把握机会，是什么意思？"

刘局看了眼黄克武，徐徐道："黄老爷子刚才的故事里，已经把这个机会藏在里头了。能不能发现，就看你自己。"

我突然有一种揪着刘局衣领大吼的冲动。他到底会不会直截了当说话？每次开口总是绕来绕去的，听起来一点都不痛快。黄克武看起来也不太喜欢刘局这么说话，他的卧蚕眉一耸，开口道："许一城当年的事确实疑点不少，但那是些细枝末节，他勾结日本人盗卖国宝，大节有亏，可是逃不掉的。"

黄克武既然都这么说了，等于间接承认了刘局的话——刚才的故事里，确实藏有玄机。

我不顾旁人眼光，一屁股坐到诚子椅上，仔细回想黄克武刚才讲的故事，试图找出暗藏的玄机。可是要从中找到，谈何容易，我想了好久，都想不出来。好几次想开口，又都闭上了。黄克武身后那个叫黄烟烟的姑娘瞥了我一眼，眼神冷漠，说不上是嘲笑还是鄙视。

药不然倒是抓耳挠腮地想提示我什么，可他爷爷根本不让他说话。他只得拿指头敲了敲自己的头，然后赶紧把手放下。看到他的动作，我一拍大腿，猛然醒悟过来。

其实这个蹊跷之处隐藏得并不深，甚至说根本没有被刻意隐藏。我之所以之前没发现，完全是因为被我家的黑历史所震惊，顾不上去琢磨旁的事情，陷入了误区。

蹊跷之处，正是那个则天明堂里的玉佛头。

佛头在藏古界是个特定称谓，代表了两种东西。一种是念珠里的大珠，代表佛陀；还有一种，就是从佛像上盗割的佛头。

佛头这类收藏，在清末之前根本就无人问津，不算一个门类。鸦片战争之后，西方探险家、收藏家大量进入中国，佛像才开始被重视。不过佛像大多是石雕，体形庞大，既显眼又不易搬运。盗贼为了携带方便，都是把最具艺术价值的脑袋割下来带走，扔下无头佛身在原地。

但则天明堂的佛头，是玉佛头。除了历史价值以外，它本身的玉也很值钱。所以很少有人会去割玉佛的佛头，都是尽量一整尊弄走。藏古界有句俗话，叫"石头铁尊玉全身"，说的就是这个意思。割下玉佛头的行为，无异于是买椟还珠。

打个比方吧：如果你在路上看见一个大塑料袋里包着一沓钱，会把钱拿走把塑料袋扔了；但如果你是看见一个皮尔·卡丹的钱包里放着一沓钱，你肯定是连钱包一起拿，因为这钱包本身说不定比里面的钱还贵。谁要是光拿走了钱，却把钱包扔地上，那肯定不正常。玉佛就是皮尔·卡丹的钱包，玉佛头就是钱包里的钱。

根据黄克武的描述，我爷爷最大的罪行，是把玉佛头卖给日本人——这对于一个五脉掌门来说，实在是件不可思议的事情。他要是把一整尊玉佛都卖掉，岂不赚得更多？

退一步想，玉佛头卖给日本人，那么玉佛身子在哪里？则天明堂里的佛像，那一定是稀世珍宝。玉佛头现世，民国政府和藏古界一定会发了疯地去找玉佛身。可听黄克武的描述，许一城死后，这事就平息了，再没什么动静，这也不正常。

想通了这个关节，我望向刘局和黄克武，把我心中的这些疑问告诉他们。刘局听完大笑道："你这个倔孩子，总算想明白了。"他随即又收敛起笑容："不过你也别太乐观，这些疑问未必帮得上你的忙。"

我点点头，关于玉佛头的疑问属于常识范畴，我都能看出问题，五脉不可能看不出来。这么多年来，他们肯定也派人追查过，看黄克武的恶劣态度，就知道没什么结果。

刘局说得没错，这是个机会，但也仅仅只是个机会而已。这些疑问，有太多可能可以解释。也许历史流传下来的就只有这么一个玉佛头；也许玉佛身在战乱中被砸毁，无人知晓；或者有不知名的收藏家在机缘巧合下偷偷拿到手，从来没拿出来在市面流通。只凭着这点线索给我爷爷平反，概率实在低到可以忽略不计。

"谢谢刘局关心，我会设法去查查。"我没有退缩。许家因为这件事，已经牺牲了整个家族，直觉告诉我，我父母的死，以及四悔斋的那块匾额，一定也与这玉佛头，和许一城有关系。我是许家在这世界上的最后一个人，只有查出真相，才能给许家一个明白的交代。

我胆小，我也怕事，但这事太大了，大到我不能逃避。

看到我表了态，刘局侧身对黄克武道："黄老爷子，您觉得这样行吗？"

黄克武伸出一个指头，遥遥点着我的脑门："看在五脉的分上，我多给你个机会。要么你证明许一城是清白的，要么你找回玉佛头。两个条件你只要完成一个，我就同意许家重回鉴古学会。"

这老爷子性烈如火，其实心思一点都不简单。看起来他大度，其实难度一点没变，反而还有所增加……

刘局环顾四周，又问药来、沈云琛、刘一鸣三位。前两位不置可否，应该是默许了。一直闭目养神的刘一鸣睁开眼睛，只说了一句："也算公道，就依老黄的意思吧。咱们都做个见证，免得小许反悔。"

我嘿嘿一乐，这个老头子说话够毒。他明里是说我，其实是嘲讽黄克武。黄克武眉头一蹙，没说什么，倒是黄烟烟俏眼一瞪，流露出明显不满。刘一鸣地位尊崇，她不能说什么，只得轻咬了一下嘴唇。

这时刘局笑眯眯地说："既然鉴古学会的几位理事都同意，这事就好办了。"说完他从怀里掏出一沓红头文件搁到桌子上。第一张是正本，还盖着大红章，底下几页都是复印件，四位理事刚好一人一张。看得出来，他们也是第一次看到这东西，表情不一。

"这是一个月前外事办转给我的一封请求信，信来自东京，写信的人叫作木户加奈。她是木户有三的孙女。"

刘局这一句话，让全场都陷入一片安静。我偷偷扫视了一圈，发现无论是黄克武，还是药来、沈云琛，都露出惊疑的表情，说明他们事先也不知情，只有刘一鸣还是一脸淡然。

先是领来一个许一城的孙子，然后又突然跳出一个木户有三的孙女。我越发感觉，刘局这一次宴会，可不光是扶我进鉴古学会这么简单，似乎图谋很深，而这个图谋,与几十年前那场惊天大案息息相关。

刘局把手里的红头文件原件扬了扬,继续说道:"木户加奈在信里说,她的祖父在中国犯了侵略罪行,用不光彩的手段掠走了中国的国宝。因此她决定将则天明堂玉佛头归还给中国。现在上头正在研究,要好好搞个归还仪式,宣传中日友好……"

"啪"的一声巨响,黄克武的手猛然拍在桌面上,这一张上好的厚红枣木桌居然被拍出几道裂缝。桌子上的碗碟都跳了起来,叮当作响。

"好小子,你挖这么一个大坑,就等着我往里跳是不是!"老头的声音震怒。

也不怪黄克武生气。他刚做出了"拿回玉佛头,才能回五脉"的承诺,转头刘局立刻抛出这么一条归还玉佛头的爆炸性新闻,只要他多说一句"小许可以参与这个归还工作",就算是我寻回了玉佛头,许家便可堂而皇之回归五脉——简单一句话,黄克武被坑了。

黄克武一动手,黄烟烟立刻也有了动作,她表情忽变,两道目光如闪电一般射向刘局。这时候刘一鸣身后那名男子悄无声息地往前迈了一步,恰好站在黄烟烟和刘局之间。四合院里一时间剑拔弩张。

这时候在一旁的沈云琛发话道:"我说刘局,这么大的事,你倒真忍得住,到现在才跟我们说。"她的语气里充满责怪,显然也对他的举动颇为不满。

刘局一摊手:"这事是通过外事办传达的,属于国家机密。不是我刻意瞒着几位,实在是有纪律,不到时候不能说。"

刘局和鉴古学会里的人不一样,是正经国家干部。鉴古学会地位尊崇,可也绝不可能凌驾于政府之上。刘局抬出外事办当挡箭牌,沈云琛无话可说,只得又问道:"那这个机密现在算是解禁了?"刘局点点头,说他今天召集大家来此,正题就是说这个事。

这时黄克武一声大喝:"刘一鸣,你是早就算计好了吧!"他不再理睬刘局,而是把矛头直接指向刘一鸣。看来他已经认定,刘局是冲在前头打头阵的,真正筹谋的是那个刘一鸣。

刘一鸣没吭声,又是刘局说道:"黄老爷子,您别着急。我这话还没说完呢。"他挥了挥手,刘局身前的男子退后了两步,黄烟烟也老大不情愿地收了手。

刘局道:"玉佛头不光关系到国家文物和藏古界,还与咱们五脉大有渊源。它能归还,是件大喜事。我原来也想早点告诉几位理事,让咱们好好乐呵乐呵。可是在我们收到木户加奈的信之后,很快又接到了另外一封匿名信……"

药来奇道:"难道匿名信里说,木户加奈归还中国的那尊佛头,是假的?"

刘局苦笑道:"不错。"

在座的人包括我顿时哑然。

刘局说到这里,表情有些愤愤不平:"最可恨的是,那封匿名信藏头藏尾,根本没说明白。现在这个归还仪式的风已经吹出去了,有好几位大领导都很有兴趣,指示一定要做好。匿名信一到,已成骑虎难下之势。取消归还仪式不行,会在国际上造成不良影响;如果木户加奈归还的佛头是假的,更是有损国家声望。所以上头已经下了命令,无论如何,要在归还仪式之前搞清楚。"

药来问:"归还仪式定在何时?"刘局伸出一根指头:"一个月以后。"

一个月时间,这可真是有点紧。刘局对我说道:"小许,我找你出来,是希望你能够帮忙查清此事。"

我立刻明白了刘局的意思。许一城的罪名是盗卖佛头给日本人,现在这佛头却真伪难辨,其中一定隐藏着什么曲折。所以对我来说,辨明佛头真假,和查明我爷爷当年作为,其实是一件事,不怕不尽心竭力。

这一场宴会里,刘局先为许家回归五脉张目,迫使黄克武说出当年往事,引出我的决心,再抛出佛头一事,让我无法拒绝,一连串的安排可真称得上是煞费苦心——可问题来了,我虽继承了许家血脉,但鉴古的水平不见得多高,也不知道什么独门秘密,刘局费这么大力气把我扯进来,到底为的什么?

我还没想明白,黄克武先不干了:"鉴定个佛头而已,有什么难的!我们黄字门的人足可以胜任,何必假手于外人?"他一指黄烟烟:"别说别人,她就比这个野小子强。"

金石本是白字门的领域,许家被驱出五脉以后,这一行当被黄字门接盘。刘局让我来鉴定佛头,等于是越俎代庖,动摇了黄字门的权威。我若是顺利完成任务,许家就可以回归五脉,对黄字门更不利。

面对质问,刘局用两个指头敲了敲桌面,轻描淡写地说:"如果您的人真可以胜任,也就不必去偷小许的那本《素鼎录》了。"此言一出,十几道炽热的视线在小院里交错纵横,每个人都露出了不一样的表情。药不然冲着我摇摇头,表示自己真不知道。

我吓了一跳。下午我那儿才被盗,这会儿刘局就已经知道真相了?看来方震早知道实情，没告诉我而已。这些人做事，全都一个德行，吞吞吐吐藏着掖着，没一点痛快劲儿。

黄克武也没料到刘局会这么说，回头低声问了黄烟烟一句，眉头大皱，转头道："玉佛头事关五脉，你找外人插手，理由何在？"他的调门比刚才低了不少，看来是被刘局拿住了软肋。

刘局解释道："玉佛头这件事太敏感，如果五脉一动，藏古界的其他人也会闻到风声。到时候佛头没还回来，自己家院子闹得沸沸扬扬，上头可就被动了。小许是白字门后人，严格来说也不算外人，他平时又不混藏古界主流，由他出面最合适不过。"

说到这里，他把黄克武的酒杯扶起来，重新斟满，恭恭敬敬递过去："您不是一直想考验一下小许吗？这次玉佛头的真伪之辨，正好看看他的能力。若他把事情办砸了，别说您，我都不会让他进门。"

如果我把事情办好了会怎么样，刘局没说，也不用说，给黄克武留个台阶。

黄克武犹豫了一下："我黄门荣辱事小，五脉佛头事大。他一个人去，我不放心。我让烟烟跟着他。"然后他对自己孙女附耳说了一句。

黄烟烟听完吩咐，走到我跟前，双手开始解衣扣。我吓了一跳，以为黄家要给我配个陪床的，不由得往后倒退了两步。黄烟烟轻蔑地看了我一眼，双手从敞开的衣襟里拿出一个挂饰，从脖子上摘下来递给我。原来人家的挂饰是藏在衣服里，解开第一个扣子是为了方便拿出来。我差点会错意了。

她递给我的这东西，是个小巧的青铜环，上头用一根红绳穿起。这枚小青铜环，表面锈迹斑斓，隐有五彩，看形制是个古物。我拿在手里，隐隐能感觉到一阵温热，不用问，肯定是人家姑娘家贴身的温度。

这玩意儿是古人用来束带的，不算稀罕东西。但这个上面居然嵌着金纹，走成蒲纹样式，跟绿锈相衬颇为华贵。我拿在手里一掂量，就知道不是俗物。

黄克武道："这东西赔给你，够了吗？"我听出来了，他今天被刘局摆了一道，不甘心，还要考我一考。这东西能挂在黄家子弟的身上，一定有它独特的原因。我要是看不出所以然，傻乎乎地收下了，说不定就中了他们的计。

我把青铜环捏在手里，摩挲了一阵，没有说话。药不然冲我做了个暧昧的手势，又指了指黄烟烟，意思是这东西是人家姑娘贴身戴着的，刚拿出来你就摸个不停，太猥琐了。这小子，太损了。

我用指甲偷偷抠了一下青铜环上面的铜锈。古铜锈特别硬，假铜锈都是胶水做的，很软，一抠就进去。我稍一用力，指甲就顶弯了，硬得很！其实我是多此一举，这枚青铜环的真伪，不用鉴别，肯定是真的。这里全是行家，若是黄克武拿个假的出来，那是抽自己耳光。

"甭抠了，你身为白字门的传人，看见那蒲纹，居然还瞧不出好坏吗？"黄克武冷笑道。

我赶紧低头再看，看到青铜环上的嵌金蒲纹，有点迷糊。所谓"蒲纹"，是用蒲草编制成的草席纹路，斜线交错，状如六角凸起的蝈蝈笼，是汉代典型纹饰，但黄克武这句话，到底是什么意思？

黄克武不屑道："蒲纹在玉器上用得多，极少用在青铜器上。你明白了？"

我顿时羞红了大半张脸。玩古董不光是讲究一个"值钱"，还要讲究一个"独特"。这个青铜环不算贵重，但它独有蒲纹纹饰，别具个性，在专家眼里，算是个有故事的东西。我对纹饰一知半解，结果露了一个大怯。

到底是老一辈的鉴古人，轻轻一推，就让我大大地丢了一回脸。我这才知道，沈云琛和药来两个人刚才出题考较，手下留情了，他们要是认真起来，我哪会那么容易过关。一想到这里，我就汗流浃背，意识到五脉的实力是多么深不可测，自己实在是坐井观天了。

我对黄烟烟刮目相看。青铜环包浆再怎么厚，表皮也是锈迹斑斑，她却像养玉一样贴身戴着，也不嫌磨肉。黄烟烟注意到我的目光，挑衅似的也转过脸来。两人四目相对，我忽然发现，她的眼神里似乎有一抹不舍的神色。这东西大概对她很重要吧？就这么被她爷爷随手送人，肯定有点不安。我正要说点什么，可黄烟烟已经扭头走开，自始至终一句话都没说。

药来估计一向跟黄克武不对盘，见黄烟烟去了，立刻也开口道："药不然，你也去盯着，免得有坏人捣乱。"

药不然忙不迭地应了一声。

刘局看了看沈云琛，后者摇摇头："玄瓷黄明，这两门都和佛头挨着点边，我们青字门是木器，就不掺和了。"说完她冲我展颜一笑："不过小许若有什么疑问，随时可以来找我。"说完她递给我一张古色古香的名片，颜色淡青，名片边缘还画着几株竹子。

刘局拍手笑道："既然如此，这事就这么定了。小许，明天我让方震给你送去相关资料。你们明天一起过去。"

药来又对我说："老黄给了你一个人、一样东西。我们玄字门也不会小气，人我给你了，再给你添件儿东西。"

我刚要开口客气，药来已经让药不然把东西送过来了。我原以为他们玄字门既然是玩瓷器的，肯定是送个小瓷瓶，或者一套碗碟——没准药来出手阔绰，直接送个汝窑碎片也说不定——结果等药不然拿过来一看，我乐了。

在他手里攥着的是个大哥大。摩托罗拉3200，方头方脑黑漆漆的一大块，往桌子上一搁，整个桌面都微微一颤。这在市面上还是个新鲜玩意儿，两万多块钱一个，还买不到，寻常老百姓见都没见过。药老爷子还真慷慨，随手就给了我一部。

这玩意儿虽然不古，可比起寻常古董也算得上值钱了。对我来说挺实用，跑来跑去的联络起来也方便。

我把大哥大揣怀里，向药老爷子道谢。药不然有点心疼地说："你小子使的时候小心点。我问我爷爷要了半年，他都没给我。"

我笑道："你再去问他要一个呗。我有大哥大，你没有，联络还是不方便嘛。"药不然一拍头："对呀！"乐颠颠地又跑回去，说了两句，又吃了药老爷子一记栗暴。

这时候红字门的理事刘一鸣忽然睁开眼睛，我以为他也要给我东西。没想到他一开口，只有一句话："小许，我没东西给你，只叮嘱你一句话：鉴古易，鉴人难。"

这六个字说得铿锵有力，让人醍醐灌顶。我左手捏着青铜环，右手攥着摩托罗拉，没法拱手，只得低头称谢。刘一鸣说完便不再理我。我有点失望。黄克武在一旁冷嘲热讽道："红字门不食人间烟火，崇尚精神文明，这一份厚礼可贵重着呢，你可要好好琢磨。"

"你还有什么要求？我们尽量满足。"刘局问。

我琢磨了一下："我要是接了这活儿，店里就没人了。你们能不能找个人替我看摊儿啊？"

一院子的人都笑了起来，沈云琛捂着嘴乐道："你这孩子，还真实在。行，这忙我来帮吧，我让沈君派个人去。"她身后的沈君点头表示没问题，告诉我稍后会有人跟我联系。

"要是有人来跟你要房租，别答应，拖一拖，等我回来再说。"我叮嘱道，沈君的脸看起来有些无可奈何。

这时候刘局拍了拍手,示意把桌上凉掉的菜再换一遍,几位理事身后的人,也都纷纷落座。这一次,总算是正式开始吃饭了,可把我给饿坏了。

席间刘局谈笑风生,说的都是藏古界和政界的一些新鲜事。其他几位理事各怀心事,沉默寡言,偶尔动一下筷子。只有药来跟他有来有往地谈说几句。其他几个小辈,更是拘谨。这顿饭吃的,真没什么意思……

这一顿鸿门宴吃到十点多,刘一鸣、黄克武、沈云琛几个理事纷纷离开,就剩一个药来跟刘局一杯接一杯地猛干。我看刘局那样子,估计今天也没法叮嘱我什么了,只得先走。方震把我送回到四悔斋门口,说明天上午他会送东西过来。

我心事重重地推开门,回到熟悉的小店里,脑子有点乱。一顿饭,牵出一桩几十年前的大案,多了一个汉奸爷爷,还让我挑起了一副莫名其妙的鉴宝重担。一想到这些,我就头疼。也不知道我父亲许和平口中的四悔,是不是就跟这些事情有关。

我正打算洗把脸睡觉,忽然发现门缝底下似乎塞着什么东西。我拿起来一看,是张从报纸上撕下来的纸片,在铅字边缘潦草地写着两个圆珠笔字:"有诈"。

有诈?

我看到这俩字的时候,苦笑起来。

这是一句废话。如果没有诈,刘局怎么会强势推动沉寂已久的许家回归五脉?怎么会力排众议,让既无声望也没背景的我来参与玉佛头的鉴定?

无事献殷勤,非奸即盗,其中必有重大图谋——只是这个图谋我不知道。

不过怎么样都无所谓,此事关乎许家声誉,必须要查下去。要么证明我爷爷是汉奸,要么证明别有隐情。

我刚要把报纸揉成一团,忽然发现上头除了这两个字,似乎还有别的什么东西。我赶紧重新展开一看,发现这两个字旁边,还有一段广告被圆珠笔隐晦地圈住了。这则广告本身没什么可关注的,不过落款有个地址,市内的。我暗暗把这个地址记下来,纸头扯碎扔簸箕里,后来想想觉得不妥,掏出打火机来,给烧成了灰。

做这一行,必须得谨慎。这字条吉凶未卜,我觉得还是把它销毁了的好。

藏古界向来是个暗流涌动的地方,表面古雅,背地里多少钩心斗角,复杂着呢。鉴古学会这摊水,比我想象中要深得多。玄字门派人公然挑衅,黄字门偷偷贩假,而红字门摆明了支持刘局,就连青字门也显得高深莫测。看来这四门都有自己的小心思,利益并不一致。虽然刘局用手段压制住了,不过心怀不满者必然比比皆是。面对这种乱局，我非得小心不可。

这张字条，说不定就是哪一门的人偷偷塞进来的，很难说是不是个陷阱。我不能太当真，但也不能太不当回事儿。所以这上头暗示的地址，我暂时肯定不去，但说不定是条出路。我这个人比较谨慎，对反常的人和事都保持着警惕——四悔斋的头两悔，就是悔人和悔事，家训不能忘。

做完这个决定，我就上床睡觉了，一觉睡到天亮，既没梦到我父亲许和平，也没梦到我爷爷许一城。

第二天一早，方震和一个小伙计准时出现在四悔斋门口，那辆红旗也停在旁边，我的邻居们已经见怪不怪了，一个都没探出头来看。

我跟小伙计交代了几句，然后上了车："咱们今天去哪儿？"

这次方震回答得倒挺痛快，说去北京饭店，木户加奈就住在那里。北京饭店算是北京档次最高的酒店之一，只有外地高干和外国人有资格住。木户加奈是来献宝的，受到礼遇也属平常。

方震把车停在酒店门口，一个身穿礼服的服务员走过来拉开车门，把我们迎进去，药不然和黄烟烟已经到了，两个人各自坐在大堂的休息沙发上，彼此隔得很远，也不说话。药不然跷着二郎腿东张西望，没个正形；黄烟烟斜靠沙发，右手托着下巴若有所思，仪态大方，像挂历上的模特一样漂亮。

见到我来了，药不然从沙发上跳起来，过来神秘兮兮地说："哥们儿，看见她手边的东西了吗？"我转过头去看，黄烟烟手边搁着一个笔记本，正是我丢失的那本《素鼎录》。

"是你昨天丢的那本吗？"药不然问。我点点头，药不然哈哈大笑道："人家黄家说给你找回来，就真能给找回来，真是一诺千金——不，是一诺千美金。"

"我看不见得。"我耸耸肩。

黄烟烟看到我来了，面无表情地抬手把笔记本递给我："爷爷托我给你的。"我接过来以后，发现自己没带塑料袋儿，本子又太大揣不进兜里，只得拿在手里。我问药不然有口袋吗，他摇摇头，故意大声说黄家可真够大方，连个一分钱的口袋都不准备，真是一毛不拔。

黄烟烟听到药不然这句嘲讽，不动声色，跟没听见一样。药不然自讨没趣，偷偷对我说："黄家这位大小姐，是出了名的冷美人，从来不苟言笑，那脸跟拿胶布贴住了似的。据说除了家里人，很少有人能听她说上三句话以上，傲得很。"

我淡淡道："我早看出来了，你看她坐在沙发上的姿势，明显是一个防卫形态，说明她对外界非常不信任，缺乏安全感。人家压根不情愿与我们混在一起呢。"

"啧，哥们儿行啊，看不出你还有当警察的潜质。"

"这人哪，和古玩一样，一沟一壑，一纹一环，都藏着故事，耐琢磨。"

药不然暧昧地看了我一眼："人家那一沟一壑，你可别瞎琢磨。她爷爷是形意拳的宗师，她也是在全国武术比赛拿过名次的，拆你比拆天福号的酱肘子还容易。"我摇摇头，黄家我避之不及，哪里敢惹。

药不然看我把笔记本抱在怀里，忍不住多打量了几眼。我把笔记本递过去："你看看？"药不然说武林秘籍哪有随便给人看的。我笑着说黄字门的人看我都不怕，何况你？药不然接过笔记本，将信将疑地打开，没翻两页就扔还给我："上了你小子的当了！"

笔记本里的内容，跟天书差不多，全是一些莫名其妙的字。我告诉药不然，这是一种叫作不等距位移的密码，这种加密方式在民国很流行，许多政要军阀发电报都用这种方式。不过像《素鼎录》这样把一整本笔记都加密的，挺少见。

所以就算它丢了，我也不担心会泄密。

我们俩正闲聊着，方震走过来，手里拿着三页复印纸："木户小姐那边还要准备一下，你们先看看材料吧。"

我接过文件，里面简略地写了木户加奈的个人情况。她是本州山口县萩市人，今年二十四岁，正在早稻田大学攻读考古学博士学位。简历里还附了一张照片，跟《血疑》里的山口百惠挺像的，不过印刷质量不高，看不清细节。

药不然看看我，我会意地点了点头。黄烟烟尽管没表示，但她的眼神明显也有疑惑。我们三个从这份简历里，都看出有点不对劲的地方。

二十四岁的考古学博士，似乎有点太年轻了。我不知道日本大学制度如何，但对考古这一行来说，二十几岁的小年轻显然有点不够分量。

不过真正让我们三个起疑心的，不是她的学历，而是她发表的硕士论文。

方震提供的这份简历很详细，除了写有她的个人信息以外，还罗列了她曾经发表过的论文的题目。这位木户小姐的硕士论文题目，翻译成中文以后，叫作《"包浆"成分度量之再检讨》。

这个题目在外行人眼中，平淡无奇，还有些拗口，可在我们眼里，却实在是不得了。

"包浆"是个古董术语，又叫"黑漆古"，也称"蚕衣"，都指的是在古玩表面浮起的一层光皮。真正的古旧东西，上面泛起的光泽沉稳内敛，摸上去似乎有一种温润滑腻的手感——这是无论如何也伪造不出来的，那些新造的赝品再怎么模仿，也只能泛起贼光。鉴定古董，包浆是个很重要的手段。

可到底它是怎么回事，谁也没法说透彻，更多的是一种感觉，只可意会，不可言传。外行人就算知道有包浆这么个概念，可把古玩搁在他面前，他也分不出哪种是贼光，哪种是旧光；而一个几十年的老行家，扫一眼就能看出来，凭的就是感觉。

而现在看这个论文题目，这个木户小姑娘野心可不小，竟然想把这说不清、道不明的"包浆"成分搞清楚，还要科学量化，这可真是个大手笔。如果她真能弄成了，以后就不用大师鉴定，直接拿仪器一扫：这是贼光，这是旧光，全搞定了，比碳14检测管用多了。

我扫了眼论文发表时间，发现是在两年前，心里冷笑了一下。两年时间，如果她的论文真提出什么牛×的理论，藏古界早已大地震了。可见她搞的这个度量检测，应该是失败了。

尽管如此，我还是挺佩服这女人。研究包浆，可不是光精通考古就行的，冶金、化工、物理、医学什么都得懂，年纪轻轻就敢涉足这个领域，这女人不简单。

"等一会儿见面的时候，谨慎点。"我对药不然说，药不然满不在乎地晃了晃脑袋："咱哥们儿是八路军的后代，日本花姑娘，不怕！"

"只怕人家是川岛芳子，不是日本花姑娘。"

方震见我们都看完了，一挥手，招呼我们上楼。三个人纷纷起身，跟随着他朝电梯走去。那本笔记我没地方放，只好捏在手里。很快我们来到了九层。这一层全是套房，走廊上铺的红地毯特别厚实，每走几步都有一个一人高的仿青花瓷六棱大瓶立在墙边，上头还插着几簇新鲜花卉。看来木户这次访问中国，接待规格相当高。

我们走到907房，方震按动门铃，很快一个保镖模样的人半打开门，警惕地扫了我们一眼。方震说了几句日语，还拿出自己的证件，保镖这才打开门，让我们进去。

这间套房分为内外两部分，里面是卧室，外头是一个中国风格的宽敞门厅。我们进了门厅以后，从里间走出一个年轻女子。她长得和简历照片里一样，不过近距离看真人，五官更精致一些，谈不上漂亮，但面相舒服，一看就是贤妻良母型。

她冲我们深深鞠了一躬，递上一张名片，用略显生硬的中文说："我是木户加奈，请多多关照。"我们几个人也纷纷还礼，药不然还贼兮兮地打量了她一番，用译制片的口吻说了句："小姐你真漂亮。"木户加奈听懂了，面飞红霞，不自觉地把头低下去。黄烟烟狠狠瞪了药不然一眼，他这才闭嘴。

做了简单的寒暄和介绍以后，方震借故抽烟，离开了房间。他这个人一向自觉性很强，虽然一手操办，可绝不涉入。我去见刘局和参加五脉宴会的两次，他都是守在门口。

我估计这也是出自刘局的安排。只让我们跟木户加奈接触，算是中国民间对日本民间，不掺杂政府色彩，许多事情都好开展。

他一离开，屋子里恢复了安静。我们三个人一个来自黄字门，一个来自玄字门，还有一个来自被废弃的白字门，彼此之间没有主次，到底谁来做主，一时间还真是难以定夺，于是谁都不肯先开口。

这种尴尬没有持续太久，木户加奈把视线定在了我身上，眼神灼灼，率先开口："许桑①，我能请问您一个问题吗？"我没料到她会先发制人，只得回答："呃……请问吧。"

木户加奈问道："我可以看一下您手里的这本笔记本吗？"

我点了点头，然后把笔记本递过去。木户加奈没有打开看里面的内容。只是轻轻摩挲封皮片刻，便还给了我，然后说："我祖父木户有三也有一个完全一样的本子，四角也镶嵌莲银。"

我们三个人面面相觑，尤其是我心中的震撼最大。

我手里有一本《素鼎录》，现在木户加奈说她祖父木户有三手里也有一本——这岂不是意味着，许一城当初和木户有三勾结在一起，不光盗卖国宝，而且还把家传的秘籍都给人家了？

这不光是汉奸的问题，都算是数典忘祖了。

"那么令祖父的笔记本里，写的什么内容呢？"我不甘心地追问道。木户加奈摇摇头："我不知道，笔记本里是用汉文写的，而且被加密过。"

越说越像了，我的脸色变得有些苍白。药不然这时插嘴问道："木户小姐，你祖

---

① 桑为日语中的"先生"一词的音译。

父那本笔记带来了吗？"木户加奈摇了摇头："我没有想到会碰到许一城先生的后人，所以并没有带在身上。"

这时候，黄烟烟突然冷冷道："玉佛头在哪儿？"

我有点感激地看了她一眼，不知这女人是不是故意的，但总算让我暂时从尴尬中解脱出来。

我们此行的目的，主要是为了解决佛头的真伪问题，我祖父的历史清白是另外一码事。两事虽有关联，却不可混为一谈，弄错主次。黄烟烟一句话，把我们拉回到了正题。

木户加奈拿起一个黄色的信封，从里面取出几张照片，铺在茶几上："这是我的家族历年来为玉佛头所拍摄的相片，请你们先过目一下。"六只眼睛汇聚在这一堆照片上，呼吸声变得急促起来。玉佛头是国之至宝，又牵扯到五脉几十年前的悬案，无论是谁都没法漠然处之。

我拿起照片仔细端详，这些照片拍的都是则天明堂玉佛头特写，各种角度都有。照片分黑白和彩色，新旧程度也不同，明显不是同一时间拍摄的。最早的一张边缘已经泛黄，旁边还用钢笔写了一行字：昭和六年摄于东京。我心算了一下，公元纪年应该是 1931 年，与我爷爷被枪毙的时间差不多。

从这些照片上看，这个玉佛头雕刻得十分精致，有唐代佛像的典型特征：面相饱满丰肥，额头宽阔，结构匀称，头顶的肉髻凸显，大耳下垂。佛头在闪光灯下晶莹剔透，温润透亮，用的一定是上好羊脂玉。最难得的是，在佛头双腮处有两团若有若无的红晕，让面部变得极其生动，更具人性魅力。

这红晕想必是玉器的沁色，或者干脆用的糖玉[①]。这沁色的位置生得极其巧妙，加上玉匠竟能因地制宜，将这两块天然形成的淡红处理成红晕，可以说是巧夺天工。光这一个细节，就足以让它成为价值连城的宝物。

从这个佛头大小判断，整个佛像应该是有五十厘米高。作为玉制品来说，体积相当可观了。

我真想不明白，当初是谁如此狠心，竟对这么一件宝物动刀子。要知道，唐代玉器流传到现在的极其稀少，每一件都是珍品。如果这个玉佛头真的能回归中国，将是一件极其震撼的事情。如果是完整的玉佛全身……我都不敢想象会引发什么轰动。

---

① 受某种物质沁染后形成的红褐色软玉，颜色似红糖，所以被称为糖玉。

也难怪五脉会对许一城如此愤恨,抛开民族大义不谈,单是截锯佛头破坏宝物的行径,就足以让这些鉴宝人痛心疾首了。

我又看了一遍照片,忽然注意到一个细节,不由得嘴角微微上翘,默默地把照片放回去。药不然很快也放了下去,黄烟烟看得最仔细,多看了几分钟。大概她爷爷事先有交代,让她不可在玄、白二门前堕了威风。

药不然性子急,开口问道:"照片看完了,但我们中国有句俗话,眼见为实。佛头实物在哪里呢?木户小姐,让哥们儿鉴定一下呗?"木户加奈面露为难之色,深深鞠了一躬:"非常抱歉,现在佛头还在日本。"

我们听了都是一愣。药不然大为不满,嚷嚷起来:"这您可就有点不地道了。光是几张照片就想糊弄过去?日本帝国主义当初在卢沟桥,都没这么不讲道理!"

我把药不然拽回到沙发上,让他少安毋躁。玉佛头是国宝,在前期工作准备好之前,木户肯定不敢贸然拿佛头过来,要不然磕了碰了算谁的?算药不然的吗?

但药不然说得也没错,没见到真的佛头,谁也不能拍胸脯下结论。木户加奈面对质问,回答说:"因为各种各样的因素制约,这次来到中国我只携带了照片,更多的资料正在整理中。在我们与中方达成协议以后,一定充分满足几位的意愿,请多见谅。"

她说得很诚恳,可这话在我们耳中,听起来更像是遁词。达成协议?现在佛头的真伪都没有定论,怎么达成协议?

看来这个木户加奈,也不像她外表那么柔弱,而是有自己的目的和图谋。不过我心里已经有成算,也不急于这一时来说破。

黄烟烟忽然开口道:"这些照片,为何没有佛头断面特写?"

她这一句话,顿时让我对她刮目相看。

这一句疑问,正是我想说的。

鉴定佛头,一定得看它的脖颈截断面,这是鉴古常识。而木户加奈出示的这些照片,拍摄角度或正或侧或顶部,唯独没有拍它的截断面。现在从照片上唯一能分辨出来的线索是:佛颈不用任何支撑就能立在桌子上,说明断面很平整,至于那是后来磨平的,还是当初盗割者用了特殊的手法,就不得而知了。

这个疏忽,对一个二十几岁就快拿到考古博士学位的人来说,有点不可思议。

黄烟烟说完以后,挑衅地望了我一眼。黄字门代替白字门几十年了,在金石方面的造诣果然极其深厚。潘家园的那家黑店摆了我一道,现在黄烟烟又捷足先登。我意识到，自己遭遇劲敌了。

听到黄烟烟的质疑，木户加奈只是简单地解释说："这是我们工作的疏忽，给您添麻烦了。"药不然毫不客气地落井下石："这里楼下就有国际长途电话与传真机，我想联系上日本那边，应该不用多少时间吧？"

木户加奈似乎被逼到了死角，她轻轻摇摇头，一时却想不出任何推托之词，或者一时不知该如何用中文表达。

"做不到，还是不想做？"黄烟烟追问。她说话言简意赅，像是一把长枪直直戳了过来，没敬语也没修饰。

"很抱歉。"木户加奈还是暧昧地回答。

听到这个回答，黄烟烟站起身来，向外走去，这是无声的施压。

我意识到，如果放任这种局面下去，我很快就会被黄烟烟压倒，对接下来的进展很不利，于是我开口道："木户小姐，我猜你不是故意没拍，而是你手里只有照片，却无法接近玉佛头吧？"

木户加奈听到这句话，脸色终于有了变化。别说是她，就连要离开房间的黄烟烟和药不然都是一惊。黄烟烟转向我，眼里充满疑惑，说起来，这还是她第一次认真地盯着我。

我拿起照片，解释道："其实说穿了很简单。你看这些照片，年代有新有旧，最早的是1931年拍的，最新的是去年拍的，前后跨越了几十年。如果佛头在木户小姐手里，她为什么不直接拍一套最新的清晰照片，而是给我们一堆散碎不全的老照片呢？"

"我×，这可忽悠大了……"药不然舔了舔嘴唇。

木户加奈来到中国，打的是归还国宝的旗号，如果她连要归还的国宝都无法接触，那还谈什么归还，岂不是把中国政府给耍了？如果真是如此，这事就算是办砸了。别说许家无法回归，就连黄字门、玄字门乃至整个鉴古学会和刘局，都要受牵连被冲击。

黄烟烟把目光转向木户加奈，眼神越发凌厉。

木户加奈既没否认，也没确认。她垂头思忖再三，终于开口道："许桑不愧是许一城先生的后代，果然无法瞒过你。如果可以的话，我希望向许桑详细说明一下这次佛头归还的缘起。"

黄烟烟皱着眉头，她大概是觉得话题又偏离了。

"如果不是许桑在场的话,我是不会说这些的。"木户加奈说得很坚决。

果然刘局指定要我来,是有用意的。木户加奈的用心,他早就看透了。我只得表示同意。药不然和黄烟烟没吭声,算是默许了。

刘局只说过木户加奈为了赎罪才决定把佛头送还中国,具体情形却没细说。所以我们三个也想知道,到底这个日本人为什么会想来归还佛头,佛头在日本到底经历过什么——还有最重要的,当初佛头是怎么从中国流入日本的。

接下来,是木户加奈的故事。

古董局中局1

第三章

先有天津沈阳道,
后有北京潘家园

木户加奈的家族在日本是名门，家族里最有名气的人物，是日本明治维新三杰之一的木户孝允。木户加奈这一支属于木户的分家，没有涉入政坛。她的祖父木户有三在早稻田大学是考古系教授，专门从事东北亚历史研究，精通汉学，在学界小有名气。

清末民初之际，中国门户大开。西方开始在中国进行掠夺式的古董搜集，连续爆发了数起古董大案，中国军阀混战，自顾不暇，根本无法追查。日本对中国文化一向有着狂热的爱好，于是就有学界大佬提出，"支那已经没有资格继承中华古老文明，只有日本有责任挽救这一切"。

于是由文部省出面，黑龙会出资，联合日本学界精英人士成立了一个叫"支那风土会"的组织，专门负责利用中国的混乱政局，获取各种名贵文物运回日本。为了达到这个目的，风土会编了一份文件，叫作《支那古董账》，里面记载了中国许多国宝级文物的样貌、来历、持有人、收藏地点等资料。许多日本学者打着研究的旗号前往中国，他们一方面设法搜罗珍宝偷运回国，一方面调查情报，填补《支那古董账》里的资料空白。

木户加奈说到这里，忽然发现我们三个人面露茫然，便问道："你们知道李济是谁吧？"

我们点了点头。

学考古的都知道，这位李济在民国是个不得了的人物。他在二十九岁那年受聘于清华，与王国维、梁启超、赵元任、陈寅恪四位著名学者并称"五导师"。他一直主张进行田野考察，是中国第一个进行现代考古挖掘的学者——可惜在1949年他跟随蒋介石，押送大批文物去了台湾，所以这边了解他的人，只限在几个学术小圈子内。

在 1928 年，中央研究院历史语言研究所考古组成立，担任组长的李济开始组织考古队伍在河南、陕西等地进行田野考古作业。木户有三利用"支那风土会"的资金，很快取得李济信任，参与到调查队中来。

到了 1930 年，南京国民政府颁布了《古物保存法》。为了摸清当前文物现状，中央古物保管委员会筹备了一个宏大计划，要搞一个全国范围的古迹大排查，李济被任命为执行者。

李济为了这个计划，四处招兵买马，既有国外的专家，也有国内的民间高手。木户有三作为李济的好友也参与其中，并结识了一个叫许一城的人。这个许一城是五脉掌门，代表了中国古董界最神秘的一股力量，尤其是手里还掌握着一些神奇的鉴古技艺，让木户有三非常有兴趣。两人走得很近，一度还按照中国的风俗拜了把子。

许一城和木户有三并没有跟随大部队行动，他们被李济委托去执行一个秘密任务。这个任务到底是什么，没人知道。他们 1931 年 7 月中旬出发，一直到 8 月底才再次出现，消失了一个半月时间，却没有提交任何报告，也没任何记录。

后来李济的这次大排查因为时局的变动无疾而终，许一城回到北平。木户有三也回到日本国内，发表了一篇文章，宣称在中国寻获则天明堂玉佛头，并称赞说许一城在其中发挥了很大作用。

这一下子，国内舆论哗然，无论是李济还是五脉都承受了极大压力。很快许一城被逮捕枪决，五脉因此元气大伤，李济也因为此事受到了申饬。李济一怒之下，与日本方面打起官司来，后来抗战爆发，李济护送文物南迁，更无暇顾及此事。

这尊玉佛头流落日本以后，落入"支那风土会"手中。可木户有三提了一个要求，希望这件文物不要做公开展示。于是它被收藏在学会专属的博物馆内，只有有限的几人能够看到。木户有三从那时候起，身患重病，一直卧床休养。

抗战胜利之后，日本各个右倾组织包括黑龙会在内都被美军取缔，"支那风土会"逃过一劫，改名叫东北亚研究所。李济曾经代表战胜国中国东渡日本去调查和收回被掠夺的文物，结果东北亚研究所搪塞说玉佛头已在轰炸中被毁，李济无功而返。

木户有三在 70 年代去世，他最疼爱的孙女木户加奈长大成人，继承祖父衣钵学习考古。她在一次无意的调查中发现了玉佛头的下落，这才知道佛头与中国的渊源。出于对中华文化的热爱，木户加奈认为祖父当年做错了事，希望能把佛头归还中国，以抵偿当年的罪过——当然，最后这句是她的说辞。

我听着这个故事，靠在沙发上一直没搭腔。我在想一些事情。木户加奈的这个故事，可以和黄克武的故事相对照来看，许多细节都能对应上。通过这两段故事，许一城的经历差不多可以搞清楚了。

可是这两个故事都缺少了最关键的一个环节。

他们都无法回答，在1931年两人消失的一个半月空白，木户有三和许一城去了哪里？做了什么？

而直觉告诉我，对于佛头之谜，这段经历至关重要。

现在三个当事人里，许一城已经被枪毙，木户死于东京大轰炸，李济在台湾也没活几年就去世了。唯一的指望，是他们会不会留下一些文字记录当作线索。

我盯着木户加奈，开口问道："木户有三当年不是在学报上发表了一篇关于玉佛头的论文吗？请问你手里有论文原文吗？"木户加奈似乎早有预料，她转身从里屋取出一个文件袋，里面装的是一份学报剪报的复印件，旁边还体贴地附了中文译文。

我读完以后有些失望。这份报告其实很短，与其说是论文，还不如说是新闻稿。木户有意无意地省略掉了细节，只是含糊地说"在中国友人许一城协助下在内地寻获"云云，没有什么有用的信息。全文大部分段落是在吹嘘大日本帝国在文化方面的丰功伟绩，跟"文革"大字报很像，全是空话。

木户有三能得到李济的青睐，学术水平一定不低。他把论文写成这样，似乎是故意要把1931年的经历刻意抹除。

报告的结尾还附了两张照片。第一张照片上有两个人，一高一矮，矮的那个穿一身卡其布探险装，戴圆眼镜，还有一顶史怀哲式的探险帽，脖子上挎着一个望远镜；高个子穿一身短装中式棉衣，留着两撇小胡子，头上还戴着顶瓜皮帽，背景是北京大学校门。

我家里和许一城有关的东西都被我父亲处理了，所以我从未见过我爷爷长什么样。说起来，这是我第一次见到他的样子：蚕眉厚唇，还有一张方脸，和我父亲的眉眼十分相似，一看就有一种血缘上的颤动。望着祖父的脸，我忽然有想哭的冲动。

第二张照片，是木户有三独照，他还是那一身装束，站在个丘陵上，背景是一堵半坍塌的古城墙。墙体正中有一条隐约的缝隙，缝隙两侧的光影颇有些不自然。只可惜分辨度太低了，无法看清细节。

照片旁边的注释说这是木户有三，摄于勘察途中，但没提具体地点。

我注视爷爷的照片良久，深深吸了一口气，勉强忍住泪水，把剪报还给木户加奈。木户加奈注意到了我的情绪，多看了一眼，没说什么。

"这么说来，玉佛头现在在你的手里？"黄烟烟问。我注意到，她已经有意无意把自己当成了带头人。

"准确地说，是在我家族中收藏。而它的处置权，则是在东北亚研究所手里，即使是我也无权单独做出决定。我能拿到的，就只有这几张照片而已。"

药不然忍不住怒道："那你丫还在这儿废什么话！我告诉你，中国人民感情被严重伤害了，你可吃不了兜着走！"

木户加奈连忙解释道："玉佛头我一定会归还贵国的，只是相关的协调工作还在继续，现在距离成功只差那么一点点。只要贵方能够帮我，我有把握可以说服东北亚研究所的那几个老头子。"

她说得轻声细语，可听在我们耳中，却别有一番味道。

图穷匕见。

这个女人果然不像她表面那么柔弱。

黄烟烟和药不然听到木户加奈的话，无不愤怒。药不然拍案而起："×，你还当现在是卢沟桥事变啊，不要欺人太甚！"木户加奈似乎受了很大惊吓，连连鞠躬："我是希望能够让国宝回归中国，替祖父反省过去的错误，促进中日友好，并没有别的意思。"

她把这个民族大义抬出来，黄烟烟和药不然两人一时语塞，不知该说什么好了。

我暗暗佩服刘局的英明。看来他早预料到了这种情况，于是不让政府出面，甚至不让五脉直接出手，大费周章地把我一个无名小卒推上前台，现在看来是太对了。

"要我们帮你做什么？"我问。既然这个女人开口提了条件，不妨先听听。反正我也不是国家的人，大不了一拍两散。

木户加奈对另外两个人的怒火浑然不觉，她撩了撩发根，慢慢说道："希望你们帮我找一个人。"

我皱起眉头。让我们三个鉴定古物、寻访遗珍什么的，可以算是一把好手，可寻人这事，应该跟公安局说才对啊。

木户加奈忽然笑了："许桑，其实这个人对你来说，也是很重要的。我们的目的是一样的。"

"哦？"我挑了挑眉毛。

木户加奈指了指我怀里那个牛皮笔记本："刚才我不说过嘛，我祖父有一个类似的本子。那个本子里的文字，是被加密过的，无法破解。我一直怀疑，祖父在那个本子里写下了发现玉佛头的经历。破译这个笔记本，我才能去说服东北亚研究所的人；而许桑你也可以找出你们家族的真相了，不是吗？"

我在心里暗暗佩服，这女人好厉害，她已经看穿了我的用心，知道我也对1931年7月中旬到8月底的"空白"有着强烈兴趣，不可能拒绝她这个请求。她借的这条金钩，我不得不咬。

别看我们这边一直咄咄逼人，其实从我们一进屋子，就是她在掌握着全局，每一步都是她精心设计好的。我们明知有问题，也不得不硬着头皮上。

我认命似的叹了口气，问道："木户有三的笔记，和你要找的这个人有什么关系？"

木户加奈道："那个本子的末页，被人用铅笔画过。这个画痕经过还原以后，是三个汉字，叫作付贵缴。这是祖父的笔记本唯一留下来的线索。要破译密码，我想这是唯一的突破口。"然后她拿出钢笔，在纸上写下这三个字。

我注意到，黄烟烟听到这个名字，瞳孔猛然一缩。

药不然偷偷对我说："你手里那本笔记，不是知道密码吗？这两本很明显是一套，如果你能解开木户笔记，岂不省事多了。"我"嗯"了一声，却没急着点头，这是我的筹码，可不能轻易表露出来。

我说："木户小姐，你是否有办法让我们看到木户笔记的内容？没解密的也没关系。说不定它和我手里这本笔记有某种联系，对接下来的工作会很有利——哪怕只有几个字也好。"

木户加奈沉思片刻，从房间里拿出一本日文杂志，翻开其中一页："这是几年前给我祖父做的一篇专题，里面有一张关于木户笔记的照片，不知道是否合许桑的心意。"

我接过杂志，直接忽略掉密密麻麻的日文，去看那照片。照片中的木户笔记被放在一个玻璃橱窗里，中间均匀摊开，镜头角度俯拍。可能是摄影师水平欠佳，玻璃反光很强，笔记只能看到一个轮廓，里面的文字内容却很难看清。配图的说明大概意思是这是木户有三先生在中国考察期间使用的笔记，如今已成为木户家的文物，被妥善保管在萩市私人博物馆内，云云。

我找木户加奈借了一个放大镜，眯着眼睛看了半天，才算勉强从这个糟糕的摄影师手里分辨出一行文字来。从这行文字的排列看，木户笔记与《素鼎录》的加密方式基本相同，使用位移式密码。但是在简略的心算之后，发现我所知道的密码，无法解开这本笔记。

关于玉佛头的第一次会谈就这么结束了。我和木户加奈达成了初步协议，她会尽快联络日本方面把那个笔记本寄过来，而我则帮她把"付贵缴"这个人找出来，破译木户笔记——至于玉佛头，木户加奈答应会继续与研究所的人斡旋，至于效果则要看我们的工作效果了。

离开饭店以后，药不然偷偷问我："你说木户家的那本笔记，会不会就是另外一本《素鼎录》啊？如果真的是，那还找什么付贵缴，你不是就能破译吗？"

我摇摇头说，哪有这种好事，然后给他解释这种位移密码是怎么回事。

其实说穿了很简单，位移密码使用的是中文电报编码。这种编码是在1873年由法国人威基杰根据《康熙字典》创造出来的，用四个阿拉伯数字代表一个中文汉字，绝无重复。比如6113代表袁，0213代表世，0618代表凯，只消在电报局拍发611302130618，收件人就能翻译成袁世凯三个字。

在需要加密的时候，加密者会设定一个密钥，密钥可以是任何东西，但表达的意思必须是数字的加减。比如-200，用需要加密汉字的编码减去这个数字，会得出一串新数字。袁（6113）世（0213）凯（0618）就会变成5913/0013/0418。这三组数字也有对应的汉字，分别是诘、倬、厄。这三个字给别人看，那就是天书，但如果知道了密钥，经过简单计算就知道说的是袁世凯。

《素鼎录》和木户笔记虽然用的是同一套密码系统，却不是一套密钥。我知道的密码，解不开这本笔记。看来，还是得从木户加奈提供的那条线索，去找找这个叫"付贵缴"的人。

药不然抓抓脑袋嘟囔道："这回干得不错，佛头没见着，反让人借钩钓鱼了。"

"借钩钓鱼"是古董术语，指骗子会借一件不属于自己的古玩，勾住有兴趣的买家，迫使他不断投钱，最后骗子突然甩钩走人，让买家落得钱货两空。木户加奈她先是说要归还国宝，等把中国方面的胃口钓起来，她又说玉佛头不在自己手里，提出额外要求。这时候中国方面骑虎难下，不得不帮她——这是个标准的"借钩钓鱼"式开头。

我俩正说着，黄烟烟从后头走过来。我追过去问她："黄小姐，刚才木户加奈提到那个名字时，我看你好像知道些什么，你知道这个付贵缴是谁吗？"

黄烟烟回头吐出两个字："知道。"

本来她是什么性子，跟我没有关系。可现在我们三个同在一条船上，她明知线索，却什么都不说，就有些过分了。我有点恼火："玉佛头不是我一个人的事，你知道什么，能不能跟我说说？"

黄烟烟没搭理我，自顾往前走去。我走上去要拽她胳膊，她手腕一翻，一股力道涌来，差点把我给甩下去。

我看她态度实在恶劣，只好把昨天黄克武送给我的蒲纹青铜环从兜里掏出来，在她面前一晃："你们家黄老爷子是让你跟着我，不是我跟着你。"

黄烟烟看我亮出青铜环，嘴角抽动几下，高耸的胸口几下起伏，显然是气坏了。她银牙紧咬，终于开口道："当初逮捕许一城的探长，名字叫付贵。"

"嗯？那付贵缴是谁？"我一下子脑筋还没转过来。黄烟烟轻蔑一笑："缴是收缴证物的印记。"

我这才恍然大悟。许一城被捕以后，那些笔记也会被当成证物，需要在上头写明是由谁来收缴的。这就和现在警察局移交证物时，都得签字说明是由谁谁保管，转交谁谁，是一个道理。这么简单，我居然都没想到。

"那这个人现在在哪里？"我问。

黄烟烟摇摇头，径直迈开长腿走了，多待一秒都不情愿。药不然默默地从后头跟过来，拍拍我肩膀道："哥们儿，有点过了。"

"怎么了？"

"那个青铜环是有来历的。"药不然一改平时的嬉皮笑脸，"据说她出生的时候不会呼吸，眼看要憋死了。她爷爷恰好从外头收了一个青铜环回来，给她挂到脖子上。说来也怪，她一戴上，呼吸马上就正常了。从此她就一直贴身戴着，视若性命。现在你平白给拿走了不说，还亮出来炫耀，换谁家姑娘都会生气啊。"

我一愣："又不是我非要的……黄老爷子把这东西给我，岂不是挑拨离间吗？"

药不然嘿嘿一笑："怎么会是挑拨离间？这是黄老爷子给他孙女婿准备的，现在你明白为啥她那么愤怒了吧？"我一听，苦笑一声，没说什么，把黄烟烟的事搁到一旁，开始思考付贵的事情。

木户有三的这本笔记，作为指控许一城的证物被付贵收缴，还在背后做了个记号，然后不知何时又回到了木户有三手里。这其中的蹊跷曲折之处，很值得探讨。

木户加奈从付贵这条线索入手是对的，这是目前唯一的一条线索。

不过我担心的是，这个付贵既然是探长，在1931年拘捕许一城时年纪怎么也得在三十到四十之间，活到现在的概率可不太高——毕竟后来经历了这么多战乱纷争。看来想找这个人，还真是不太容易。

无论如何，这是唯一的一条线索，无论走得通走不通，也只能一条路走到黑了。

我正想着，突然全身开始剧颤，整个人几乎站立不住，好像触电一般。药不然大惊道："你……你怎么了？那个日本人给你下毒了？"

"不，不是……"我咬着牙齿说，同时右手颤抖着朝腰间摸去，"大……大哥大响了。"

"靠！你这是吓唬人吗？"

这大哥大功率十足，一响起来震得我全身跟筛糠似的。我忙不迭地按下通话键，放到耳边。电话是刘局打过来的，我把见面情况一说，刘局立刻做出了判断："她这是在借钩钓鱼。"

"我知道。"我稳稳地回答，然后狡黠一笑，"我也是。"

刘局："嗯？小许你是什么意思？"

我淡淡回答："虽然没看到实物，但根据我的判断，那个玉佛头，八成是赝品。"

药不然在旁边听了一愣，他之前可没看我露出半点口风。电话里的刘局也意外地沉默了片刻，然后问："你有什么证据吗？"

我看看左右："等我上车再说。"

这里是北京饭店大门口，人多眼杂，确实不适合说这些。方震已经把车开来了，我拿着大哥大一猫腰钻进去，药不然尾随而入，把窗帘都扯起来。一直等到车子发动，我才把今天跟木户加奈的谈话原原本本复述给刘局听。刘局说："小许你认为玉佛头是赝品，完全是基于照片而做的判断喽？"

"首先，我没说它是赝品，只说赝品的可能性比较大。"我在电话里说，"只凭照片，既无法观察它的细节，也无法测定它的质地，所以只能从佛像形制上做个初步的判断，里面有些疑点。"

我说得特别谨慎。鉴古这一行，真假分辨其实是门非常复杂的学问。有时候一件古物上有一处破绽，怎么看怎么假，但过了几年以后有了新的研究成果，才发现那不是破绽，是鉴别的人功力不够。

从前曾经有人花大价钱收了半块魏碑，结果有行家鉴定了一圈，说你这碑肯定是假的，为什么呢？因为碑文里掺进去一个简体字，把"離亂"的"亂"字写成简化过的"乱"了。那人气得把碑给砸了，碎块拿去砌鸡窝。结果过了几年，新的魏碑出土，上面赫然也有一个"乱"字，这时候大家才知道，原来这个字古已有之，是工匠们刻字时随手省略的，又叫俗体字，那人知道以后后悔不迭，可惜已经晚了。

所以我没有急着下结论，只说有疑点。刘局听出了我的心思，爽朗一笑，说："你先给我说说看吧。"

其实这个鉴别说穿了，也没什么特别神奇的地方。鉴别佛像，一个特别关键的因素是它的雕刻风格。中国历代都有佛像，但是其雕刻手法各有各的特点，发展沿革有清晰的脉络可循。什么时代会出现什么纹饰，这个是错不了的。

我说："我刚才反复看了几遍，觉得这个佛头的面相有些熟悉。后来想起来了。这尊玉佛和龙门石窟的卢舍那大佛像神态非常类似。"

龙门石窟有一尊卢舍那大佛，佛高17.14米，头高4米，耳长1.90米，雕刻极其精美，是镇窟之宝。根据史料记载，这尊大佛是武则天捐出自己的脂粉钱修建而成的，容貌完全依照武则天本人的相貌刻成。照片上的那尊玉佛头，和卢舍那大佛的相貌非常类似，两者的秀美眉宇之间都透着一股威严之气，俨然有女王的气象。

"这没什么奇怪的。"刘局在电话里说，"这尊玉佛是供奉在则天明堂之内的，有很大概率也是依照她的面容雕刻而成。"

我立刻说："正是因为这两尊佛像都依照武则天相貌雕成，才会有问题。我发现的蹊跷之处，一共有二。

"第一点，卢舍那大佛的头部发型是水波式的，属于犍陀罗流派风格；而这个玉佛头的发型却是螺发肉髻，是马土腊流派①的作品。这两个佛陀造像流派起源于古印度，在盛唐都有流行，但是泾渭分明，极少互相混杂——卢舍那大佛和这个玉佛头同样是描摹武则天的形象，风格应该统一，但两者却走了不同的装饰路线，其中古怪之处，可资玩味。

"第二点则更为离奇。我在玉佛头的肉髻上还能看到一圈微微的扇形凸起褶皱，层叠如帜。这种装饰风格叫作'顶严'，而玉佛头上的'顶严'风格与寻常大不一样，它弯曲角度很大，像一层层洋葱皮半剥开，一直垂到佛祖的额头，斜过两侧，像是两

---

① 印度贵霜王朝（约公元1世纪-5世纪）时流行于印度北部马土腊地区的佛陀造像风格，一般头上无鬈发，肉髻呈螺旋形，外表较雄健粗犷，充满力量感。

扇幕帘徐徐拉开,很有早期藏传佛像的特色。这就非常有趣了,武则天时代,佛教刚刚传入西藏,距离莲花生大师创立密宗还有好几十年呢。在武则天的明堂里,居然供奉着几十年后才出现的藏传佛教风格的佛像,这也是件令人费解的事情。西藏在初唐、中唐时期的佛像都是从汉地、印度、尼泊尔以及西域等地引进,风格混杂,然后在朗达玛灭佛时全毁了。所以那个时代的佛像究竟是什么样式,只能揣测,很少有实物。我也是从一个活佛那里听过,才知道有这么一回事。

"我得重申一句,这些只是疑点,真伪还不好下结论。"

听完我的汇报,刘局那边沉默了一下,指示说:"这些疑问,你跟木户加奈说了没有?"

"还不到时候。她也有许多事瞒着我们。她既然把金钩甩过来了,咱们将计就计,看被钓的到底是谁。"

说白了,这就是一场斗智,木户加奈不仁在先,也就不要怪我不义在后。她想拿照片糊弄过去,我却捏住了这张佛头的底牌,谁笑到最后还不一定。

刘局下达了指示:"仅仅凭借这些细节,确实还不足以下结论。既然木户加奈请你们帮忙寻找付贵,那么你们尽快去找吧。我让方震给你们从公安系统提供点帮助——但你们记住,你们目前所做的一切,都是民间行为,国家是不知道的。你把电话给方震吧。"

我把电话递给前排的方震,方震接过去"嗯"了几声,又面无表情地送了回来。我耳朵一贴到话筒,刘局已经换了个比较轻松的口气:"听说你把黄烟烟给气跑了?"

"黄大小姐自己脾气大,我可没办法。"

"你这么聪明,怎么就哄不住姑娘呢?你稍微让让她。这件事做好了,也就等于团结了五脉。周总理在万隆会议上怎么说的?求同存异啊。"

我看刘局开始打官腔,随口敷衍几句,就把电话挂了。这个刘局,每次跟他说话都特别累,老得猜他在琢磨什么。我放下电话,看到药不然在旁边直勾勾盯着我,我问他怎么了,是不是想起了什么新线索?药不然犹豫了一下,赔着笑脸道:"咱俩现在是好哥们儿不?"

"算是吧。"

"哥们儿之间,有难同当,有福共享对吧?"

我乐了,随手把大哥大扔给了他:"反正这是你爷爷送的,你拿去玩吧。"

药不然挺惊讶:"你怎么知道我要借大哥大?"我回答:"你从刚才就一直往我腰上瞅,还不停地看时间,肯定是有什么约会。我估计,约会的是个姑娘,你想拿手机过去炫耀吧?"

药不然一点都不害臊,嬉皮笑脸地拍了拍我肩膀:"你小子就是这双眼睛太毒。"

我和药不然回到四悔斋以后,发现沈家派来的小伙计把铺子弄得井井有条。我表扬了他几句,让他回去了。一盘点,人家这经营手段比我强多了,一个上午就出了三件货,相当于原来我一个星期的营业额了。

我自己弄了杯茶慢慢喝着,药不然拿着大哥大煲起了电话粥。他好歹也是五脉传人,刚来四悔斋挑衅的时候,还算有几分风骨,现在一拿起电话,就完全变成一个死皮赖脸缠着姑娘的小年轻了,一直说到大哥大电量耗尽,他才悻悻放下。

我们俩随口聊了几句,我这时候才知道,药家到了这一代,一共有两兄弟,药不然和他哥哥药不是。大哥是公派留学生,在美国读博士,专业是医药,所以药不然被家里当成重点来培养。药家把持着五脉中的瓷器,这是一个大类,涉及的学问包罗万象,他虽然是北大的高才生,要学的东西也还是不少。

言语之间,我感觉药不然对这个行当不是特别在意,按他自己的话说,似乎是替他哥哥履行责任。说不定这哥俩之间,还有什么事,但我没细问。

说了一阵,我有点困了,自己回屋里眯了一会儿,把药不然自己扔在前屋帮我看柜台。等我一觉醒来,才发现这小子正跟方震聊着天。方震见我起床了,从怀里掏出一份文件递给我。看药不然悻悻的神色,大概是想提前看却被拒绝。以方震做事的风格,肯定不会让他先看。

要说公安系统的办事效率,那是相当的高。我和药不然回四悔斋这才三四小时,方震就拿到资料了。

原来这个付贵在解放前是北京警察局的一个探长,除了亲手逮捕过许一城以外,还抓过几个地下党。但他这个人心眼比较多,没下狠手。所以北京和平解放以后,他虽然被抓起来,但不算罪大恶极,中华人民共和国成立后被判了二十年的徒刑,一直在监狱里待着。等他刑满释放,正赶上"文革"。付贵不愿意继续待在北京,就跑到了天津隐居。近两年古董生意红火起来,他就在天津沈阳道的古董市场里做个拉纤的,帮人说合生意。

一个解放前的探长退休以后,居然混到古董行当来了,这可挺有意思。拉纤这活不是那么好做，得能说会道，还得擅长察言观色，倒是挺适合一个老警察。不过这行还得有鉴古的眼力，既不能被卖家骗了，也不能让买家坑了，这就要考较真功夫了。

既然发现了他的踪迹，事不宜迟，我当即让方震去订两张火车票，连夜赶往天津。药不然一脸愁眉苦脸，他好不容易把女朋友约出来，看来又要爽约了。

进了火车站，黄烟烟居然也站在月台上。不用问，肯定是刘局或者方震通知她的。她看到我凑近，只冷冷瞥了一眼，没多说什么，不过眼角似乎有点红，不知是不是哭过。我把那个青铜环拿出来："我许愿做人有原则，从不强人所难，等这件事情解决了，原物奉还。"说完我转过脸去，跟药不然继续贫嘴。至于黄烟烟什么反应，我就不知道了。

北京到天津火车挺快，两个多小时就到了。我们三个一下车，趁着天色还未黑，直奔沈阳道而去。

天津沈阳道的古董市场可是个老资格，俗话说："先有天津沈阳道，后有北京潘家园。"这地方别看简陋破落，可着实出过不少好东西，像什么乾隆龙纹如意耳葫芦瓶、成化九秋瓶之类的，都是从这里淘出来的。今天是周末，来的人更多，热闹程度不输潘家园，满耳朵听到的不是京片子就是卫嘴子。北京鉴古界的人，没事儿都会来这儿晃一圈，我先前也来过几次，认识个把熟人。

但这次显然不用我出手，无论是黄家还是药家，人家的名头可比我这四悔斋响亮多了。黄烟烟和药不然带着我穿过熙熙攘攘的人群，径直走向一家店面颇大的古董店。这古董店的里头摆着几尊玉貔貅、铜钱金蟾和鲤鱼，还有枣木雕的寿星像、半真不假的鹤寿图，与其说是卖古董，倒不如说是卖工艺品，都是给那些图新鲜的广东老板们准备的，跟古董关系不大。

店主是个花白头发的老头，一见我们三个进来，起身相迎。药不然咧嘴笑道："张伯伯，我可好久没看着您啦。"他本来一口京片子，到这儿却改换了正经普通话，一本正经，听着不太习惯。店主一愣，再一看，用天津话大声说道："眼来（原来）是药家老二啊，哪阵风把你给吹来了？"药不然道："我这是带几个朋友来溜达一圈。"店主往这边走过来，视线直接略过我，落到黄烟烟身上："黄大小姐，你也来了。"黄烟烟微抬下巴，算是回礼。

看来他们早就认识，说不定这里就是五脉的一个外门。

这姓张的店主跟药不然寒暄了一阵，药不然装作不经意地问道："张伯伯，你们这儿有个拉纤的，叫付贵，你听说过没有？"

张店主一听，乐了，右手食指中指飞快地在柜台上摆动了两下："怎么你们也是来看热闹的？"我和药不然疑惑地对望了一眼，听他这意思，是话里有话啊。他的手势，是以前鉴古界的一个老讲究，摆动双指，好似两条腿在走路，老京津的意思是去看当街杀头，后来没杀头这一说了，就引申成了看热闹——尤其是看别人倒大霉的热闹。

难道说，这个付贵最近出事了？

药不然连忙让他给说说。张店主看看我，药不然说这是我兄弟，没事，还拍了拍我肩膀。张店主这才开口，把付贵的事告诉我们。

其实就一句话的事：付贵这回在窜货场里折了。

什么叫窜货场？玩古董的人分新旧，那些老玩家老主顾，自然不愿意跟一群棒槌混在一起争抢东西。所以有势力的大铺子，都有自己的内部交易会，若是得了什么正经的好玩意儿，秘而不宣，偷偷告诉一些老主顾，让他们暗地里出价，正所谓是"货卖与识家"。这种交易会，就叫窜货场。

而这个付贵折的事，还真是有点大。

在一个多月前，付贵在沈阳道开始放风，说他联络到一位卖家，打算出手一盏钧瓷瓜形笔洗。钧瓷那是何等珍贵，俗话说"纵有家财万贯，不如钧瓷一片"，如今忽然有一个完整的钧瓷笔洗出现，少不得引起了不少人注意。在付贵穿针引线之下，几个大铺子联合起来，搞了一个窜货场，召集一些老客户当场竞价，价高者得。

买东西，总得先过过眼。付贵收了一大笔订金，却一直推托说卖家还没准备好。他在市场里声誉一向不错，铺子老板们也就没想太多。一直到拍卖当天，他还是没出现。几个铺子老板沉不住气，联合起来上他家去找他，结果大门紧锁，主人却失踪了。他一贯独居，也没结婚也没孩子，这一走，真不知道能走去哪里。

老板们没奈何，正要回头，迎头撞见一个老太太。老太太说她们家本来祖传了一个碟子，无意中被付贵看见，说是值钱东西，拍着胸脯说能帮她卖个好价钱。老太太信以为真，就把碟子交给他。这一直到现在都没动静，老太太等得着急，所以想过来问问。

两边仔细一对，铺子老板们全明白了。老太太嘴里的碟子，正是那个钧瓷笔洗。敢情付贵是两头吃，这头支应着窜货场，骗了一笔订金，那头还把老太太的东西给骗走了。他自己前后穿针引线，空手套了白狼，回头换个地方把笔洗一出手，又是好大一笔进账。

　　这下子可把人给得罪惨了。古董行当是个极重信誉的地方，尤其是拉纤的人，更是把信誉视若性命，这个付贵倒好，逮着机会狠狠黑了一回，固然是白白赚了一件钧瓷，可信誉也都完蛋了。不少人已经说了，一旦看见这个老头子，要狠狠地收拾他一顿。天津的小流氓们那几天满街乱溜达，因为有人放话，谁要是发现付贵的藏身之处，奖励一台双卡录音机。

　　我们三个听完，都是一阵无语。这类利欲熏心的故事我们都见过不少，但吃相像付贵这么难看的，还真不多。

　　药不然问："也就是说，您也不知道付贵现在在哪里？"

　　张店主笑道："我要知道在哪儿，早就告诉街坊了。现在付贵是整个市场的公敌，谁敢留他。"

　　我还想再问，药不然却偷偷使了个眼色，示意我别说了。他跟张店主又扯了几句闲话，然后扯着我和黄烟烟退出店铺。我问他到底什么情况，药不然摇摇头说："天津这地方，古董行当也自成一圈，跟北京那个圈子虽有交通，可骨子里彼此都看不上眼，有点像京津两地的相声界关系。付贵说到底也是天津圈子自己的事，家丑不外扬，咱们再问下去，人家肯定不乐意。"

　　我皱起眉头，这就麻烦了。付贵这祸惹得比天都大，他肯定早就不知跑哪里去了，绝不会轻易露头。不找到付贵，就解不开木户有三笔记之谜；不解开那个谜，就换不回东北亚研究所那群老头子的支持；没他们的支持，玉佛头就回不来，这几件事环环相扣。

　　黄烟烟开口道："我去打听。"我摇摇头："不妥，刚才我仔细观察那个老头子，他若有若无地怀着戒备的心态，可见对我们已经起了疑心。这事，咱们得谨慎点。"

　　这时候，药不然插嘴道："甭问，问了也白问。这窜货场比外头摊子高级，讲究和忌讳也特别多。就连出价，都是伸到袖子里拉手，不让旁人看出来。出了事他们不乐意家丑外扬，也是可以理解的。"

　　"问不能问，查不能查，这可有些棘手……"我眼神闪动，在脑子里拼命思考。

　　药不然哈哈一笑，拍胸脯道："大许你不用犯愁。天塌下来，有哥们儿这一米八二的顶着呢。那个付贵贪墨的是件瓷器，那是我家的本行。这件事，就交给我好了。"

　　无论是我还是黄烟烟，都面露疑惑，显然对这个轻佻的家伙没什么信心。药不然一拍胸脯，拉了一句京剧唱腔儿："山人——自有妙计。"

说完他做了个手势，往市场里走去，我和黄烟烟将信将疑地跟在后头。只见药不然背着手，迈着方步，在沈阳道一家一家地逛着古董铺子。每到一处，他大摇大摆踏进去，也不盘货，也不问底，专跟老板扯家常，有意无意泄露自己的来历。店主们知道五脉的，对他都恭敬有加；不知道五脉的，也听过鉴古学会的大名，自然不会怠慢。

连续两天，药不然几乎把沈阳道和周边几个小古董交易市场转了个遍，每家铺子都待了一阵。但我们光听他跟铺子里的人扯瓷器经了，正经的关于付贵的消息，一句没问。也不知道他葫芦里卖的什么药。

到了第三天早上，黄烟烟实在忍不住了，质问药不然到底打的什么主意。药不然笑道："说出来就不灵了，哥们儿这锦囊妙计，还没到抖出来的时候呢。"卖完关子，他靠在沙发上，一口一口吃起鸡蛋煎饼来。天津的煎饼卷的是油条，比北京的薄脆饼好吃。

黄烟烟不甘心地又追问了一句："你，有把握？"

药不然大手一挥："我有把握找到付贵，但能不能逮到他，还得借烟烟你的本钱一用。"说完打量了一下她凹凸有致的身材。黄烟烟眼神里闪过一道寒光，药不然赶紧补充一句："我说的是你的功夫，看你想哪里去了！"黄烟烟冷哼了一声，拿起一个煮鸡蛋，离开餐桌。

我把报纸看完，问药不然："咱们今天继续逛？"

"不用了。咱们今天就稳坐钓鱼台，等人上门来咬就成。哥们儿是张良再世、诸葛复生，罗斯福在中国的投胎转世，稳住就成。"药不然懒洋洋地伸了个懒腰。

我看他满嘴跑火车，便"哦"了一声，随手拿起一本《故事会》翻，翻了几页，总觉得心浮气躁，把书放下想出去透透气。我溜达到旅馆内院，忽然看到一个人影一闪而过，还传来呵斥声。我赶紧走过去，以为出了什么事。一探头，却看到黄烟烟在院子里晨练。

她换了一身粉红色的运动服，头发扎成马尾，一板一眼地按照套路打拳。这姑娘打得特别认真，口中随着拳势发出叱咤声，一会儿脸上就红扑扑的，鼻尖还有一滴晶莹汗水。说实话，她这副样子可比平时的冷若冰霜生动多了，跟穆桂英似的。

"谁！"黄烟烟忽然收住招式，朝这边瞪过来。我只好走出来，尴尬地没话找话："打拳哪？"黄烟烟见是我，没什么好表情，但好歹把拳头放下来。我见她没说话，只好厚着脸皮又说:"打的什么拳哪?"

"形意。"

"形意好,形意好。我自从看了《少林寺》,一直也想找个机会学学,可惜人家少林寺的形意拳传儿不传女,呵呵。"

我故意说了个笑话,黄烟烟没笑,而是比了个手势,让我过去。这个反应有些出乎意料,我不好拒绝,迟疑走进场地。她拽出我的右臂,左手扶住了我的肩膀,整个上半身靠了过来,传来一阵馨香。黄烟烟见我有些陶醉,妩媚一笑,双手突然发力,脚下一扫,我顿时觉得天旋地转,扑通一下摔倒在地。

黄烟烟拍了拍手,得意扬扬地离开院子。我躺在地上,疼得龇牙咧嘴,也不知该不该生气。

我还没爬起来呢,药不然的脑袋忽然从走廊探了过来:"我说,别玩了,赶紧过来,有人上钩了!"

来拜访药不然的是五个人,都在四十岁到六十岁之间,我看着有些眼熟,应该都是沈阳道几家大铺子的掌柜,前两天药不然都去转悠过。他们五个人手里都提着点东西,不是人参就是洋酒,再就是些不算值钱但还算稀罕的小玩意儿。

药不然坐在沙发上没起来,态度跟前两天大不一样,举止矜持,看见他们拎着东西过来,下巴一抬:"搁那儿吧。"五个人把东西放到桌子上,互相看了看,其中一个人搓着手笑道:"药老爷子可有日子没来溜达了。"

"我爷爷身体不大好,所以我这做孙子的替他多跑跑。几位的心意领了,东西还是拿回去吧。"

为首之人见药不然把话噎回去了,有些局促,便往我这儿瞥了一眼。药不然看出他的意思,说这兄弟也是我们药家的,不是外人,他们将信将疑,也不好质疑,场面顿时就冷了下来。这时我忽然想起来了,黄烟烟呢?她跑哪里去了?这种场合,按道理她也应该出席才对。

为首的掌柜姓孙,孙掌柜对药不然说:"我们听说,药家这儿招了马眼子?跟您讨教几合。"我听得清楚,马眼子是旧社会的江湖黑话,原来指的是擅长相马的马贩子,后来引申到古董界,特指鉴定古董的手段。孙掌柜说药家招了马眼子,就是在问是不是发明了新的鉴定手段。

以前鉴定全靠摸、看、尝,现在一个检测仪器全搞定了,所以精明的古董玩家,无不密切关注技术进展，随时跟进。药家是瓷器鉴定的权威，又有大学资源，他们的新成果，绝对是各方都觊觎的关注点。"

药不然听了孙掌柜的话，笑道："瓷器这玩意儿博大精深，哪个马眼子能保证万无一失。"

孙掌柜见药不然没否认他的问话，心中大喜，赶紧捧了几句："科学昌明啊。到底是北大的高才生。"药不然假意谦虚道："唉，这可不是一家的功劳，几个大专院校的研究所也出了不少力。"

五个人赶紧点头附和。孙掌柜又夸奖了几句，觉得火候到了，脖子往前探道："我们这些经营小买卖的，最怕赝品。打了一次眼，半个棺材本儿就赔进去了。小药你们家是这行当的泰山北斗，可不能不顾我们死活啊。"

我在旁边听着，大概猜出药不然的打算了。前两天他故意东拉西扯，就是为了在沈阳道放出烟幕弹，说药家又有新的鉴定手段问世。玩瓷器的掌柜们听了这消息，肯定坐不住，巴巴地赶过来讨好他。可我有一点不明白，这件事跟付贵有什么关系。

药不然面露为难："孙掌柜您言重了。鉴古学会有了好东西绝不藏私。只不过这件事干系重大，说出来就是一场地震，影响深远。爷爷不点头，我也不敢乱说。"孙掌柜一听这话门没关死，赶紧补了一句："您给我们露个底儿就成，我们决计不说出去。"说完他一扯药不然衣袖，伸出三个指头。

这就是所谓"袖底乾坤"了，只要药不然透句话出来，孙掌柜他们愿意付三千块钱。药不然有些为难地叹了口气，压低声音道："你们可千万别说是我传的啊。"五个掌柜忙不迭地点头，纷纷拿玉皇大帝、观音菩萨和自家祖宗起誓。药不然这才眯起眼睛，慢慢道："你们知道蚯蚓走泥纹吧？"

蚯蚓走泥纹是指宋代钧瓷特有的表面釉纹，开片[①]如蚯蚓走过草地的痕迹，是鉴别钧瓷的重要手段，也是基本常识。这一群掌柜跟小学生似的点点头，谁也不敢面露不屑。

药不然徐徐道："那你们是否知道，如今这个已经不保准了？"

孙掌柜他们一听，面色无不大震。蚯蚓走泥纹是鉴定宋钧瓷的绝对特征，历来人们都认为，只要有这个纹路，就一定是宋钧瓷无疑，根本不可能伪造。可如今药不然

[①] 开片是瓷器釉面的一种自然开裂现象，又称冰裂纹，原本是瓷器烧制时的瑕疵，但在瓷器逐渐发展后，成为一种特殊的瓷器装饰，宋代的汝、官、哥窑都有冰裂纹的瓷器。

突然来了这么一句，无异于告诉数学家一加一不再等于二了一样。如果这个蚯蚓走泥纹能被仿制，那么市场可是要大乱一阵。

孙掌柜声音都开始发颤了："您详细说说。"药不然道："具体详情我也不知，但药家数月之前已然发现，禹州窑厂已能仿烧出这类纹路。虽然未臻完美，但以现在的技术手段，改进不难。"

掌柜们一阵哗然。药不然连忙宽慰道："好在经过分析，目前这类仿烧只在一些小器件上实现，大件儿暂时还烧不出来。所以我爷爷打算趁这类赝品还没大量入市，未雨绸缪，找出新的鉴定手段。"

孙掌柜急道："那他老人家一定找到喽？"药不然摇头道："哪那么容易，现在技术小组还在攻关呢，只不过初有眉目而已。"

五个掌柜只盼着药不然能多说点。药不然却不肯说了："我知道的也就这么多，具体的，还得等技术小组的论文出来。我就这么一说，你们就这么一听，别太往心里去啊，万一我记错了误导你们，得折损多少功德。"

最后一句直接被五个掌柜给忽略了。他们见药不然再也不肯说了，只得纷纷告退。等到他们一个一个离开，药不然把脸转向我："你眼睛毒，看出什么没有？"

我隐隐约约摸到了眉目，淡淡道："钓金鳌。"

"哈哈哈哈，真是什么都瞒不住你这对大贼眼珠子啊。"

药不然笑完，又冷笑了一声："我看那个付贵根本没打算贪货，而是这五个掌柜的其中一个故意放出烟幕弹，自己揣了货，故意栽赃给付贵。"

我问他："你是怎么判断出来的？"

"那个故事破绽忒多了，比网兜儿都多。那个老太太真是不识货，付贵大可以把它低价收回来，然后光明正大卖出去，何必搞窜货场这么曲折？他吞货的手法太傻×了，事有反常必为妖。这圈子里要想黑人，手段可龌龊得紧，他们一撅屁股，哥们儿就知道拉什么屎。"

我点点头，虽然我不懂瓷器，可人心都是一样的。

药不然更是得意，继续说道："北宋的钧瓷太珍贵了，这么多年来很少有人能搜集到完整的。无论是谁拿到一件钧瓷，心里除了高兴，肯定还特别忐忑，特别没底，总惦记着到底是不是真的。所以我先是故意散布药家有新马眼子的消息，把他钓来这里，再故意用蚯蚓走泥纹的话题，勾起他的疑心，就是为了试探，到底是谁私藏了货。"

我想起来了，药不然刚才说了一句"仿烧只在一些小器件上实现，大件儿暂时还烧不出来"，现在看来，这句话其实就是在暗示，那个钧瓷小笔洗，说不定就是近期面市的赝品之一。真正的藏货者一听，肯定坐不住，想急着回去看看。想不到这家伙也有这等细密心思。

"嘿嘿，我说出那句话的时候，其中有一人面色一变，跟火燎兔子似的，转身就走，心里有鬼。"

我环顾左右，笑道："这么说来，黄烟烟没出现，也是你安排的，她现在正偷偷跟在那位掌柜身后吧？"

药不然点点头："敢匿下钧瓷、栽赃付贵的，一定是大店的掌柜。而这沈阳道上玩瓷器的大店，听了咱药家名号，没人敢不过来问候。"

这就是五脉的底气了。我对这小子另眼相看。五脉出身的人，果然不一样。虽然有点借重家族势力，但这一手用鉴古的法子玩弄人心，颇有大家底蕴，实在佩服。

药不然端起杯茶，稳稳道："咱们接下来，就等吧。"

过了一个多小时，我搁在茶几上的大哥大响了，震得玻璃几乎都要碎掉。我赶紧把它接起来，里面传来黄烟烟的声音："目标锁定了，速来。"然后她报了一个地址。

我和药不然连忙离开旅馆，直奔黄烟烟给的那个地址而去。那儿不在天津城区，而是靠近塘沽，一路上已经有些荒凉。我们很快来到一处城乡接合部的小胡同外，黄烟烟在村口小卖部的公用电话旁已经等候多时了。

"确定了？"药不然问道。黄烟烟点点头，伸手一指："就在村口第三家。"

我们三个偷偷摸进了村，来到第三家门口。这家的房子明显比其他邻居要好，门面是大理石装饰，一左一右搁了两个石狮子，屋顶还支着一个天线锅。

黄烟烟过去一撬，也不知用的什么手法，门应声而开。

既然已如此暴力地破门而入了，索性就贯彻到底吧。我们仨飞快地冲进院子，隔着玻璃看到屋里的情形。屋里那人正是刚才五个掌柜中为首的孙掌柜。孙掌柜正拿着放大镜，聚精会神地对着一个精致的瓜形笔洗琢磨，甚至连我们进了院子都不知道。

药不然推门进屋，孙掌柜听到声音，这才抬起头来，一看是我们，吓得赶紧要把笔洗藏起来，手一颤，差点没摔到地上。药不然道："哟呵，北宋的钧瓷，孙掌柜，发达了啊。"孙掌柜顾不得质疑我们为何闯门，起身连声解释道："祖传的，祖传的。"

药不然学着我的口气道："我看不见得吧！哥们儿来天津时，听说沈阳道上出了一件宝贝,是北宋钧瓷瓜形笔洗,想必就是这一件?"孙掌柜面色大变,可藏已经来不及了,只得赔笑道:"您肯定看错了,那件儿不是被人匿了嘛。"

药不然似笑非笑:"是啊,我也听说了,是被人匿了,听说整个天津都满世界在找呢。"

孙掌柜急道:"你们私闯民宅,我要去报警!"他是豁出去了,药不然既然语出威胁,他也只能铤而走险。药不然一屁股坐到对面沙发上,悠然自得地说:"您莫着恼。你们沈阳道上的事,哪怕闹翻了天,哥们儿我也不管。我们路过宝地,是想请你捧个人场。"

"您说您说……"孙掌柜借着这个问话的机会,把那个笔洗偷偷藏到身后。

"开门见山吧,我们想找付贵。孙掌柜能不能给我们指条明路?"

"你们找他干吗?"孙掌柜反问。

我一听,和药不然对视一眼,心知有门。

药不然道:"这您就别管了。"孙掌柜还想挣扎,药不然脸色一沉:"我说老孙,出来混,义气最重要。你不讲义气,哥们儿可就也不讲了。"

孙掌柜一听,颓然坐在沙发上,半晌才喃喃说道:"其实……我根本就不想,这主意都是付贵出的。"

原来在一个多月之前,付贵带着这个北宋钧瓷瓜形笔洗找到孙掌柜,说自己准备金盆洗手,想弄一笔钱就出国隐居。孙掌柜见到这宝物大为震惊,想盘下来。可付贵不肯让,说这东西拿出去肯定轰动,会惹祸上身,所以想用别的办法弄钱。于是孙掌柜和付贵商量出一个计策,付贵出面,散布消息说有人要出手一个钧瓷笔洗,以他的人脉,很快整个沈阳道的人都知道了。孙掌柜借机策动几个大掌柜,说这东西既然谁都想要,为策公平,不如开个窜货场,几个掌柜都同意了。

窜货场的规矩,参加的人得交订金。订金虽不多,但参与的人很多,合在一起也不是笔小数目。按照事先约定的,付贵拿了订金,又从孙掌柜那里拿了一大笔钱,跑了。而孙掌柜拿到了笔洗,偷偷藏起来,等风头一过,再悄悄出手。

这计策听起来两边都不吃亏,而且最大的风险还是付贵背着,所以孙掌柜心里一直踏实。可自从药不然说了那几句关于蚯蚓走泥纹的话以后,孙掌柜开始担心这会不会是赝品,一从旅馆出来,就直奔回家研究,结果被抓了一个正着。

"所以你们问我付贵在哪儿,我是真不知道。他把笔洗给了我,拿着钱就跑了。"

线索到这里，似乎断了。药不然用指头敲着沙发，陷入沉思。这时候，我忽然开口："照你这么说，那个笔洗的原主人——就是那个被付贵欺骗的老太太——也是假的喽？"

孙掌柜道："对，那是付贵找来的托儿。"

古董市场买卖，讲究源流。一件东西，是孙家、臧家还是童家，来历必须分明。付贵找个寡居的老太太当原主，大概就是出于这个目的，好让那些掌柜放心。

"她家地址你有吗？"我问。药不然和黄烟烟眼睛同时一亮。外界都以为老太太是被骗的苦主，只有孙掌柜知道她是托儿。那么付贵如果躲在她家里，那肯定谁也想不到。

孙掌柜犹豫了一下，给我写了一张字条。我们三个拿起字条，起身准备离开。孙掌柜拉住药不然，想讨一句放心话。他这勾当，如果真曝光出来，以后就别在沈阳道混了。

药不然笑眯眯道："你看得起我，我看得起你，我号称京城铁嘴金不换，你的事儿，别说严刑拷打了，就是美色当前，咱也不含糊。"孙掌柜听他话里有话，忙问是什么意思。药不然指了指那件被孙掌柜藏在身后的笔洗："别怪哥们儿多嘴啊，这玩意儿一看，就知道不旧。"

孙掌柜手里一颤："啊？"

药不然叹了口气，指着那笔洗的深色胎足道："宋钧瓷的足心包釉，元钧瓷却是裸底露胎。这是元瓷，不是宋瓷。您只顾贪钱，把这么基本的常识都忘记了啊。"

我们默默走出屋子去。在我们身后，一声清脆的破裂声传来，然后是一个人重重跌坐在沙发上的声音。

离开了孙掌柜家里，我们按图索骥，很快找回到城里，来到那老太太的住所。老太太姓陈，住的是不知哪个单位的家属院。几栋四四方方的楼立着，砖头呈暗红色，各家窗台和阳台上都堆满了大蒜、鞋垫、旧纸箱子之类的杂物。每栋楼之间都种着一排排槐树与柳树。

陈老太太住的是三号楼二单元，楼道里采光不算太好，很狭窄，又被自行车、腌菜缸之类的占去了大部分空间，我们三个费了好大力气才上到四楼。

正对着楼梯口的那家，就是陈老太太住的地方。她家门口是一扇绿漆斑驳不堪的木门；门上一个倒"福"字被人撕得只剩下一半，两侧的对联倒是清晰可见，上面冰墨楷体写着宝光寺的名联："世外人，法非常法，然后知非法法也；天下事，了犹未了，何妨以不了了之。"看得出这对联绝不是大街上随处买的，而是什么人亲手所书，无论笔锋还是内容都颇有禅意。

药不然正要敲门，我把他拦住了，眯着眼睛说："这家人，恐怕正请客呢。咱们得谨慎点。"

药不然和黄烟烟问我为何，我一指门口的铁撮子："撮子里有蒜皮、有芹菜梗，上头还沾着点面粉。这家人肯定是打算包饺子。"

"那又怎么样？"黄烟烟反问。

"一个寡居的老太太，包饺子肯定是为了请客。你们看芹菜的新鲜程度，刚择好的。门里还有砧板响的声音。天津吃饺子讲究吃新鲜的，所以这位客人，恐怕现在已经在屋里头了。"我别有深意地说。

我们短暂地商量了一下，我跟药不然分别站在门两侧，让黄烟烟去敲门。黄烟烟轻轻敲了几下，屋里过了好久，才传来脚步声，一个苍老的声音从门口传来："谁呀？"

"您好，我是街道办的，国家最近要做城镇人口普查，我上门来了解一下情况。"

那个冷若冰霜的黄烟烟，此时居然改了一副热情活泼的口气，俨然一个来街道办实习的女大学生。我没想到她居然还有这等演技，真是小看她了。

门开了一半，一个老太太警惕地探出头来，看到门口居然站着三个人，吓了一跳，就势要把门关上。黄烟烟满面笑容，一把攥住老太太的手："您辛苦了！"老太太被她突然抓住手，缩不回去。我和药不然一看机不可失，一脚伸进门内，把腿一别，门当即被推开。

"你们干什么？入室抢劫？"老太太惊惶地嚷道，想挡住门口。可她哪拦得住两条壮汉，我们轻轻松松就闯了进去。药不然还忙里偷闲地喊了一声："警察！统统不许动！"

古董局中局 1

第四章

智斗青铜器赝品世家

这是一套两室一厅的小房子。我和药不然眼神一闪,分头冲向东西两个房间。我一进屋,看到这是个卧室,卧室里除了一个大衣柜和一张双人床以外,再没别的东西。我矮身一看,床底下没人,就退到了门口。药不然也检查过了对面那屋,说那里只有一张折叠木桌和几把椅子,还有台黑白电视。

不过药不然告诉我,那木桌上搁着一碟花生米和一盘拌海蜇,还有一瓶茅台酒与一个酒盅。

老太太这时候已经反应过来了,一把拽住我和药不然,喋喋不休说要报警。我一看她的袖口沾着面粉,知道她开门前是在厨房包饺子呢。

换句话说,在客厅里喝酒的,肯定另有其人。

我目光闪动,把老太太轻轻扯开,交给药不然拽住,第二次走进那卧室。我一进去,扫视一眼,径直走向衣柜。这衣柜是榉木做的,样式很老,支脚还是虎头状的,应该是民国家具,不过保养得不错,表皮包浆溜光。

本来还在撒泼的老太太愣了愣,突然扯着嗓子大喊了一声:"老头子,快走!"

大衣柜的两扇柜门突然打开,一个穿着汗衫短裤的老头子猛地蹿了出来,手里拿着把改锥(螺丝起子)恶狠狠地朝我扎来。我不敢阻挡,不由自主倒退了三步。老头借着这个空隙冲出卧室,朝门口跑去,动作无比迅捷。药不然想伸手去抓,老太太却一口咬在他手背上,疼得他一激灵。

可惜老头不知道,门口还有个女煞神等着呢。他刚出去半个身子,就被一只纤纤玉手按在肩膀上,改锥"当啷"一声掉在水泥地上,整个人当即动弹不得。

这老头行动虽然惊慌,眼神里却闪着凶光,全身都紧绷着,有如一条恶犬,稍有放纵便会伤人。他挣扎着从地上要爬起来,却被黄烟烟牢牢按住。

"请问您是付贵付探长吗？"我蹲下身子，冷冰冰地问道。

老头听到我的问话，身体突然一僵。

我一看到他的反应，心里踏实了，这老头肯定有事儿。我示意黄烟烟下手轻一些，和颜悦色道："付探长，放心吧。我们不是冲那件假钧瓷笔洗来的，就是想来问个事儿。"

付贵听到我提到"假钧瓷笔洗"，知道如果再不合作，就会被我们扔到沈阳道去，他终于不再挣扎，瞪着我道："你们……要问什么？"

"来，来，先起来，尊老敬贤，这么说话哪成。"我把他从地上搀扶起来，黄烟烟很有默契地挽起他的胳膊，往屋子里带。药不然苦笑着对老太太说："大妈，您是属狗的吧？能把嘴松开了吗？"那老太太牙口可真好，咬住药不然的手掌一直没放开，都见血了。

付贵冲老太太挥了挥手，叹息一声："月儿，松开吧，接着包饺子去，没你事儿了。"老太太这才放开药不然，狠狠瞪了我们一眼，转身进了厨房。看到这一幕，我们三个心里都明白了。这老太太估计是付贵的老婆或者女朋友，只是沈阳道没人知道他们的关系。

老太太出来扮苦主，一是忽悠那几位掌柜，二是放出烟幕弹——谁能想到，付贵会躲到苦主家里来呢。

付贵弯腰从地上把改锥捡起来，手掌朝客厅侧伸："三位，请吧。"他已从刚才的慌乱中恢复过来，气度沉稳，完全不像一个刚刚被人按在地上的骗子。

我暗暗心想，这老头到底干过探长，果然不简单。他本来在客厅吃饭，一听敲门声，第一时间就躲进了衣柜，手里还不忘攥着凶器，伺机反击。若不是黄烟烟身手了得，真有可能被他逃掉。

我们几个人坐定。付贵道："你们是北京来的？"我们几个点点头。付贵又问："你们是五脉的人？"这次只有药不然和黄烟烟点了点头。付贵找出几个酒盅，给我们满上，然后他自己拿起酒杯一饮而尽，问了第三个问题："你们是为了许一城的事？"

这人眼光当真毒辣得很，药不然拿指头点了下我："这位是许一城的孙子。"

付贵打量了我一番，不动声色："倒和许一城眉眼有几分相似。"他一说到许一城，整个人的气质都发生了改变，不再是那个骗人钱财的猥琐老纤夫，而是当年在北平地头上横行无忌的探长。我注意到，在他脖颈右侧有一道触目惊心的疤痕，虽然被衣领遮掩看不太清楚，但依稀可分辨出是烧伤。

现在亲眼见过许一城的人，除了五脉那几个老人以外，就只有这个付贵了。从他嘴里探听出来的东西，将对我接下来的人生有重大影响。我的声音显得有些紧张："听说当初拘捕审问我爷爷的是您，所以想向您问问当时的情形。"

付贵三个指头捏着酒盅淡淡道："这么多年了，怎么又把这件事给翻出来啦？你们费这么大力气跑来找我，恐怕不是想叙旧那么简单吧？"于是我把木户加奈归还佛头的来龙去脉约略一说，特意强调付贵是解开木户笔记的关键。

"这么说来，五脉对这个盗卖佛头的案子，一直念念不忘啊。"

"他们是他们，我是我。许家已不是五脉之一。"我纠正了付贵的说法。付贵听到许家二字，看我的眼神有了些变化。他问道："你们家这么多年来，过得如何？"

我简短地说了一下许家的情况。付贵听完，把酒盅搁下，指了指门口："看到门口那副对联了吗？那就是许一城送我的。我每年都请人临摹一副，挂到门外，这都好多年了。"我颇为意外："您和我爷爷原来就认识？"

"岂止认识，还是好朋友呢！"付贵晃着脑袋，仿佛很怀念以往的日子，话也开始多了起来，"我跟他认识，那还是在溥仪才逊位不久。那时节，我在琉璃厂附近做个小巡警，每天别着警棍在管片儿溜达。有一天，我看见一个穿马褂的人走过来，胳肢窝下还夹着一把油伞，像是哪个大学的学生。那时候大学生老闹事，我就上了心，过去盘问。那学生说他叫许一城，正准备去北大上课。我一看他带着油伞，心里就起疑，北平晌晴薄日的，谁没事会出门带把伞啊，肯定有问题！"

付贵说着的时候，脸上浮现出笑容来。老人最喜欢回忆过去，而且对过去的记忆都特别深刻。我没急着问他木户笔记的事，而是安静地听着，希望能多听到点关于许一城的事情。

"我不由分说，把他逮回了局子里，带入审讯室。刚坐下还没一分钟，又进来一拨人，说是有个人在古董铺子里失手打碎了一面铜镜。掌柜的说这是汉镜，价值连城，非让他赔，两人拉扯到了警局。警察人手不够，我就索性把掌柜的与顾客也带进审讯室，两件事一起审。我略问了问古董铺子的案情原委，许一城在旁边乐了，跟我说我帮你解决这案子，你把我放了吧。我不信，说你以为你是包青天哪？许一城一拍胸脯：这可是一桩大买卖。

"没想到，这案子还真让许一城给破了。他说汉唐铜镜的材质是高锡青铜，江湖上有一种做旧的手法，是用水银、明矾、鹿角灰掺着玄锡粉末去摩擦镜面，叫作磨镜药，磨出来几可乱真，要水银沁还是黑漆古都很容易。他把那掌柜的手一抬，上头还沾着锡粉，一望便知是个造假的作坊，专门讹人。于是我拘了掌柜的，又带着几个伙计赶去那商铺，顺藤摸瓜起出来了一个赝品作坊，立了一功。

"我对这人立刻刮目相看，把他放了，还请去张记吃了一顿酱羊肉。从此我和许一城就成了熟人。琉璃厂这个地界，纠纷多因为古玩而起。有这么个懂行的朋友在，我以后办起案子来也方便。后来我才知道，人家是明眼梅花，五脉传人，肯折节与我这个小警察交结，那是人家看得起我。后来许一城做到了五脉掌门，我也借势破了几个大案，成了南城的探长。"

说到这里，付贵忽然变得有些困惑："我实在没想到，许一城这么一个明白人，竟然会去盗卖佛头。那家伙的性格我最了解了，生平一恨糟蹋文物，二恨洋人夺宝，经常感叹国家弱小，文物都得不到保护。当初孙殿英炸开慈禧墓，把他给气得差点没背过气去。这样一个人，居然会去盗卖佛头，我到今天也想不清楚。"

我问："您在审问他的时候，他没告诉您？"

付贵听到这儿，气哼哼地咳了一声："哼。佛头案发以后，北平警局要拿他。本来这案子没我什么事，我主动请缨去审他，认为这里面绝对有冤情。许一城是我的好朋友，我得想办法替他洗刷。"

"您怎么如此笃信？"

"因为这案子蹊跷啊！我告诉你，盗卖佛头这案子，唯一的证据，就是木户有三在日本学报上登的那篇文章，这叫孤证。至于那个佛头他们是在哪儿盗的，什么时候盗的，这些细节一概没有。这么一个案子，一城只要推说都是那日本人所为，自己只是受了蒙骗，不说开释，多少能有减刑。结果一城那浑蛋根本不配合，什么都不说，问来问去只有一句话：老付你不懂。过了几天，他索性认罪了，说左右是要死，这最后一份功劳不如送给老付你，你说可气不可气？"

他说到这里，一拳砸在桌子上，酒盅掉在地上，摔成了五六片，显然对这件事耿耿于怀了几十年。老太太闻声走进来，把碎片收走，又给他拿了一个新的。

这番话让我呆在了原地。听付贵的意思，许一城竟是自投罗网，主动承认了罪名。这在道理上完全说不通啊。药不然见我沉默不语，抢先问道："那个木户有三，你打过交道吗？"

付贵听完却十分为难，他默默拿起酒杯又啜了一口："我跟木户有三不是特别熟悉。我也只是跟他吃过两次饭，还是跟许一城一起。我对日本鬼子没好感，不过这个人，倒不是什么坏人。我做探长这么多年，什么人我一眼就能看透。木户有三这人，就是个书呆子，高度近视，不善言辞，没事就捧着本书看，两耳不闻窗外事。我们吃的那两顿饭，其实一共也没说上几句话，大部分时间都是我和许一城聊天，他陪在旁边，一脸呆滞，也不知在想些什么。若不是后来因为他而导致许一城入狱，我还真以为他是个好朋友呢——所以你们说我能解开木户笔记的密码，实在有点勉强，我跟他，真没什么交集。"

"审讯许一城的时候，木户在吗？"

"怎么可能，那家伙要敢来北平，我一枪崩了他！"

"他有一本笔记，当时被当作证物收走了，还是你签的字。你有没有印象？"

付贵歪着头沉思了一阵："好像是有这么一本东西……不对，是一摞，一共有三本。"

我们三个一听，都是一惊。那种牛皮镶银笔记我手里有一本，木户加奈手里有一本，居然还有第三本？

"笔记本里写的什么内容你知道吗？"

"不知道，里面用的是密码。我估计大概是考古笔记之类的东西吧——不过许一城自己已经承认，所以检控方对这些笔记也没什么太大兴趣，当成二类证据，没费心思去破译。"

果然这第三本笔记，也被加密过了。只是不知道它用的密码是和《素鼎录》一样，还是跟木户笔记相同，抑或有自己专属的密码。

"后来这些笔记本的下落呢？"我问。

"日本领事馆来了一个叫姊小路永德的外交官，说这是日本政府的财产，给收走了。"

"全收了？"

"啊，那当然，三本全拿走了。"

木户有三笔记的来源搞清楚了，可是新的疑问重新发现：如果日本政府当时把笔记本收走，那么我家里那本笔记，到底是从何得来的呢？还有，第三本笔记，下落又在何处呢？

我又细细追问，也亏得付贵对当年那件事印象太深，许多细节都还记得。我问了一圈下来，发现付贵这个人只是凭着对朋友的义气，想要帮帮许一城罢了，他只是个小探长，对于盗卖佛头这件事本身，知道的恐怕还不如黄克武多。

综合黄克武、付贵和木户加奈的故事，许一城的形象逐渐丰满了，但他与木户有三在1931年7月中旬到8月底之间的经历，却还是一片空白。

我问道："我爷爷，到死也没再说什么？"付贵摇摇头道："没有。你爷爷许一城是个茶壶煮饺子的性子，他不想说的，你一个字也别想撬出来。他临刑前夜，我带了点酒菜去送行，劝他再好好想想，只要他说一句话，我就有把握把这案子拖下去。可他什么都没说。等我把酒菜盘子端出监狱，发现盘底粘了一张字条。字条上说他与我相识一场，总要留点东西做纪念。字条指点我去南城一处偏僻的冰窖里，从那里拿到一件唐代的海兽葡萄青铜镜。我知道他是什么意思：咱们以镜结识，就以镜结束好了。"

他说到这里，深吸一口气，闭上眼睛。

"我想找他的遗孀，可她那时候已经抱着刚出生的孩子失踪了。后来抗战爆发，日本人占了北平，我没跑，稀里糊涂当了伪警察。抗战胜利以后，我勉强避过了汉奸的风头，还抱上了北平警备司令的大腿。可惜抱得太紧，等到了北平和平解放，我想松开都难了。后面的事你们都知道了，我在监狱里待了小半辈子，出来以后也干不了警察，就靠当年跟许一城混的时候学到的一鳞半爪，在天津当个拉纤的。"

"不对……"我喃喃自语。桌上其他三个人都听到了。付贵眉头一皱："你说什么不对？"

我抬起头："我说您收的那件古董不对。"

"你是说你爷爷给我的是赝品？哼，你太不了解他了！"付贵不悦道。

"不，不，不是说这面青铜镜是赝品，而是……"我飞快地组织着语言，"而是你拿到那面青铜镜的地点，有问题。您刚才说，这东西是搁在一个冰窖里的？"

"对，就在城南的一个小村子里头，以前是专门给宫里存冰用的。"

"这就奇怪了。我爷爷是白字门的大行家，五脉掌门。他绝不可能做出这种没常识的事来。"

我的话立刻吸引了其他人的注意。我扳着指头解释道："青铜镜的合金配方是锡加铜，而锡这种东西，在低温下会变成黄色粉末。青铜器如果放置环境不对，其中的锡成分就会形成粉蚀，还会迅速传染到附近的区域——所谓'锡疫'。所以青铜器的保管，低温是一个绝对的大忌。

冰窖，顾名思义，是存放冰块的地窖。古人没有冰箱，只能挖一个很深的地窖，在冬天把冰块放进去，利用低温存放到夏季使用。所以冰窖里的温度，是非常低的。把青铜器搁在里头，不出一个星期，就会得上锡疫。

许一城是青铜器专家，他又怎么会犯这种低级错误，把送给朋友留念的青铜器放在冰窖里？

"可他确实是那么放的呀。"付贵辩解道。

我注视着他的双眼："那么只有一个可能。他是通过这个铜镜，想传递什么信息，但又不想被其他人知道，所以才会用这种看似不合理的放置办法，来做出暗示。而这个暗示只有铜镜发生锡疫后，才能被发现。"

"咳！他何必跟我绕这么大圈子？有啥话不能直说。"

"佛头这件事，牵扯太广，多少方势力都在暗中窥视。我爷爷那么做，一定有他的道理。您后来拿到铜镜以后，可记得上面有什么东西？"

付贵道："从冰窖起出来以后，就一直搁在家里。青铜器我不太懂，也就没怎么仔细看过。"

黄烟烟忍不住问："那面青铜镜现在在何处？"

说到这里，付贵面露羞赧，拍了拍脑袋，这才说道："呃……已经不在我手里了。前两年老婆子要看病，我把它给卖了。可看病的钱还是不够，所以我才想跟孙掌柜联手，搞一回大的，就带老婆子回家乡养病。没承想倒让你们找上门来了。"

原来他是急着给老婆看病，才定下这么一个坑人的计谋。不过仔细想想，他是刑满释放人员，也缺少专业技能，做拉纤本身又赚不到什么钱，生活窘迫可想而知。

药不然耐不住性子，抢着问道："卖给谁了？"

付贵说："一个安阳的老板。他说需要一面古镜镇宅，从我这里收购走的。唉，说实在的，如果不是为了给老婆看病，我也不想把一城的东西给卖喽。"

我们三个人对视一眼，看来这趟旅行还没结束，少不得要跑一趟安阳了。我找付贵要了那个安阳老板的地址，仔细抄录下来。那老板叫郑国渠，名字挺有意思，估计他爹是秦始皇的拥趸。

我拿起桌上的酒盅，双手举起，恭恭敬敬道："付爷，我这第一杯酒，是为今天的鲁莽道歉。"然后一口喝光，又倒了一杯："我这第二杯酒，是替我爷爷许一城敬您这位好朋友，这么多年，还一直惦记着他。"我再次一饮而尽。

我本来不大擅长喝酒，到这时候脑袋已经有点晕了，可我还是坚持倒了第三杯："这第三杯，是谢谢您给我指出一条线索。这对我爷爷，对我们许家的名誉，至关重要。"

付贵缓缓站起身来，用双手握住我的酒杯，老泪纵流："当年我未能帮上一城的忙，一直遗憾得很。今天这份心愿，总算能了却一点。"他把酒盅里的酒喝完，眼睛变得炯炯有神："小许，我告诉你，你爷爷许一城，绝对不是盗卖佛头的人。当年到底有什么隐情，我没查出来，真相究竟如何，就落在你身上了。"

说完他转身进了阳台，在阳台里翻腾半天，翻出一本相册，相册上满是尘土。付贵拍了拍土，咳嗽了几声，把册子翻开，取出一张已经残旧的老照片："这是我手里唯一的一张许一城的照片，是当时审讯许一城时我偷偷留下的。现在也算物归原主，给你留个纪念吧。"

我们看到照片后，面色顿时大变。

这张照片，我们前几天已经在木户加奈那里看到过，是在考古学报上发表的木户有三那张摄于考察途中的单人照，脚踏丘陵，背靠城墙，景物、构图、人物姿势、光线都毫无二致。

但这张照片和学报上的那张有一个决定性的差异。

这张照片上多了一个人，在木户有三的旁边，还站着一个人。

那人一袭短衫，正是许一城。

照片修改术不是什么新鲜玩意儿，早在19世纪就已经有了。当时的人们利用修补、剪裁和重新曝光等暗房技术，对照片可以实现天衣无缝的修改。比较著名的有1920年列宁在莫斯科发表演说的照片，旁边本来站着托洛茨基，但斯大林上台以后，就利用这种技术把托洛茨基抹去了。

我把这些常识告诉药不然与黄烟烟，两个人表情都显得很震惊。他们赝品古董见得多了，却没想到照片这种东西也有作伪的手段。药不然抓抓头皮，感叹道："我×，还有这种手段。哎，那摄影师你还有联系吗？哥们儿有几张和前女友的合影想处理一下……"

我把双手插在裤兜里，眉头紧锁。事情变得越发有意思了。同一张照片，却出来两个不同的版本，到底是许一城与木户有三的合影被涂改，还是木户有三的单人照被添加，目的何在？

一个一个疑团萦绕而上，我却觉得有心无力，想从中抽丝剥茧而不能。

我们先坐火车回了北京。方震去接我们，顺便向刘局做了汇报。刘局的指示跟之前差不多，让我们继续放手去查，有关部门会支持，但绝不介入。方震把那张照片拿走，说是去技术部门做个鉴定。如果是修改过的话，胶片颗粒会有微妙的不同，可以识别出来。

木户加奈那边也有了新的进展。她已经做通了木户家族的工作，把木户笔记一页一页拍照传真过来。清晰度差了点，但足以辨认汉字。

木户加奈把这些传真件订成一个册子，交到我手里，然后颇有深意地看了我一眼："许桑，希望我们合作愉快。在中国，我只信任你。"我知道她说的是什么意思。在她看来，无论刘局还是鉴古研究学会，他们的目的，都是让玉佛头回归；只有我是为了祖父名誉而参与此事，从根子上与她为祖父赎罪是差不多的。

但我也不相信，木户加奈单纯只是为了给祖父的侵华罪行赎罪而来的。她的种种手段，都透着那么一丝诡异。还有那本"支那风土会"出的《支那古董账》，不知道和现在的东北亚研究会有什么联系。

不过现阶段她跟我的利益不冲突，所以我暂时也就没说破。

"木户小姐，付贵的情况，我已经全部告诉你了。关于姊小路永德的事，我很在意。你能否利用在日本的关系，查一下当时日本方面的记录？"

许一城案发以后，姊小路永德把那三本笔记取走了。三本笔记现在一本存在日本，一本被我收藏，还有一本不知去向。如果能从这条线索摸过去，说不定会有收获。木户加奈听我说完后，答应打电话去日本查一下。

说完这些，木户加奈把头发撩到耳后，用一种恳求的眼神望着我："许桑，我可以跟你们一起去安阳吗？"我犹豫了一下，拒绝了。药不然和黄烟烟对她印象很差，我也很难把握这个女人，这次去安阳还不知会发生什么事情，变数越少越好。

木户加奈面露失望之色，但也没有勉强。她说她会利用这几天时间去考察一下潘家园的古玩市场。我这才想起来，她似乎还有一篇讨论包浆量化的论文。说实在的，她在潘家园那种十货九赝的地方，真不会有什么收获。

我快走到门口的时候，木户加奈忽然把我喊住："许桑，你知道我的祖父如何评价您的祖父吗？"

"嗯？"我停步回头。

"他从来没提过。即使学界的人反复询问，他都从来没说过一个字。"木户加奈说。

我心领神会，鞠躬向她道谢。

纵观整个盗卖佛头案会发现，虽然此案轰动一时，却几乎没有任何细节公之于世。许一城被枪决，是因为他自己认罪，付贵没从他口中得到任何有效信息。木户有三在学报上发表了《则天明堂佛头发现记》，也只是在强调其历史价值，对如何发现讳莫如深。换句话说，这两个关键的当事人，对1931年的空白，均三缄其口，带进了棺材。

这件案子的轰动程度，和它目前公布出来的细节，根本不成比例。其他人谈及这案子时，大多集中在汉奸与盗卖等民族大义的批判上，却对这一点很少关注。这其中蹊跷，让我看到了一点希望——我爷爷做这件事，肯定不是汉奸这么简单。

我从北京饭店出来，忽然接到药不然的电话，他说他爷爷药来想找我聊聊。

药家坐落在城东，是一栋颇为洋气的独立小楼，乌檐碧瓦，装修品位不凡。我一进门，药不然跟着药来迎了出来。药老爷子看着精神头不错，左手拄着拐杖，右手拿着两个紫金核桃，核桃一转，发出闷闷的碰撞声，一听就知道不是凡品。

我们各自坐定，药来开门见山道："那天晚宴的时候，你有没有觉得哪里不对劲？"

我苦笑一声。那天晚上不对劲的地方太多了，都说不过来。我只得摇摇头，请他开示。药来道："你还记不记得刘局是怎么介绍你的？"

我回想了一下，刘局当时说的是"这是小许，许和平的儿子。白字门如今唯一的血脉传人"。差不多就是这意思。药来眯起眼睛，一脸玩味："明白了？"

我一下反应过来了。对五脉来说，许家的最后一个五脉成员，是许一城。我父亲许和平这一辈子，从来就没进入这个圈子，也没跟他们打过交道。对他们来说，这个人应该是不存在的。而刘局介绍我的时候，没说是许一城的孙子，却说是许和平的儿子，这就很堪玩味了。

刘局那么说，说明许家在我父亲这一代，和五脉也有接触，而且关系匪浅。想到这里，我心中一震。难道我那与世无争的父亲，也有我所不知道的一面？

药来看我的神情有异，大为得意："小许，我今天找你来，就是想告诉你。五脉的关系，可远比你想象中复杂。你们许家即使被开革出门，这几百年沉淀下来的关系，也不是轻易能断绝的。"

我没有回答，我知道药老爷子肯定有下文。药来示意药不然把门关好，慢慢啜了一口茶，开口道："我听不然说，你一直在为你父母上访？"

《素鼎录》失窃以后，药不然也看到了我保险柜里的东西，里面就放着上访材料。

所以他告诉自己爷爷，并不奇怪。

我父母都在大学当教员。父亲在中文系教古代汉语，母亲是建筑系的讲师。在我的印象里，他们生活得很低调，除了学校里的学生和老师，几乎没有别的朋友。"文革"期间，他们被打成反革命分子，理由是在课堂上宣扬封建礼教和资产阶级趣味。在那个荒唐的年代，什么荒唐的罪名都有。他们隔三岔五就会被揪去批斗游街，家里也被抄过好几次。

有几个他们原来的学生，对自己老师批判得格外激烈，居然宣称找到了他们反党反人民的关键证据。那一次批斗会后，我父母实在不堪欺辱，一起投了太平湖。后来"文革"结束，他们的这个罪名却一直没得到平反，我这几年，就在奔走这事。

现在想想，突然觉得挺讽刺的。现在不光是为我父母恢复名誉，还要为我爷爷的身后名奔走。我们许家最重声誉，可偏偏每一代人都被这玩意儿拖累。

药来听完以后，神情严肃道："五脉之中，一直有人想让许家回归，但也有人一直想把许家置于死地。"我听完以后，如坠冰窟。药来这句话，明显是在暗示，"文革"期间我父母的死，似乎也不是那么单纯。有一只幕后的黑手，利用形势对许家进行迫害。

"可是，为什么？"我忍不住问。许家已经淡出古董圈，不会对五脉再有什么威胁啊。

药来冷笑道："匹夫无罪，怀璧其罪。'文革'期间，多少收藏家被抄家。有些好东西被砸了，有些好东西，就再也找不到了。"他没明确说出来，但我已听明白意思。似乎有人觊觎许家的什么东西，就煽动革命小将去抄家，然后趁机偷窃。

而我们家能引起五脉中人觊觎的东西，想来想去，也只有那本《素鼎录》。我父母把它寄放在了大学图书馆的书库里，只留了个索引号给我，所以小将们反复抄了几次都没抄到。

"是谁？是黄家吗？"我的拳头不自觉地攥紧了，胸中怒气充盈。

药来摇了摇头："我不知道。'文革'期间，五脉遭受的冲击也特别大，各家都极力收缩，自顾不暇。至于谁在背后策动，只能说，每家都有嫌疑。"

我忽然联想到，我父亲临终前留下的那"四悔"之语，莫非这四悔，指的就是与五脉的那些瓜葛？我问药来我父亲跟五脉有什么关系时，药来道："许和平这人虽没许一城的魄力，人品倒也不错，知进退。他隐居京城，一直想断绝与五脉的关系，可是树欲静而风不止。可惜，可惜……"

听完以后我沉默不语，心乱如麻。药来呵呵一笑，补充道："我今天叫你过来，就是想告诉你。你们许家，其实一直在五脉的视线之内。这次玉佛头回归，一定会触动某些人。他们能害许家一次，就能害第二次。你可要当心，凡事多多留心，不要重蹈你父母的覆辙啊。"

五脉里的黑手是谁，至今不明。但有一点可以肯定，这黑手的能量绝对不小，即使在"文革"期间，都有能力把许家搞得家破人亡。现在黑手仍旧隐在暗处，伺机露出獠牙。药来为玄字门考虑，颇为忌惮，很多话不好明说。我也不好逼问。

"谢谢您。"我真心实意地向这位老人道谢。药来不以为然地摆摆手："五脉相连，都是一家。许一城那一代我没赶上；许和平这一代我没帮上；到了你这一代，我若是再袖手旁观，岂不要被列祖列宗埋怨？我孙子之前有什么不礼貌的试探，我代他赔个罪。"

我笑了："我看不见得。药不然上门挑衅，其实也是您暗中授意的吧？"

药来对我产生了兴趣，又不好公开露面，就把药不然放出去斗口，摸清我的底细。这其中关节，不难推想。

药来哈哈大笑："刘局说你脑子聪明，反应快，果然如此。我这孙子，心高气傲，却没什么心机，一撺掇就跑过去了。不然啊，我跟你说，人情历练，你还得多跟小许学学。"药不然在旁边听了，脸一阵红一阵白，冲我偷偷比了一下中指。

从药家出来，我把移动电话扔到药不然怀里："你先用吧，我回家好好歇歇，有事打我店里电话。"药不然咧嘴乐了："有福同享，这才是好哥们儿嘛。"他右手拿着大哥大，左手拍着我肩膀，压低声音道："烟烟那边，你打算……"

从药来的话来看，黄家是黑手的第一嫌疑人。黄克武坚持让黄烟烟一直跟着调查，动机相当可疑。所以药不然担心接下来的调查，会不会有变数，毕竟黄烟烟武艺高强，去了河南随便找个山边河口，我和他这百十多斤就交待了。

"放心吧，我觉得可能性不大。"我一一给他分析道，"如果黄家是幕后黑手，四悔斋开张的时候他们就对我下手了，还容我活到现在？他们一直到前几天才派人去偷，黄克武又还得那么痛快，只能说是一时利欲熏心而已吧……"

"希望如此。"药不然嘟囔，拍着胸脯道，"你放心好了，我们药家，会鼎力支持你的。就算药家不会，我药不然也绝不背叛朋友。"

"你突然这么一本正经地说话,我还真有点不适应。"我笑道。

药不然忽然收敛起笑容,回头望着自家的高耸墙壁,叹了口气:"哥们儿其实压根对瓷器没兴趣,我本想去学吉他玩摇滚,结果被家里人整黄了。你甭看我们这些五脉弟子人五人六儿的,表面看风光得很,其实是驴粪蛋——外头光鲜罢了!全国除了秦城监狱,就属我们家管得严,就差没架机枪了。"

说到这里,他狠狠地砸了墙壁一拳,仿佛要把怨念都化为力量轰出来。可惜那墙岿然不动,倒是拳头磨破了点皮。

药不然把视线从高墙收了回来,摩挲着手上的伤口,语气颇有些沉重:"那些老家伙玩古董玩得太多了,把自己也都变成了一具具古董。哥们儿我是四有新人,我的理想,可不是五脉那一套陈腐的东西——说实在的,哥们儿最羡慕的,就是你这样自由自在,可以做自己想做的事情。"

我不知该说什么好,只好拍了拍他的肩膀,表示理解。

告别药家,我回到四悔斋以后,屋子里一片漆黑,沈家的小伙计已经走了,还留下了当日的账本。我打开电灯,习惯性地一低头,看到门缝里塞着什么东西。我俯身捡起来,不出所料,又是一张报纸碎片。边缘潦草地写着两个圆珠笔字:有诈。

我去天津之前,也捡到过一样的字条。那个神秘的主人似乎对我很关心,一次提醒见我没反应,又提醒了第二次。我把字条展开,和第一次一样,在报纸里有一段广告被圈起来,里面包含了一个地址,和第一次给的完全一样。

若换了前两天,我肯定不予理睬。可今天听了药来的暗示,我却多留了一个心眼。我本来以为许家与世无争,结果爷爷的历史一片迷雾,父亲的历史又是一片迷雾,许家好像被魔术师一点点揭开平凡的幕布,露出隐藏许久的各种神秘。在这种真真假假的状态之下,有人提醒我有诈,到底用意为何,实在难以索解。

在这种情况下,贸然与之接触,并不是个好主意。我决定暂时先放一放,把地址默记下以后,字条点着烧了,纸灰随风吹散。

次日一大早,我和药不然、黄烟烟约了在北京站集合,坐火车前往安阳。

我到站台的时候,黄烟烟已经到了。她今天穿了一条牛仔裤,配件浅灰色的蝙蝠衫,胳膊上还挎了一个女士皮包,时髦得很,屡屡引起旁边乘客侧目。

我拿出了青铜环,对黄烟烟道:"你爷爷当初给我这枚环,是为了弥补我的损失。我的钱之前已经讨回来了,那么与黄家的事,就算是一笔勾销。环你拿回去吧。"

黄烟烟寒着脸道："你当它是什么？"伸手把我的手打开，自己拎着包先往车厢里钻。我自讨没趣，心想当初我拿走的时候，你怒目以对；现在要还给你，你还是怒目以对，真是反复无常。

　　黄烟烟上到一半台阶，回眸说："我黄家的东西，不会轻易与人，亦不会轻易讨还。佛头归还之日，我自会取走。"

　　我有点惊讶，不是因为她现在不要那青铜环，而是因为我第一次听她说这么长的句子。看来她慢慢地也愿意与我沟通了，这是个好兆头。

　　我一回头，看到药不然拿着我的电话，在月台上自顾自絮絮叨叨，跟他的那个小女朋友说个没完。他这几天不是在天津，就是陪在爷爷身旁，现在又要去安阳，少不得要抚慰一下女孩子。我过去一拍他脑袋，催他快点上车，药不然嘴里不停地说着甜蜜话，手里忙不迭地伸出两根手指头，意思是再给他两分钟。

　　"我等你，车可不等！"我不由分说抢过大哥大来，跳上车厢，药不然只得也紧跟上来，还不忘把脑袋伸到话筒前，吻别了一下。

　　安阳位于河南北部，地接河北、山西，号称中国八大古都之一。对于藏古界，尤其是摆弄金石的人来说，这个城市称得上是圣地。这里有大名鼎鼎的殷墟，出土过大量的甲骨文；还有商王朝晚期的诸多宫殿遗址和大量青铜器，比如那个名声赫赫的司母戊大方鼎，即在这附近出土；其他还有大量古迹古墓，遍布四周，足以让任何一个考古学者或者古董贩子为之疯狂。

　　当然，安阳还有一个为业内熟知的特点：这里还是全国知名的青铜器伪造基地。从春秋时代开始，这一带仿制青铜器的传统就一直绵延不绝，已经形成一种悠久传统。在安阳附近的村子里，许多家族都是仿制世家，拥有无法想象的伪造工艺，即使是老专家也会走眼。最可怕的是，他们绝不故步自封，而是与时俱进。

　　我听过一件事：20世纪80年代初，专家开发出一种新的青铜器鉴别方法。古人在用泥范铸造比较复杂的青铜器时，会用一些细小的金属片连接在范型之间，用来固定。待得浇铸成功、泥范被去掉以后，这些细小金属片有可能会被烧熔留在器物中，或造成微小空腔。通过X光对青铜器的扫描，垫片的痕迹便成为区分真赝的标准之一。结果这个研究成果公布没几年，市面上的赝品青铜器就已经出现了不规则的金属垫片，与真品几无二致……

　　而我们此行要去拜访的那位郑国渠，据说就是来自青铜器赝品世家之一。这些资料大部分都是得自于黄烟烟，自从许家被开革以后，黄家便把持了这一门生意，对全国青铜器市场以及一些造假著名人士自然了如指掌。

这个郑国渠，是个造假的高手，经他手出去的赝品青铜器少说也有二十几件，很难被鉴定出来。郑国渠为人凶狠狡猾，据说身上还背着好几条人命。鉴古学会跟警方合作过好几次，却始终不能动摇其根本。从这个角度来说，我们这一次，可以说是深入敌阵了。

在安阳下车以后，有人接站，也是黄家在当地的关系。我们找了一家旅馆安顿下来以后，我把黄烟烟和药不然叫到一起，商量接下来该怎么办。

最简单的办法，就是由我出面去找郑国渠。我跟他毫无瓜葛，不会引起敌意。而且我只是借那面铜镜看看，不是买，相信只要筹码开得慷慨，他不会拒绝。

但黄烟烟反对。她说郑国渠这人和一般玩古董的不同，他对收藏鉴赏什么的毫无兴趣，衡量古董的唯一标准，就是金钱。这样一个人，你求他看看那面铜镜，搞不好会引得他狮子大开口。即使付出足够的代价，这份慷慨也会让他心生疑窦，认为铜镜里藏着什么东西。万一许一城在铜镜里留着的信息被郑国渠发现或破坏，一切都完蛋了。

黄烟烟说得十分严重，可见鉴古学会对这个郑国渠忌惮极深。

"那咱们该怎么办？"我问。

黄烟烟从提包里拿出一件器物，这是一尊青铜爵①，流口十分宽大，流底有垂鳞纹，菌形柱，腹部还有一周环龙纹，龙下以波曲纹衬底，三足为刀状，是典型的周代青铜纹饰特点。这个排列组合，暗喻着"龙凭鳞而行于水"，意思是龙是靠鳞片在水中游动的。

这绿莹莹的铜爵一拿出来，屋里的气氛陡然变得古朴幽密起来。

"知道父辛爵吗？"黄烟烟问。

我点点头。那是1976年12月出土于陕西扶风庄的一件国宝，号称是商周青铜爵之冠。黄烟烟拿着爵晃了晃："同一批出土的。"

我闻言倒吸一口凉气。这可算是一件一级文物了，按规定应该被收到博物馆登记造册，即使是黄家，也不可能随便拿出来啊。再者说，就算他们能随便带出来，这尊青铜爵在市场上的价值也是极高的。用周代的青铜爵去换唐代的青铜镜，这岂不更是惹人生疑吗？

---

① 爵：商代与西周时常用的酒具，一般为三足，根据使用者身份的不同而有不同的形状。

我想到这里，脑子里突然灵光一现："我看不见得，你这是一件故意做旧的高仿品。"黄烟烟把青铜爵放下，淡淡一笑："算你不傻。"

我从她手里接过这个龙纹爵，反复检视，越看越是心惊。这青铜爵仿制得相当精妙，无论是纹饰、爵制、包浆还是铜锈层次，都仿得天衣无缝，以我的水平，看不出一点破绽。我抬眼看黄烟烟，她知道我什么意思，点头允许，我伸手去抠爵边微微隆起的疙瘩锈，却抠不动。一般来说，只有锈蚀天然累积千年，才能有如此硬度。用化学试剂制成的新锈，都不结实，一抠就掉。

我有点不甘心，拿起爵来翻过来掉过去地看。商周的青铜器都是用内外多块泥范浇铸而成，范与范之间不可能严丝合缝，总会有小小缝隙。铜汁在浇铸时浸入这些缝隙，就会在器物表面形成扉茬。这些扉茬又被称为范痕，不起眼，很容易被人忽略，但在行家眼里却是分辨真赝的标志之一。很快我失望地发现，在这尊爵的侧腰边缘，我摸到了内卷的扉茬。

我甚至还想用"悬丝诊脉"之术掂量它的重量，因为真正的青铜器经过千年锈蚀，重量会偏轻，但最后还是铩羽而归。末了我一脸沮丧地把青铜爵还给了黄烟烟："才疏学浅，我认不出来。"

玩古董的有个规矩："说新不说旧。"什么意思呢？你说这件东西是真的，可以不说为什么真；你若是说这件东西是假的，非得讲出个道理不可——讲不出道理，就是胡搅蛮缠。我这次真是败得太彻底了，明知眼前是赝品，却完全找不出证据。

我一个专业搞青铜器的白字门后人，却被黄字门仿制的爵器给忽悠了。这件事，真有点伤自尊心。我拍拍大腿，正色道："爵器做得不错，但话说在前头。我做人有原则，如果你是想拿赝品去换真品，这是骗人，我可不赞同。"

黄烟烟冷哼一声："假道学！"我眉头一皱，正要与她继续争辩。这时药不然眼珠一转，忽然拍手笑道："又不是春晚，我说烟烟你就别逗他了，你是打算去斗口吧？"

黄烟烟没吭声，算是默认了。我暗自松了一口气，如果是斗口的话，只是为切磋技艺，拿赝品也无妨，不算骗人。

现在黄烟烟拿着这尊青铜爵去找郑国渠，显然是打算单刀直入，砸场子挑事。我猜她之所以采取这么激烈的手段，是家族里的授意。郑国渠是仿制青铜器的大行家，黄家以前恐怕也在他手里吃过亏，打算趁这次机会出他的丑。

不过郑国渠大多数时间都待在村子里，很少公开露面，好在他在安阳有个门面。

黄烟烟的计划是，拿着这尊青铜爵连着几天去堵门斗口，斗到店里人撑不住，郑国渠肯定会现身的。这个人对自己技术有极大的自信，届时逼他用铜镜为赌注，便可到手。

药不然对黄烟烟这个计划大声赞同，他是个好热闹的性子，唯恐天下不乱，斗口这事正合他的胃口。我却没有立刻表态。

说实话，黄烟烟这么做，我是有点不开心的。这次调查，我该算是主导者。而现在她未经商量就抛出这么一个青铜爵，计划里又掺杂着为黄家出气的因素，很有些先斩后奏抢夺主导权的意味。黄家咄咄逼人的风格，我又一次领教到了。

不过这计划本身倒没什么大的漏洞，如果强制放弃，也有些可惜。大局面前，私人恩怨暂且搁置一边。我问黄烟烟道："这事得谨慎。你有十足把握郑国渠会看不出这个青铜爵的破绽吗？"黄烟烟傲然道："不会。"我又问："如果他不肯拿青铜镜出来做赌注，或者干脆不跟你斗口呢？"黄烟烟一声冷笑："那他就别混了。"

既然她都这么说了，我便不好再继续追问，只得叮嘱道："这件事风险不好把握，要谨慎。"至于她听没听进去，我就不知道了。

到了晚上，我一个人躺在床上，一点也睡不着。最近发生的事情太多了：爷爷的事、父亲的事、自己的事、佛头的事，千头万绪化成一大团灰蝇在脑子里嗡嗡作响，捋不清也赶不走。我实在烦闷，披起衣服在屋子里转悠，想找点事情让自己分分心，就这么转悠着，还真让我想到一件……

第二天一大早，我们三个便前往位于袁林的安阳古玩市场。袁林是袁世凯的陵墓所在，这位老先生死在北平，移陵到了安阳。虽然他生前没做什么好事，但身后总算留下了一片林子。安阳附近的古玩贩子都聚集在袁林景区门口的神道至照壁之间，地摊和固定店铺都有，繁华程度比起潘家园来并不逊色。

根据情报，郑国渠开的那家店铺叫作洹朝古玩，取了洹河与朝歌各一个字。铺子里东西很杂，从青铜面具到民国鼻烟壶，从汉八刀到全国粮票，乱七八糟什么都有。人进人出，生意兴隆得很。

黄烟烟悄悄告诉我们，这铺子只是个伪装，真正的生意，都在后头，非得有熟人带进去不可。郑家从不在这里公开卖青铜器，都是接洽好人以后，带去村子里看货，看准货以后，从另外一条路运出去。郑国渠的精明之处在于，他从不说自己卖的是真货，卖的只是仿古工艺品，至于买主买了仿制品以后怎么去骗别人，那就跟他没关系了。所以鉴古学会和警察明知他在伪造，却也无计可施。

我们三个人走进店里，径直朝里屋走去。一个穿中山装的中年男子赶紧伸手拦住："三位，请问想看什么物件？"

　　药不然一马当先，大声道："我们是有一件货，想看你们收不收。"说完话，他指了指黄烟烟，她的无名指在一尊玉貔貅头顶点了三点。那中年男子一看这手势，嘴角抽了一下，笑道："不知是什么门类的玩意儿？"药不然一指招牌："来洹朝古玩，当然是要出尊绿器。"

　　各地古董市场切口都不相同，安阳这里管青铜器叫作绿器，取其千年绿锈之意。中年男子一听是绿器，表情闪过一丝不易觉察的得意："您带在身边吗？"

　　药不然往旁边一指："不是我，是她。"黄烟烟扶了扶墨镜，不动声色，显得高深莫测。她自从进了这门，一直表现出高高在上的傲气，这其中一半是演技，一半是与生俱来的气质。

　　做古董买卖，七分看宝，三分看人，阅人的老江湖一扫过去，就能猜出这人可靠不可靠、手里东西是真是假。像付贵这种人，没有古玩根基，却能在沈阳道替人拉纤，也是靠他一双看人的毒眼。这中年男子一看黄烟烟气质打扮，就知道是来了厉害的角色，哪敢怠慢，立刻换上一副笑脸："鄙人姓郑，叫郑重。请几位里面品茶吧。"

　　药不然却拒绝了他的邀请，说咱们就在这儿看吧。斗口，就是要在大庭广众下斗，让所有人都看到，才能达到公开羞辱的目的。若是进了里屋，门一关，斗赢了又有什么意义？

　　郑重一计不成，又施一计："我只是个看店的，做不得主，等我们店主回来如何？"药不然道："那就是你们不敢收喽？"他声音放得很大，整个屋子里的人都转过头来，朝这边看，有眼尖的注意到，那个美貌大姑娘的无名指按在貔貅脑袋上，立刻招呼左右：哎哎，快看，有人来斗口了。中国人最好看热闹，这消息迅速传遍了整个店铺，就连外头的人都纷纷凑过来。

　　郑重脸色有些僵硬，这么多人看着，他没法推托，只得咬咬牙道："那您把货拿出来我看看吧。不过您拿什么当彩头？"

　　药不然还没开口，黄烟烟摘下墨镜，长发轻撩，淡淡说道："我。"

　　围观的人"轰"的一声全炸开了。黄烟烟生得漂亮，长期习武又让她的身材保持得极好，胸前曲线高耸，双腿笔直而修长。她话一出口，立刻引来无数色眯眯的眼光。不少人望着黄烟烟的窈窕身材咽咽口水，心想若真把这漂亮姑娘赢回家，得有多大的艳福可以享。

我和药不然也傻了。我们都知道这姑娘胆大妄为，但鲁莽到这程度还真是没想到！就算对那青铜爵有十足自信，押点钱或者古玩什么的也够了，怎么把自己也押上去了？还真当这是旧社会啊。

我们俩同时压低声音："烟烟你想干什么？！"

黄烟烟没理睬我们，面无表情地盯着郑重道："够了？"郑重没有被美色冲晕了头，他听明白了黄烟烟的意思，这赌注不是她的身体，而是她的命。彩头越大，代价越大，这漂亮女人居然肯以自己性命为赌注，可见对这家铺子的图谋极大。能够抵偿这种赌注的，不是稀世珍宝，就是洹朝古玩这块招牌，或者另外一条命……

他有心不接，可声势已造了出去，欲要退缩已不可能。

我终于明白，黄烟烟为何如此笃定郑国渠会出现——拿人命为斗口的彩头，还是个美女，这种耸人听闻的消息一传出去，整个安阳的藏古界都会被惊动。她这不是以青铜爵为饵，分明是以自己为饵。

我忽然想起之前药不然在自家楼前的感叹，不免多看了她一眼。这次的选择，真的是她自己做的吗？还是说，又是家族意志的一次体现？黄老爷子一声令下，黄烟烟可以毫不犹豫地舍弃自己最心爱的青铜挂饰，那么为了家族而把自己置于险地，也不是没可能的吧？

这时候周围的人开始起哄，一齐有节奏地喊着："接着！""接着！"还有人唱起民间小调，里面的词儿低俗不堪，逗起阵阵笑声。郑重退无可退，终于拱手道："您既然这么看得起，那么我们就接了。请您亮宝吧。"

店铺里的声音霎时安静下来，大家都屏息宁气，等着看这美女出手。黄烟烟从袋子里拿出那一尊龙纹爵，缓缓搁在桌子上，对郑重道："请你过过眼吧。"

这爵一出，气氛立刻变得大不一样。在古董市场混迹的人，多少都有点眼光，一看这爵形，就知道气度不凡。郑重默默地把青铜爵捧起来，左右端详，又伸手去抠那铜锈，他低声吩咐旁边一个小伙计，让他去屋里取来一套工具。

过不多时，小伙计拿来几件钢制的细长工具，造型都很奇异，很像是江南吃大闸蟹用的蟹八件。有些工具我知道，比如那个像是大号牙签的尖头钎，是用来剔器物缝隙的，器物缝隙里的锈迹不易作伪，假锈轻浮，若能刮削下来，则说明是赝品。但有些工具，我就完全不明白其用途了，这次也算是开了眼界。

郑重又是刮，又是闻，又是抠，还拿起刷子蘸着热碱水来回刷了几遍，一会儿额头就沁出汗来了。看得出来，他与我的鉴定水平差不多，已经黔驴技穷。要知道，斗口不是斗真假，而是斗你能不能看出来这是假的。明知这青铜爵是赝品，可就是看不出破绽，实在太摧折人的意志。若是接不下来，洹朝古玩牌子可就彻底砸了。

眼看他用尽了各种手段，仍是没有定论，周围的看客都兴奋起来。洹朝古玩在安阳也是赫赫有名的铺子，行事很霸道。眼看他要吃瘪，以前吃过亏的人都怀着幸灾乐祸的心思。

药不然的嘴最欠，这会儿更是不闲着："我说您要是没金刚钻，就别揽这瓷器活儿。四九城多少老专家，那都恨不得修成正果了，排着队过来鉴定，都没说出个不字儿。美国的科技牛不牛？月亮都登上去好几十年了，到北京这儿机器一开，也查不出来啥，临走还跷着大拇指，说一句OK！"

在这内外夹攻之下，郑重终于抬起头来，一言不发，转身进了里屋，托出一件宋代鸿雁银制香囊，盯着黄烟烟道："拿这个封一天的盘，您看成吗？"围观人群发出起哄声。

封盘本是围棋术语，指的是双方比赛中断，棋盘被封，中途休息后再战。引申到藏古界，是指在斗口的时候，被斗的一方若是鉴不出来，又不甘心认输，就会提出封盘，缓上一段时间，可以趁这期间去找外援。但是封不能白封，必须得拿出一件东西补偿给对方。补偿多少，得看斗口的器物鉴定难度有多高，彩头有多大。

像这个青铜爵的斗口难度，郑重拿出宋代的银香囊来封盘，已经算是低了。黄烟烟看也不看，把香囊扔到我手里，然后把青铜爵拿回来，在一大群人的灼灼目光下离开。

回到旅馆以后，我关上门，沉着脸质问她："黄烟烟，你到底是打的什么主意？"

黄烟烟不回答，低头抱着龙纹爵缓缓摩挲。

"你拿自己做赌注！这算是什么意思？"我很生气。我们此行是接触郑国渠，拿到那面铜镜，不是砸他的招牌。黄烟烟把自己押上去，无异于把我们与还没露面的郑国渠推上完全对抗的道路。

黄烟烟终于抬起头，淡然道："这是我自己的选择，与你无关。"我一拍桌子，勃然大怒："你太鲁莽了，这样不光会搅乱整个计划，对你自己也不负责！"

药不然过来打圆场，把我们两个拉开，劝我道："哎，我说两位，床头吵架床尾……（我和黄烟烟同时恶狠狠地瞪了他一眼）……说错了，是抬头不见低头见，就别吵了。其实这样也挺好。今天封盘用宋银囊，明天封盘的时候，咱们提出得用唐铜镜，不就结了吗？"

封盘的代价是很高的，多次封盘，价码就会逐级提升。如果用这个手段拿到铜镜，也不失为一个办法。但我冷哼一声："那也得谨慎点。万一人家斗口赢了呢？我知道五脉是泰山北斗，可藏古界藏龙卧虎，暗藏的高手不知有多少。万一真让人斗回来怎么办？到时候，我看你黄烟烟是当场自刎，还是直接嫁人！"

"不早了，我睡了。"黄烟烟不理睬我，抱着铜爵离开，剩下我和药不然面面相觑。

我问药不然："她这么做，你说会不会是她爷爷的主意？"药不然挠挠脑袋，有些迷惑："黄克武对这个孙女特别宝贝，应该不会让她做这么危险的事情吧……不知道，哥们儿真的不知道，黄家在五脉里，算是个异类，他们的思维方式和行事，跟其他三家格格不入。"

"妈的。"我恶狠狠地骂了一句脏话，只是我也不知道是骂黄烟烟，还是骂黄家。

到了第二天，我们三个如期而至。店铺门口早已经站满了人，都等着看续集。郑重一看我们来了，从里屋搀出一位老先生。这位老先生一头花白头发，戴着副老花镜，上身穿的是一件洗得有些发白的中山装，胳膊上还套着两个蓝底碎花套袖。

我一看这装束，心生警惕。这样的人，大多都是某个作坊或美术厂的老技工，其貌不扬，手里活却高明得很。老技工接过青铜爵，仔细端详起来。他的鉴别手法跟昨天也没什么区别，只是动作更为细致，看的时间更长。约莫过了一小时，老技工眉头有些紧皱，开始把手指伸进爵底去摸。

我知道他在查看什么。这些青铜爵的底部往往都有铭文，从铭文内容、字形、字边锈蚀与其他部分的协调程度，就能大致判断出来真伪——铭文或阴刻或阳刻，边缘凹凸不平，赝品在做旧的时候，很难做到天衣无缝，字边锈斑会露出破绽。只不过这种鉴别办法要有深厚的彝铭功底，全国能达到这个水平的人屈指可数。

更何况，以黄家的底蕴，怎么可能会忽略这一点呢。

果然不出我所料。老技工半天摸不出破绽，只得拿了一张绵纸卷成纸筒，放入爵中，一边浇水一边用一个小木槌轻轻锤拓，没过一会儿就把爵内铭文拓在纸上。他拿出来看了半晌，还是不得要领。末了老技工只能冲郑重摇摇头，表示自己无能为力。

郑重脸色顿时垮下来。谁不知道洹朝古玩是以绿器闻名的，若是在自己的本行里栽了，那可就太丢人了。

"还要封盘吗？"药不然挑衅地问。

郑重跟老技工低声商量了一阵，尴尬地回答道："能否再容我们一天？"

这和我们之前的预测差不多。第一次斗口，洹朝古玩应该不会马上惊动郑国渠，而是会请城里的某位专家来解决；只有在第二次斗口仍旧失利的情况下，才会通知住在村子里的郑国渠。他赶到安阳前后也得花上半天工夫。

"可以再封一次盘，但这次的封盘物，得我们来挑。"药不然说。

郑重有些为难，搓着手半天不开口。旁边药不然笑道："洹朝古玩也是响当当的名号，怎么如今别说输不起，连封盘都封不起了啦？"周围都是唯恐天下不乱之人，被药不然几句话煽动起来，一齐起哄。郑重被药不然挤对得说不出话来，只得一咬牙："这店里的东西，您挑吧！"

药不然看了我一眼，提出了要求："听说你这里有面唐代的海兽葡萄青铜镜，拿那个来封盘好了。"周围看客都发出失望的叹息声。在他们看来，唐代的青铜镜不够珍贵，配不上这二次封盘的价码。

听到这个要求，郑重眼神微微露出惊讶："您高抬贵手，可我们店里没这东西啊，隋代的凤边花镜倒有一面。"隋镜比唐镜早，他开出这个价，也算有诚意了。可是药不然却摇摇头："非这面镜子不可，你拿不出来，可以去问问店主嘛。"郑重为难道："我只是个打工的。要不您还是换一件吧。"

"难道这店不是他开的？这招牌不是他挂的？"药不然讥讽地接了一句。我们没提过郑国渠的名字，可在这里混的人呢，谁不知道郑老大的威名。渐渐地，所有人都看出来了，这三个人是上门挑事的，而且还挑的是郑老大。一时间喧哗少了不少，围观的人却更多了。

郑重既不敢承认斗口输了，也拿不出海兽葡萄青铜镜。药不然嘴皮子上下翻动，步步紧逼要他表态。郑重走投无路，只得说去打个电话，然后转身进屋。我们三个互视一眼，知道有门儿了。

黄烟烟在店里找了个座位坐下，只手托腮，姿态之优雅，可真比港台女星还漂亮。别看她从昨天开始摆出了非常高的姿态，但精神一直都紧绷着，一直到刚才，我才看到她的双肩微微垂下，整个人松弛下来。

药不然站在门口，得意扬扬地跟那些人神侃，把我们三个的来历吹得天花乱坠，说什么黄烟烟是北京某高官女儿，我是某部委官员，他是北大最年轻的教授啥的，把人家唬得一愣一愣，当时就有几个人跟他换了名片。人群里有几个小姑娘，眼神里满是羡慕，药不然更来劲了。

过不多时，郑重掀帘出来说："我们店主答应了，不过东西还在村里，送过来得一段时间。要不……您来里屋坐坐喝点茶？"

"不必了。这是我们旅馆的地址。东西到了，给我送过去。"药不然随手写下一个地址。郑重诚惶诚恐地接过字条，连声说一定送到一定送到。

我们在众人目送下离开袁林，走着走着，我忽然发现药不然没跟过来，远远地跟一群姑娘还在聊着。我喊他快走，他冲我摆摆手，让我们先回去，他随后就来。我知道这人的秉性，索性不管他，对黄烟烟说我们先回去吧。

从袁林到我们住的旅馆并不远，只不过中间要穿行数条小巷。少了药不然在旁边插科打诨，我们在灰白色的低矮小巷子里并肩而行，一路无语。我觉得这种尴尬气氛需要打破："引出郑国渠以后，你打算怎么办？"

"夺镜，砸招牌。"

这可真是富有黄家特色的回答，简明扼要。我不以为然地撇了撇嘴："就为了争口气，不惜把自己也赔进去吗？"

黄烟烟小心翼翼捧着青铜爵，眼神望着前方："这与你无关。"

"我看不见得吧。你若失了手，佛头的事也会麻烦。真不知你们五脉里的人怎么想的，不把小辈的人生当回事。"

黄烟烟听出我话里有话，沉默不语，也不知是懒得理我还是被说中了心事。我又想继续说，黄烟烟忽然停住了脚步，表情变得警惕起来。她对我做了个噤声的手势。我抬眼望去，发现这条小巷子后头有人走过来。看他们走路的姿态和手里拿着的棍子，似乎不怀好意。

"你，先走！"黄烟烟不由分说，把龙纹爵塞到我怀里。我还想拒绝，她已经掉转过头，如箭一般冲了出去。我别无选择，只得飞快地朝前跑出，只要出了巷子就是大马路，应该就安全了。

就在我马上要奔到巷口之时，前方突然冲出两个人，截住了我的去路。我下意识地转身要跑，脖颈却突然挨了重重的一下，顿时扑倒在地。在我失去意识之前最后听到的，是黄烟烟愤怒的喊叫……

古董局中局1

第五章

《素鼎录》：金石鉴定的权威秘籍

我迷迷糊糊醒过来，闻到一股带着土腥味儿的草香。我勉强睁开眼睛，发现自己躺倒在一片沾满露水的草地上，两条胳膊和腿被几根粗大的麻绳牢牢地绑住。黄烟烟就躺在我的身边，同样五花大绑，一缕秀发垂落到唇边，显得凄楚动人。她似乎还没醒转过来。好在胸前微微起伏，说明还有呼吸，我稍微放下心来。

我记得遇袭的时候是下午，而现在看天色，应该是凌晨。这么说来，我起码昏迷了十二小时。这周围光线很差，看不清环境，但从气味来看，应该是郊外。距离我们不远的地方，几个人影躬着腰不知在干些什么，隐约可以听到金属与石子的碰撞声，还有铲土声。

我不知道他们在干什么，但直觉告诉我不太妙。我环顾四周，希望能找到什么尖锐的石子来割断绳索，却一无所获。这时耳边传来一个低低的声音："死了没有？"

我勉强把脖子拧过去，看到黄烟烟一对眸子已经睁开，闪动着警觉的光芒。

"帮我把绳结咬开。"她说。

我暗暗佩服，一般人身处这种环境，第一反应肯定是惊慌失措，而黄烟烟苏醒后的第一句话，却已经设法谋求挣脱，意志够顽强。

绑我们两个的人手段高明得很，绳索的打结处不是在身后，而是结在了腹部。这样人双手反绑在背后，不可能够到身前的绳结。要想解开，只能靠对方的嘴。我犹豫了半秒钟，慢慢把身体朝着黄烟烟身前挪动。她的身材本来就非常好，现在被绳子缚住双肋，丰满的胸部被勒得更加突出，我的头只要摆动幅度稍大，就会碰到她高耸的双峰，这让我紧张得绷紧全身。黄烟烟不耐烦地"哼"了一声，向前一动，我的整张脸立刻陷入那一片丰腴中去。那种滑腻的触感，淡淡的乳香，还有颤巍巍的弹性，让我的脑袋一下子炸开来。

"你要待到什么时候？"

黄烟烟冰冷的话让我恢复了神志。我咽了咽口水，继续蠕动身体，嘴唇沿着她的小腹向下滑行，很快碰触到了一大团绳结。我张开嘴，咬住其中一个绳头，舌齿并用，麻绳很臭，可我顾不得许多。可是这个绳结太硬了，我费尽力气只能勉强让它松动一点。

远处挖东西的人随时可能回来，黄烟烟眼中满是焦灼。我抬起头，开始挪动身体，让我的腰部贴近她的脸。

"你干什么？"黄烟烟又惊又怒。

"我的口袋里有青铜环。"

她的那个小青铜环，一直被我放在身上。那玩意儿好歹是金器，边缘锋利，拿来磨绳子比牙齿管用。黄烟烟一听就明白，她的唇舌比我利落，没几下就从我的裤袋里把那个青铜环咬出来，然后嘴对嘴递给我。我们在传递的时候很小心，生怕碰到对方的唇。

有了青铜环，事情简单多了。我花了十几分钟磨断了其中一截绳子，绳结终于解开了。黄烟烟双臂一振，挣脱开来，一骨碌从地上爬起来。还没等她给我解开绳子，那些人已经发现了这边的动静，一个声音高喊道："老大，他们要跑！"

顿时有七八个人从那边围了过来。我心里暗暗叫苦，叫黄烟烟先跑，黄烟烟却摇摇头，起身摆了一个形意拳的起手势。那几个人围过来以后，看到黄烟烟一副死战到底的模样，都不敢靠近。这些人里有几个脸上还带着伤，估计是被她之前打的，所以他们才如此忌惮。郑重也在其中，一双眼睛死死盯着黄烟烟。

双方对峙了片刻，一个男子慢悠悠走进圈里来。

这是个中年汉子，宽脸高额，皮肤黝黑，一对圆鼓鼓的眼睛似乎要跳出眼眶。他往那儿大大咧咧地一站，稳稳地好似一尊四方大鼎，手里攥着一件铜器，正是龙纹爵。

"到底是黄家的大小姐，挨了几下闷棍，还这么有活力。"

黄烟烟怒道："郑国渠，你无耻！"我这才恍然大悟，原来这家伙就是传说中的郑国渠。估计就是他向郑重下达命令，派人袭击离开了袁林的我们，再绑到这个乡下地方。这些人斗口不过，索性斗人，真是心狠手辣。

郑国渠听到她的话，大眼珠子一翻："你拿件真货来砸我的店，不厚道在先，怪不得我。"

我眼睛陡然瞪大，那个龙纹爵不是黄家仿制的吗？怎么到了郑国渠嘴里，却成了真品了？我再看黄烟烟，她却没有任何否认的意思，我心里一沉。

现在我们是瓮中之鳖，郑国渠也不起急，来回踱了几步："今天你们两位贵客赶上我开张，不如来府上坐坐吧。"说完他朝那边指了指。借着晨曦的光芒，我看到远处是一座古坟，旁边一个方洞口隐约可见，不由得倒吸一口凉气。这些家伙，原来是在这儿盗墓！

郑国渠笑得很残忍："我这个人做事，一向讲究公平。我取走了墓主的东西，给他送还两个陪葬的人牲，还赔上一个龙纹爵，也算够义气了。"

郑国渠说得不轻不重，可我心中惊骇却已经翻江倒海。这家伙手段果然毒辣，先挖盗洞取走墓内明器，再把我们两个扔进去毁尸灭迹，一石二鸟。这地方前不着村后不着店，就算药不然报警，也不可能找到这里来。

我勉强抬起头笑道："别唬人了，龙纹爵若是真的，你舍得埋掉？"

郑国渠道："老子贪，但不傻，知道什么该碰，什么不该碰。这真东西若留着，烧手，不如就给你们陪葬好了。"

他似乎懒得再跟我们啰唆，挥一挥手，让手底下人动手。这时郑重开口道："老大，这娘们儿反正要扔进去，不如让兄弟们快活一下，别浪费了。"黄烟烟让他两次在大庭广众下丢脸，他早就恨她入骨。一群人不怀好意地往黄烟烟身上溜，眼神淫邪，脑子里想什么就更不必说了。

郑国渠歪着头考虑了一下，打了个响指："天快亮了，让人看见不合适。你们抓紧点时间。"那几个人大喜，挽起袖子拿铁锹木棒朝着黄烟烟扑过去。黄烟烟怒不可遏，伸拳去打，打倒了一个，可是她寡不敌众，很快局面岌岌可危。

郑国渠踱着步子走到我跟前，用鞋底蹭我的脑袋："哟，这不是那个青铜环吗？看来你是黄烟烟的相好啊。"原来他也知道黄家的这个典故。我把青铜环吐出去，咬牙道："你就不打算问问，我们花了这么大代价来斗你，到底是图什么？"郑国渠却不吃这套："你们想图什么，我不想知道。"

"我看不见得吧，难道玉佛头你也没兴趣？"

郑国渠的动作停住了，他蹲下身子，两只大眼似乎凸得更大了些。他勾勾手，让我再说一遍。我转动脖子，看向对面，郑国渠知道我的意思，发一声喊，让手底下人暂缓了动作。

我爷爷许一城留给付贵的那面海兽葡萄青铜镜，很可能藏着关于则天明堂佛头的重要信息。付贵不知道其中奥秘，但熟知古董的人一听就明白。这个郑国渠是鉴古老手，他收购那面镜子，说不定已经洞悉其中奥秘，甚至有可能从一开始的收购就是带着目的。

我赌的，就是他也知道佛头这件事。现在看他的反应，我知道自己赌对了。

郑国渠把我双腿的绳子松开，然后大手抓着我肩膀，我百十斤的重量，被他跟拎小鸡一样拎了起来，直接带到那个盗洞边。这个盗洞是个宽方口，好似个下水道的入口，直通通深入地下，一看便知出自专业人士之手。我就这么半站在洞口边缘，全靠郑国渠抓住肩膀，他只消轻轻一推，我就会掉进去。

郑国渠淡淡道："你说吧。"

"你先把她放了。"

郑国渠咧开嘴乐了："你媳妇儿就快成别人媳妇了，你还在这儿讨价还价？"

不远处，黄烟烟气喘吁吁地被围在中间。她虽然踹开了好几个人，但毕竟对付不了七八个手持武器的壮年男子。她的头发散乱，上衣被撕开了一角，露出脖颈的一片白腻。

我深吸一口气："我们来安阳，其实是为了你手里那面海兽葡萄青铜镜，镜里有关于则天明堂玉佛头的重要信息。"郑国渠略露惊讶，但很快摇摇头："挺有意思，但还不够。"

"现在那个玉佛头在日本人手里，要归还给国家，可是……"

我的声音逐渐放低，郑国渠身子微微前倾，身体一震。我突然疯狂地扭动身躯，脑袋狠狠地撞向郑国渠。郑国渠闪动很快，手掌一推，要把我推下去。我张嘴一口咬住他的衣领，死不松口，两条腿不由自主地用上了黄烟烟在天津"教"我的那招土狗吃屎，猛一绊，郑国渠一个趔趄，连同我一前一后跌入盗洞。

这个盗洞是笔直打下去的，稍微带了点斜度，我俩手碰脚脚碰头一口气摔到了洞底。我背部落地的瞬间，摔得眼冒金星，脑子震成了一锅粥。郑国渠侧卧在旁边，一动不动，好似晕倒一般。

这盗洞不深，也就四五米，能看到洞口晨曦微光。我摸索了一番，发现洞底不是黄土而是一片青砖，然后在洞侧还有一条倾斜向下的窄洞，黑漆漆的阴气逼人。估计我们所在的位置，是这座墓室的顶部。他们打洞打到这里，定准了墓室的位置，然后顺着那条窄洞下去找入口。

我忽然触到一个冰凉的硬东西，拿起来一看，赫然发现是半块人的头盖骨，白骨森森，半个眼窝睥睨着我。我连忙把它恭恭敬敬放下，双手合十，拜了几拜，心说不是我要惊扰你的安眠，实在是情非得已。

这时候，头顶洞口冒出几个人头，其中一个惊慌地喊道："郑老大，你在下面吗？"我恶声恶气道："你们老大现在摔晕了，就躺在旁边。你们想救他，就得听我的。快让那姑娘过来说话！"洞口沉默了片刻，很快黄烟烟的声音传了下来，声音还是那么冷静："还活着？"

我看她平安无事，便喊道："你先走，如果他们拦你，你喊一嗓子，我就把郑国渠脑袋撅了！"这话是喊给她听的，也是喊给其他几个人听的。我虽不是穷凶极恶之徒，却也不是谦谦君子，"文革"里没少跟人打架，书包里藏板砖是家常便饭。

"你怎么办？"黄烟烟问。

"你走了，我九死一生；你不走，咱们俩都是十死无生。"

黄烟烟是个果断的女人，没半点矫情，扔了一个东西下来。我接住那东西一看，原来是那枚青铜环。我刚才割断绳子后吐在了地上，现在她又给扔回来了。

"拿好，坚持住。"她说。

黄烟烟的脑袋从洞口消失了，我把青铜环握在手里，百感交集。这时头顶又隐约听到传来争吵声，我大声喊了一句："你们再为难她，我就掐死郑国渠！"外头的声音消失了，又过了一阵，郑重把头探了进来，一脸怨毒："那个女人已经离开了，你快把我们老大放开。"

我仰着脖子喊："你们扔下根绳子来，再站远点。"郑重嚷道："我怎么知道你不会勒死我们老大？"我没好气地说："废话，我还在洞底呢，把他勒死对我有什么好处？"郑重拍拍脑袋，回头叫人去弄绳子。没过一会儿，一条粗大的麻绳颤悠悠地垂了下来。

我扯了扯，确认绳子的另外一头绑牢了，伸腿踢了踢郑国渠："别装了。"原本昏迷不醒的郑国渠"唰"地睁开双眼，从地上爬起来，眼珠子骨碌骨碌转了几圈，露出一口大黄牙："你这货，恁地狡猾！"

"没办法，我必须要摆脱黄烟烟。"我闭上眼睛。

其实打来安阳开始，我就对黄烟烟起了疑心。在郑国渠这件事上，明明还有其他和缓的手段，她却一直坚持要斗口，拿出了龙纹爵，甚至不惜用自己身体为赌注，有点急切得过分了。事有反常必为妖，我就多留了点心思。

等到郑国渠一口说出那尊龙纹爵是真品后，我陡然意识到，事情不对劲。那龙纹爵若是真品，也是国家一级文物，黄家竟拿出私藏的国宝来对付郑国渠，还对我和药不然隐瞒，所图绝不会小。更何况，黄家与郑国渠交恶许多年了，何以偏偏在我们前往安阳追查佛头时才发力？——这说明，郑国渠一定与佛头或许一城有千丝万缕的关系。

所以我得想个办法摆脱黄烟烟，单独行动。可当时我被捆得紧紧的，跑也跑不了，唯一能做的事，就是赌。

我赌的是，郑国渠知道"玉佛头"的渊源，甚至知道许一城。

所以，我故意对郑国渠提及佛头字眼，果然引起了他的兴趣，把我带到了盗洞旁边。然后我偷偷对郑国渠说了一句话："我是许一城的孙子许愿，进洞说。"

幸运的是，我赌对了。郑国渠不愧是与黄家势均力敌的造假高手，反应极快。我一表明身份，他只是微微一愣，立刻与我跌下盗洞，还装作昏迷不醒。这样一来，我假意挟持郑国渠，顺理成章地让黄烟烟离开，没有引起她的疑心。

虽然对不起黄烟烟，但黄家的古怪举动，让我不得不有所防备。

"你这家伙胆子可不小，若是我不知道佛头或者许一城之名，你俩早被埋起来了。"郑国渠道。

"没办法，那种情况下，我只能赌一把。"

说完这句话，我盘腿坐在坑底，脊梁贴着土壁，表情变得有些僵硬。郑国渠盯着我手里的青铜环，半讽半谑道："我还以为你跟黄家姑娘是两口子呢，敢情也不是一条心。"我冷着脸道："你手底下的人太不地道，我先把她支走，也是为她好。"

郑国渠突然凑过来，大手一把扼住我的咽喉，恶狠狠地说："臭小子，别太蹬鼻子上脸。我配合你演这么一出，是因为你还算有点价值，不代表我不能动你。"

他的手好似一把老虎钳，把我掐得几乎透不过来气。直到我觉得自己马上要窒息而死时，郑国渠才松开手，我半跪在地上，揉着自己喉咙拼命喘息，好一会儿才恢复正常。郑国渠抬头看了眼洞口，席地而坐："如今人也走了，戏也演完了，你说说看，到底怎么回事？要是我听了不满意，嘿嘿……"

他眼睛朝着通往墓室的那条通道瞟了一眼，阴恻恻地说："别看是汉代的棺椁，里头可还宽敞着呢。"

我看出来了，如果我不和盘托出，恐怕是没机会从这深深的墓穴底爬出去。于是我也不再掩饰，简单地从我的身世讲起，还有最近围绕着玉佛头发生的一系列事情。听完以后郑国渠眯起眼睛，饶有兴趣地问道："你从哪里来的这么大信心，觉得我比黄家还可信？"

我抬眼道："因为郑重。"

"郑重？"

"对，他在鉴别青铜器的手法上，与我家祖传的一种技法十分类似。这技法是不传之秘，他居然也会，说明你们一定与我们白字门有些渊源。"

郑国渠听完以后放声大笑，好似听到什么开心事，然后他突然敛住笑容："你猜对了一点，也猜错了一点。不错，许一城跟我家有点渊源，他的事情我知道一些。那面镜子，也在我手里。但我对那些陈年旧账可没兴趣，你若拿不出我感兴趣的东西，一样要死。"

"这个好处，你不会拒绝的。"

"啥？"

"《素鼎录》。"我平静地说出这三个字。

郑国渠两只鼓眼骤然一亮，他一把捏住我的肩膀："这么说，这本书在你那儿？"我点点头。

《素鼎录》是金石鉴定的权威之书，凝结了白字门历代心得，江湖上一直流传，得到此书，则金石无忧。郑国渠是专做青铜器赝品的，这书对他来说，就像是化学家拿到元素周期表、军人拿到作战地图一样，绝对是不可多得的好东西。

所以郑国渠一点也没犹豫，伸出手来跟我握了一下，算是成交。

能看得出来，郑国渠是个既贪婪又理性的人。能拿到手的利益，他一点也不会松口；但只要有风险，他会非常干脆地撒手。龙纹爵这么贵重的东西，说放弃就放弃，半点都不犹豫。这种人，相当可怕。我跟他握手之后，闪过一丝后悔，不知这么危险的人，我是否能驾驭。

"上去之前，我还有件事。"我忽然说。

郑国渠眉头一皱："黄烟烟很快就会回来，我们没多少时间。"

我把地上那头盖骨轻轻拿起来："你们盗墓不算，还随手乱扔遗骸。我既然看到了，好歹把它送归原棺，不然走得也不心安。""要去你自己下去。"郑国渠撇撇嘴。他们这些人都是坚定的无神论者，对鬼神从无敬畏。

我把头盖骨拿好，一猫腰，顺着那个斜洞钻了下去。他们已经进去过一次墓室，我没费多大力气就找到入口。墓室石门半开，里头阴森森的没有光亮，黑暗中有一种千年的沧桑与腐败。我伸手想去摸索棺椁，忽然一只冰凉的骨手悄无声息地按在了我的手背上，一道凉气噌地从我尾椎骨蹿升到了头顶。

我整个人僵在那里没敢动，等了一阵看周围没动静，才战战兢兢用手去摸，发现搭在手背上的原来是半截尺骨连着掌骨。郑国渠这些人做事太不厚道，把骸骨拖出来随手乱扔，这半截手臂就半挂在被撬开的棺椁外头，正好搭在我手背上。

我把它拿起来，连同头盖骨一起放入棺材内，脑袋一阵恍惚，差点一头栽进那棺材里去。这里空气不大流畅，待得久了容易头晕。黑暗中，恍恍惚惚地我觉得这场景似曾相识。

那是在我小时候，我和伙伴们喜欢钻进大院附近一个废弃的下水道里玩，有一次，我们钻到一半，闻到前面一股腐臭，借了一盒火柴点亮，然后发现前头居然躺着一具腐烂的尸体，吓得我们四散而逃。我慌不择路在下水道里乱跑，总以为那具尸体跟在后面，吓得大叫，喊着爸爸妈妈的名字不停狂奔。好不容易跑到出口，正看到我父母和其他大人赶到，我一头扑到他们怀里，号啕大哭，心里却前所未有地踏实。

突然间，我眼泪无端地流了下来，这才意识到自己这么多年来有多孤单。追寻爷爷许一城的真相，也许不是为了什么佛头，而是为了能够多看到自己亲人在这世上的痕迹吧。

"爸爸、妈妈、爷爷……"我在黑暗中扶着这几千年的古棺，喃喃自语。希望现在也像小时候一样，只要坚持跑出黑暗，他们就会在尽头迎接着我。

等我擦干眼泪爬出来以后，郑国渠已经等得不耐烦了。郑国渠和我借助那根绳子爬到地面，郑重等人一拥而上要揍我，被郑国渠拦住了。在郑国渠的指挥下，这些人把古墓旁边的痕迹扫干净，跳上附近一辆小货车匆匆离去。

我看到他们上车的时候还拎了个口袋，里面装的估计都是明器。郑国渠注意到我的眼神，拿起龙纹爵丢给了我："我不要，你拿着玩吧。"我知道这种国家一级文物他不敢留，就直接收下了。

在车上我问郑国渠，难道不怕黄烟烟向警察指证他吗？郑国渠咧嘴一笑，全不在乎："有三百多个村民能证明我当时在村子里打麻将。"他跟黄家斗了这么久，却仍旧逍遥在外，果然是有些手段。

车子开了三四十分钟，终于进了村子。这村子叫郑别村，远远望去就是一处河南的普通农村，村里大部分都是瓦房，一条柏油路横贯村中，不知是不是托了郑国渠搞青铜赝品的福。

进了村子以后，其他人都散去。郑国渠和郑重带着我七拐八转，来到一处临山而起的隐秘大院里。这院和寻常农家院不一样，里面乱七八糟地堆放着铁渣矿石，还有些残缺不全的农具，甚至还有一个半锈的大锅炉。看得出来，这是他们造假青铜器的工坊。里面有几个工人在埋头干活，看到我进来，纷纷露出警惕神色。郑国渠一挥手，他们才重新低下头去。

"甭看了，这里只是个原料加工厂，正式注册过的。正经地方可不在这儿。"郑国渠说。

我们进到厂子的办公室，郑国渠一屁股坐到办公桌后，端起搪瓷缸子咕咚咕咚喝了一大口水："太久没倒斗[①]，下去转一圈嗓子里都是土。"他放下缸子，冲我一伸手："先把《素鼎录》拿来。"

"我没带在身上，还放在北京家里。"

"你把地址告诉我，我派人去取。取回来了，咱们再往下说。"

我摇摇头："刘局派了人一直盯着我家，你们的人去了，只会是自投罗网。"

郑国渠眼神一下变得阴冷起来："那我怎么知道你说的是真话？"我指了指自己脑袋："《素鼎录》我看得烂熟，都记在这里了。"郑国渠思考了一下，一抬下巴，郑重连忙把那一口袋明器掏出来摆在桌子上。里面一共是三件，两件陶壶，一柄断了柄的龙头青铜带钩，像是西汉初年的东西。

"你既然是白字门的，应该能看出这几样东西有什么名堂。"

我只略扫一眼，便笑起来："什么名堂不好说，反正你这次运气可是不怎么样。"郑国渠被我说中了心事，闷闷地哼了一声，旁边郑重脸色也变得不大好看。

带钩这东西，是古人用来钩腰带的。古人衣着有严格的讲究，只有贵族的衣袍才

[①] 指盗墓。中国大墓，除了修在山腹中的，多半上面都有封土堆，形状恰似量米用的斗，反过来扣在地上，盗墓最简单的办法就是把斗翻过来，所以叫倒斗。

用得着金属带钩，所以青铜带钩是身份地位的象征。在一个有青铜带钩作为陪葬的贵族墓穴里，他们居然只拿到两个陶壶，恐怕那个墓穴早已有盗墓贼光顾，把大部分值钱的都卷走了。

我估计，就连那个盗洞，都是老洞。郑国渠他们动手晚了，只是利用这个通道下去捡个漏而已。

被我说破了尴尬，郑国渠也无心再盘问。他让郑重拿来一沓题头印着"郑别村农用机械加工厂"红字的信笺、一支钢笔和一瓶墨水："你就在这里把《素鼎录》默写出来吧。"

"那么我要的东西呢？"

郑国渠道："写完我自然拿给你。"

我"啪"地把钢笔搁下："不行，你现在得拿给我，不然我一个字都不写。"

我俩对峙了一阵，郑国渠大概觉得反正我也跑不掉，就退了一步，让我继续写，郑重在门口看守，然后他自己走了出去，说去给我取来。

办公室只留下我一个。我铺开信笺，一笔一画地写了起来。《素鼎录》虽然是白字门的秘籍，但我并没有把它捂在手里的心思。鉴古技术日新月异，造假技术也不断创新，《素鼎录》里虽然有些好手段，但早晚都会过时，这时候再讲究什么不传之秘，未免太落后于时代了。

我唯一的顾虑，是郑国渠学到了这些东西，造出更多赝品，违背了我不碰假货的原则。于是我没有默写原文，而是把加密的文字默写下来。如果我不说出密码，郑国渠就和黄家一样，偷了也是白偷。

想到这里，钢笔的笔尖猛然一顿。我突然想到一件事：黄家偷那本《素鼎录》，真的是为了得到白字门的秘籍吗？

我听药不然说，五脉改组为鉴古学会以后，各家都有意识地跟大学、研究所等科研单位合作，不断有新的鉴伪手段被开发出来——其中尤以黄家和药家最为用心，因为高科技对鉴定青铜器、玉器和瓷器特别重要。一本民国时期的《素鼎录》对黄家来说，究竟有多大意义，这个实在很难讲。

目前我所知道的牛皮镶银笔记，一共有三本：一本记载了白字门的鉴古技术；一本留在日本，据说是木户有三亲笔所写，内容不详；另外根据付贵的说法，还有第三本笔记，在许一城死后不知所终，写的什么内容不清楚。根据我的推断，剩下两本笔记里,很可能是记录着木户和许一城1931年7月到8月这期间发生的事情。

这三本笔记外貌都一样,都是粗粝的牛皮封皮,四角嵌着莲瓣银,光看封皮没什么区别。黄家那次派人去我家里偷东西,恐怕是误以为我家里藏的是记录1931年之谜的笔记,结果拿到手一看,发现只是用处不大的《素鼎录》——这也就解释了,为什么他们那么痛快地把笔记还给了我。

但黄克武还是不放心,便把黄烟烟派到我身边,名为协助,实为监视。送我的那个青铜环,想必也是故意让人误会他要招我为孙女婿,好掩人耳目吧。

想到这里,我脊背一阵发凉,不知道这个推测是杞人忧天,还是黄克武这个人算计太深。

黄家对1931年之谜如此紧张,要么是急于知道什么,要么是急于掩盖什么。无论是哪一种,我都绝不能在他们的视线下继续追查,这次摆脱黄烟烟,正是个好机会。只是跟着郑国渠这么个危险分子,不知道是不是正确选择。

"爷爷,您到底做了什么事情啊……"我仰起头来,向着天空喃喃自语,感觉有一张隐约可见的大网笼罩过来。

我埋头写了一个多小时,门被推开了,郑国渠夹着一个木匣子进来。

"你写多少了?"他劈头就问。

"我要的东西呢?"我也毫不客气地顶回去。对郑国渠这样的枭雄来说,低眉顺眼只会被他吃得死死的,我得利用手里的优势,争取有利位置。

郑国渠晃了晃匣子:"都在这里头。你写完了自然给你。"

"我要先看。反正我在这里又跑不了,说不定你的东西里有我想要的,我一高兴多想起来几条。"我索性放下笔,双手抱在胸前看着他。郑国渠知道我跑不了,于是只狠狠瞪了一眼,没再坚持。他带来的匣子,是个小檀木匣,外头画的是鸳鸯戏水图,用指头一推,顶盖就缩了回去,颇为精致。

匣子里搁着一张纸和一堆灰白碎片。我一看到那些碎片,脸色顿时难看起来。那些是镜子的碎片,而能被郑国渠特意拿过来的,毫无疑问是那面海兽葡萄青铜镜。

"我从付贵那里买来的时候,已经是这副模样了。"郑国渠说。

我眉头一皱,当初付贵可没提过这个细节。这镜子里可能存有重要线索,不知道碎了以后,那些线索是否还在。我小心地用手指去摩挲那些青铜,把残片一一拿起来看。在其中一片比较大的镜背碎片上,我发现有些浮雕字形,连忙去看其他的,很快被我找到三四片可以拼接到一起的，已能勉强分辨出两个残字。

两个字是"宝志"，其中"寶"字少了盖头，"志"字缺了底部。

宝志？宝志是什么意思？我和郑国渠都有些茫然。除了这两个字以外，那镜子的残片再无其他可值得注意之处。

"这镜子的背纹除了海兽与葡萄纹以外，还有一个扭结，是大唐皇室的标志。这镜子估计是宫里用的。"郑国渠指点道。

我拿着镜子残片看了一圈，忽然想到一件事："我看你对这镜子也不是很上心，当初为何要去买？"

郑国渠翻翻眼珠："你看了那纸就知道了。"

我这才想起来，匣子里还叠着一张纸。这纸已经泛黄，年头估计相当久了。我把纸拿出来小心摊开，发现这是一份民国时代的合同纸。上面墨字龙飞凤舞，大概意思是说，兹有古董商人许一城，雇用郑虎参与考古队工作。雇用日期是从1931年的6月到7月，下面是许一城的落款和两个鲜红的手指印。

"郑虎就是我大伯。"郑国渠补充道。

我一看落款时间，民国二十年，正好是公元1931年。那一年7月中，许一城和木户有三脱离李济的大考古队，单独出发前往不为人知的地点。从这份合同来看，他们不是两个人去的，至少还有第三个人——郑国渠的大伯郑虎。

我看着这份合同，却总觉得不大对劲。郑家是世代做青铜器赝品的，算是许家的对手。许一城去执行这个秘密任务，不从五脉里选人，怎么从对手家里找帮手？一个可能的解释：许一城这次出发有意隐瞒五脉。他不告诉族人，却带了一个敌人和一个日本人，实在是蹊跷。

我放下合同纸："你大伯……还健在吗？"郑国渠耸耸肩："解放后当地主恶霸判刑，死在监狱里了。"

"呃……他生前有没有提到过，许一城雇用他去哪里？"

郑国渠摇头道："我大伯没跟人详细说过，不过他应该去的是岐山县，待了一个月就返回安阳了。后来他有一次喝醉了，吹嘘说就连许一城都要找他铸东西——我大伯是那一代最好的青铜工匠，造出来的绿器就连五脉都看不出破绽。"

"铸的什么？"

"好像是个关公。"郑国渠似乎也觉得莫名其妙。

我捏着下巴，陷入沉思。难道是许一城让他做赝品骗人？但这不符合五脉的行规，更不符合许一城的为人。我抓起那些镜子的碎片，抱着最后一线希望问道："你为什么要从付贵那里收这面镜子？你大伯是不是认识付贵？"

郑国渠笑得很阴冷："嘿嘿，岂止是认识。许一城事发之后，我大伯也被叫去审问，审他的人就是付贵，因为证据不足，他被释放了。然后到了解放以后，这笔账又被人翻了出来，结果我大伯被关到监狱里，你可知道举报的人是谁？"

"是谁？"

"嘿嘿，就是黄克武。"

我听到这名字，心中一惊。想不到郑国渠这一族，跟付贵、黄克武都有些牵连，更跟黄家势同水火，有着大仇。

按照我的想法，应该是郑虎知道许一城的一些事情，便从付贵手里买来铜镜，试图找出线索。结果黄克武突然出手，想夺取铜镜，所以施展手段将其害死。可是郑国渠的话马上就否定了我的猜想："铜镜是前两年刚买的，有人告诉我，这东西放在手里，将有大用。"

"是谁？"

"我不知道。"郑国渠迷惑地说，"那个人是我的一个老主顾，但只用电话沟通，我从来没见过，给钱倒是很爽快。"

我还想再问，郑国渠不耐烦地打断我的话："你问得也差不多了，我的东西呢？写好了没有？"郑国渠径直走过来，抓起稿纸扫了一眼，勃然大怒："×，你写的这是什么鬼东西！"

也不怪他发怒，我写的都是加密后的《素鼎录》，这是一个预防措施。我把加密的事情告诉他，然后说密码必须等到我安全离开这个村子，才能告诉他。郑国渠气鼓鼓地瞪着我，仿佛要把我撕碎，但末了还是放下了拳头，沉声道："继续写！"

我们俩正在僵持，这时郑重推开门，满脸惊慌地跑过来："不好了！黄家的那个女人带着警察进村了！"

"好快！"

这前后才三四小时，黄烟烟就已经带人找上门来。以她的缜密心思和势力，恐怕这村子附近的道路都被封锁了。郑国渠冷笑一声，一指我："老七，你把他给带到坑里去，天黑前别回来。"

说完郑国渠把东西收回小匣子里，自己拿在手里，没有交给我的意思。不过我也不在意，我想要的，是线索，而非器物。

　　郑重拽起我要走，我一扯胳膊道："别像抓犯人一样，我又不会跑。"郑国渠在一旁轻咳一声，郑重只好松开手，在前头带路，我们俩离开了屋子。

　　远远地，我已能听到警笛声，似乎还不止一辆警车。郑别村民风彪悍，又长年经营造假，这种场面见得惯了，斗争经验丰富。眼看警察过来，村子里的人也没多惊慌，该干什么还干什么，连狗都不怎么叫。我跟在郑重身后，在如同迷宫般的村子小路里七转八绕，开始我还试图记路，到后来彻底被绕晕了。郑重带着我，也不知怎么走的，巧妙地避开了盘查的警察，从另外一个方向离开村子，钻进附近的一个山坳里。

　　这个山坳很隐蔽，从外面看只是一片长满繁茂槐树的山坡，没有任何人工建筑的痕迹。等到我们穿过槐树林，爬上高坡以后，视野立刻为之一变。从坡顶向里，在槐树掩蔽之下，整个坡势陡然塌陷成一个小小的凹陷盆地，好像一个小小的火山口。

　　"火山口"的底部是一片平地，上面搭着几个简易工棚。工棚前有三四个两米见方的坑，坑上都盖着木板。坑旁散乱地堆放着各种各样的青铜器，有爵有簋，有壶有盘，甚至还有两根大戈与一尊小鼎。这些东西都有一个同样的特点：表面很光滑，一看就是新造出来的，和挂满锈蚀的青铜器真品气质大不相同。

　　郑重带着我走到一处工棚，指了指里头的一张行军床："你就先在这里待着吧。"我注意到，那些坑土的颜色与周围大不相同，呈现出暗褐色，还微微散发着酸臭的味道。"这里……是你们坑锈的地方？"

　　"哼，老大倒是挺看重你，这个坑村里都很少人知道。"郑重搬了把板凳，坐到我旁边，语气有些不爽。他没说不，显然是间接承认了。

　　我心里"咯噔"一声，心说这回可有麻烦了。

　　青铜器造假的工序里，有一个至关重要的过程，叫作"坑锈"。将新造的青铜器埋入坑中，坑土烤热，泼入陈醋，再加土掩埋，几天工夫，就能咬出与老器一模一样的锈蚀出来。添加不同的化学药剂，锈蚀风格都有不同——郑国渠想要我的《素鼎录》，目的之一就是想知道有没有独到的坑锈配方。

　　与此同时，坑锈也是警方认定文物造假的关键性证据。没有这道工序，铸造青铜器不算违法；被查出有坑锈的行为，才会被认定是蓄意造假。所以每一个造假窝点，坑锈工坊都藏得极为隐秘，轻易不示于人。现在郑国渠居然让人把我藏到了这么隐蔽的地方，要么是对我太放心，要么就是不打算让我离开了。

这家伙做事，实在是狠辣果断，毫不拖泥带水。

我躺到行军床上，开始眯着眼睛打盹。郑重身负监视之职，不敢睡觉，可看我这么一副悠闲的样子，又恨得咬牙切齿。他坐在板凳上，显得十分烦躁。

"阿嚏！"

我忽然打了一个喷嚏，揉揉鼻子："怎么这里好冷啊。"

"扯淡。"郑重撇撇嘴，此时是下午一点多，虽然坑底大部分天空都被茂盛的槐树遮挡，但透下来的阳光很充分，晒在身上暖洋洋的。

"真的，不是那种冷，是阴冷。"我抱着胳膊，翻了个身，嘟囔了一句，"难不成真是那古墓闹的……"

郑重一听"古墓"俩字，耳朵立刻竖起来了："你说什么？"我连忙摆手，表示没说什么没说什么，郑重反而起了疑心。他今天倒斗一无所获，心里正憋着一口闷气，对这些字眼都特别敏感。

他再三追问，我只得无奈地问道："那个墓室，你今天下去过没有？"郑重回答："下去了，墓室的石门就是我挪开的。"我"哦"了一声，又问道："那你还动了里面什么东西吗？"

"里面狗屁都没有，掏了半天才掏出那么点破东西。"郑重恨恨说道。

我摇了摇头，说不对，你肯定还动过别的东西。郑重急了，说一共就挖出那三件玩意儿，多一件都没有。我就问，你动没动过遗骸？郑重往地上吐了口痰，换了个不安的姿势，说几根死人骨头而已，有什么大不了的。

我摇摇头："晚了，晚了。"郑重一听，眼睛瞪得溜圆，问我什么晚了。我颇有深意地看了他一眼，双手枕在头后，跷着腿在行军床上说："我给你讲一个故事吧。"

"我听一个江湖上倒斗的朋友说，从前有一伙盗墓贼，去挖一座春秋时代楚国的贵族墓。带头的那个进了墓室，结果不小心把棺椁里的尸骸给毁了，骨头扔了一路。他拿了明器高高兴兴地往回爬，结果差一米到盗洞口的时候，却无论如何也爬不上去了。眼看天快亮了，他的伙伴也急了，拿手电往下照，这一照可不得了，看见他的背上，不知何时多了一个长发女人，脸煞白，背高高拱起来，正好卡在盗洞里。盗洞很狭窄，他转不过身来，只能把明器一件一件往下扔，扔一件，那女人的背就平下来一分。一直到明器都扔完，女人的背才直过来，正好紧贴着那个人的背。那人吓得要死，拼命要往上爬，这时候那女人在他耳畔说了一句话。"

"是什么？"郑重完全被我的话吸引住了。

"明器还完了，接下来该算我尸骨的账了。"

郑重的表情瞬间变得很惊恐，他坐立不安，甚至还回头看了一眼。

"有点冷了？"

郑重不情愿地点了点头。

"我告诉你为什么冷。凡是下了墓穴，都会带上来点什么不干净的东西，尤其是惹起墓主怨气的，更是不得了，就像那个盗墓贼一样。咱们运气好，前面已经有过一个盗洞，所以没什么大危险，但有一个麻烦之处……"

"是什么？"郑重急着问。

"咱们俩待的地方。"我指了指头顶，"槐树是五阴之木，能积聚阴气，营造阴宅。这个坡上遍植槐树，可以说每一棵树，都是一副棺材。咱们俩带着阴气过来，又被千棺围绕，此地又有大坑，你说这是个什么预兆？"

但凡玩古董的，都有点迷信——尤其是盗墓倒斗的，迷信心理尤重，胆量再大，在潜意识里仍会留存一点点恐惧。别看郑重贵为一方掌柜，还是脱不掉这层心理障碍。他被我层层诱导，脸色顿时煞白。

恰好这时候一阵风吹过头顶，槐树林发出沙沙的低沉声响。我有意无意地瞥了一眼工棚旁的锈坑，嘀咕了一句："也不知这坑有多大，能不能装下两副棺材。"

郑重"腾"地从板凳上站起来了，冲我大叫道："你少在那儿吓唬人！"我缓缓转过脸去，视线却看向他的背后，悠悠然道："我猜，封住坑口的那几块木板，也是槐树做的吧？"

郑重脸色唰地变白了。这种上锈用的坑，平时不用的时候都用木板盖住，防止落雨或者落尘，让化学制剂在里头自然发酵。一个坑用得越久，坑土里积存的化学物质越多，咬锈效果越好。所以青铜器造假有一句话，叫"老坑如老汤"。

这周围都是槐树，我估计封口用的木板应该是就地取材。槐树是棺材木，这坑又比较大，上木下土，再加上早上刚盗了一回墓，很容易让人产生不好的联想。在我不断的心理暗示之下，郑重越发觉得不安起来。他在工棚里来回走了几圈，心浮气躁，末了狠狠往地上吐了口口水，一踩脚，走向最大的一个锈坑旁，俯身去挪那块封盖的木板。

"我劝你最好别掀开。"我冷冷地说。

"老子不怕这些邪门的玩意儿!"郑重大吼。他一咬牙,双手一抬,举起了木板,伸头往里看去。说时迟,那时快,我抓住机会,飞快地跳到他身后,猛地一推。郑重猝不及防,整个人扑通一声跌落到坑底。

"许愿你干什么?!"郑重惊慌地抬头嚷道。

这个坑是给中、大型器具上锈用的,所以挖得很深,有将近两米左右。郑重身材不高,他掉进去以后,要高举双手才能勉强摸到坑的边缘,使不上力气。坑里没有垫脚的东西,内壁又不适合攀缘。如果没人帮忙,他爬上来怕是要费上一番手脚。

我从坑口俯视了他一眼,什么都没说。郑重意识到上了我的当,开始在坑里大声怒骂起来,内容无非就是一句"郑国渠饶不了你"。我没搭理他,把封盖木板重新盖上去,又抱来十来个未加工完的青铜器镇在上头,又怕不够,把行军床也拖过来。这样一来,除非是村里派人来找他,否则凭他自己是绝爬不上来的。

搞定郑重以后,我拍了拍身上的土,略微辨认了一下方向,带着龙纹爵匆匆离去。

无论是黄烟烟还是郑国渠,我都不想跟他们有太多瓜葛。现在我已经从郑国渠这里得到一个关键消息,那么我要做的,就是抓住这个机会远离郑别村,获得一个单独行动的机会。

这一带地形我不熟悉,既要躲开郑国渠的人,又要避开警察与黄烟烟,所以我不敢沿着路走,只能在庄稼地里横穿,有好几次还误闯了人家果园,差点被狗咬了。

总算这一天皇历上写着宜出行,警察和郑国渠在互相对峙,一时顾不到别处。我跌跌撞撞,在天黑前跑到一个不知名的小村子里。我一打听,发现是在郑别村西北方向,有十几里远,距离安阳市有四十多公里。

这时候,郑国渠也该发现坑底的郑重了。于是我没敢多逗留,这里村子之间彼此联系紧密,保不齐哪个小媳妇儿或大婶子多一句嘴,就会传到郑国渠耳朵里。我找了一个当地老乡,许给他十块钱,坐着他的农用拖拉机一路突突突返回安阳。

到了安阳以后,我把身上的钱几乎全给老乡了,自己只剩下一尊无法出手的龙纹爵和十块钱,又不能返回旅馆。我找了个公用电话,给药不然打了一个电话。我出事之前,大哥大放在了药不然身上。

"喂?"药不然在电话里的声音很不耐烦,显得特别焦躁。

"不然，是我。"

"我×！大许，你竟然……"话筒里的声音一下子变得高亢起来。我赶紧打断他的话："嘘，你小声点，不要让人听见。"

"烟烟找你都快找疯了！"药不然在电话里嚷道。我沉默了一下："她在你的旁边吗？"

"没，她还在郑别村跟郑国渠对峙呢。"药不然连珠炮一样地把情况大略说了一遍。黄烟烟安全脱离以后，在距离事发地点最近的派出所报了警，然后又跟在安阳急得团团转的药不然联系上。安阳市出动了十几辆警车，在黄烟烟的带领下直扑古墓，在那里他们没有发现我和郑国渠的踪迹，于是转扑郑别村。郑国渠拿出一堆人证物证，证明自己从来没离开过村子，警方不想继续调查，但黄烟烟死活不肯走，双方一直对峙到现在。

药不然说："你赶紧跟她联系一下吧，我可从来没看过她那么着急。"我在心里暗暗叹了一口气，对黄家，我没有什么负罪感；但对黄烟烟，我却存着一份歉疚。

"听着，你要真把我当哥们儿，就别把我的消息泄露给任何人，即使是烟烟和你爷爷都不行。"

"啊？你什么意思？"药不然大惑不解。

"我必须要单独去一个地方，至于是哪儿，你就别问了，总之我肯定在期限内回来。"

"你太不够意思了吧？这种事也要背着我！"

"时间很紧，我没法跟你解释那么多。总之你就信我一回，我不会拿自己爷爷的声誉开玩笑。"看到我在电话里说得严重，药不然颓然答应下来："好吧，哥们儿就信你一回。还有什么要我做的？"

"我需要你做两件事。第一，多准备点现金，去火车站等我；第二，你帮我盯着黄家的动静，我会定期跟你联络，有什么风吹草动，随时告诉我。"

"黄家？你是说，烟烟有问题？"药不然的呼吸一下子急促起来。

"现在还不好说，总之按我说的做就是了！"

"对了，刘局那边，你也不打算说吗？"

我沉思了一下，回答道："对，那边也别提。"刘局那个人神神秘秘的，我琢磨不透他的想法，不想过早惊动他；方震是个老刑侦，所处的位置又高，如果给他们透了口风，估计刘局一个电话就能把我从地里起出来。

现阶段，还是让郑国渠背着黑锅，替我在前头挡风挡雨吧。

当天晚上，我来到安阳火车站，远远看到药不然穿着一身红衣服，手里捏着个白信封，站在月台上。我竖起衣领，把帽子拉低——这是我买完火车票以后，用身上最后一点钱买的——仔细地观察了半天，确信周围没有警察的埋伏，才凑过去。

很快远方一列火车进站了，这是一趟前往徐州的火车，在这里只停车两分钟。我默默地走到药不然身后，一拍他的肩膀，药不然回头一看是我，一愣神。我飞快地从他手里拿过信封，跳上火车。乘务员在我身后砰地把车门给关上了。

我隔着车窗冲他挥了挥手，药不然张嘴说了句什么，不过我也听不清楚。等到火车离开安阳站，我捏了捏信封，里面厚厚的一摞，钱还不少。药不然在这点上还是挺靠谱儿的。

这趟火车是慢车，见站就停。我没多做停留，在下一站汤阴下了车，然后换了一辆长途公共汽车一路坐到新乡。这样一来，即使药不然无意中说漏了嘴，他们也琢磨不到我去了哪里。

我从新乡转车到郑州，连夜买了一张汽车票到西安。西安我曾经去过一次，那还是在小时候，我父母带我一起去的，那时候连兵马俑都还没发现呢。当时父母是带学生去考察，我在家里没人带，所以索性把我也一齐带去了。我从一个博物馆跑到另外一个博物馆，看过什么东西早就忘了，只记得母亲给我掰了一整碗碎碎的羊肉泡馍，吃得无比香甜。我还拉着母亲的手去了乾陵、大雁塔、华清池，还在父亲那群学生的帮助下爬了一小半华山。那是我为数不多的快乐记忆之一。

等一等。

我在西安的记忆里，找不到我父亲的身影。我在卧铺上一下子睡不着了，拼命在记忆里搜寻，却无论如何想不起来他去了哪里。西安的记忆里除了吃、玩，就是母亲和那些学生，父亲好像只在抵达和离开的时候才有印象。

他到底去了哪里？

一个惊人的念头钻入我的脑海：难道……他去了岐山？

对许一城之谜来说，岐山是一个非常关键的地点。

从郑国渠透露给我的消息可知，岐山县是整个1931年探险的起点。而且在许一城和木户有三出发前一个月，郑虎来到这里为许一城打造了一件和关公有关的青铜器。我不知道郑虎和木户有三有没有见过面,不过他铸造的那件与关公有关的东西,一定跟许一城和木户有三二人的失踪息息相关。

而且我手里还握有另外一个信息,一个只有我才知道的情报。那本《素鼎录》的笔记里,在序言中曾经提到,这本笔记乃是味经书院刊书处高手所制。味经书院是清末民初陕西五大书院之一,位于泾阳,刊书处是其下属,乃是陕西早期的出版机构,出过许多维新书籍。

我查过相关资料,味经书院早于光绪二十八年并入弘道学堂,而刊书处也随之撤销。其中一部分转为民营,在民国一直以装帧为业,仍以味经为名——而这个刊书处,就位于岐山。

这两则消息单独来看,都没什么意义。但把它们合起来研究,两条线索却都汇聚到了岐山这个交汇点。他们在这里出发,笔记也是在这里制作。我觉得要解开1931年之谜,岐山是必然要来的——这也是为什么我希望单独行动。

从西安到岐山并不远。说不定当初我父亲来西安,也是为了前往岐山去处理什么事情。虽然他从来没在我面前提及过许家从前的事,但我能感觉得到,那些事一直萦绕于心,他从未忘怀。他临终前留下的"悔人、悔事、悔过、悔心",一定与此有关。

我在西安找到了一个父亲以前的学生,也是当初来西安考察的学生之一。他告诉我,那次考察期间,许教授确实离开过队伍,大约三天时间,说是去附近一个县文物局见一位老朋友,但具体去哪里没提。我问他,我父亲的专业并非田野考古,为什么突然想来西安考察?他也说不出个所以然,只说这次考察来得特别突兀,似乎是许教授自己主张的,路费都是自掏腰包,没有从大学走费用。

听起来,我父亲似乎从一开始,就是打算去岐山,西安考察不过是个幌子而已。

我临走之前,那学生问了一下我父母平反的情况,一阵唏嘘,说许教授是他见过最好、最低调的老师,这样的人居然在"文革"中也被整得死去活来。

"许教授被整这件事特别突兀,一夜之间,就出现了批斗他的大字报。当时群情激奋,也没人想过。后来我问过一圈才知道,他们都不承认是自己贴的。后来抄家的时候,更是没人知道是谁挑起的头——因为许教授所有的学生都知道,他自己从无任何私藏。"他告诉我说。

我点点头,这些情况我都调查过,但没什么结果,只好归咎为"文革"时的混乱。

带着满腹的疑问,我从西安先向东到宝鸡,然后再折回西边,坐短途公共汽车来到了岐山县。在这里，我不光是寻找爷爷的足迹，还要寻找父亲的痕迹，一时间觉得肩上的重担沉甸甸的。

岐山地处内陆山边，还没被改革开放的春风吹到，仍旧保持着古朴的风貌。县城里没有多少高楼，街上多是马车和自行车，很少看见汽车，远处隐约可见巍峨的秦岭山脉。不过我对岐山却一点不敢小觑，这里号称青铜器之乡，出过大盂鼎、毛公鼎这样的国宝，文化底蕴丝毫不逊于河南。当初我们白字门把持金石这一行当，岐山绝对是重镇之一，我祖父和我父亲选择来这里，丝毫不奇怪。

可是有一点我想不通，岐山当地的青铜器铸造水平也很高，我爷爷许一城为何不嫌麻烦地从河南借郑虎过来铸什么关公像呢？

我在县城里找了家小旅馆住下，吃了一大碗岐山臊子面，租了一辆自行车，然后打算先去当地文物局看看。可当我骑到文物局门口，刚要锁车子时，却在门口看到了个熟悉的身影。

木户加奈！

我急忙把车子锁好，闪身躲在门柱旁，心里一阵惊骇。这女人不待在北京，怎么跑这里来了？

木户加奈这次穿的是一身浅绿短装，头戴凉帽，像是很专业的野外考古人员，和在北京时见到的书卷气大不相同。跟随她走出文物局的还有三个男子，看样子是文物局的领导。他们谈笑声音很大，且说且走，一齐钻进一辆桑塔纳里。

她在登车之前，似乎有所感应，有意无意地朝这边瞥了一眼，吓得我赶紧把头缩回去。

"喂，你在这儿干啥呢？"门房老大爷看我形迹可疑，走过来大喝一声。我吓了一跳，生怕被木户加奈他们听见。老大爷不依不饶拽着我袖子，我看桑塔纳开远了，才回头解释说找文物局的人有事。老大爷非要我出示证件，不然就报警。我急中生智，拿出那龙纹爵说："我是来捐献文物的。"

老大爷一听，态度立刻变了，热情地把我带进收发室，还倒了杯热水给我，水面上还漂着点茶末。老大爷说以前农民们觉悟高，从地里刨出点东西，都捐给国家，现在都卖给那些古董贩子，文物局一年也收不上来几件文物。

我随口虚应着，心里琢磨开了。木户加奈当初告诉我们，木户有三没有留下任何关于1931年之行的资料。可她现在无缘无故出现在岐山，说明至少在这件事上，她撒了谎。木户有三在日本肯定明确提及过，岐山是1931年空白的起点。所以在我们去查付贵、郑国渠那根线的时候，她自己却偷偷跑来这里。这个女人啊，自己的小算盘打得可真响。

现在在这小小的岐山县里，我们两个成了竞争对手。我不清楚她手里还有多少我不知道的情报，但我手里也有独家秘闻，而且她在明，我在暗，两下扯平，算是势均力敌。

老大爷看我想得入了神，连唤了几声。我回过神来，问他这岐山县里，有没有和关公有关的东西。老大爷端起茶缸子，得意地说，别看他就是个看门的，好歹也是文物局的正式编制，这岐山县里的各处名胜，他都知道得一清二楚。

老大爷说关帝庙在岐山少说也有十来座，问我到底要看哪一座。我说有没有供奉着铜像，而且比较老的。

老大爷仔细想了想，摇头说不知道。

我又随便聊了几句，拿起龙纹爵要走，老大爷问你不是要捐献吗？我给你叫个研究员来。我心想这若是交出去，等于是通告全国我在岐山了，赶紧找了个借口溜掉了。我刚一出门，就被人猛地拍了下肩膀。我吓了一跳，回头一看发现是个陌生人，戴着副蛤蟆镜，穿了件花衬衫，头发还留得稍微有点长，半潮不土的。

他嘻嘻笑着开口说："同志，去文物局捐献文物啊？"我没想理他，转身就想走，他赶紧把我拦住了："是不是人家不让你进？哎，同志我跟你说，现在这个时代啊，不时兴捐献了，开放搞活，商品经济。你想啊，捐给国家，人家就发你一个奖状几百块钱就了不起了，你给我看一眼，我保证给你这个数儿。"说完他伸出三个指头，犹豫了一下，又伸起一个。

我唇边浮起笑意，知道这人什么来头了。专门有那么一批掮客，在陕西、河南这些古董大省的农村与各地文物局门口转悠，看到有当地人抱着东西，就过去搭讪，连蒙带骗以低价——但在当地人眼里算很高了——买入，一转手拿到北京、上海甚至国外，这价就得翻了几十倍。这叫套宝，本质上跟捡漏区别不大。

我为了不引人注目，故意买了一套当地农民穿的外套，比较土气。估计这位是把我当成献宝的农民了，所以凑上来就是那一套说辞。我本想拒绝他，但转念一想，倒不如趁这个机会混进岐山古董圈子，看能不能多摸些情报。于是我冲他笑了笑："我是有件地里头挖出来的绿东西，想看看有人收没？"

那位眼睛一亮,绿器非富即贵,连忙拽着我胳膊道:"这儿人多眼杂,咱们找个安静地方说话。"我骑上车子,跟着他来到一处小饭店的后院,旁边就是个泔水桶。这位自称秦二爷,我干脆报了个假名字,自称郑重。

我故意把龙纹爵给他看了一眼,又不让他看清楚。秦二爷眼光不错,光看那一角,就知道不是凡品。他眼睛先是一亮,然后又拼命克制住,装出一副为难的样子道:"你这东西啊,不怎么样,虽然是古品,但明显有瑕疵。"

这是套宝的老招数。他先是故意指摘个不靠谱的缺点,如果你沉不住气,把东西亮出来,就算是进了他的圈套。到时候他见缝挫价,三寸不烂之舌能把你忽悠得晕头转向,最后低价卖给他,还得感谢他肯收这破烂货。

我把龙纹爵拿出来,装出一副急吼吼的样子道:"怎么可能,我这是才出土的,上头可擦得干干净净!"秦二爷一看我这样子,表情轻松下来,语重心长地说:"小郑你这就不对了,这绿器在地底下埋了几千年,上头都是锈,特别脆。古董古董,人家买的就是这古锈。你把锈都擦干净,哪还有什么人买?你想啊,你把羊肉都撇光了,馍还能泡啥?"

听他满嘴胡说,我摆出一副惶恐的样子,问怎么办。秦二爷叹了口气,说本来他是不想再收这东西的,但看我是个老实人,又比较投缘,愿意掏一百块钱买下来。我心里暗骂这小子心黑,表面上却表现出惊喜,连连称谢。秦二爷伸手要来拿龙纹爵,我却给挡下来。

"您能带我再去找找别人吗?"

秦二爷眼看就要到手,听我这么一说,脸色有点僵硬:"这有什么好找的,那些人都是奸商,只会占你便宜。"我抱住龙纹爵:"临走之前我叔说这是文物,不能拿来换钱,得拿来换东西。"秦二爷气得都乐了:"好,你说吧,你要换什么?"我说:"旧书,清末民初的旧书,要不就是关公的铜像。"

味经书院刊书处连接着三本笔记,关公铜像连接着许一城的行踪;这两条线索都必须要查出来。

秦二爷狐疑地看了我一眼,觉得像我这种乡下农民说不出这样的话。我赶紧补充道:"我叔叔说的。他是小学教书的先生,知道得可多了。"

"那你就听你叔叔说的,留着这个破玩意儿吧!"秦二爷佯装愤怒,转身离去。我傻呆呆地原地没动。果然,过了一分钟不到,他自己又转回来了:"哎,算了,我这个人心肠实在太好，就再帮你一次吧！旧书我帮你找，跟你换这个爵，你可不许给别人了。"

"哎！哎！"我连连点头。

这是木户加奈用过的"借钩钓鱼"之法。如今我也略微施展一下，借来黄家的龙纹爵来钓秦二爷这条鱼。只要这龙纹爵在手里，秦二爷就得乖乖按照我的要求去做。

和五脉一样，文物市场里青铜器和书画也是分开来的两个系统，互相之间各有自己的一套规矩。秦二爷是混青铜器的，对书画那个圈子也不是特别熟。他带着我去了岐山的几个小古董市场，打算随便弄两本书糊弄一下得了，给我介绍的都是些着三不着两的卖主。有几个卖的旧书都是头几年的杂志，《武林》《大众电影》《农村养猪手册》什么的。至于关公铜像，市面上倒有那么三两尊，可惜全是假的。

我不为所动，只管摇头。我俩足足走了半天，秦二爷实在乏了，抱怨说你到底要找啥？我说叔叔就提了两个条件：清末民初的书，还得是岐山本地印的。秦二爷好不容易找了家上点规模的书画店，一问，发现符合这两个条件的书，只有味经书院刊书处的，简称叫味版书，十分珍惜，市面上很少见到。秦二爷瞪着我，说你叔叔还挺识货的嘛，我连连点头。

秦二爷问了一圈，回来告诉我，说整个岐山，专门收藏味版书的只有一个人，叫姬云浮，是当地的文化名人。从姓就能看得出来，他家是岐山大族。即使解放这么多年了，姬家在岐山仍有相当大的影响力。秦二爷嘬着牙花子，神情有些为难。我知道他在为难什么，如果上门去找姬云浮讨要味版书，势必要拿出龙纹爵——而龙纹爵一亮相，可就轮不到他秦二爷占便宜了。

"姬家可不是文物局，让你随便进。一旦惹怒了他，警察能直接上门抓你。还是换本别的书吧？"秦二爷试图吓唬我，我也不急，抱着爵说找到再说。

秦二爷没办法，只得拉我先去吃晚饭，他请客。我点了一大碗油泼面，吃得满嘴生光，连连咂巴嘴。吃完饭秦二爷一出门，面色顿时一变，拉着我就跑。我莫名其妙，跟他跑了几步，就被好几个彪形大汉给截住了。这些人穿得流里流气，态度倒挺客气，亲热地跟秦二爷吊膀子打招呼，一会儿工夫就把我俩请到附近一处机修铺子里。

"老秦，你的钱，到底什么时候还哪？"为首的大汉坐在一个拖拉机大轮胎上，手里晃着个扳手，脖子上还挂着一片玉。他说话慢条斯理，声音温和，但其中透着十足压力。秦二爷点头哈腰,汗珠子哗哗往外冒,连声道:"胡哥,我正找您呢。"胡哥冷哼一声,拿扳手敲了敲轮胎边,等着他继续往下说。

秦二爷眼珠一转,突然一指我道:"胡哥,您看,我这不是给您带来了吗?"

古董局中局1

第六章

拍卖场上鉴宋碑

我没料到他来这么一招，一时大惊。胡哥转头看看我，面露不解："老秦，你什么意思？我可不好这口儿。"秦二爷赔笑道："您误会了，我不是说他，而是说他怀里那件宝贝。我刚收来一尊青铜爵，价值不菲，特意给您送过来。"

"哦？拿来看看。"胡哥扳手一晃，就有人朝我走过来。我心里大骂秦二爷，这家伙太无耻了，居然拿别人东西去偿还他的债。这伙人一看来路就不正，估计也不会讲什么道理。

我急中生智，索性把龙纹爵拿出来，双手捧着往前面一递，直截了当说："胡爷，我跟老秦根本不熟，他非要收我的爵，我一直没答应。他这是想借花献佛，把欠账赖给我，明摆着是说您是个不讲道理巧取豪夺的人。这爵叫龙纹爵，商周货，值钱得很。如果您看得起我，尽管拿去，当我送您的礼物，但这话我得说清楚。"

我这一番话连消带打，不光撇清了自己，还把麻烦扔回给秦二爷。人都有贪念，我主动把青铜爵献出去，还说明不抵秦二爷的账，这对胡哥来说，是一笔钱变两笔钱的好事，他帮哪边不言而喻。

秦二爷听出里面的利害，脸都憋紫了。胡哥斜着眼睛看着他："老秦，这到底怎么回事？"秦二爷吓得两腿发抖，拼命辩解说我在胡说。我也不客气，拿起龙纹爵说起它的特点来，说得头头是道。秦二爷原以为我是个傻头傻脑的当地小年轻，却没想到，我一直在扮猪吃老虎，下巴差点掉到地上。

胡哥听我说完，扳手晃动几圈："青铜器我不大懂，但你确实是个行家，说话倒直爽，挺有意思。"他使了个眼色，几个手下人把筛糠般的秦二爷像抓小鸡一样拎了出去，铺子里只剩我们两个人。

"这龙纹爵，如果真如你说得这么珍贵，那岂不是算国家级的文物？"胡哥问。

我点头称是。胡哥闭上眼睛沉思片刻，复又睁开："那岂不是说，如果我收了它，回头你或老秦去局子里举报，我就直接进去了？"

果然这世界上不缺聪明人，于是我也不忌讳："我跟秦二爷真是今天才认识，还没谈妥买卖呢。他要混赖我的东西，我也只好借您的手对付一下。"外头忽然传来一声哀号，真不知道秦二爷在受什么刑罚。胡哥很享受地听完以后，抬了抬下巴："我已如你所愿，把他收拾了。那你有什么能回报我的？"

听起来，胡哥是话里有话。我心念电转："我别的不行，鉴古还算有些心得。您有什么需要帮忙的，尽管说。"胡哥把脖子上的玉拿下来："你看看这玉是真是假？"我接过来，发现这是一块桃形玉锁，正面有"吉祥满门"四字阴刻，下配灵芝纹饰，两边云纹开窗，还算精致。

我道："您这问题问得不对。"

胡哥眉毛一抬，我又解释说："玉本无所谓真假，得看您以为它是什么。"胡哥想了想，告诉我这是块和田玉质地的玉锁，别人送的，说是清末一户富绅家的传家宝。我看了几眼，又拿着玉往旁边铁架子上磕了磕，回头笑了："这玉，是别人巴结您送的礼物吧？"

"怎么说？"

"这玉不是和田玉，估计是青海玉或者俄罗斯玉，磕上去声音是脆的，不过也算是顶级货色——只是若说是清末老玉，我看实在是不见得。"

胡哥饶有兴趣地凑过来，也拿起玉锁来端详："你怎么知道？"我说这可得靠点眼力，你看云纹处那两个开窗的部位，里侧有点磨痕对吧？胡哥对着灯光看了半天，又喊人拿来一把放大镜端详了一下，说确实有。我继续说道："您看这磨痕是和窗口平行的，还是垂直的？"

胡哥眯着眼睛看了一阵，说是平行的。我告诉他，老玉工处理开窗时，多是先钻个眼儿，然后用线锯伸进去，围着窗口的形转一圈，再把窗芯敲掉，所以磨痕都与窗口垂直。这种工艺特别费精力，所以现在的玉工，都是先钻眼，再用磨具一圈一圈旋着磨开窗户，所以磨痕都是顺着窗户走。看磨痕走向，大抵就能判断玉的新旧。

"也就是说，这玉佩是假的喽？"

我摇摇头："玉是好玉，只不过被虚报了年份和成色。"

胡哥一拍巴掌："好，够专业。"

"金石玉器，瞒不住我。"我淡淡回答。刚才和秦二爷周旋，需要我越装孙子越好；现在跟胡哥这种人，就需要表现得很自信。

"不过，就这么放你走了，也不合适。你说要把东西送给我，我没要，这算是个大人情，是不是？"

我心里暗骂一句，反正现在扳手在他手里，人情怎么欠，只能是他说了算。

他忽然端详我一番："看你的谈吐口音，不像是陕西人。身怀巨宝，又懂这么多道道，你来岐山到底有什么目的？"我犹豫了一下，不知该怎么说，不料胡哥忽又摆了摆手："算了，如果与我无关，就别说出来。"

我心想他虽然这么说，我如果不主动吐露一点，还是会惹他生疑。这位胡哥看来在当地颇有势力，如能借上他的力气，好过我自己闭着眼睛乱撞，便开口道："不瞒你说，我来岐山，其实是来找一个人。"

"谁？"

"姬云浮。"

胡哥听到这名字，眼神爆出一道厉光，旋即暗淡下去，慢悠悠地抱着胳膊道："你找他，是报恩呢，还是寻仇呢？"我心里"咯噔"一声，这个问题可不好答。胡哥跟姬云浮有什么恩怨，我可不知道，万一答拧了，他手里那扳手可不饶人。

"都不是，我是找他问个事。"我回答。姬云浮如果收集味版书，那么一定对味经书院刊书处有很深的了解，说不定能找出什么东西，所以我不算撒谎。

胡哥对这个回答有些不满意，放下扳手，忽然说起另外一件无关的事："两天之前，在岐山附近出土了一块宋代石碑，明后天应该会运到县城。县里组织了一个内部拍卖会。你跟我去，帮我鉴定看看，我打算把它买下来。"说完他朝门那边瞄了一眼："我原来还想让老秦去，可惜这个不争气的东西。"

"可是，这是岐山县组织的拍卖会吧？我一个来路不明的人，怎么混进去？"

"这你不用担心，你跟着我就行，县委书记是我舅舅。"胡哥淡淡地说。我明白秦二爷为什么如此害怕他了。

胡哥看我沉默不语，又说道："你帮了我，我也会帮你。你不帮我，那就得还我个人情。你说这公平不公平？"

我连忙拍了拍胸脯："公平，公平。别的不说，金石鉴定我不会输给别人。"

胡哥给我找了个住的地方，条件比我找的小旅馆强多了，就是一点不方便：不让出门。整整三天，我都是在屋里待着的。我也趁这个机会，把之前的线索都重新梳理了一遍。这期间，我还拜托胡哥打听木户加奈的动向，胡哥告诉我，这女人是打着文化交流的旗号来的，县里不敢怠慢，带着她每天在各处寺院转悠。

看来她应该是在寻找则天明堂玉佛头的线索。岐山靠近武则天的乾陵，说不定会在寺庙有什么发现吧——我估计她的思路就是这样的。

其实我跟木户加奈的目的，并没有矛盾。她希望破解笔记，找出祖父在中国的行踪；而我则需要尽快破解笔记，让木户拿回去说服东北亚研究所的人，将佛头归还中国。我们殊途同归。

可我始终还是不能够信任她，总觉得她背后还隐藏着什么东西。

更让我有些担心的，是另外一件事。

刘局接到木户加奈归还佛头的消息以后，很快得到匿名信，声称佛头有假；我介入此事以后，也收到字条，提醒木户有诈；郑国渠也曾接到过电话委托，要他去买那面青铜镜。种种诡秘难解之处，不一而足——这让我感觉，有一道若隐若现的目光，始终悬在我头上。

我之所以从郑别村逃出来，一方面是为了摆脱黄烟烟、郑国渠，另外一方面也是希望跳开这道视线的注视，获得行动自由。

就这么过了三天，胡哥带着我去了县里唯一的一座宾馆。这座宾馆装潢挺新潮，蓝玻璃，铝合金窗框，大理石地面，外面还贴着一片片的白色瓷砖。我们来到一楼的车库，里面已经站了不少人，见到胡哥来了，都纷纷过来打招呼。有一个大胖子对他不屑一顾，胡哥冷哼一声，什么都没说。

车库里现在明显分成了两派，以那个大胖子和胡哥为两个圆心。之前胡哥给我普及过，岐山县的古董圈子有两股势力，一股是胡哥，严格来说不属于古董圈子，但借着县委书记撑腰，有肉吃的时候也会插一杠子；还有一股势力是那个大白胖子，他叫封雷，是当地玩古董的世家，据说家里从明清起，就是岐山的古董大户。

这一个是外来势力，一个是本土力量，两方肯定是谁看谁都不顺眼。胡哥有势力，只是苦于手里全是修车的，没什么鉴古的专业人才，只能用秦二爷这种级别的帮闲。所以当我露了一手以后，立刻被他委以重任。没办法，人才匮乏嘛。

车库里除了这两拨人以外，还停着一辆小皮卡，皮卡后头竖着一块近两米高的石碑，底座都用钢索固定好，碑面已经擦干净了，黑底白字刻着一排排小楷，周围还有云龙纹饰。

严格来说，这些都是二级以上文物，不允许买卖。但是岐山每年出土的东西太多了，一块宋代石碑真不算什么，有时候县政府资金实在紧张，就默许人偷偷买走。

一个政府官员模样的人从皮卡上下来，看了一圈人群，扫视到我的时候，眉头皱了皱，胡哥贴着他耳边说了一句，他点点头，不再追究。

"哟，胡哥，你来了。正好这皮卡坏了，你给看看吧。"封雷的语气里满是讥讽。胡哥不动声色，点起一支烟来抽。封雷又道："谁不知道，咱们胡哥在整个岐山是数一数二的好手，修车是这个。"他跷起大拇指，下巴往石碑那里一摆。

周围的人轰地笑了，胡哥的几个手下冲过去要打人，却被拦住了。封雷笑眯眯道："看来胡哥您涵养多了不少，是不是最近多读了几本书，修身养性了？读书好，多读书，就不会再吃没文化的亏了。"

听他的意思，估计胡哥之前在他手里吃过暗亏。古董这行，对专业要求非常高，一个外行人，被打眼简直是家常便饭。一个什么都不懂的机修工人想倚仗着蛮力闯入古董圈，很容易会引起那圈人的同仇敌忾。

面对封雷的挑衅，胡哥没什么表示，那个政府干部眉头一皱，冲他喝道："封胖子，想参加就少废话，再啰唆就把你撵出去！"封雷哈哈一笑，冲干部拱了拱手，退了下去。胡哥慢慢踱步到我身旁，悄声说了一句："看清楚了吗？一会儿你就往死了收拾他。"我点点头。

除了封雷和胡哥，还有几个外地与本地的商人，他们都低调得很，只缩在一旁不动。

干部看看手表，说咱们差不多开始吧。两个人把车库大门咣当一声关上，整个屋子瞬间都暗了下来。"啪"的一声，车库里的四盏大灯从四角亮起，空气中的浮尘清晰可见，气氛立刻变得不一样了。

干部跳到皮卡上，手扶着石碑，开始说拍卖规则。别看是政府主办，用的还是古董圈的老一套规矩，叫"撒豆成兵"。参加拍卖的都叫"神仙"，每人手里一把豆子、一个碗，事先约定好一粒豆子顶多少钱。叫价的时候，数好豆子扣到碗里，推到"判官"跟前。判官看过所有的碗中豆，把价最少的一个退回去，剩下的按照豆子多少，依次还给神仙。再竞一轮，可以加豆子，但不能减。周而复始，一直竞价到只剩一个碗为止。

这规矩的妙处在于，全程只有"判官"知道"神仙"们的具体出价。"神仙"们只知道自己的豆子数排在第几，却不知道上家与下家到底搁了多少豆子。这样一来，就没人能像公开拍卖时的，一个价顶一个价，面儿上大家都不会伤和气，都有台阶可下，和气生财。

胡哥、封雷跟其他三个商人都分到了一个青花大瓷碗，还有一把豆子。干部说："你们先派人上来验货吧。"胡哥冲我使了个眼色，我爬上皮卡，跟其他四个人一起围着石碑看。

从形制来看，这块石碑是典型的宋代风格，黑面白字。碑额是双龙抢珠，精工雕镂，下面用小楷写着主人生平，洋洋洒洒千余字，可惜落款日期已磨平难辨。

从内容来看，碑主是岐山当地的富绅。当时陕西已为金兵所据，他怀念故国，抑郁而死。碑文中说他临终前吟诵陆游的《示儿》诗，那么这石碑至少是公元1210年陆游死后刻的。当时这首诗影响极大，被人广为传诵，传到陕西遗民耳中也不足为奇。

这么一块有丰富历史内涵的石碑，价值可不低。我看了一圈，发现其他四个人眼神闪烁不定，知道他们也看出门道来了。接下来，才是最考验人的时候。我们必须根据验看的结果，计算这东西值多少钱，竞争对手会出多少钱。用经济学的术语来说，就是找到一个止损点，谁找对止损点，谁就能笑到最后。

我们跳下皮卡，走回到各自圈子。胡哥低声问我："你觉得如何？"我点点头："是好东西。"胡哥松了一口气，从口袋里数了几枚豆子，扣到碗下，推到"判官"前。很快其他人也出好了价，"判官"前面一共搁了五个碗。"判官"依次掀碗细看，然后扣回去，把其中一个碗推给一个商人。那商人有些沮丧地拍拍脑袋，把豆子扔嘴里嘎巴嘎巴给嚼了。

结果是封雷排名第一，其次是胡哥，剩下两人分列三、四位。

封雷冷哼一声，往自己的碗里又加了几枚豆子，推上来，挑衅似的放到"判官"面前。第二轮竞价揭晓，又一名商人被淘汰，胡哥这次撒豆最多，抢到了第一，封雷退居第二。

三个人都在暗自揣测，彼此到底放了多少枚豆子在碗里。放少了，怕被人比下去；放多了，又怕吃亏。胡哥问我接下来怎么投，我想了一下，故意大声说这石碑有问题，恐怕是一块赝品。封雷听见，哈哈大笑，说不愧是老胡你请的人，跟你的文化水平差不多。那干部脸上也有点挂不住,质问我凭什么这么说。

我背着手,在石碑附近踱了几步:"这石碑无论是形制还是质料,都天衣无缝。就连碑文,都把宋代的简约文风学得十足。可惜,它却忽略了一个最关键的地方,逻辑上出了一个大漏洞。"

所有人都盯着我看,我微微一笑:"当时陕西一带,是金国的统治地区吧?"

"是。"在场大部分人都点了点头。这是历史常识。

"这石碑上的文字,一直在念叨故宋的好处,渴望早日回归祖国,更别说还引用了陆游的《示儿》,'王师北定中原日'。对女真人来说,这诗简直反动透顶。试想一下,这种东西,可能堂而皇之竖立在金国人的统治区吗?就算墓主已死,他的家族呢?他的后代呢?难道他不怕被株连九族?"

这一句话说出来,车库里的人都是一愣,都开始嗡嗡地谈论起来,交头接耳。我怕胡哥理解不了,补充解释道:"就相当于在抗战时期的北平街头,扯起一条横幅说打倒日本帝国主义。"胡哥不懂文物,但抗战电影、电视剧还是看过的,立刻听明白了。

那干部不耐烦地说:"你算老几,说赝品就是赝品?撒豆成兵还没完呢。"我赶紧道歉,胡哥上前打了个圆场。

不过我那一句话的影响力已经显现出来。封雷表情变得有些古怪,急忙把碗按住,悄悄掀起来看。他旁边的人似乎发生了争辩,这让封雷有些无所适从,握着豆子的手不知道该放哪里才好。

胡哥很享受地看了封雷一眼,对我表示赞赏,然后悄声问道:"那咱们还撒豆吗?"我说:"撒,干吗不撒?这石碑是好东西。"胡哥有点纳闷:"你不是说,那是个赝品吗?"我看了他一眼:"你不是说要狠狠收拾封胖子吗?"胡哥眼睛一亮,听我的指示,又放了几枚豆子下去。

撒豆成兵的规矩,要么认栽退出,要么玩到最后。封雷他们虽然惊疑不定,也只能继续玩下去,他和那个商人明显撒豆都犹豫,于是第三轮又是胡哥第一,封雷第二,那个外地客商认输被淘汰。

我看到这排名结果,不由得哈哈大笑起来。封雷沉不住气,喝问我笑什么。我说我在笑某些人文化水平不高,疑心病重,很容易就吃了没文化的亏。封雷大怒:"你什么意思?"

我眯起眼睛："你听了我的话，心里是不是起疑了？豆子也不敢撒了？"封雷道："放屁！你算老几，老子撒豆还要看你眼色？"我耸耸肩，重新爬上皮卡，一指那石碑："你们刚才验货的时候，没有看到石碑底部那道线吧？"

胡哥有点莫名其妙："什么线啊？"

我蹲下来，指着石碑底部说："石碑欲立，下面必须埋一截在土中的。一千多年以来，上半截风吹日晒，下半截水土侵蚀，颜色会变得不一样，会自然分出一条线来。这线叫阴阳线，象征着地上世界与地下世界的隔绝。而这一块……"

我手指缓缓滑过，车库里的所有人都注意到，那块石碑底部与上部颜色基本是一样的，没有任何明显区别。

"这不是更证明是赝品了吗？"其中一个人嚷道。封雷和其他几个商人都如释重负，只有胡哥有点急了，不知道我葫芦里卖的是什么药。

我一脚踏在皮卡的挡板上，居高临下对车下的观众道："我看不见得。你们仔细想想，阴阳线和碑文，这两条证据单独来看，都可证明这石碑是假的。可若是将两者结合来观，却有一个截然相反的结论。"

"你什么意思？"封雷问。

"你仔细想想，为何这石碑没有阴阳线？为何这碑文敢在金国统治地区缅怀故宋？答案，只有一个。"我举起指头，慢慢放慢了语速，所有人的目光都被我所吸引，"这不是石碑，而是阴碑。"

懂行的人听到这两个字，一时间眼睛都瞪圆了。我给胡哥解释说："阴碑，是放在死者墓穴里的石碑。墓穴皆为石制，碑体嵌在石中，自然就没有阴阳线。而墓穴封闭之后，上面碑文写的什么，也只有墓主知道，外人根本无从查知。"

"那这块石碑，是真的喽？"

"是真是假，你们自己判断，我也可能是在骗人哦。"我瞥了一眼那做"判官"的干部，从皮卡上跳下来走到胡哥身旁。胡哥拍拍我肩膀，大为赞叹，说光是看封雷那张扭曲的脸，就足以值回票价了。那三个被淘汰的商人，也纷纷报以幸灾乐祸的态度。

现在压力最大的，莫过于封雷了。他那个人疑心病重，现在听完我这一番虚虚实实的话，更是心浮气躁，不知道是该撒豆还是不撒。他现在什么话都听不进去，身边几个负责鉴定的人有心想提意见，全被他一句话呛回去，只得闭嘴。

实则虚之，虚则实之，这是兵法之道，也是拍卖之道。现在只剩胡哥和封雷在竞价，封雷已经被我搅得方寸大乱，不知该怎么出价才好。接下来只要胡哥抓住机会，要么把这块石碑吞下，要么逼迫封雷赔本把石碑买回去。无论怎样，胡哥都能大大地出一口气。

这时干部喊道："最后一轮，两位神仙，撒豆咧。"胡哥在我的授意下，气定神闲地撒好豆子扣好碗，推到判官前。而封雷扣着青花碗，一直游移不定，判官再三催促，他还是不敢下注。这次胡哥身后那批人开始起哄，冷嘲热讽，把封雷一张大白脸说成了紫青色。

就在判官下了最后通牒之时，车库的门忽然打开了，从外头走进来两个人，车库里的人都一惊。这个拍卖会严格来说是不合法的，如果被捅出去，别说参与者要判刑，就连岐山政府都要被追究责任。所以这栋宾馆大楼戒备很森严，等闲人连大院都进不去。

而这两个人就这么轻轻松松进来了，不由得人不揣测，他们到底是什么来头。

他们是一男一女。男的四十多岁，国字脸，眉毛特别长，唇下留着一撮横须，有种读书人的儒雅之气，就是脸色有点苍白。至于那个女人，我就更熟悉了，不是木户加奈是谁？

"小郑，"胡哥把我叫过去，指着那男子道，"你不是要找姬云浮吗？就是他。"

我大吃一惊，原来那个男人就是姬云浮，他怎么会和木户加奈搭上线呢？

姬云浮在岐山地位看来不低，他一进来，车库里所有人都自动让开一条道。负责拍卖的干部也赶紧迎过来说："姬老师，您也来竞价？不过我们这都已经最后一轮了，您看……"姬云浮摆了摆手："放心吧，我不是来竞价的，是带这位日本友人来观摩一下。你们继续。"

他的声音低沉而有磁性，很像中央人民广播电台的播音员。干部一听，看了一眼木户加奈，露出心领神会的微笑。胡哥侧头告诉我，这个姬云浮经常会带些老外进来，现场收购古董，语气里殊多不满。

封雷本来神情恍惚，一看到姬云浮来了，大喜过望。他跟姬云浮差不了几岁，可那神情却好似被欺负的孩子，走过去小声嘀嘀咕咕。姬云浮微笑着听他说完，然后冲干部做了个手势："我能先去看一眼吗？"干部看看胡哥，胡哥摆了摆手，算是同意了。

姬云浮冲胡哥一拱手，一撩衣角，整个人轻轻跳到了皮卡上头，下面一阵喝彩。他围着石碑转了两圈，用手去摸那碑文，然后跳下车来，与封雷耳语了几句，封雷忙不迭地点头。

胡哥有点担心，对我说："不会有什么变故吧？"我一拍胸脯道："这你放心，已经是最后一轮竞价，他们翻不出天去。"我朝那边偷偷望去，发现姬云浮有意无意冲这边笑了笑，也不知是什么用意。

"判官"喊着尽快出价，很快胡哥与封雷都把碗扣起来，推了过去。按照撒豆成兵的规矩，这最后一轮比价，为示公平，要一起翻出来看。"判官"双手一动，两个青碗同时被挪开，一边是十粒黄豆，一边是九粒黄豆。

"胡哥多！"判官做了最终的敲定。

一粒黄豆，代表着两千元钱，十粒黄豆就是两万。在岐山这是很大的一笔数目了。根据我的推断，封雷之前的出价，不是八粒就是九粒。按照规定，每一轮竞价都必须往上加豆，他最终报价只有九粒，说明封雷在听完姬云浮的建议以后，果断地放弃了加价，等于是直接认输了。

胡哥乐得满面红光，当场把钱交割清楚，周围的人都纷纷冲他恭喜。我不欲抛头露面，缩到角落里，避免被木户加奈发现。这时候封雷忽然哈哈大笑起来："饶你奸似鬼，也要喝姬先生的洗脚水。"

胡哥眉头一皱："封胖子，输了就输了，怎么这么没风度？"封雷道："我没输，你也没赢。陪你玩了半天，看你花两万块买废品回去垒鸡窝，挺开心的。"

"哼，输了还这么嘴硬。我这儿也有鉴定的专家，倒想听听，姬先生讲出来的是个什么道理。"胡哥双手抱臂，让我站到前头来。我一看避无可避，只得硬着头皮站出来。木户加奈一看是我，眉毛一耸，却没动声色。我们两个人目光交错，眼神都意味深长。

姬云浮笑道："胡哥，我只是帮小封掌了掌眼，随口说了两句，未必做得数。"他言辞谦逊，胡哥却更不肯让了："姬先生，你也是岐山地界有身份的人，一言能顶九鼎。这话要传出去，我这碑就算是真的，也给传成假的了，到时候怎么算？"

他再三要求。姬云浮摇了摇头，走上前来，对我说道："刚才我听小封说了。你不拘于文物本身，切合阴阳线与碑文，又能联系当时环境，触类旁通，可见是个鉴古高手，我十分敬佩。不过阁下却也有了一点不查。"

"哦？疏漏何在？"我淡淡反问。刚才那石碑我已反复在脑海里验证了十几遍，无论从哪一方面来讲，都没任何问题。即使有瑕疵，那也要靠一些大型探查设备才能查得出来，我不信姬云浮能有什么手段，转这么两圈就看出问题来。

姬云浮的神态好似是站在大学讲堂里，抬手一点："你且来看这首陆放翁的《示儿》。"

碑文里全文引用了《示儿》四句"死去原知万事空，但悲不见九州同。王师北定中原日，家祭无忘告乃翁"，以表碑主拳拳爱国之心。姬云浮笑道："小郑，你可看出什么端倪？"

"故弄玄虚。"我冷笑道。这四句小学课本里就让背过，滚瓜烂熟，能有什么问题？

"陆放翁这首诗，一经写出，立刻享誉大江南北，多少仁人志士，都被他的爱国情怀所感动。诚如小郑所言，岐山乃是中华祖地，爱国者甚多。陆翁此诗流传到此，被人刻入阴宅，丝毫也不奇怪……"姬云浮娓娓道来，话风突地一转，"可是，这诗中却有一处文字，绝不会在南宋时期出现。"

我心里"咯噔"一声，意识到事情有些不妙。姬云浮手指轻轻碰触碑面，在一个字前停住了。

那是此诗的第一句"死去原知万事空"的"原"字。

"这个字有什么问题？"

姬云浮用指头在半空中比画出一个"元"字："明代之前，本无'原来'，都是写作'元来'，比如唐诗《焚书坑》诗后两句为'坑灰未冷山东乱，刘项元来不读书'。再比如耶律楚材《万松老人琴谱》诗：'元来底许真消息，不在弦边与指边'。后来朱元璋灭掉元朝，坐了天下，不喜欢这个字，这才把'元来'换成了'原来'。换句话说，这块石碑，最早也是明代的东西。"

他随口引经据典，我的脑子却是"嗡"的一声。这次可被人给打正了眼。

明碑、宋碑，这可不是一个档次的东西，两个价格会差很多。想不到我自信满满，却栽到了一个小小的汉字身上。以前我听过许多老师傅一次走眼，毁去了一世的英名，可一直到现在，我才真正体会到了他们在答案揭晓那一瞬间的错愕与痛苦。

"小郑你太重器物，却忽略了这些文字上的变迁。"姬云浮还是那一副和蔼表情，"我家中有几本珍藏的宋版书，上面例证颇多。小郑你若想多看看，我可以借给你。"

他说的那些话，我根本没听进去。自从涉足五脉之事后，我凭着一本《素鼎录》一路上过关斩将，鉴汉印，败药不然，过五脉掌门考验，至少在鉴古上没失过手。可在这岐山，却硬生生地给人撅了……这个打击，让我一时间有些恍惚。

　　同样惊愕的还有胡哥。他虽然不明白我们说什么，但花了冤枉钱买了赝品这事，他是听出来了。关键这还是政府操办的拍卖会，你事先验过货了，买到赝品只能算你自己倒霉，就算是县委书记的外甥，这钱也退不回来。

　　他阴森森地看了我一眼："小郑，我记得你可是跟我拍过胸脯的吧？"手里不知何时，又多了一把扳手，晃来晃去。我想解释一下，喉咙却干得说不出话来，手也不受控制地开始颤抖。他手底下几个人已把我团团围住，跟刚才的恭敬大相径庭。这也难怪，我的失误，让他损失了两万元不说，还在封雷面前丢了脸面，以他睚眦必报的个性，会放过我才怪。

　　这时候，姬云浮走到胡哥跟前："我想借一步与这位小友谈谈，胡哥你能行个方便吗？"

　　"等我跟他谈完，要是还有命在，再跟你谈不迟。"胡哥说。

　　姬云浮道："常打猎的，谁也不防被雁啄一次眼。胡哥如果觉得不开心，不如去我那儿，有看上眼的挑一件走。我的收藏虽然珍品不多，但也不无小补。"他言外之意，是要拿一件古董来换我的人了。我颇为意外，不知他为何对一个素昧平生的人出手如此大方。

　　不料胡哥冷笑道："谁稀罕你的东西。我告诉你，这个姓郑的是我带来的，我今天要把他带走，谁也拦不住！"姬云浮还想再劝，我猛地抬起头，强打精神道："姬先生，您的好意我心领了。不过帮人掌眼，都有被打眼的觉悟。这次错本在我，这笔账我认下了。"

　　说完我整整衣襟，对胡哥做了个走的手势。胡哥也不客气，一扯我胳膊，往外走去。周围的人要么如封雷一样幸灾乐祸，要么如干部一样冷漠不语，都站在原地不动。

　　这时，一个娇小的身影挡在了车库门和胡哥之间，我和胡哥都是一怔，再仔细一看，正是木户加奈。胡哥刚才听见姬云浮说了，知道这是个日本外宾，不好粗鲁推搡，便皱眉道："老子不打女人，你给我让开。"木户加奈深深地向他鞠了一躬，用不太熟练的中文说："胡桑，有件事我非得要拜托你不可。"

"什么？"

"这个人对我来说很重要，能不能请您高抬贵手呢？"木户加奈指着我说。

胡哥不耐烦地喝道："别以为你是外宾我就怕了。这人我今天非带走不可！"木户加奈听了，表情像是快要哭出来一样，连连鞠躬，让胡哥老大不自在。他忍受不了这待遇，挠了挠头，没好气地嚷道："他是你啥人？"

木户加奈深吸一口气，面色有些绯红："他……呃……是我的男朋友。"

这下别说胡哥，连我都愣住了。这丫头还真敢说，满打满算我们一共没见过三次面，她现在居然就对外人说跟我处对象了？胡哥狐疑地看了我一眼，问我是不是。我尴尬地笑了笑，避而不答。

这时从车库外匆匆过来一个人，对胡哥耳语一句。胡哥一惊："我舅舅真是这么说的？"那人点点头。胡哥咬咬牙，对木户加奈道："你可以把人领回去，但我的损失该怎么办？"

木户加奈连忙道："我已经答应岐山政府的王桑，会牵线向日本文化基金会申请一笔经费，用于岐山文化的研究工作，希望胡桑到时候也可以参与进来。"

车库里的人一起"哦"了一声，这里都是人精，一听就明白其中原委。看来那位木户小姐在日本颇有背景，能给岐山政府带来笔额外收入，县委书记自然不会让自己外甥坏了这笔买卖。胡哥再跋扈嚣张，也不敢跟他舅舅作对。大家都不免多看了一眼这怯弱的小姑娘，再看看我，估计都在心里骂一朵鲜花插在了牛粪上。

胡哥把手搭在我肩上，那把沉甸甸的扳手横顶在我的咽喉，阵阵发寒："臭小子，这次有女人保你。下次注意点，没金刚钻别瞎来揽这瓷器活儿。可不是每个人都像我一样讲道理。"他把扳手拿开，扬长而去。

他离开以后，其他人也都纷纷散去，姬云浮和木户加奈走到我跟前。木户加奈伸出双手，帮我整了整凌乱的衣领，拍了拍肩上的尘土，好似一个刚过门的小媳妇。说实话，这是我最不愿意与木户加奈相遇的方式。有价值的情报没到手不说，还平白受了她的恩惠，这以后在她面前我都无法抬头了。

姬云浮大概是看出了我的尴尬，善解人意地笑了笑，什么都没说，挥手让我们跟他走。出了宾馆大院，门口停着一辆北京吉普。姬云浮直接钻进驾驶室，我和木户坐到车后头。木户对我说："我们回去姬桑的住所，在那里很安全，不会有人知道。"

我看了她一眼，木户笑吟吟地用力点了点头。她在暗示我，她不会把我的行踪暴露给方震、刘局或者五脉的人——看来我在安阳失踪的消息，她也听说了。

我在心里思索，她这算是一种交易吗？用闭嘴来交换我的情报。她把我带到姬云浮这里来，到底有何用意？姬云浮是岐山著名的味经书院刊书处收藏家，他跟许一城等人，会不会有什么联系？木户加奈在岐山，已经找到和青铜关公有关的线索了吗？

一个个疑问盘旋而出，在一瞬间，我有种想抓住木户加奈把她知道的东西都倒出来的冲动，表情不知不觉变得狰狞起来。木户加奈注意到我的目光，下意识地往旁边躲了躲。我这才回过神来，赶紧调整五官，讪讪地转过脸去。木户加奈眨巴眨巴眼睛，"扑哧"一声笑出声来，大概是我的样子太傻了吧。

吉普车一路向北，很快来到岐山郊区的一处幽静所在。这里风景秀丽，背靠巍巍青山，前有小河，不太像陕北的黄土高坡，更像是江南风光。吉普车离开公路，进入一条土路，颠簸了十几分钟，在一处院子前停住了。

这院子很古老，四周被青砖高墙所围，正面两扇朱漆门板，顶部出檐，气魄大得很。墙头居然还有几个垛口，不过上头已经长满了荒草，还有几处坍塌的痕迹。姬云浮道："这是我家解放前的老宅，原先被没收了当美术厂，现在还了一小部分到我手里。"

他下了车，掏出钥匙开门，把我们领了进去。这大院的主人估计以前权势不小，照壁高大，甬道宽阔，看这个架势，少说也有七八个大院落。正中一栋宗祠，上头有副姬姓楹联：教稼田官，肇周家始祖；行仁者王，徙岐山古公。不过宗祠大门紧闭，估计也是好久没修缮过了。唯一有现代气息的，是屋顶高高竖立起的一截天线。

到了姬云浮住的院子里，他一开门，一股混杂了书墨香气和旧蠹的味道扑鼻而来。这个地方，实在出乎我的意料。我本以为一代大儒形象，家里应该是书画在壁，处处梅竹，素净木椅，可眼前这屋子里却是杂乱无章——甚至可以说有些邋遢。

这屋子颇为轩敞，光是大厅就有七十多平方米，厅里最多的东西，是书。大厅三堵都是顶天立地的实木书架，上面书本摆得满满。还有更多的书，被塑料绳一捆捆绑了，堆放在地上，其他地方如沙发旁、茶几底下、三角橱的边缝、花盆上头，也都搁着两三本书。那些书半开倒扣，似乎是主人看到一半随手放下，就再没拿起来过。放眼一望，真是密密麻麻，乱得不可开交。

在大厅正中，还搁着一台老式幻灯机，正对着幻灯机的书架上卷着一团白布，应该是做屏幕用的。屋子里唯一和书没关系的,是靠着窗边的一架无线电台,一根长长的天线伸出去,估计是和外头的天线相接。

"是不是很意外?"姬云浮问。

我老老实实地点了点头。我以为像他这种收藏大家,屋里起码得摆上几件老瓷、玉鼎才配得上身份,可这里除了书就只有书。

姬云浮哈哈大笑:"我的其他收藏,都搁别的地方了。这里是专门放书的。至于那个无线电,是因为我除了搞收藏以外,还是宝鸡市无线电爱好者协会的会员。我从不离开岐山,就靠它跟外面的朋友联络了。"

他让我们随便坐,然后拎起个热水瓶要给我们倒水,晃了晃,发现空了,一掀帘子走了出去。

我把人民文学出版社的《盗火》和《马克思传》这两本书从沙发上挪开,一屁股坐了下去。木户加奈却饶有兴趣地背着手在书架前浏览,不时抽出一本翻上两页。

"你也在找姬云浮?"我轻声问道。

"味经书院。"木户加奈手里继续翻着书,吐出四个字来,然后补充了一句,"对不起……"

果然不出所料,木户有三在日本一定留下了味经书院的相关记录。姬云浮是岐山最有名的书籍收藏家,木户加奈循着这条线索摸到这里,必然会找他。这一点我们的思路不谋而合,但她比我抢先一步。

我问她这个姬云浮到底什么来头,木户加奈却摇摇头,说:"我与他刚刚接触,我对这个人知道的和你一样多。"我"哦"了一声,不置可否。

"许桑,你是不是生我的气?"木户加奈转过身来凑近我,轻声轻气地问。她一副怯弱的样子,仿佛怕触怒到我。我不动声色:"我们在追查同一段祖辈的历史,本该坦诚相待才对。"木户加奈道:"这件事我本来可以解释,可对许桑造成的困扰却是无法弥补……"

我以为她又要鞠躬道歉,不料她的身体前倾,先是细长的头发撩到我的面孔,然后一对热唇印上了我的额头。在我没反应过来之前,她已似触电般飞快地脱离。我猝不及防傻在那里,不知该如何反应才好。

"就算要表达歉意,也不必用这么亲热的手段吧……"我下意识地摸了摸额头木户加奈站得稍微远了点,满脸涨红,双手绞着衣角,双眼却勇敢地看过来,仿佛成了一件艰巨的任务。此时的她，不再像山口百惠，而是更接近小鹿纯子。

这时姬云浮已经回来了，手里拿着两个玻璃杯。他似乎没发现我们两个的异状，径直倒了两杯水给我们，然后坐到一张檀木书桌后。我们收敛了刚才一瞬间的尴尬，四道目光同时投向姬云浮。这个人一举一动，似乎都颇有深意，我和木户加奈都有这种感觉，与其说是我们找到他，倒不如说他一直在等我们出现。

果然，他十指交叠，垫住下巴，开口第一句就是："我盼这一天已经很久了。"

"您知道我们是谁？"我问。

姬云浮大笑："能够和许一城、木户有三两位前辈的后代相遇，见证一段传奇，实乃我平生一大幸事。"

我们两个对视一眼，都能看到彼此心中的惊骇。他一口就说破了我们两个人的身份，他到底是谁？木户加奈开口道："莫非您……也是当年佛头案的参与者？"说完她自己笑了，姬云浮看年纪不过四十出头，佛头案那会儿他还没出生呢。

姬云浮摇摇头道："你们甭猜了，我跟你们五脉没有任何关系，我家长辈也没任何瓜葛，是个彻头彻尾的局外人，佛头这件事，纯属我的个人兴趣。"他走到书架旁，随手抽出一本书，从里面拿出一张剪报："这是许一城佛头案事发以后，上海《大公报》的报道。"

我接过剪报，看到上面内容和我了解的差不多，说许一城汉奸卖国盗窃文物云云。

姬云浮背起手来，在屋子里慢慢踱步："我这个人身体不好，不大外出，所以就窝在家里，嗜书如命，喜欢搜集各类资料。一次偶然的机会，让我接触到了佛头案的这篇报道，发觉里面疑点颇多。一来，许一城这个人在民国古董圈子声望很高，这么一个耆宿，何以自甘堕落？二来，我寻遍了民国当时各大报章甚至日本的资料，内容多是事后采访各界人士的反应，对案子本身却所提甚少，他们如何找到佛头，佛头是什么样子，均语焉不详。如此大案，细节却如此潦草，其中必有缘故。我就动了调查的心思……"

他一边说着，又走到另外一处书架旁，抽出一张透明胶片，把它搁到幻灯机里，将白屏拉下来。一开机，一张巨大的照片映现在白布上。我和木户加奈顿时都屏住了呼吸。

"其实一开始我只是随便查查，结果无意中发现了这个东西，才真正让我开始集中精力挖掘。"姬云浮道，拿着一根小讲棍指向屏幕。

屏幕上是一张照片。这是一张我们都很熟悉的照片，是木户有三在坍塌城墙前的留影。

姬云浮道："这张照片两位肯定都不陌生，是在日本考古学报上登出来的，是木户先生在考察途中的照片。你们仔细看，在这个人身后有一段坍塌的城墙，仔细看城墙光影的角度，很奇怪，对不对？在木户先生身旁本该是阴影的部分，却透过来阳光，难道木户先生是个透明人？而且你们看，城砖的接缝处很不自然，像是拼起来的。"

"您的意思是……"木户加奈皱起眉头。

"我认为，这张照片是伪造的，至少是经过了处理。"姬云浮拍了拍手，"而且伪造地点，就在岐山的味经书院刊书处。"

我听到味经书院这四个字，心里一跳。似乎玉佛头在岐山的所有线索，都绕不开这个名字。我连忙问道："有什么证据吗？"

姬云浮仔细摆弄了一下照片，又调了一下灯光。我们看到，放大后的照片右侧边框，有一些不规则的黑印，排列稀疏，头部尖锐，像是高速飞行的墨点在瞬间凝固。

我和木户看了半天，看不出什么名堂。

姬云浮道："光是这么看，是看不出来什么的。"他又拿出另外一张胶片，这胶片上是一簇工笔风格的竹枝，颇为隽美。他将这两张胶片的边缘重叠在一起，重新放在聚光灯下，我们看到，那些黑印和那簇竹枝的竹叶尖端轮廓贴合得分毫不差。

"味经书院刊书处的印记，皆以竹林为标记。这张照片在冲洗拼接时，用的是刊书处的底版，所以也带了一点竹叶小尖，成为该照片是味经书院处理的最关键证据。"姬云浮道。

我暗暗佩服，这个发现说破了很简单，但能从黑印联想到书标，这需要极强的观察能力与联想力，还有大量的资料储备。我看了姬云浮一眼，越发觉得这男人深不可测。

"当我搞清楚这件事情以后，兴趣更大了。味经书院刊书处在1931年已经迁来岐山，所以这张照片肯定是在岐山处理的，我实在没想到，佛头案居然还能和我的家乡扯上关系，这真可以说是宿命的安排。"

"可是，味经书院不是个出版机构吗？"木户加奈不解。

"民国时期，照相技术与印刷息息相关。味经书院迁至岐山以后，除了搞出版以外，对摄影业务也有所涉猎。历代陕西主政者，都利用过这个技术，来为自己做政治宣传，像是陆建章、陈树藩、冯玉祥、刘镇华……"

姬云浮在书堆和书架之间来回徜徉，边走边说，说到关键之处，随手就能拿出一页文献或照片以资佐证。那些资料看似摆放得凌乱不堪，对他来说却是信手拈来，一切熟稔于胸。一会儿工夫，屋子里桌上、地板上已经摆满了资料，放眼望去白花花的一片。木户听得非常认真，还拿出小本本来记录，倒显得我有些漫不经心。

姬云浮说："当我发现这照片是伪造的以后，冒出来两个问题：一、这张照片的原版是什么；二、为什么要伪造。"

"我想我可以解答第一个问题。"我平静地回答。姬云浮闻言，双目精光暴射，走过来双手抓住我肩膀，急切问道："说，快说！"我问他："你知道付贵吗？"

姬云浮道："哦？付贵，是那个逮捕许一城的探长吧？"他果然对佛头案有极深的了解，对里面的人名如数家珍。我把去天津寻访付贵的事情说了一遍，说从他手里得到一张原版照片，可惜已经被方震拿去检验，我只能口头简单描述一下。

原版与伪造版最大的差异，是少了一个许一城。姬云浮听完我的描述，松开手，闭起眼睛沉思片刻，突然睁开，拿起一支马克笔，在胶片上把所有不自然的地方勾勒出来，轮廓恰好是一个人形。他拿给我看，我点点头，许一城大概就是在这个位置。

姬云浮一拍大腿："这样第二个问题我也搞明白了。"他快步走回到幻灯机前，指着那张照片道："当你们看到木户有三这张单人照的时候，会想到什么？"

木户加奈"啊"地叫了一声，一脸兴奋："是拍照者！"

姬云浮满意地点点头："所有的公开资料里，许一城和木户有三的考察队只有他们两个人。我们看到木户有三的独照，自然就会联想到，拍照者是许一城——可是，真正的照片，却是他们两个的合影，这说明什么问题？这说明还有第三者存在！一个在所有记录里都找不到的第三者。"

我脑海里一下子就浮现出一个名字：郑虎！

这是我目前知道的唯一一个与考察有关的第三者。可是时间有点对不上，郑虎在考察前就返回安阳了，难道说，还有一个人不成？

"能确定这张照片的拍摄时间和地点吗？"我问。姬云浮遗憾地摇摇头："如果有原版底片，说不定能分析出来拍摄时间，光是这张翻拍的，就没办法了。"

姬云浮头脑敏锐，又对岐山掌故熟稔，如果我把郑虎和青铜关公的事告诉他，说不定能找出端倪。我陷入犹豫，这个人能力没问题，但究竟可信与否，还有待观察。

这时候木户加奈道："日本方面的记录里，确实只有我祖父与许一城先生同行的记录。这个第三者，会不会只是路过的村民帮忙拍照呢？"姬云浮立刻否定了这个说法："第一，那个时代的照相机不像现在这么便捷，没经过专业训练，是很难操作的；第二，如果只是普通的旁人帮忙，为什么事后要特意给照片进行处理？"

木户加奈失望地表示赞同，她把记录本放下，又满怀希望地开口道："如果能找到当时味经书院的记录就好了。"

姬云浮道："我一直以来，都在搜集和味经书院有关的东西：县志、馆藏、旧书、旧档案，甚至师生笔记和校方账本，希望能从中找到蛛丝马迹。可惜到目前为止，都没有找到和这件事有关的任何记载。不过……"他关掉幻灯机，重新坐回到座位上，露出笑容："不过我的努力也并非没有收获。我想你们两位一定知道，许一城审判的时候，留下了三本笔记。这三本笔记四角镶莲瓣银，牛皮外皮，厚约八十页，用的还是洋县华亭镇的蔡侯纸。"

我和木户加奈惊疑对望，只得默默点头，心想还有什么事是这个叫姬云浮的家伙不知道的。姬云浮随手拿起一本书给我们，上面说陕西洋县华亭镇是汉代蔡伦进行造纸实验的地方，当地造纸一直延续到民国，生产的土纸在陕西境内颇受欢迎——味经书院出版的书籍，很多都是从这里进纸。

"根据我收藏的味经书院账本，这些笔记的制作时间是在1930年左右。当时主政陕西的是杨虎城将军，他帮味经书院化解了一次大危机。可是杨将军为官清廉，不收重礼，刊书处便特制了这种笔记本，作为礼物相赠，一共只生产了十本。它最初的用途，是在戎马倥偬之间方便记录，所以用鞣制牛皮为封皮，耐磨；镶莲瓣银，则是为了体现出杨将军的身份。"

"那怎么会流落到许一城手里呢？"我问。

姬云浮道："味经书院赠给杨将军的，一共只有七本，还剩下三本。我推测，许、木户二人抵达岐山以后，在味经书院得到这剩余三本，用于野外考察记录。可惜东窗事发以后，这三本笔记在审判时被当成了二类证据，很快被一个日本外交官要走了。"

"那个人叫姊小路永德。"我补充道。这是从付贵那里听来的。姬云浮连忙把这个名字记下来。这时候,木户加奈挺直了身体:"姬桑、许桑,非常抱歉,事实并非如此。"

"哦……"姬云浮眉头一扬。

"在许桑见完付贵以后,我拜托日本的朋友查过了。事实上,当时中日关系已经极度恶化,没有外交官参与过许一城的审判。而且,也没有一个驻华外交官叫作姊小路永德。"

"也就是说……"

"那个人,很可能是冒充的。"

姬云浮颔首喃喃道:"这倒是能解释很多事情了……如果姊小路永德是冒充的,那么这个人一定和木户有三、许一城都有关系,说不定,正是那张照片上的神秘第三人。"说到这里,姬云浮用双手垫住下巴,双眼露出狡黠的光芒:"如果我没猜错的话,许先生和木户小姐,应该各持有一本莲银牛皮笔记吧?"

我们都承认。姬云浮道:"看来,那个神秘人拿到笔记以后,把其中一本交给木户带回日本,另外两本留在中国,其中一本就留在许家。"

"听起来,你一直在等我们。"我问出了刚才一直想问的问题。

"没错!五脉和木户的后人,只要稍微多动些心思,就会发现笔记与味经书院的联系,一定会来岐山寻访。而我在岐山研究味经书院的名气,尽人皆知。所以你们一到岐山,自然就会被引导到我这里。"

我们不得不承认他说得没错。木户加奈是通过文物局官员,而我是通过秦二爷,两条不相干的线都被引导到姬云浮这里。他只要稳坐中军帐,早晚会有人上门来。

"可是,为什么你会对这种事如此上心?明明和你毫无关系啊。"我忍不住问。

姬云浮露出孩子般的顽皮神情:"你见过小孩子捉蜻蜓吗?"我有点发怔,不知道他是什么意思。姬云浮伸出手在半空,一脸迷醉:"小孩子会拿一个网兜,系在竹竿上,追着蜻蜓跑,一玩可以玩上一整天,不知疲倦。你若问他捉住蜻蜓有什么用,他反而答不出来。"他把手收了回来:"我也是一样。佛头这件事,我没任何目的,只是单纯的好奇。你们不觉得,把一件旧事从故纸堆里挖掘出来还原真相,是件很有趣的事情吗?"

我真没想到,世界上居然还存在这样的人。看着他一脸兴奋的神情,我真不知道是该佩服他,还是该说一句你太闲了。木户加奈向他深深鞠了一躬:"这么多年来,姬桑真是辛苦你了。"

"我不辛苦。只要能有机会让玉佛头回归祖国，也不枉我在岐山等了这么多年。"

听到他这一句话，我脑子里突然闪过一个荒谬的念头。这念头起初荒诞到不值一提，可却在短时间内迅速膨胀，迫使我身体前倾，眼睛死死盯着姬云浮问道："二十多年以前，您曾经接待过一个叫许和平的人吗？"

姬云浮听到这个名字，唇边露出微笑："你终于发觉了？"

听到这个答复，我霍然起身，浑身抑制不住地颤抖起来。

按照姬云浮刚才所言，凡是持有莲银牛皮笔记，而且又对许一城案有兴趣的人，无论如何都会来岐山找他。而我父亲恰好在二十多年以前，扔下我、我母亲和他的学生，从西安消失了三天。果然他是来岐山见姬云浮的。

换句话说，虽然我父亲从来没提及过，但他也一直默默地调查着许一城案的真相，而且调查方向与我惊人地相似。我感觉自己不仅开始触摸到爷爷的过往，也开始挖掘关于父亲神秘的一面。

姬云浮善解人意地为我添加了一杯开水，颇为怀念地说道："许教授那一次来，和你差不多，都是顺着味经书院这根线索摸来的。当时我已经小有名气，他就先给我写了一封信，说明情况，说会趁着去西安考察的机会，前来拜访。我当时也很兴奋，那是我第一次接触五脉中人。我们见面以后，谈得十分愉快。你问我为什么会对许一城的事情知道这么多，其实很大一部分资料，是许教授给我的。"

我安静地听着，沉默如我父亲。在我的印象里，他是个寡言少语的人，在家里从不提任何关于爷爷的话题，甚至连古董一类的话题都不说。实在没想到，我父亲不显山不露水地，居然偷偷搜集了那么多资料，而且把调查做到了这地步——可是，他为什么宁可跟一个陌生人沟通，却不肯与家里人谈谈呢？

姬云浮愉快地回忆着他跟我父亲的碰面。他告诉我，我父亲是个温文儒雅的人，和他一见如故，两个人相谈甚欢。"我问过你父亲，是否考虑过回归五脉、寻回佛头、为许一城平反昭雪什么的。你父亲只是叹了口气，说那些都是过去的事情，追之无益，他也不想把这个包袱留给后人，希望就在这一代终结——或者淡忘。"

"所以才会来找你？"

"他一开始到岐山只是为了味经书院的事。但跟我谈完以后，认为像我这样纯粹出于兴趣才来调查的人，没有历史包袱，比他更适合保管真相。于是他倾囊相授，几乎把所有资料交托给我，并说很高兴让许一城这件悬案变成一个单纯的历史研究课题，而不是家族恩怨。"

我闭上眼睛，想象父亲说这番话的样子，他的表情看起来很陌生。

"许教授离开的时候，很高兴，说他终于可以放下这个重担了——我想，这也是他对你绝口不提家族历史的原因吧。"

姬云浮盯着我，语气诚恳。我嚅动嘴唇："我父亲……他还说什么了吗？"姬云浮道："他唯一没给我的资料，是你家珍藏的那两本莲银牛皮笔记。他说这是刚刚得到的先人遗物，无法交给外人，于是我只研究了一下装帧便还给他了，没有翻阅里面内容。我对莲瓣镶银笔记的追查，就是始于此。"

"等一下，"我拦住了他，"你说两本？"

"不错，两本。"

我和木户加奈交换了一下疑惑的眼神。笔记一共三册，当初都被"姊小路永德"收走，一本是木户笔记，一本是《素鼎录》，还有一本不知所终。可听姬云浮的意思，似乎我父亲手中，原本就有两本笔记，而且是才得到不久——说不定，正是因为从这两本笔记入手，才促使我父亲有了这趟岐山之行。

"笔记里有什么东西，你父亲没有详细说，估计他也有顾虑。"

"那笔记是加密的，如果你不知道密码，拿到也没用。"我说道。

"我知道是加密的，但若说看不懂，倒未必。"姬云浮双手抱臂靠在书架上，"当时我没办法，但后来我认识了一个高人，跟他聊过笔记加密的事。那个人听了以后，对我说，只要给他点时间，那种程度的密码，根本不堪一破。"

"哗啦"一声，木户加奈手边的杯子被碰倒在地。我陡然想起来什么，表情变得和木户加奈一样激动。

"你说的那个人，他有把握解开笔记密码？"我按捺着快要爆炸的心情，做着确认。姬云浮的表情很古怪："嗯，以那个人的能力来说，应该差不多吧，不过……"

木户加奈从背包里拿出一沓装订好的纸，这是她从日本那边传真的木户笔记的原本，我手里也有一份。如果那个人真能解开其中内容，可绝对是个天大的突破。

姬云浮也吓了一跳，他可没想到木户加奈居然会把木户笔记随身带过来。他立刻意识到，一个让他的研究可以大大迈进一步的机会就摆在眼前，不由得双目圆睁，兴奋得孩子般手舞足蹈。

"那咱们事不宜迟，马上去找他。"他忽然又拍拍脑袋，"哎呀，不行，这样去不行。这样吧，我准备点东西，咱们明天一早就去。"

说完他转身冲入后屋，只剩下我和木户加奈。她捧着水杯，向我展露一个甜美的微笑："如果这次能够破解笔记就好了，我就有自信能够说服东北亚研究所交还佛头。"

"那也得等那佛头确定是真品才行。"我生硬地回答。"说的也是呢……"木户加奈重新垂下头。我有些不忍，想说点话缓和一下气氛，一张嘴却变成了："方震知道你在岐山的行踪吗？"

木户加奈道："他安排了当地官员陪同我，不过被姬桑支开了。"她停了停，又说："许桑请放心，我不会把你的行踪说出来，因为你是我在中国唯一可信赖的人。"我看着她的大眼睛，在一瞬间忽然意识到，事隔几十年后，许、木户两家的后人再度在岐山重逢，再一次拥有同一个目的，不知算不算一种宿命和轮回。

我伸出右手，与木户加奈简单地握了一下，正色道："无论如何，希望两家几代人的恩怨，在我们这一代有个了结。"木户加奈咧开嘴笑了，元气十足地"嗯"了一声。这时姬云浮从里屋冲出来，我们两个赶紧把手分开。

当天晚上，姬云浮在家里请我们吃了顿饭，又聊起天来。我发现这个人实在不得了，上知天文，下知地理，尤其是鉴古方面的见识，不输给五脉。而且他态度平和，与之谈话如沐春风，一点压力也无。我们三个人一聊就聊了大半夜，从收藏掌故说到金石碑刻，学了不少东西。我相信，如果跟他多混些日子，我的鉴古水平应该还能更上一层楼，跟五脉正面对决也不是没可能。

"你这么想就错了。"姬云浮道，"鉴古这个行当可不是武侠小说，没那么多一剑封喉的绝招，东西就那几样东西，掌眼就那几招手法，写在纸上，印到书里，所有人都看得到，一点都不神秘。真正重要的，还是经验。同样是蚯蚓走泥纹，一个浸淫瓷器几十年的老专家和一个大学生看出来的信息绝不相同。五脉为什么这么多年声威不坠？靠的不是几本秘籍，而是人才的厚度和经验的累积。"

我听出他有点看不上《素鼎录》的意思，有些不服气。姬云浮笑道："理论必须要学，经验也必须要有，两手都要硬嘛。有机会，咱们多多交流。"

"你没考虑去北京发展一下？"我又问道。以他的水准，无论国家机构还是私营团体都会抢着要，就算到了海外，这种资深人士也会极受欢迎。木户加奈也表示如果他愿意去日本讲学的话，她可以帮忙安排。

姬云浮在椅子上重新换了个姿势，笑道："我在岐山待着就够了，外头的世界，翻阅资料是一回事，真的跑出去了又是另外一回事。"

"嗯？"我听他似乎话里有话。

姬云浮压低声音道："现在鉴古界有一股暗流，形成了造假、鉴假、销假的一个黑色产业链。这条庞大的产业链潜在水面之下，难以把握。五脉虽然是鉴古界的泰山北斗，可在其中的关系，却显得不明不白。其中水太深了，我不想掺和。"

"可五脉的原则，是绝不造赝啊。"我惊道。

姬云浮意味深长地用指头点了点桌面："大势如此，五脉又如何能独善其身呢？"

我忽然想到刘局让我鉴定的那枚汉印，想必那件几可乱真的赝品，也是这暗流的手笔。如此看来，他们掌握的技术，相当惊人。如果这种级别的赝品大量出现在市场上，可真的是天下大乱了。

姬云浮道："你知道吗？这股鉴古界的暗流，不光是在国内，还与国外有勾结——跟这佛头的案子，还大有关系呢。"

我一瞬间瞪大了眼睛，等着他的下文。

"你还记得，木户有三为什么会来中国吗？他是受了'支那风土会'的委托，而这个研究会曾经出过一本书，叫作《支那古董账》，里面囊括了他们打算劫往日本的中国古董列表。"

我点点头，这件事木户加奈也曾经提到过。

姬云浮道："这个研究会，在当时派遣了许多人来中国，木户有三只是其中一个。即使《支那古董账》的目标只实现了三分之一，我国的损失也是相当惊人的。这个研究会在战后改组成了东北亚研究所，表面上是做学术研究，骨子里还在觊觎中国的文物。我一直怀疑，那股伪古暗流的背后，说不定就有研究所的支持。"

我听到这里，陡然想起来，木户加奈跟东北亚研究所关系匪浅，需要得到他们的首肯，才能拿回佛头，这其中的渊源，可有点说不清、道不明。我看了一眼木户加奈，她神色如常，对姬云浮的说法并没反驳或辩解。

"如果能拿到《支那古董账》就好了，我们中国流失了多少东西，便可一目了然。"姬云浮拍着窗边的无线电台，深深感慨道。

谈话到这里就结束了，我们各自回房去睡觉。到了第二天，我们三个离开了姬家大院，坐着姬云浮的大吉普上了路。吉普从大院开回到了县城里，到了一处书店。姬云浮下车进去，一会儿工夫就出来了，手里拎着一摞薄薄的书，那些册子看起来印制得颇为粗糙。

"这是什么？"

"贿赂。"姬云浮眨了眨眼睛。

吉普再度上路，七转八拐，很快来到了一片低矮的平房前。这些平房都是砖瓦房，已经颇有年头了，平房之间的道路上堆满了煤球、木柴、大白菜、砖瓦和残缺不全的旧家具，每家屋顶都伸出一个熏黑了的烟囱，乱七八糟的电线缭绕在半空，好似台风过后的蜘蛛网。

姬云浮从吉普上跳下车，带着我们走到其中一户平房门前。这一户的门前比别家都要干净些，门前没那么多杂物。最有趣的是，别人家两扇门板都贴着福字门神，这一家却贴着两个洋人的画像，一个是高斯，一个是牛顿。这两张画像一看就知道是中学的教具，下面还写着陕西教育局印几个字。

姬云浮抬手敲门，敲得很有节奏，似乎是某种暗号。过了一阵，一个老头探出头来。这老头身子瘦弱，脖颈细，脑袋却很大，似乎轻轻一晃就会掉下来。他是个秃顶，鼻梁上架着一副厚厚的眼镜，其中一个眼镜腿还是用筷子改造的。

老头抬起头看看姬云浮，又看看身后的我们，语气很冷淡："我很忙，你有什么事？"

姬云浮道："老戚，我给你带了点研究材料。"然后把那一摞册子递过去。老戚一把抓过去，翻了几页，从鼻子里发出一声不屑的"嗤"："你这带来的都是什么破烂，早就过时了！这些论文已经失去了价值！我跟你说过多少次了，我现在唯一的目标，是哥德巴赫猜想！陈景润证明了 1+1，我必须赶在他前头，把最终的证明拿出来。"

我有点惊讶，这离徐迟的《哥德巴赫猜想》报告文学都过去十多年了，竟然又冒出一个陈景润？姬云浮却早有准备，乐呵呵又递过一本册子："这是这几年国际上关于哥德巴赫猜想的研究论文集。"

"哦？"老戚拿过去翻了翻，又看了看我们。老戚看人很有特点，他会先把头略微低下去，让眼镜滑落半分，然后眼睛上翻，越过眼镜框的上方注视你，看上去好似翻白眼一样。

"进来吧。"老戚把册子放下，让开半边身子。

古董局中局1

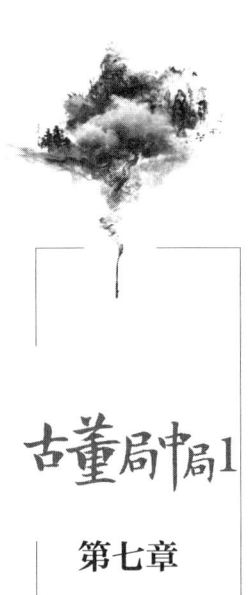

第七章

寻找海螺山

我们进修车铺的时候，胡哥正在修车。他从一辆拖拉机下爬出来，赤裸着上半身，腱子肉上沾着一道道黑机油，只有脖子上挂着一串金链子，跟赤铜色的肌肤相映成趣——他之前是戴玉的，后来被我认出来是劣玉，就换了。

"你们坏了我的事，又要走了人，现在还要过来讨东西，这有点欺人太甚了吧？"

胡哥阴恻恻地说，坐在一个大铲车轮胎上，手里的扳手忽悠悠地转着。木户加奈双手抚膝，鞠了一躬："对于给您带来的麻烦，我们深表歉意。我会在接下来的文化基金投资里进行补偿。"

胡哥摇摇头，竖起三个指头："这小子先坏了我的脸面，你搬出我舅舅，好，这个我不追究。"他放下一根指头，继续道："他还糟践了我几万块钱，你说文化基金里补。这个也就算了。"他又放下一根指头，把剩下的一根指头晃了晃："脸面和钱，拿我舅舅和基金兑了。还剩最后一个龙纹爵，是他押在我这里的。一码归一码，这可不能算在前两个里头。"

言外之意，他还要捞些好处，才肯把龙纹爵吐出来。木户加奈有些为难，我知道这时候不能再让一个女人为自己出头，挺身而出："胡哥你开个价吧。"

"好！够爽快！"

胡哥从轮胎上站起来，走到我跟前，右手摸摸下巴，估计是在琢磨能从我这里榨到什么好处。他一凑过来，我突然双目圆睁，身子不由得朝前拱去。胡哥以为我要动手，举起扳手要砸。我急忙道："别忙！"指着他脖子上那根金项链，大声问道："你这条项链是哪里来的？"

胡哥下意识地用手攥住项链，大怒道："关你屁事！"我从兜里把药不然给我的钱都扔过去："这些钱都是你的。你快告诉我，这是哪里来的！"

胡哥可没想到，我会突然对他的项链有兴趣。他后退两步，一脸狐疑地瞪着我："这是我奶奶从凤鸣寺给我请的，你想怎么样？"木户加奈对我的举动迷惑不解，小声问道："许桑，你发现什么了？"

　　我有些激动地比画着，木户加奈把目光投向那串金项链，也立刻瞪大了眼睛，发出"啊"的一声。胡哥的这串金项链是纯金锁链相扣，在末端还拴着一尊小金佛。那尊小金佛是一尊坐佛，做工有些粗糙，但佛头顶严的风格，俨然与则天明堂玉佛头殊无二致，自佛额垂下的两道开帘颇为醒目。

　　从木户加奈带给我们的佛头照片里，我判断出那尊被盗玉佛头有三大特点：一是面容酷似龙门石窟的卢舍那大佛，也就是武则天本人；二是佛像造型偏向于马土腊流派风格；三是佛头顶严与初期藏传佛像一致，曲度较大，外饰呈层叠剥落状，且在佛额开帘。

　　武则天为何选择这种几乎凭空而来的顶严风格，难以索解。这个疑点不解决，佛头的真伪就很难得到确认——但我实在没想到，居然会在现代社会岐山一个有黑社会性质的团伙老大身上，看到了几乎一样的顶严风格的佛像，所以我和木户加奈才会突然失态。

　　胡哥大概也不想太得罪木户加奈，他把我扔出来的钱捡起来收好，然后对我们这个微不足道的要求，勉为其难地做了回答。按照他的说法，这条金项链是他奶奶早年出嫁时的陪嫁，链条是请人打的，佛像是从本地的胜严寺里开光请来的。

　　我和木户小心翼翼地接过金项链，仔细看了看。这尊佛从造型上来说，属于说法像，结跏趺坐①，右手抬高手指结成环状，左手平放在膝盖上，算是汉地相当普遍的造像。唯独那个顶严显得特别突兀，简直像是把一根黄瓜强行嫁接到土豆上一样。

　　"这是在胜严寺请的对吗？"木户加奈问，胡哥点头，然后解释说胜严寺是岐山本地的寺庙，位于岐山县西南，已经荒废很长时间，一直到最近才有住寺的和尚。

　　我对木户加奈说："看来，咱们得去一趟胜严寺看看。"木户加奈"嗯"了一声，握紧我的手。那种顶严风格既然出现在金佛头上，说明工匠在铸佛时一定有所参照，而这个参照物，很大可能就在胜严寺内。

　　胡哥收了钱，心情大好，回头喊了一声。没过多久，裹着绷带的秦二爷从后头转了出来，手里还捧着龙纹爵。他一看是我，眼睛里流露出怨毒的神色。胡哥沉脸道：

---

① 两足交叠而坐，是佛禅定时的常用坐姿，又称金刚跏趺坐。

"你明天带着他们去胜严寺转转，不许出差错。"

秦二爷一脸不情愿，可不敢流露出半点抗拒。他把龙纹爵交给我们，战战兢兢地先走了，走路还一瘸一拐的，估计上次被打得不轻。

当天晚上，我就在姬云浮家睡了一宿，木户加奈回了县里的宾馆。到了第二天，我们开着吉普车，秦二爷带路，风驰电掣地朝着胜严寺开去。一路上，秦二爷除了指路以外，一声不吭，显然是怀恨在心。我有心跟他搭话，总被他一句"您扮猪吃老虎厉害，我不敢说"顶回去。

胜严寺位于岐山县城西南，不到三公里。秦二爷在方向上不敢撒谎，带着我们沿公路过去，没多少时间就开到了目的地。这里位于周公河和横水河交汇处的北岸塬顶，地势颇高，以风水而论，确实是个建寺起观的好地方。

到了胜严寺门口，我问秦二爷跟不跟我们进去。秦二爷一扭脖子："不了，我自己走回去！"他一转身，狠狠朝地上吐了一口口水，一瘸一拐地离开了。

古寺山门半毁，处处断垣青痕，虽然已被重修，却也难掩倾颓之气。寺门前的两棵大树一棵已经半倒，另外一棵早已枯死，剩下光秃秃的枯枝垂耸，还没被清理干净。我站在这寺面前，能感觉到一种古朴凄凉的寥落。木户加奈嘴里喃喃自语，不知在说些什么，她掏出相机，先给山门拍了一张照片。

昨天木户加奈已经从文物局要了相关资料。胜严寺是座古寺，何时所建已不可考，最早的一次重建是在大明景泰七年，香火繁盛，历代县志都有记载，可惜大部分建筑在"文革"期间被毁，至今还没恢复元气。

这座寺不算旅游景点，没人收费。我们信步入内，一路穿过广场，偶尔有几个村民走过，也只是淡淡瞥过一眼，继续前行。

我们从广场走过钟楼、鼓楼和天王殿，在沿途的栏侧殿角可以看到不少佛像、菩萨像和金刚像等常见的寺庙造像。不过这些石像要么被砸得面目模糊，要么整个头颅被切掉，几乎没几尊是完整的。等到我们来到了寺庙的核心大雄宝殿时，发现眼前只剩下一片凌乱的石座地基，木质结构全都不见了——据说全毁于"文革"里的一场大火。

讽刺的是，殿前不知被谁搁了一个小香炉，几炷香歪歪斜斜地插在里头，半死不活。看起来，这里还是有些村民会跑来上香的，只是不知他们对着断垣残壁拜个什么劲。

我们继续往后走去。后头的观音殿、藏经楼、华严殿、禅房之类的功能性建筑，也是大多损毁。木像、金像、铜像之类的，肯定剩不下了，好在有一小部分供在僻静角落或者山壁凹处的石像，总算还保留着原貌。我和木户加奈仔细勘察，发现这些佛像最早可追溯到明代，不过造型都是典型汉地风格，没有一尊和胡哥脖子上的金佛相似。

我们转悠了半天，一无所获，问了几个过路的和尚。可他们都是最近才被派来胜严寺监督重修的，之前的事情也不了解。

"许桑，那个是什么佛？"木户加奈忽然指着一尊石像问道。这尊石像藏在一处突石之后，身后一棵大杨树，身前有着一个香坛摆放的痕迹。这石像的上半截身子已经没有了，只剩下身。我扫了一眼，看到这石像身披裙甲，旁边斜靠一截长兵器柄，在腰部附近还能看到有几缕胡须垂下的凸起粉饰，不禁笑道："这人在你们日本，也很有名气，可以说是家喻户晓。"

"啊？是吗？日本人都知道的中国人？"木户加奈很惊讶。

"因为这是一尊关公像啊。"我手指点了点那石像垂下来的胡须。中国寺庙里供奉的神像，除了关羽，还没有第二个人会留这么长的胡子。说完我右手捋髯，左手提刀，摆出一个京剧里关羽瞪眼的架势，木户加奈"扑哧"一声乐出声来。

"可是，关羽怎么会出现在佛教的寺庙里呢？"

"关羽在儒教、道教和佛教里，都被视作守护神，所以在各地的寺庙里，都会有关羽神像的身影，是类似于护法珈蓝神①一样的存在，也是中土佛教融合当地传统的见证。"

"那关羽是什么时候从人间的武将，变成佛教神灵的呢？"木户加奈抬起脸好奇地问道。我恰好之前收过关公像，所以研究过几本关公崇拜演化的书，对这个略知一二，便告诉她："这说来就话长了，总之历朝历代对关羽不断地神化，不断地加封号，他慢慢从一员武将变成名将，又变成了神将。"

"你知道的还真多。"木户加奈大为佩服。我脸一红，前不久我才在姬云浮面前栽了一个大跟斗，听到这种恭维，还真是有点吃不住。

"没办法。这个也是业务需要……我给你讲个故事吧。我之前收到一尊关公铜像，特别精致，说是宋品。我一看铜像背后写着'显灵义勇武安英济王'几个字，就乐

---

① 佛教寺院守护神的通称。

了,说您这个肯定不是宋朝的东西。为什么呢?因为宋朝关羽的封号,叫作'壮缪义勇武安英济王'。后来到了元朝,嫌壮缪两个字不够威风,才给改成了'显灵'。所以关公像是哪一朝哪一代的,一看封号便知。"

木户加奈听得十分认真:"我在日本也看到过关羽崇拜的痕迹,想必也是与中国同源。"

"嗯,就是这样没错……"

我随口答应着,拍拍那尊破败的关公像,表面平静,心里却像煮开了锅的饺子一样,沉浮不定。

原来我一直有一个疑问,百思不得其解:许一城为什么让郑虎来到岐山铸造青铜关公?这个举动,到底和玉佛头有什么关联?

现在,看到这尊供奉在胜严寺的半截关公像,让我隐约捕捉到一丝灵感。

如果我没记错的话,关羽正式被引入佛教,最早是在隋开皇[①]十二年。当时的高僧智𫖮在玉泉山为关羽亡灵授菩萨戒,使其成为佛门弟子。到了武则天时期,禅宗的北派创始人神秀——就是六祖慧能的死对头——在玉泉山建大通禅寺,第一次将关羽封为护法珈蓝神,正式引入佛教神灵体系。

而就是这个神秀,后来被武则天请到长安供养,号称"两京法主""三帝国师",恩荣无加,成为中国北方佛教界的领袖人物。

神秀既然进过长安,那么关羽崇拜随之进入上层社会,不足为怪;而神秀作为佛教权威,武则天修造佛像什么的,也会请教他的意思——这个联系非常牵强,还缺少关键性证据,但毕竟让我摸到一点门道了。

我一边走一边沉思,还得留神不要让木户加奈看出来——她还不知道郑虎和青铜关公的事情。木户加奈倒没起疑心,拿着相机咔嚓咔嚓拍个不停。

这时候,一个老道士挡在了我们面前。

是的,我没看错,是一个在和尚庙里的老道士。这道士花白头发,戴副眼镜,梳了一个松散发髻,披了身脏兮兮的道袍,有点像电视剧《西游记》里的鹿力大仙。他手里还提着一个小旗杆和一个小马扎,旗子上写着"算命"两个字。

"这两位,要不要来算算命啊?不准不要钱。"老道士张嘴就是一口流利的普通

[①] 即隋文帝杨坚(541—604),隋朝开国皇帝,年号开皇,其治下政治稳固,社会安定,被称为开皇之治。

话，标准得像是新闻联播播音员。

我和木户加奈都乐了，我开口道："你一个道门弟子，怎么跑来佛家的庙里搞这一套，不怕佛祖说你抢生意吗？"

老道下巴一抬，一脸不屑："我告诉你们，正经和尚是不会算命的。佛门经典一万三千六百卷里，没一句教人求神问卜。所以凡是求签看相的和尚，都是不遵戒律的野和尚，糊弄愚夫泯妇而已。我们道士搞算命，才是本职工作。"

我听他说得有趣，索性停下脚步，把我的八字报上去。老道把旗杆戳在泥土地上，小马扎一扎，大马金刀坐下去，掐指算了几下，双目"唰"地睁开："你这命格不错，山道中削。"

我心里咯噔一下，之前有人给我算过命，也是这么说的。看来这老道还真有两下子。我连忙问他："那你能看出来我最近运势吗？"老道斜乜一眼木户加奈："别的不知道，命犯桃花是一定的。"木户加奈也好奇地凑过来，让他看手相。老道捏过她的手，看了一番道："你不是华夏子民，倒像是海外之人。"她大为惊讶，问他怎么看出来的，老道捋髯一笑："你的护照掉了……"

木户加奈连忙低头，看到自己那本写着"日本国护照"的护照落在了地上。我们都哈哈大笑起来，觉得这老头可真是有点意思。他说："看你们挺投缘的，老道我实话实说吧，算命这东西，三分看天，七分看眼色。一看你们衣着举止，再谈上两句，来历就能猜个八九不离十。再顺着来历说话，基本上都错不了。"

"您就不怕我们听完实话，不给您钱还骂您骗子？"

"老道我一眼看过去，就知道你们俩不是那样的人。"

"那我们是什么人？"

"嘿嘿，你们都是聪明人。我跟你们说八字运势，你们不一定信；但跟你们说实话，你们肯定觉得我这人有趣，一准给钱。"

老道的话让我忍俊不禁，想掏钱给他，一摸兜，才想起来刚才全扔给胡哥了。木户加奈见状，从她的钱包里拿出一张一百元，递给老道。老道吓了一跳，连声说这太多了太多了，我说你就收下吧，也算缘分，他才战战兢兢接过去，反复叠了几下，揣入怀中。

有了这一百元垫底，我们很快就熟络了，索性坐下来跟老道攀谈起来。老道也不避讳，说起自己的经历来。他俗家姓谢，本是这胜严寺的一个小沙弥，后来太清苦，不干了,跑去四川青城山改投了道门。"文革"时候胜严寺被焚,僧众流散,青城山却是岿然不动,让谢老道躲过一劫。改革开放以后,宗教界解禁搞活,他就跑回岐山,在各处寺庙道观里转悠。

"这么说你对焚毁前的胜严寺很熟悉喽?"我装作不经意地问道。

谢老道一拍胸脯:"那还用说,熟得跟自己家似的。"

"那这里面有什么佛像,你也都知道喽?"

谢老道说:"那是自然。我当小沙弥的时候,最喜欢数佛像玩了。"

我让木户加奈拿出玉佛头的照片给谢老道:"你看看,这寺里有没有和这个相似的,尤其是这一处。"我特意指了指顶严的位置。谢老道眯着眼睛看了半天,道:"好像是有那么一尊吧……我记得是禅院后头供过一尊毗卢遮那佛,脑袋顶上就和这个差不多。"

我和木户加奈目光俱是一凛。老道又道:"不过看照片上这脸,倒很似龙门那里的大佛嘛。"

"哦?您也见过龙门的卢舍那大佛?"

谢老道一脸愤怒:"你们看不起人!我做和尚的时候,可是精研过佛学的,也不是没挂过单。"他揉揉鼻子,摆出个教训的姿势:"卢舍那大佛是按照武则天的相貌雕刻而成,这你们知道吧?"

"知道。"

"可你们知道不知道,武则天为什么要选择卢舍那佛为自己造像?"

我和木户加奈一齐摇头。

谢老道大为得意,脚往上翘:"卢舍那佛是佛祖的三个分身之一,叫作报身佛,'卢舍那'在梵文里的意思,就是智慧广大,光明普照,和武则天的'曌'字可以印合。"

"卢舍那佛先不去管它,还是说回您刚才提的那尊毗卢遮那佛吧。"我怕他扯得太远。

谢老道一瞪眼:"没文化!佛祖立名的时候,把法身佛、报身佛合立一名,以表示法、报不二的精义,所以卢舍那佛,就是毗卢遮那佛的简称,两者本来就是一回事。要说毗卢遮那,怎能不提卢舍那?"

我心中一动:"也就是说,毗卢遮那佛和卢舍那佛,其实是异名同体,互为表里喽？"

谢老道说："不错。具体到佛像上，这两尊佛一般都会相对而供。明处供奉卢舍那佛，必也会在偏处供一尊毗卢遮那佛，反之亦然。一法一报，如此才符合佛法奥义——不过这胜严寺很奇怪，原先的禅院后头供过一尊毗卢遮那佛的石像，有多少年头谁也不知道，但与之相对的卢舍那佛，却谁都没见过。"

"那尊毗卢遮那佛的顶严，是与照片上的一样？"

"差不多吧。我记得挺清楚，那尊佛当时香火还挺盛的，很多善男信女都去拜，寺里还卖了不少开光的小金佛，就按着它的面相来的。毗卢遮那佛这名字太拗口，当地老百姓看它的顶严别致，都叫它金顶佛。"

"你能带我们去看看吗？"

"行，反正今天我也没什么生意。不过那佛像早就没了，现在只剩一个大水坑。"

谢老道起身收起小马扎，带着我们往胜严寺后头走。他轻车熟路，一会儿工夫就把我们带到后寺。这里原来是一处幽静禅院，精舍俱在，只是因为年久失修，杂草丛生，几个建筑工人在慢条斯理地修补着屋顶。谢老道走到一处围墙旁边："就是这里了。"

我们一看，果然如他所说，这里只剩一个干涸的大水坑，别说佛像，连基座都不见了，水坑边缘露出红黄颜色的干土，跟四周草丛相比，就像是一个人的头顶生了块癞疮。

木户加奈问道："既然这尊佛香火如此之盛，为何要放在禅院里而不是搬到正殿或者前院呢？这里是和尚的住所，香客们来烧拜，岂不是很不方便？"

谢老道被问住了，愣了愣，方才回答："正殿里已经供了如来佛祖的应身，怎好鸠占鹊巢……"谢老道意识到这成语用错了，敲敲脑袋，改口道："怎好一佛两拜。再说了，据说在立寺之时那尊金顶佛就立在那里了，这么多年从没挪过地方。就算寺里的和尚想动，喇嘛们也不干呀。"

"喇嘛？胜严寺不是禅寺吗？"

"这里离临夏和甘南都不远，也经常有喇嘛过来串门。他们不干别的，只为过来拜一拜毗卢遮那佛。他们捐的香油钱不少，寺里就答应了。"

"他们为什么这么做？"

谢老道竖起一根指头："你们连这点常识都忘了？毗卢遮那佛的别名叫什么？大

日如来！那是西藏密宗的最高神！"

听到这句话，我犹如被当头打了一棒，几乎站立不住。

我怎么会这么笨！连这个最最基本的常识都忘记了！

密宗供奉的至高无上的大日如来，就是毗卢遮那佛啊！佛头的顶严具有西藏风格，丝毫不足为奇。

这些佛教常识，我本来是熟稔于胸的。不过玉佛头毕竟是初唐作品，那时候佛教在西藏刚有萌芽，大日如来的面相与后来的造型不甚相同，所以我压根没认出来。一直到谢老道提醒，我才猛然想起来，原来还有这么一层联系。

护法珈蓝神的关羽像。

则天明堂里的玉制大日如来。

藏传佛教的顶严。

对向而供的毗卢遮那佛和卢舍那佛。

这些零碎的线索在我脑中盘旋，形成一个巨大的旋涡，挥之不去。我努力想将它们捞起来，试图发现其中的联系，却总是感觉力不从心。

谢老道看我面色不对，问我是不是不舒服。他从怀里摸出瓶药丸，自夸说他除了学道，还学医，糅合道家养生之道，能合丹药，可治百病。我谢绝了他的好意，又问道："你说二佛对供，那胜严寺里与大日如来对供的卢舍那佛，是在哪里？"

谢老道困惑地琢磨了一下，回答道："没有。"

"没有？"

听到我的质问，谢老道仿佛权威受到了伤害："胜严寺各类造像一共一百三十七尊，每一尊老道我都记得清楚，绝不会错。"我"哦"了一声，点点头。

我们很快离开了胜严寺，驱车回到岐山县，还顺便把谢老道送进县城。他冲我们一稽首，转头就钻进一个农贸市场，不知做什么买卖去了。木户加奈问我回宾馆还是回哪里，我说先去趟新华书店吧。于是我们到了新华书店，买了一张宝鸡市附近的大比例尺地图，还顺便买了本中国地图册。木户加奈看起来有些迷惑不解，但也没问。

回到宾馆之后，我把地图摊在床上，拿着放大镜对着地图看了半天，又拿着尺比量了一番，抬起头来对木户加奈道："我想我知道了……"

"许桑知道了什么？"木户加奈眨巴眨巴眼睛。

我一字一句道："发现我们的祖辈在1931年消失的那两个月里去了什么地方。"

木户加奈闻言手中一颤，差点没把水杯掉在地上。我检查一下宾馆的窗户，又把房门关好，转过身来严肃道："木户小姐，在这之前，我想和你确认一件事情。"

"请说。"

"你归还玉佛头的真正目的，到底是什么？"

在木户加奈开口之前，我又补充了一句："请不要说为了两国友好或者为祖父赎罪这样的废话，我不会相信。"屋子里的气氛陡然变得尴尬起来。

如果她真想归还佛头为祖父赎罪，合乎情理的做法是在媒体上发布声明，然后在中国政府与东北亚研究所之间进行协调。她作为佛头的继承者，应该有足够的影响力来促成合作。而实际上，她非但不回日本与东北亚研究所斡旋，反而只带着一堆玉佛头的旧照片跑来中国，到处打探消息——这怎么看，都不像是一个赎罪者该做的事情，至少不是现在该做的事情。

我刚才看了地图之后，有了一个相当可靠的猜想。如果这个猜想被证实，那么距离1931年之谜，会大大地踏近一步。在这个关键时刻，我必须慎重。如果木户加奈不能完全信赖的话，我宁可不说出来。

看到我的质疑，木户加奈的神情变得有些苦涩。她撩起发根，咬住嘴唇，沉默地坐在沙发上。我没有催问，而是抱臂冷冷地望着她。过了半天，她抬起头："如果我说出来，许桑你还会陪着我吗？"

"这要看你说的是什么。"

木户加奈道："我即使说出实情，要怎样才会让许桑你相信呢？"我答道："我自然听得出来。"木户加奈苦笑着摇摇头："那么，我又怎样才能确认，许桑你对我也是没有保留的呢？"

她这一句反诘，把我给噎住了。确实，信任是双向的，她固然没向我完全坦承，而我也没说出全部事实。是否要在这个时间把所有的底牌都摊出来？我犹豫了那么一瞬间，然后突然发觉，中计了！

这是木户加奈的一个试探。她看到我目光退缩，马上就能知道，我也有事瞒着她。

这女人，真不得了。我本想先声夺人探她的底，反被她不露痕迹地摆了一道。可是木户加奈的大眼睛里没有得意，还是一副被人误会的伤感神情。她凝视我半晌，忽然开口提议道："许桑，我想有一个办法，可以让我们不再怀疑对方，真正成为可以信赖的伙伴。"

"什么?"

"我们,嗯,结婚。"木户加奈低声说,音调微微有些发颤。

"结婚!"我被她这种天马行空的思维吓了一跳,这也跳跃得太厉害了吧。

木户加奈面色绯红,但她仍鼓起勇气说道:"是的,结婚。我们两个家族,从祖辈开始就有纠葛。我们成为夫妇之后,从此合为一体,便可共享这个宿命,再没有任何隔阂。"

这女人的想法,实在是与常人殊异。我想了半天才嗫嚅道:"就算要结婚,也来不及啊。我户口本还在北京呢。"木户加奈道:"只要我们确定关系,法律上的手续可以后补。"

我脸色变得古怪至极:"怎么确定关系?"这时宾馆房间里就我们一男一女,气氛可是有点暧昧。木户加奈估计猜出了我的心思,气恼而羞赧地甩了甩手,嗔道:"我的意思是,先订婚。"

我一拍脑袋,暗叹想多了。木户加奈倒了两杯白水,递给我一杯:"如果许桑不嫌弃的话,就请你喝下此杯,作为我们订婚的见证。"我握着杯子,不知该怎么说。木户加奈用她的杯子轻轻在我杯上一磕,一饮而尽。

"今后要和许桑一起努力了,请多多关照。"木户加奈看我喝完以后,深鞠一躬,露出开心的笑容,像是出嫁了的大和抚子。这副乖巧温顺的模样,让我有点晕,有一种微妙的不真实感,就这么稀里糊涂地娶媳妇儿了?

木户加奈放下杯子,坐到床沿,双手握住了我的手:"许桑既然是我的未婚夫,那么我的事情,都可以分享给你听了。"

"嗯,我听着呢。"我回答,没有把手抽走。

木户加奈道:"首先有一点我必须说清楚。之前我提供给中方的资料,包括讲给你们的事情,全都是真的,没有任何不实。只不过我当时隐瞒了一件事,一件我无法说给外人听的事情。"说到这里,木户加奈暧昧地看了我一眼,意思是现在我可以告诉你了。

"我们木户家与这尊玉佛的渊源,并不是从我的祖父木户有三教授开始的……"木户加奈说话的声音很平缓,像是在学术厅里在做论文答辩一样,"根据木户家族下来的残缺记录,最早恐怕要追溯到唐代。"

"唐朝？那岂不是和玉佛的制作同一时间？"我没想到会这么早。

"嗯，差不多了。根据我祖父的研究笔记，当年我的家族里出过一位遣唐使前往大唐，在洛阳无意中看到这尊玉佛。他在洛阳与玉佛之间发生了什么事情，历史记载语焉不详。但他回来以后，对玉佛一直念念不忘，便把这个心愿留给了子孙，希望后人有朝一日能再去拜谒这尊玉佛。"

"也就是说，这个玉佛头不是木户与许一城在考察中无意发现的？木户有三一开始来中国，就存了寻找玉佛的心思？"

"是的。当时的'支那风土会'制订了一个计划，他们搜集日本保存的各类中国文献记录，制订了一份《支那古董账》，列出了一百多件尚未出现在市面、同时又有零星线索可以追查的珍贵古物，其中就包括了木户家文献记载的则天明堂玉佛。研究会的人对则天明堂玉佛的兴趣非常大，认为它的价值胜过一座博物馆。我的祖父就是带着这个使命来到了中国。"

"然后他碰到了我爷爷，两个人志同道合，一起去弄走了玉佛头？"我的声音带着一丝苦涩、一丝无奈和一丝淡淡的嘲讽。

木户加奈的身体一僵，声音陡然变大："可是，我祖父的本意，绝对不是要去别的国家窃取古董。他是一个爱古成痴的人，不关心政治，只希望能够见到木户家梦寐以求的玉佛，就足够了。"

"可他毕竟把玉佛带回日本去了。"

"我父亲是个单纯的考古人，在他心目中，国家、种族什么的根本没有文物研究重要。而且祖父带回国的，只有佛头。为此他还惆怅了很久。别人都以为他是为没拿到玉佛的全部而遗憾，但我知道，祖父实际上是因为让一件珍贵文物身首分离而伤心。"

木户加奈看到我的表情还不是十分信服，又补充道："今天姬云浮不是说过吗？您的父亲许和平教授突然决定去西安，带去了两本笔记。我现在有点怀疑，这两本笔记，就是我祖父交给许和平的，用来赎罪。"

我差点从沙发上跳起来："这是怎么回事？"

"木户笔记是在我祖父病死之后，在家里的一处暗格里找到的，发现以后就被放入私人博物馆。可是我后来考察过，那个暗格的尺寸，明显是以笔记的宽窄定制的，且它的深度，却足以容纳三本。我一直就在怀疑，是不是不止一本笔记。现在听了姬云浮的话,我更确定了。我祖父一定是在去世前,通过什么途径把其中两本笔记,交还给了你的父亲,所以许和平教授才会前往岐山。"

"可是,为什么只给两本,而不是三本都还呢?"我还是不明白。

"大概他希望给自己也留一点纪念吧。"木户加奈轻轻喟叹一声,"我祖父晚年非常寂寞。佛头被东北亚研究所收藏,他几乎看不到,家里人也都几乎不理睬他。唯一承载记忆的,就只有这本笔记了。这次我说要将佛头归还中国,真正的目的,是希望借此机会完成家族与我祖父的夙愿,找出当年消失的佛身,让玉佛合二为一。至于玉佛本身的归属究竟在中国还是在日本,都无所谓。只要宝物重新恢复,我的祖父就一定会开心。"

"为这一件事,你不惜跟东北亚研究所的人闹翻,还大老远跑到中国来,跟一个陌生男子擅自缔结婚约。你怎么会对一个素未谋面的祖父,有这么深切的感情?"

"这就是所谓家族的血液吧。许桑不也是为了从未见过面的爷爷而一直在努力吗?"木户加奈反问。

我们四目相对,突然都明白了。几十年前,许家与木户家的两个人踏上寻找玉佛之旅;几十年后,同样是这两家的后裔,踏上同样一条路,这看似偶然之中,其实隐藏着必然。我们其实都是同一类人,有着理想主义的倾向,会固执地坚持一些看似无所谓的事情,为此不惜付出一切代价——这就是木户加奈所说的"家族的血液"吧。

我和木户加奈相视一笑。这时候我才发觉,她不知不觉依偎到了我的肩头,身子轻轻斜靠过来,保持着一个亲密而暧昧的姿势。我为了避免尴尬,咳了一声,说木户小姐,我来给你说说我今天的发现吧。

木户加奈坐正了身子:"以后叫我加奈就可以了。"说完她嫣然一笑,一片粲然。她和黄烟烟的美截然不同:烟烟的美是惊心动魄的,如同荒野里熊熊燃烧的野火;而木户加奈更像是一本翻开的诗集小卷,馨香静谧。

既然我们已经——姑且算是吧——订婚,而且她也吐露出了自己的真实意图。如果我还继续藏着掖着,就太不够意思了。于是我盘腿坐在床上,把地图翻到河南省洛阳市那一页,拿起铅笔说道:"综合目前我们掌握的信息,可以知道:这个则天明堂玉佛的正身,是毗卢遮那佛,也就是大日如来。而它的面相,是以武则天女皇为蓝本。你记不记得谢老道说过,按照佛法法报不二的精义,大日如来与卢舍那佛这两尊佛,在很多寺院里都是一阴一阳相对供奉。"

"是的。"木户加奈说。

"我听到那句话以后,就一直在想一个问题。武则天供奉在洛阳明堂里的,是大日如来玉佛。那么,一定存在一尊与之相对的卢舍那佛。明堂的遗址,在今天洛阳中州路与定鼎路交叉口东北侧。"

我一边说着,一边用铅笔在地图上点了一点。听了我的提示,木户加奈眼睛一亮,她从我手里拿过铅笔,从洛阳市区画出一条淡淡的铅笔线,一直连接到龙门石窟的位置。

"不错!"我赞许地看了她一眼,"龙门石窟的是卢舍那大佛,而明堂里供奉着的,是大日如来。一在明,一在暗。咱们有理由相信,这两尊佛,是严格遵循着'法报不二'的原则来设置的。"

我又把宝鸡市的地图摊在床上:"咱们再来看胜严寺。今天谢老道说了,胜严寺里只有一尊大日如来,那么,另外一尊卢舍那是在哪里呢?洛阳的两尊佛,一在堂内,一在城外,那么胜严寺的两尊佛,是不是也是同样的安排,一尊在寺内,一尊在寺外?"

木户加奈一拍手,情不自禁地喊了一句日文的感叹词。她整个上半身都伏在地图上,用指头一寸一寸地在岐山县附近移动。

"所以我认为,胜严寺的佛像,是一个指示方位的坐标。我研究了一下明堂遗址和龙门石窟之间的距离与方位关系,并把这个关系套在胜严寺里。结果发现,与胜严寺大日如来相对的卢舍那佛,准确位置正是在这里……"

木户加奈随我的解说移动铅笔,很快就画出了一条线。起点是胜严寺,而终点则落在了秦岭崇山峻岭之间,那里没有任何地名标识。她抬起头望着我,我点点头:"许一城和木户有三,很可能在岐山发现了这种对应关系,然后他们根据胜严寺这尊佛像指示出的位置,深入秦岭,去寻找另外一尊卢舍那佛。"

木户加奈兴奋地接过我的话:"也就是说,他们发现玉佛的地点,很有可能就在秦岭中的某一点,那里有一尊卢舍那佛像作为标记!"可她忽然又困惑起来:"玉佛本来供奉在洛阳,怎么会跑到岐山这么偏僻的地方来呢?"

我摇摇头:"你不要忘了,在证圣元年,也就是公元695年,正月十六,明堂被一场大火烧毁了,明堂内的许多珍贵宝物都付之一炬。这尊玉佛,可能就在那个时候被转移了出来,放到什么地方暗藏起来也说不定。"

"那么我们接下来该做什么呢?"木户加奈问。

"当然是去实地看看喽。"我伸出手,指向远方的秦岭山脉,神情平静。

龙门石窟是在洛阳明堂遗址的东南方向十五公里左右。如果我的理论成立,那尊神秘的卢舍那佛像,应该也在胜严寺东南十五公里的地方——那里恰好是秦岭山中。这个距离看看很近,但这只是地图上的直线距离。秦岭险峻曲折,山里没有现成的道路可以走,少不得要绕路攀岩,十五公里直线,不知道要走多久才能绕到。

我把这个猜想告诉姬云浮,他很赞同,也想跟我们去看看。不过他必须帮老戚破译笔记,暂时抽不出时间来。于是我决定只带木户加奈去。我本想再找个熟悉地形的当地导游,不料又在街上碰到了谢老道。谢老道听说我们要进秦岭,自告奋勇要跟着去,拍胸脯说这一带他从小就熟悉,翻山越岭不在话下——他说是跟我们投缘,我猜我们出手阔绰也是个重要原因。

我们在岐山买了一些登山用的装备,还有两顶帐篷和三天的粮食。现在还未进入秋季,山里除了稍微凉一点以外,还算适合露营。我以前跟人去北京附近的司马台野长城玩过,有攀登经验;而木户加奈表示,她在日本时也经常要去深山考察神社遗址什么的,野外作业司空见惯。至于谢老道,人家当年是从陕西一路要饭要到成都的,这点路程,小意思。

我们面临的最大问题,其实是精确定位。这不是一次"面"考察,而是"点"考察,必须准确地抵达那个"点",才有意义。

最后解决这个问题的,还是姬云浮。他从自己的收藏里,翻出一张古老的军用地图。这张地图木户加奈看起来格外亲切,因为这是旧日军参谋本部出版的。在抗战之前,日本派遣了大量间谍潜入中国,绘制了大量精细地图,甚至比中国自己的都好用。这张地图就是岐山附近的地形图,严格遵循军事地图画法,等高线勾勒得一丝不苟,标高也特别细致,相当好用。

"不得不承认,日本人做起事来,就是认真啊。"我抖了抖地图,谢老道一脸不屑:"这一条一条线曲里拐弯的,还能比得过老道的掌中罗盘、胸中玄机?"说完他托起一个风水罗盘,拨弄一番,摆出一副仙风道骨的模样。

这罗盘是黄杨木质地,边缘光滑,浮着一层暗红色的包浆,内敛深邃,像是给人玩熟的核桃一样,沾染着气血,一看就是件好文物。不过我对这玩意儿的实用价值存疑,罗盘还能转,但上面刻的字都磨得几乎看不见,中间的指南针磁性也堪忧。

木户加奈在一旁没有说话,她正默默地检查着我们的登山包。自从"订婚"以后,我跟外人说话的时候,她从不插嘴,永远站在我身旁稍微后一点的位置,总是恰到好处地递来外套或是水杯,像传说中的日本女人一样贤惠。

　　胡哥听说我们要出发,建议我们把秦二爷带上。不过我看秦二爷对我们一直余恨未消,还是婉拒了。山里太危险,需要团队精诚团结,我可不想攀山之余还要提防他。

　　这一切都准备停当以后,我们选了一个大清早,从胜严寺附近的一处山口进入秦岭。姬云浮把我们送到山脚下,叮嘱了一番,说等你们回来,这边也破译得差不多了。

　　秦岭的主峰坐落在眉县、太白县、周至县境内,海拔三千多米。岐山毗邻三县,属于主峰北麓范围。山体之雄奇、山势之跌宕起伏,一点都不含糊。我们一开始出发时,尚有牧羊人小路可以走,但很快小路的痕迹就消失了。我们不得不沿着陡峭的山坡小心前进,有时候为了翻过一道高坡,要反复上下好几处山头。开始时还能偶尔在山坳里看到一两块田地以及经济林地,到了后来,周围的野生华山松、油松、椴树变多,从稀疏逐渐茂密起来,还有好些不知名的鸟和小动物窜来窜去。我们在山里走了足足一个上午,一看地图,直线距离还不到三公里。

　　我们满头大汗地走到一条山涧的拐角低洼处,看到有一条清澈小溪横穿而过,蜿蜒伸向山脉深处。所有人都同意停下来休息一下,于是我们在溪边坐下,吃了点午饭。

　　我低头拿着指南针看地图,研究该怎么走才最有效率。这张地图虽然等高线精细,可也不能完全信赖。有的地势险要,但山石起伏,可以落脚攀爬;有的地方看似平缓,却是密林紧凑,无法通行。谢老道拿着罗盘在四周转悠了一圈,看我正在发愁,眯着眼睛说:"这一带啊,叫作鬼剃头。你看看,东一条沟壑,西一道山岭,像是被鬼抓了脑袋,拽下几根头发一样。出了名地难走,附近的山民,都很少进来。"

　　"这么说你也没怎么来过?"

　　"咳!这地方有啥好的,除了逃犯,谁轻易往山里来。"谢老道摸出一块馍,就着溪水啃着吃。

　　木户加奈没参与讨论,她殷勤地为我切开一片面包,抹上巧克力酱,还撒了几粒葡萄干在上面。我接过面包吃了一口,她又递过来一瓶泡着蜂蜜和柚子片的水来,让谢老道好一阵羡慕。

等到我们都吃饱喝足了，躺在草坪上休息的时候，她忽然问了我一个问题：玉佛头本来放在洛阳明堂里，为什么许一城和木户有三会来岐山寻找？

关于这个问题，我之前还真做过一番功课。反正这种跋涉很无聊，我把这个背景故事说给她听。

所谓明堂，是指古代用来宣布政令和祭祀的场所，政治意味浓厚。为了给称帝做准备，武则天在垂拱四年，也就是公元688年春天在洛阳修建了一座明堂，号称"万象神宫"。这座明堂的主持者是她宠信的一个面首，叫薛怀义。这个人非常聪明，他指挥数万民工，以乾元殿为基础，只用了一年时间就修起了一座无比高大的明堂。

这座明堂周长九十米，高九十米，搁到现在也是栋高大建筑了。它分为三层，最高层是一个圆顶亭，亭中立有铁制金凤一头，暗喻武则天本人。而在明堂后头还有一座天堂，里面放置着一尊高百尺的夹纻佛像①，周围放置诸多佛教器物，大日如来玉佛像很可能就摆放在天堂里。

明堂落成八年之后，证圣元年（695年）正月十五上元节，薛怀义为了讨好武则天，挖空心思在元宵节当天搞了一场盛大的表演活动。他在明堂挖了一个深五米的大坑，放了一尊佛像下去，当着武则天的面用铁链拽上来，展现出了佛自地下涌现的奇观。他还拿牛血画了一张两百尺高的佛像，悬挂在天津桥上。可是武则天对此没太大兴趣，把全部心思都放在了新宠沈南璆身上。

薛怀义心生嫉妒，竟然在上元节的次日，一把火把天堂给烧了。这场火火势很大，连明堂也被祸及，生生烧了一个罄尽。武则天不愿丑事外扬，对外说是工匠的失误，给遮掩过去了。

后来明堂虽经多次修复，但再也没恢复第一次的规模。到了安史之乱，明堂被彻底焚毁。我估计，那尊玉佛很可能就是在这两次浩劫中的某一次，被转移出宫的。

"如果是把玉佛送到长安保管，我可以理解。但为什么要特意把它送到岐山附近呢？难道岐山在唐代有什么特殊的地位？"木户加奈问。我摇摇头，表示这个问题答不出来——事实上，我们此行的目的，正是为了找出这尊玉佛背后的故事。

我拍拍手，起身背起背包，准备继续上路。木户加奈坐在地上，把手抬起来，我

---

① 夹纻是一种塑像的方法，先用泥塑胎，然后用漆把麻布贴在泥胎外面，待漆干后，反复再涂多次，最后把泥胎取空，最后成像不但柔和逼真，而且质地很轻。

握住她的手轻轻一拽，把她拽了起来。谢老道一个人走在前头，我们谈话他从来不插嘴。这个人虽然油腔滑调，其实聪明得很，知道有些事装不知道的好。

我们又在山中跋涉了整整一个下午，从一座高岭的侧面斜插到两片山崖交汇处，沿着一条无比狭窄的崖边向下走去。这里山体断层天然形成一条狭窄栈道，勉强可以走过去，但人必须后背紧贴岩壁，一步步蹭过去。从地图上看，这是一道类似外墙的山岭，突破之后，里侧山势趋缓，就好走多了。

赶在太阳下山之前，我们终于有惊无险地翻过这道山墙，来到一处长满竹子和槭树的山坳。这里地势平缓，适合扎营。这时候谢老道忽然喊了一声，我们循他的视线看去，看到远处的林子里影影绰绰的，似乎有栋建筑。

这个发现让我们吃惊不小，没想到在如此偏僻的地方还有居民。我们谨慎地停住了脚步，想看清楚再说。那建筑的大部分都被竹林和槭树遮挡，只能从轮廓勉强判断，它的体形很小，还不到寻常茅屋的高度。外围树林与草坪没有任何人类活动的痕迹。

谢老道观望了一阵，捋着胡子道："槭树为帐，那不是人住的地方。"

"那是什么？"

他转过头，一脸严肃："那是一座坟。"

我松了口气。在深山里面，一座坟总比一群不知底细的人要安全。我们走近一看，果然是一座坟。这坟墓形制一看就是明代的，坟围用大块青砖砌筑。不过这坟已经被人给盗过了，墓前石碑只剩下一个基座，坟冢像一个人被剖开了肚皮，向两侧敞开，里面隐约可见半扇拱形葬顶。大概盗墓贼觉得这里荒无人烟，所以肆无忌惮，连盗洞也不打，直接挖开了事。

坟墓附近长着高高的灌木与野草，几乎要埋掉一半墓身，没有任何小径的痕迹。说明这地方即使当年有人祭祀，也早已弃之不管了，就连盗墓恐怕都是许多年前的事情。谢老道拿着罗盘看了一圈，说这坟修得古怪，这里无水环山，乃是个枯困局，在这里修坟，成心是不打算让死者安生。

我是个无神论者，木户加奈在日本也是见惯了墓葬的人；至于谢老道，他自称会法术，鬼神不能近身。我们三个都不忌讳，索性就在坟墓旁边扎营，支起帐篷。谢老道说他不用睡帐篷，有块石板就够了。但他年纪不小，我们不太好意思让他露宿，硬是塞了一顶给他。

不过这样就出现一个问题，我们只剩一个帐篷了。我正在为难，木户加奈已经钻进帐篷，把里面的充气垫子铺好，拿出两个睡袋摆直。我暗自松了一口气。

我们走了一天，都非常疲劳。吃过晚饭以后，我和谢老道随便闲聊了一会儿，各自钻进帐篷。我一掀帘子，木户加奈正跪坐在充气垫上，双手放在膝盖上："您回来了。"口气像是一个等待丈夫下班的家庭主妇。她帮我把外套脱了下来，仔细叠成枕头形状，放在睡袋口。我忽然发现，自己竟已慢慢习惯了这种相处模式。

我注意到，她已经脱去了登山外套，里面穿的是件白色T恤衫，胸前的曲线不输给秦岭的险峻，两条白皙的手臂有些耀眼，让整个帐篷里都有一种暧昧的味道。她大概是注意到我的视线落点，面色一红，却没有躲闪，反而轻轻挺起了胸膛。我大窘，顿时有些手足无措。她凝视着我，忽然叹道："许桑，我们离开岐山以后，你打算怎么办呢？"

我知道她是什么意思。我现在理论上是一个失踪人口，五脉只知道我在安阳失踪，就算他们能撬开郑国渠的嘴或者药不然泄密，也不知道我已悄悄潜入岐山。等到我回到北京现身，一定会掀起轩然大波，黄家和药家姑且不论，刘局那里肯定要有一个说法才行。

"如果这次咱们能查清真相，这些小事他们是不会计较的。"

"那黄小姐和药先生呢？"

一听到这两个名字，我沉默了。药不然我还算能交代，黄烟烟却是一根刺。这根刺不深，但很锐利。我告诉自己这是因为黄家才不得已采取的手段，可终究是我欺骗了她。一想到浑不知情的她在郑别村头与郑国渠拼命的样子，我实在不敢想象，她如果知道我骗了她，会有多大的怒气。

"唉，这个到时候再说吧。"我想不出别的办法，只好不去想它。木户加奈抓住我的手："我能感觉得到，五脉对你的成见太深，很难接纳许家回归。等到这次的事情结束以后，我们不如回日本定居吧。木户家不会不欢迎故人之后的。"

"再说吧……哎，对了，东北亚研究所，现在是做什么的？"

"嗯，主要是文物的整理、保存、鉴别工作，说起来，工作内容跟中华鉴古学会差不多。你如果跟我回日本，可以去他们那里任职。"

"咳，那个就扯得有点远了。你说，他们会不会现在也做一些古董进出口生意什么的？"

"那我就不知道了。"木户加奈摇摇头,"你怎么会想起来问这个?"

"随便问问,随便问问。"

我这才想起来缩回手,赶紧钻进睡袋里去。木户加奈摇摇头,没有继续追问,把帐篷里侧拉锁拉好,钻进另一个睡袋。而隔壁谢老道的帐篷里,早已鼾声如雷。

我当天晚上失眠了,脑子里翻来覆去都是木户加奈那个问题。思绪像是把大木杵,把脑子里的睡意像捣蒜一样捣得支离破碎、汁液横流。

大约到了午夜光景,肉体疲惫好不容易快要压服精神亢奋时,我迷迷糊糊听到外头传来一声轻微的金属响动。我顿时睡意全无,轻轻拉开睡袋,隔着帐篷门帘上的透明窗朝外看去,看到一个人影在树林里晃动。

我小时候听反特故事里有一招,找一根细线拉在外头草丛里,细线那头拴在小木棍上,支起一个罐头盒。碰到那根线,罐头盒就当啷一声倒扣下来。晚饭我们吃的是午餐肉,我看到那个空盒子,一时有了玩心,才设了这么一个东西,装完以后就忘了这茬儿,谁也没说——没想到这么个东西,居然真派上用场了。

那个模糊的人影估计也听到空盒子落地的声音了,正打算掉头离开。我侧耳倾听,谢老道在帐篷里呼噜打得正响,肯定不是他,再侧脸一看,木户加奈也在睡袋里睡得正酣。毫无疑问,那是另外的人。一想到在如此偏僻的地方,居然还有除我们以外的人在,我就有些心惊。

我赶紧爬起身来,随手抄起野营用的铝水壶,离开帐篷。今天夜空无云,星月高悬,整个山坳里罩着一层浅浅的灰白光芒。我抬眼这么一看,却看到那人影跑到坟边上那么一晃,消失了。一股凉气从我脚底升起,顺着脊梁骨往上爬。我是无神论者,可这大半夜往坟墓旁凑,确实需要点胆气。我咽了口唾沫,先去帐篷里把谢老道叫醒。

谢老道听我那么一说,一骨碌爬起来,特兴奋,抄起罗盘和金刚杵就走。我本来想问那金刚杵不是佛家法器吗,后来想想,那玩意儿也能防个身扎个人……

无数槭树阴森森地矗立四周,在月光照耀下像直立无声的尸群。谢老道告诉我,这在老时候,叫作骨光,意思是跟死人骨头的颜色差不多的光。这种时候不能走夜路,更不能靠近坟地,有讲究。我说咱们现在可不就在犯忌讳吗?谢老道一拍胸脯:"我会五雷正法,孤魂野鬼近不得身。"

我们俩围着坟墓转了一圈,没看到什么动静。那人影不可能跑开,那么只有一种可能,他钻进坟里去了。这坟头被人挖开过,露出半个拱形葬顶黑漆漆的洞口,宛若地狱的入口。我让谢老道拿起手电对准洞口,然后依次跳了下去,钻入洞里。

洞里只能容一人单向弯腰进入,里头阴气逼人,尽头有两扇青石墓门,石门紧闭,上头还刻着花纹与鸟形。我伸手去推了推,不动,皱起了眉头:"这坟墓被人盗过,为什么墓门却完好无损呢?"

谢老道骇然道:"难道真是鬼?"我摇摇头,手掌慢慢地朝旁边挪去,忽然恍然大悟。

"我知道了,这个墓门是假的!"我叫道。

我告诉谢老道,明代坟墓为了防止别人盗窃,已与前代墓制不同,往往设一假墓门,使盗墓贼得门而不得入内。而真正的墓门,却在别的地方。这个墓门两旁的夯土都是实的,有经验的人一摸就知道不对,估计那些盗墓贼也是挖到这里,发现是假的,就不往下挖了。

"那人能跑哪儿去了?"谢老道环顾四周,兴奋大过紧张。

我问谢老道:"你不是懂风水吗?这里的吉位在哪里?"谢老道手忙脚乱地算了一圈,说吉在东南。他正要往东南方向跑,我拽住了他。谢老道问你不是要去找墓门吗?我急道:"你之前不说了吗?这起坟之人处处都跟墓主为难,那墓门自然不会挑吉位而设,而是反其道而行之,设在相反的东北方才对。"

我们俩离开洞口,来到坟墓东北方向。我眼睛尖,借着月光看到不远处有个微微的凸起。我跑过去,一眼就看到草丛里有一个很不起眼的洞穴,洞口不大,旁边看似随意地垒着几块石头。谢老道一看,就叫起来说这是镇墓石,摆的是北斗七星图。

我走到洞口,大声喊道:"快出来吧!不然我们就把洞口给封住,往里灌烟!"过了半晌,洞里发出窸窸窣窣的声音,好似蛇爬。从那里面先是探出一只手臂,然后露出一张我所熟悉的脸庞。

"许愿,咱们又见面了。"方震脸上挂着淡淡的笑容。

我实在没有想到,在秦岭这个无名古坟里钻出来的,居然是方震。这比从里面钻出一个费翔还要让我惊讶。他是刘局手下的得力干将,身上迷雾缭绕,我从来没看透过他。这样一个神秘人物,居然跑来偏远山区钻进一座坟里,这事怎么想都蹊跷。

在我的注视下,方震从从容容从洞里爬出来,拍了拍身上的尘土,叼起一根香烟:"我本来以为能藏住,想不到你的眼光还不错。"

"你能给我解释一下吗？"

"这个墓口是我刚才发现的，虽然不大，但隐蔽起来很方便。我以前参加对越自卫反击战，猫耳洞比这个还难钻一点。"

"我没问你这个！"我很愤怒，"我问你怎么跑来这里了！"面对质问，方震淡淡看了我一眼，一点也不惊慌："很简单，我一直在跟踪你。"

"跟踪我？"

"你一到岐山，就一直在警方工作组的监控范围之内，从来没脱离过我的视线。"方震轻描淡写地解释道，仿佛在说一件稀松平常的事情。我被这一句话搞得大为震惊，不愧是国家机器专政机关，我自以为像孙猴子一样跳出三界外不在五行中，却没想到还是没逃出如来的手掌心。

谢老道一听他是警方的人，口气又跟我很熟，连忙缩缩脖子，偷偷跟我说："老道我身份证早丢了，不能跟官府的人打交道，先回去看帐篷了。"说完转身离开，只剩下我和方震在林子里。我盯着方震，方震也看着我，两个人都没说话。他此时没穿警服，换了一身灰褐色的帆布登山装，像是某个大学登山队的教练一样，只有表情仍旧是那冷漠、镇静，似乎这世界上没什么事能让他惊讶到动动眉毛。

"这么说，我一离开安阳，你们就盯上我了？"我问道。方震却摇摇头，把视线投向远处的帐篷："在安阳我们把你弄丢了，局里反响很大。后来工作组形成一个意见，认为你和木户加奈之间可能有秘密约定，正赶上她申请前往岐山，我就跟过来了。"

说到这里，方震微微一笑。我却暗暗叫苦，这件事他们弄错了因果，我是到了岐山以后，才跟木户加奈合作，可现在真是跳进黄河也洗不清了。我飞快地转过几个念头，试探着问了一句："这么说，我跟胡哥、姬云浮他们的来往，你也一直看在眼里喽？"

方震不置可否，深深地吸了一口烟，在黑暗中的树林里，烟头显得格外明亮。我最怕的就是这种反应，高深莫测，也不知道他是知道还是不知道，只得轻轻咳了一声："我不是通缉犯，也不是敌特，更没做什么非法的勾当。你又何必躲躲藏藏的？"

"我的任务，是对你们实施保护性跟踪，刘局没让我干涉或探听你们的行动。"方震说。听到这里，我稍微松了一口气。如果他说的是真话，说明他口中的"工作组"只是知道我接触过岐山的什么人，至于我和姬云浮、木户加奈他们谈过什么内容，工作组应该不清楚。

我暗暗看了一眼方震脚上有些破旧的回力球鞋，颇为佩服。同样是保护性跟踪，在县城监控是一回事，在山里追踪却是另外一回事。他只有一个人，既要提防山路险峻，又要在不被发现的前提下紧紧追在我们身后，难度可真不小。他说以前参加过对越自卫反击战，身手果然格外了得。

按常理，这时候方震该会问我"你们来秦岭到底有什么目的"。可是他似乎对这个话题不感兴趣，一点也没有刨根问底的意思，只是专注地抽着烟。我叹了一口气："那你现在既然行踪暴露了，打算怎么办？杀人灭口？"

"没接到这样的命令。"方震平静地看了我一眼，"如果你不介意的话，我希望跟你同行。我的野外经验比较丰富。"

看他那一副理直气壮的样子，我还真没办法拒绝。刘局委托我们调查佛头案，又派遣方震提供保护，我们理论上是一伙的，没理由把他排除在外。我心想这样也好，一切摊在阳光下，至少他不会鬼鬼祟祟地阴魂不散了。

"对了，那边的情况怎么样？"我问道，心中牵挂不已。方震道："郑国渠接受了调查，但证据不足，很快就被释放了。黄烟烟直接返回北京，药不然跟药老爷子说了一声，留在安阳处理家族事务。"

我松了一口气，至少大家都平安无事。

于是我带着他回到宿营地，方震很自觉地找了一处平整的石板睡下了，我在他的注视下硬着头皮钻进了木户加奈的帐篷，心想这可真是越描越黑了。

经过这么一折腾，我反倒不失眠了，一觉睡到天亮。等我醒了以后，发现帐篷是空的，探头出去，闻到一阵肉香。原来方震不知用什么办法打了一只野兔，用竹枝穿起来正烤得冒油。木户加奈和谢老道坐在两侧，手里捧着两节竹节，里头是白花花的米饭，有些拘谨地吃着。

看到我醒了，木户加奈走过来，递给我一条浸着冷水的毛巾。我擦擦脸，跟她用眼神交流了一下，但什么都没说。方震说他只负责保护安全，可当着他的面我们谈话还是会有顾忌。木户加奈在我手心画了"小心"两个字，我点点头，回写道："见机行事。"

我望着有条不紊拆卸着帐篷的方震，心里涌现出一个疑问：以他的老练，真的是不小心被我发现，才被迫现身同行吗？方震的任务只是暗中保护我们，没有必要大半夜冒着被发现的风险接近帐篷。除非……他是必须要接近某一个人，或者必须要拿到什么东西？

很快所有人都吃完了早饭，我们把帐篷收拾停当，准备继续上路。这时方震走过来，交给我一样东西："昨天晚上在那个墓道口捡到的，我不懂，你看看。"我低头一看，原来是一枚黄澄澄的铜钱，上头锈迹斑斑，方孔有破损痕迹。它的正面围绕钱孔刻着四个字："汝南世德"，背面也是四个字，不过被磨损得很厉害，只能看清一个人字、一个心字。

我告诉他们，这叫花钱，是一种民间自用的私铸钱，不能当正钱流通，一般都是婚丧嫁娶时用于纪念或者讨吉利用的，所以上面都会刻一些应景的话。祝寿就刻个"长命百岁"，升职就刻一个"加官进禄"，所以也叫吉语钱。方震捡的这枚花钱，应该是殉葬品中的一片，估计是盗墓贼遗落在墓道口的。

"汝南世德"大概是指墓主的姓氏，不过这四个字可以指的姓有好几个，周姓、陈姓、许姓都可以用。至于后头四个字，就实在难以索解了。我不是考古专业，只是简单地讲了一下。

方震听闻，"哦"了一声，把钱揣进兜里，眯起眼睛望着那古墓不说话。谢老道凑过去讨好道："警察同志，用罗盘不？"方震摆摆手："不用，我不看风水，我是在琢磨，这座古墓是怎么被盗挖的。"他似笑非笑地横了一眼谢老道："我以前做刑侦工作的，职业病。"谢老道身子一颤，态度更加恭敬。

我们这个多了一人的探险队再次上路，方震背着最重的包裹，走在最前面。出发前我没告诉方震我们要找的是什么，他也没问。我只是简单地在地图上把那个点标出来，然后把地图交给他，让他给我们带一条最快最安全抵达的路。

不得不说，有方震这个退伍老兵在，我们前进的速度快多了。日军旧地图在专业人士手里，发挥出了更大作用。他带着我们一路翻山越岭，毫不迟疑；有些极其险峻的地方，他还能肩扛手拽，把我们一一安全地送过去。现在我终于明白，为何前一天他能轻轻松松跟上我们的脚程而不露任何痕迹了，跟这个精于山地作战的老兵相比，我们简直就是一群幼儿园的小朋友去野游。

唯一的遗憾是，有他在，我跟木户加奈几乎没法说话，一路上都沉默得很。

我们在山里又走了一天多，到了第三天下午两点多时，方震告诉我，我们已经非常接近地图上的标识点了。他指着前头几公里外的一座海螺一样的小山道："你们要去的点，就在那座山上。"我手搭凉棚望去，看到那是一座孤峰，与周围连绵的山势显得格格不入，山体孤拔陡峭，岩层褶皱堆叠，如海螺扭转，两侧均向外倾斜，但顶部却颇为平缓，被一片绿油油的植被所覆盖。它有点像一个小号的麦积崖，只是峭壁上没那么多石刻，只有藤萝悬挂。

谢老道拿着罗盘看了一圈，忽然"哎"了一声，颇为疑惑。我问他怎么回事，谢老道说他测定了一下方位，发现这小山与昨天山坳里的坟墓，恰成观望相向之势。我问他什么叫观望之势，老道解释说，观者，看也；望者，守也，然后五行八卦、相乘相侮说了半天，我不耐烦听，让他直接说结论。老道摸摸脖子，说单就那个坟墓自己的格局来看，是个枯困之局；但如果把这座海螺山跟它联系到一起看，那个困住死者魂魄的恶局，反而起到了为海螺山守墓的作用。

"如果那山上有古墓的话，那么昨天那座坟，就是它外围的镇墓，跟帝王陵神道旁的翁仲石像功能差不多，等于是拿死人殉葬守墓。"谢老道说完以后，啧了啧舌头。我们望着那孤独挺立的海螺山，不觉有了一丝寒意。只有方震面无表情，叉开手指就着太阳在测定方位。

我们稍微休息了一下，整装上路。目标近在眼前，大家都精神抖擞，健步如飞，很快就来到了那座海螺山南麓。

海螺山孤立群山之中，远看不算高大，可走到近处，才发现海拔并不低，山顶到地面粗略估计得有两百米。由于地质运动的缘故，这种形态的孤峰山势都特别陡峭，坡度有时候能达到五十到六十度，极端点的地方，甚至是反三十度角，更别说有什么山路了。所以我们事先准备了登山绳索，必要时，估计得攀岩上去。

可是当探险队绕到海螺山的北侧时，都大吃一惊。我们看到，在海螺山的侧面居然有一条栈道，如同一条细小的蟠龙，沿着崖边盘绕而上，往回曲折，直达峰顶。

谢老道走近几步，不由得皱起眉头来："这个栈道，怎么看着有些古怪……"

我问他怎么回事。谢老道说，秦岭自古多栈道，知名的有褒斜道、金牛道，小的更不知有多少，更留下一句"明修栈道，暗度陈仓"的成语。他年轻时候，走过许多次，对各式栈道都很熟悉。他说一般的古栈道，必须要先在峭壁上凿出大孔，平插或斜插粗木大梁，然后在木梁上铺设木板，有时候还要再修葺廊亭以遮蔽风雨。这种修建方式费时费力，不花上几年修不完。

可眼前这个栈道目力所及之处，几乎一个凿孔与木梁都没有，几十条粗大的双股麻绳巧妙地借用凹凸不平的山势，用钩连、悬吊以及杠杆原理让整条栈道浮在半空，看起来更像是一座吊桥。从工程学的角度来说，几乎把借力发挥到了极致，实在是一项杰作。

木户加奈这时脱口而出一句日语，表情变得有些激动。我们三个人都看着她，她用中文说，这种建筑手法她曾经见过，是北海道古阿伊努族人发明的一种叫"库奴"的山梯，用树藤绕过一个个岩壁凸起的支撑点，把木板层层悬吊在山侧，这种方式费时少，所需人手也不多，适用于一些海拔不高且山势复杂的小山。木户有三曾经有过专门的论著，还得过奖。

"这么说，这条栈道，很有可能是你祖父木户有三修筑的？"我脱口而出。木户加奈点点头，望着那栈道吊索，双眼竟有些湿润。

从岐山到海螺山，就算步行绕路，有五天工夫也就足够了。而木户有三和许一城在这里足足消失了两个多月，这是我一直想不通的一件事。现在看到这库奴栈道，我猜很可能这一个月时间里，他们两个人——或者是三个人——在木户有三的主持下搭起了这条栈道，好爬上山顶。

可这样就有另外一个问题：海螺山不是什么难爬的山，用普通的登山设备足以保证他们登顶。何必大费周章修这么个阿伊努族的栈道来？要么是他们想运什么东西上去，要么是想把什么东西运下来……

"看来只有到了山顶，才知道答案。"

我迈步朝前走去，却被方震按住了肩膀："你不能过去，这条栈道年久失修，绳索和木板恐怕都已经糟朽，贸然上去太危险了。"木户加奈也补充道："方桑说得没错。库奴栈道的耐久性很差，阿伊努族都是把它当作临时通道来使用。即使我祖父用的材料再好，这么多年过去了，也不能保证它还能安全使用。"

"那怎么办？还是按原计划攀岩而上？"我有些焦虑。

方震没有回答，走到栈道的入口处，抬头观察了半天，用脚踏了踏木板，又用手晃晃绳子，回头说道："这条栈道是分段的，每二十米有一套独立的绳索系统悬吊。等一下我走在前面，你们跟在我后面二十米。直到我确认脚下的一段是安全的，你们再前进。要注意，只踩我踩过的木板。"

他自告奋勇，让我忽然感到很过意不去。这件事太危险了，带路的人稍不留神就会丧命。我说："老方，你没必要跟我们上去。"方震淡淡地笑了笑："这是任务。"

我没有别的更好的办法，只得同意这么做。方震一指谢老道："你在下面看着，万一上面发生什么事，好尽快通知别人。"谢老道看起来很怕方震，只得悻悻同意。

我们把重的行李都搁在山下，交给谢老道看管，身上只带了一点点食物和全套登山绳索、登山钩，木户加奈还挎了一台迷你相机。方震在前，木户加奈在中间，我在最后，三个人战战兢兢地踏上了栈道。

这一路的惊险自不用说。这条古老通道已经在山莽中隐藏了六十多年，每走一步都会发出令人心惊胆战的吱呀声，摇摇晃晃。我们三个人为了取得重量上的平衡，彼此隔得很远，每走一段就挂一个安全钩在岩壁上，以避免吊栈突然坍塌。我全神贯注地盯着脚下的虚空，双腿有些发软，想到六十多年前，我的祖辈和木户加奈的祖辈也是这样一步步踏上山顶，感觉有一种时空穿梭的奇妙感。

"如果我失足掉了下去，不知道会有谁为我哭泣。"我脑海里忽然闪过这么一个念头。这个世界上，能够为我伤心的人都不在了，只有木户加奈？或是黄烟烟？对她们我都没什么特别大的信心。

海螺山海拔不过两百米，我们爬了一个多小时，才算有惊无险地抵达山顶。到了山顶以后，我们三个都累得气喘吁吁，小腿肚子因为过于紧绷而酸疼不已。我气还没喘匀，就被木户加奈一把抓住胳膊。她的指甲几乎掐进我的皮肤，刺痛不已。

我顺着她的目光看过去，看到在我们面前是一堵两米多高的砖墙，在下午的阳光下显得格外高大。在如此荒凉、如此险峻的山顶，居然突兀地出现这么一面人造的东西。我不由得屏住呼吸，眯起眼睛端详起来。

这一看，越看越觉得熟悉。我看向木户加奈，她激动得连连点头，表示我没看错。我连忙从怀里掏出一张照片，拿到眼前。果然，许一城和木户有三的那张合影，背景正是这堵砖墙。虽然历经这么多年，城墙侵蚀风化，破落不堪，但大体模样仍在，只是砖隙间的青草多了。我们一直以为那张照片的拍摄地点是某一处隐秘的平原古城，却没想到坐落在这么高的山顶之上。

栈道和照片都毫无疑义地证明，木户和许一城在1931年的秘密考察，就是以这个山顶为最终目标。我们虽然已有了心理准备，但当真相近在咫尺时，还是有一种惶惑与兴奋。我甚至可以听到木户加奈咚咚的心跳声。

这堵墙壁不太长，只有五六米，然后就朝里侧拐了过去，像是把什么东西给围住了。方震靠在墙下，点起了一支烟，悠然望着远处群山，对如此离奇的场景毫不动心，甚至不肯多挪一步去看看。诚如他所言，他只是来负责我们安全的，其他的事都没兴趣。

跟他相比，我和木户加奈的好奇心已经强烈到要爆炸了。我们三步并作两步，飞快地绕过墙，看到在另外一侧的围墙正面是一座已经呈半坍塌状的石门。我们穿过石门，停住了脚步。

这里距离胜严寺的大日如来恰好十五公里，正是卢舍那佛的假定供奉点。可是，我们既没看到对供的卢舍那佛，也没看到谢老道说的什么坟墓。

在我们眼前的，是一座破败小庙。这庙太小了，甚至不及农村里随处可见的土地庙规模。与其说是庙，倒不如说是一座石砌的落地神龛。神龛上头是云拱形状，阴刻着一块石匾"义在春秋"。龛内供有一尊半人高的铜像，丹凤眼，及腰长髯，手中一把青龙偃月刀。

这是一座关帝庙。

古董局中局1

第八章

真假古董的密码

我万万没想到，在这个预计供奉着卢舍那佛的地方，居然不是寺庙，不是佛龛，而是一座关帝庙。

只是这关帝庙，看上去说不出的古怪。木户加奈抓住我的胳膊，喃喃道："这样的建筑风格，我好像在哪里见过……"经她一提示，我很快注意到，这座迷你关帝庙，在各种细节上都显得与众不同。比如它的纹饰与檐角龛前的曲度很大，墙沿里都塞满了断面齐整的菇莎草①，看上去像嵌了一条棕红色的饰带——这很接近藏区的庙宇风格。

我凑近两步，看到那尊关公铜像，虽然衣饰穿着还是汉地风格，但脚踩着的坛座，却是一朵曼陀罗花。一看到这花，我心中一惊，连忙让木户加奈原地等着，然后绕到这半庙半龛的背后。果然，在庙龛的背后，我发现了一座已然倒塌的石刻经幢②，不过幢顶、幢身和基座三节还算分得清楚。

经幢这种东西，是唐代中期出现的。当时的人相信经幢里蕴含着无边佛法，可以避邪消灾，镇伏恶鬼。这经幢有一个八角形须弥座，幢身可见曼陀罗花的纹饰，显然是密宗的东西。

也就是说，这是一座密宗风格浓厚的庙宇，里头供着一位关公。

我忽然有一种电视换错了台的感觉，《射雕英雄传》里的黄蓉跑到《上海滩》，去跟许文强谈恋爱。

---

① 汉族俗称万年蒿，是一种产于北方高原的茅草，常被用红土色染过后，装饰在藏式建筑的墙体上方，作为饰带装饰。
② 幢，原是中国古代仪仗中的旌幡，是在竿上加丝织物做成，又称幢幡。由于印度佛教的传入，特别是唐代中期佛教密宗的传入，开始将佛经或佛像书写在丝织的幢幡上，为保持经久不毁，后来改书写为刻在石柱上，因此称为经幢。

我愣了愣，忽然想到，按道理经幢上应该都有立幢人的姓名，急忙蹲下身子仔细去看，发现刻字已经没了，只能依稀看到一个"信"字和下面"谨立"二字，其他信息都付之阙如。

上面只有汉文没有藏文，这可以理解。如果这关帝庙是跟武则天的玉佛头属同一时期产物的话，在那个时候，藏文刚刚诞生没多少时间，还没流行开来。

我观看良久，回转到庙前头来。木户加奈正在给那尊关羽像拍照，她看到我走回来，问我有什么发现。我摇摇头，木户加奈指着关公道："这个应该就是蜀汉的武将关羽吧？"

"是的。"

"为什么这里会出现关公？它和我们在胜严寺里看到的那半截石像，有什么联系吗？"

我否认了这个说法。胜严寺那个关公像，最多是清代的东西，跟这个关帝庙年代差得远着呢。再说，自从神秀把关羽提升为佛教护法神以后，中土庙宇的关羽像随处可见，不能说明什么问题。

木户加奈从口袋里摸出一只胶皮手套戴上，伸手去摸关公像，从头到脚摸得相当仔细，还用一把小尺子去量。过了十分钟，她回过头来对我说："这尊青铜像差不多有一千多年历史。"

"哦？数字能估得这么精确？"

"嗯，我是从铜像表面的锈蚀厚度推测的。你看，这锈蚀面层叠分明，分成好几个层次，蚀感均有细微差别。有一个估算的公式。"木户加奈回答，一涉及专业领域，她的语气就不再腼腆。

我笑道："我倒忘了，你有篇论文就是讨论这事儿的。"

我记得在木户加奈的简历里，曾经发表过一篇试图把文物包浆量化的论文，很有野心。她既然能写这种内容的东西，对古董的鉴别肯定是有相当的自信。

木户加奈道："这并非全是我的成果。我的祖父木户有三才是这个理论的最早提出者。"

我看她说得非常自豪，一时不知该怎么回答。她不知道，这尊关公像可不是真品，它应该是1931年6月在岐山诞生的，制造者正是郑虎。

我忽然想到，这铜像是民国产物，身上锈蚀却这么厚，明摆着是故意做旧。许一城找郑虎造这么个东西，肯定是打算设局骗木户有三。那些看似古旧的铜蚀，不仅骗过了当代的木户加奈，恐怕还骗过了几十年前的木户有三。

如果这个推测成立的话，那么许一城和木户有三的探险之旅，其意味就和公开历史变得大不一样了，变成了一场骗局，许一城是设局者，而木户有三是受害人。

可是，为什么是关羽呢？这个符号在佛头案里有什么特定的意义？

木户加奈看我发愣，双眼充满了疑惑："是不是还有什么事我不知道？"她说得非常委婉，但我能感觉到语调里淡淡的伤心。她似乎觉察到我有事情瞒着她，女人的直觉，还真可怕。

我犹豫了一下，还是把青铜关羽的故事说给她听了。既然她已经向我坦承，如果我还继续藏着掖着，就太不爷们儿了。我说完以后，木户加奈脸色变了三变，看来她也意识到了，自己鉴定这青铜像的错误，祖父在几十年前也犯过一次。

她轻轻抓住我的胳膊，长长叹息道："您怎么……不早告诉我呢？我们不是说好了吗？夫妻之间，不需要再隐瞒什么。""呃……"我不知该说什么好，脸色有些尴尬。木户加奈露出一脸受伤的表情，眉宇间有挥之不去的失望神色，这让我心生歉疚。我想去牵她的手，她却躲开了："您还有什么事没对我说？"

"没了，真没了。"我连声道。可惜这种解释有些苍白无力，木户加奈的疑惑没有因此而消退。她松开我的胳膊，低声道："我去后面看看。"然后走到庙龛后头去看那个倒塌的经幢。

面对这无声的抗议，我没追上去解释，我自己也不知道该解释什么。她离开以后，我晃晃脑袋，继续端详那尊关公像。郑氏的手艺确实精湛，若非我事先知情，也要以为这关羽铜像是唐代之物了。这种伪造水准甚至比郑国渠他们都强，不拿精密仪器检测，可真看不出来。

我伸手去摸它，忽然发现那尊关公像稍微晃动了一下，再一掰，差点把它从坛座上掰下来。我仔细看了一眼连接处，有微小的焊接痕迹，还有不贴合的微小空隙。也就是说，这关公像和这坛座本非一体，而是后加上去的。那么原来摆在坛座上的，是什么？是那尊与胜严寺对供的卢舍那石佛，还是则天明堂的玉佛？

我盘坐在关公铜像之前，闭上眼睛，努力把自己化身为爷爷许一城，想象他在这里会看到些什么，会做些什么，会想些什么。在同一个地点，祖孙两代人发生了神奇的交会，我把自己置身于几十年前那场迷雾之中，努力拨开微尘颗粒，要看清内中轮廓，找出我爷爷真正的用心。

也许还有我父亲的。

不知过去多久，我"唰"地睁开眼睛，站起身来绕到庙龛的后头。在那里，木户加奈正用一个专业小毛刷在刷着经幢表面，试图分辨出更多文字。

"不用看了，我刚才看过，上面刻的是陀罗尼经的经文。"我走过去告诉她。木户加奈却不肯抬头，继续默不作声地刷着。我把手搭在她肩膀上，她扭动身子试图挣脱。我叹了口气，对她说："你如果要恨我，可以先等一等，请让我先把东西挖出来。"

木户加奈抬起头，先愣了一下，随即苦笑一声："原来您还有更多的事没说。"

"不是不是……"我意识到自己说错话了，赶紧往回找，"我是刚刚看到那关公像，才想起来的。如果我说假话，就让我下不去这海螺山！"木户加奈将信将疑，但还是直起身子闪开了。

这个石质经幢个头不小，好在已经摔断了。它的经幢基座半埋在土里，我掏出一柄小铁铲，把周围的土都挖开，一直挖下去大约三十厘米深，终于看到了基座的根部。我把整个基座连同根部拔出来，放到一边，继续往下挖去。不过我挖掘的方式有些奇怪，先把坑壁都铲上一圈，再往下挖深，然后再铲再挖，很快出现一个颇为标准的圆柱形坑。

木户加奈见我的行动如此古怪，忍不住问道："您到底在挖什么？"我停住手，咧开嘴："你不生我的气了，我就告诉你。"木户加奈面色一红："我又没有生气。"我抬手拽住她胳膊，沉声道："对不起，我忘了跟你说青铜关羽的事情，原谅我吧。"木户加奈"嗯"了一声，我问这算不算原谅，她又"嗯"了一声。我说那你笑一笑就算原谅了。木户加奈抽动嘴唇，露出一个无可奈何的笑容。

腻歪完了，我告诉她："我是在挖一个东西，和我们关系非常密切的一样东西。"说完继续挥舞着铲子，木户加奈被我的话勾起了好奇心，也来到坑边观看。我又挖了一会儿，一铲到底，忽然发出铿锵的声音。我用铲子拨开虚土，露出了大坑底部坚硬的花岗岩层。

"什么都没有。"木户加奈失望地说。

"我看不见得。这没有，其实就是有。有，其实就是没有。"我咧开嘴笑了。木户加奈困惑不已。我用铲子敲了敲圆坑的边缘："你看看这边上是什么？"我已经把坑里的泥土都挖干净了，木户加奈低头看去，发现这坑壁一圈，也是和底部花岗岩同样的质地，形成一个很精致的圆柱形岩壁坑洞。

我把铲子插到旁边如小山一样的土堆中，说道："海螺山这种山体，是由造山运动挤压而成的，主体是花岗岩。在这样一座山的山顶，竟然能挖出这么深的泥土，是件不可思议的事情。更不可思议的是，这个泥土层的大小，恰好是一个圆柱体，周围都是岩层，这说明什么？"

"……这个坑洞，是人为刻意凿出来的？"木户加奈很快就反应过来了。

我点点头："不错，很可能就是建造这座关帝庙的人干的，目的是把经幢埋下去固定住。可是这就产生了另外一个问题。"

我拿起木户加奈的尺子，丈量了一下："经幢埋在土里的根部长度是三十厘米，而这个坑，却有八十厘米高。这里的花岗岩这么硬，凿起来费时费功，那些工匠为什么要费这么大周折多挖五十厘米深呢？"

"除非……"木户加奈迟疑道。

"除非他们在经幢底下，还要放件东西。这件东西的高度，大约就是五十厘米。"

木户加奈眼睛霎时睁大。从现存于世的玉佛头可以推算出，则天明堂玉佛的全身高度，恰好就是五十厘米。她的身子微微颤抖，这个发现意义太大了。它证明我们一直苦苦追寻的则天明堂玉佛，至少在很长一段时间内，静静地埋藏在这个经幢之下，沉睡在这秦岭群山之中。

木户加奈蹲下身子，把手伸到洞里去，试图抓一把泥土上来，仿佛要感受一下那玉佛跨越千年残留下来的一点点痕迹。她沉默良久，开口问道："你是怎么想到的？"

"很简单，经幢上刻的是陀罗尼经。陀罗尼是梵语'总持'的意思，也就是法，正好代表了法身佛的毗卢遮佛。而佛家喜欢在各类塔类建筑底下埋下法器、祭器——比如法门寺的地宫——所以我估计经幢下一定会有东西。"

"可是……与胜严寺对供而立的，难道不该是卢舍那佛吗？"

我指了指前头："原本应该是有的，那尊卢舍那佛本该坐在庙内坛座上——但不知为什么，那坛座被人给换上了关公像，至于卢舍那佛像，恐怕已经被毁了吧？"

我们意识到，几十年前，在这个山顶上，在那个关键的时间交汇点，有着至今所有故事与因果的解释。许一城、木户有三和那个神秘的"姊小路永德"之间，一定发生了什么事情，导致他们挖出了经幢下的玉佛，毁掉了庙里的卢舍那佛，换了一尊关公像上去——那关公像，一定代表着非凡的意义。

就在我们的思路陷入僵局之时，外面忽然传来一阵脚步声。我们回头一看，看到方震站在那里。我问他怎么进来了，方震不动声色地说："栈道断了。"

我们顿时大惊失色，忙问他到底怎么回事。方震回答说他刚才听到几声噼啪声，栈道的绳子开始剧烈摇晃。他本来想走下去看看，可是栈道摇摆幅度太大了，根本无法立足。摇动持续了五分钟左右，几乎所有的木板塌落，只留下几截绳子。

"会不会是突然起了一阵大风？"木户加奈问。

"怎么会这么巧，六十多年来刮风下雨栈道都没坏，偏偏在我们来的时候，却被风吹毁了？"我不认同她的猜测，直觉告诉我，事情没那么简单。

方震叼着烟卷没吭声，没有确凿证据之前，他很少会发表意见，一双锐利的眼睛不断扫视着山崖下方。

比起搞清楚栈道被毁的原因，还有一个更现实的麻烦：我们要怎么下去？

这个问题是相当严重的，海螺山说高不高，说低不低，四周峭壁几乎都是九十度角。如果没有栈道，仅凭我们带的那几截登山绳，根本没法下去。

"谢老道在下面知道这件事吗？"我忽然想到，"咱们可以喊喊他。"

方震不爱说话，木户加奈天生嗓音细小，这个大喊的任务只能交给我了。我在腰上绑了绳子，一头让方震拽着，然后一步步蹭到悬崖旁边，探出头去，气运丹田，放声大吼。这里群山环绕，回声阵阵，海螺山高度又不是特别高，如果谢老道还在山下，没理由听不见。可是我喊得嗓子都哑了，下面还是一点动静都没有，只得悻悻缩了回来。

此时已经是下午五点半，还有一个多小时太阳就会落山。我们三个既没携带给养，也没带帐篷，在山顶过夜会很危险。方震围着山顶转了一圈，看他的表情，也没有什么办法。我坐在一块石头上，木户加奈就在旁边，朝我的身体贴了贴。

此时远方的日头开始西沉，这是我第一次看到秦岭的落日，晕红的圆形缓缓浸入青灰色的山脉之间，那番场景，就像是把一面烧至赤红的汉代铜镜淬入冰冷的水中，就连周边的云霓都变得红彤彤一片。

木户加奈凝视着远方的落日，默不作声，一瞬间我还以为她睡着了。她却嚅动嘴唇，喃喃轻言："我小的时候很淘气，家里有几栋明治、大正时期的木质老建筑，是我最喜欢去的游乐场。有一次，我爬上了一间旧屋的房梁上玩，无意中发现在房梁上有一处暗格，里面藏着一本笔记。我高兴得不得了，手舞足蹈，一不留神，却把梯子踢倒了。那栋建筑隔音效果很好，位置又很偏远，无论我怎么大声呼救，别人都听不到。我就那么攥着笔记，惊慌地蜷缩在房梁上，等待着被大人们发现……"

"木户笔记，原来是你找到的？"

木户加奈点点头，把头埋到我的臂弯："那时的我一个人站在被隔绝的高处，感觉非常害怕，也非常孤独，只有那本笔记陪伴着我，给了我力量，一直到我获救。我始终认为，那是祖父寄寓在笔记里的灵魂。他保护了我，也选中了我来完成他的夙愿……"

大概是这相似的场景触动了她的童年阴影，木户加奈的情绪有些不稳定。我只得把她搂在怀里，慢慢抚摸她的头发。她忽然问道："如果我死了，你会不会难过？"

"别胡说，咱们谁都不会死。三个大活人，还能被一座小山困住？"我轻声斥道，拍打她的头。

木户加奈把头抬起来，竟已是泪流满面。她摇动着我的手臂："你还不明白吗？我们找到了祖辈们留下来的痕迹，然后身困绝境。完全相同的场景啊，你听到了吗？这是轮回，这是宿命。我们的祖父，一定在这附近看着我们！"

听到这里，我的脑子里只剩下她的一句话不停回荡："祖辈留下的痕迹……祖辈留下的痕迹……"我搂住木户加奈，闭上眼睛，隐隐发现，我之前忽略了一个很关键的次序。

1931年6月，许一城和郑虎来到岐山，铸造了青铜关羽，郑虎离开；然后在7月，许一城和木户有三，还有神秘的"第三人"前往海螺山搭起库奴栈道，登顶找到玉佛。由此可见，许一城应该是在6月到7月之间，把故意做旧的青铜关羽带上了海螺山，替换掉了卢舍那佛像，然后才下山跟木户有三会合。

换句话说，在库奴栈道修成之前，许一城有另外一个上下海螺山的通道——而且这条路还很稳固，否则不可能把那么沉重的青铜关羽像弄上去。

这条路肯定已经不在了，但至少给我们提供了另外一种可能。我站起身来，安抚了一下木户加奈，找到方震，把我的想法跟他说了。方震沉思片刻："的确有这种可能，不过我刚才仔细地勘察过周围山崖，没发现任何栈道以外的痕迹。"

我失望地叹了口气。方震忽然开口："你看过《福尔摩斯探案集》吗？"

"看过电视。"

"有时间可以看看小说，写得很不错。"方震的语气从容不迫，"福尔摩斯在里面说过一句话：当你排除掉一切不可能以后，剩下的即使再离奇，也是事实。"

我们两个不约而同地转动脖颈，看向那座小小的关帝庙。此时夜幕降临，那没有半点香火的小庙看上去格外落寞。我们相视默契一笑，一齐走到那关帝庙里，把青铜关羽像取下来，又搬开坛座。我就着落日余晖看了一圈坛座底下的地面，冲方震做了个确认的手势。

庙里的地面是用一尺见方的石板铺就，板隙处和外墙一样，塞满了用红土染过的菇莎草，形成的红色格条颇有藏区风格。菇莎草染成红色以后，历经千年都不会褪色，但根据时间长短，颜色会有微妙差异。我看到，有几块石板条隙之间的颜色与别处有细微的差异，应该是被掀开以后再铺回去的。

"石板底下难道有密道？"我喃喃自语。方震却是眉头一皱："不对，如果底下是通道的话，那么只需要两块石板遮掩就够了。而眼前变色的石板，却排列成了一个狭长的条状，从小庙一直延伸到两侧的墙底下，又扁又长。谁会把密道挖成这副模样？"

"不管那么多了，全都掀开看看！"

我和方震猫下腰，开始一块块把石板掀起来。木户加奈呆呆地看着我们热火朝天地拆迁，不明就里，我也顾不上解释，因为天马上就黑了。

石板下是松软的泥土，质地跟经幢下那个藏佛洞里的土质完全一样。把这些泥土拨开，我和方震发现，底下是坚硬的花岗岩山体。但是在坚硬的岩面之间，有一条长长的大裂缝，裂缝横着贯穿了整座小庙，恰好被那几块石板盖住。以比喻来说，海螺山的山体从山顶往下豁了一个大口子，然后被人用泥土和石板当创可贴给封住了。

我和方震谁都没想到，庙底下居然藏着这么一条大裂缝，实在超乎想象。不过这裂口虽长，宽窄却不能容人下去，不可能作为密道使用。

方震观察了一下它的深度和长度，告诉我说，这很可能是某次地震时，把这座海螺山震裂开来的痕迹。不过因为它特别的地质结构，裂缝是从山体中间开裂，外部峭壁没有明显裂口。方震绕到小庙墙外，俯身去挖，果然在一层泥土之下，也找到了那条裂隙的延伸，而且裂口颇大，可勉强容一个成人下去。我探头看去，下面黑漆漆的，深不可测。

方震少有地用自责的语气感叹："攀登之前，我就发现海螺山的两侧倾斜的角度有些古怪,早该发觉这中间有问题。"

"难道说,之前他们是从这里爬上来的?"我忍不住问。

"山脉本身的内部,存在着无数空洞,如果这条裂隙裂得比较巧,与其中的一些空洞相接,就有可能构成通道。"方震说完,划了一根火柴,丢到裂隙里去。火柴落下去不一会儿,就撞到岩石熄灭了。我们在这短暂的时间里,看到裂隙深处两侧岩石高低不平,看起来怪石嶙峋,不过倒适于攀爬。我们没有别的选择,只得从这里下去碰碰运气。

我把情况告诉木户加奈,她表示只要跟着我,去哪里都可以。本来我们还想把青铜关羽像搬走,但考虑到风险,还是暂时把它留下了。人活下去才最重要,文物以后随时可以来拿。

这条裂隙比想象中容易攀爬,左右凹凸的石柱成为天然的扶梯,裂隙忽宽忽窄,总在我们担心无路可下时,突然别有洞天,豁然开朗。大自然的景观真是奇妙,这海螺山就像是一个核桃,被磕开了一条裂缝,虽然外壳保持完整,但只消把核桃的两边一捏,外壳就会朝两侧脱落,露出核桃仁。也不知古人是怎么发现这么一处洞天福地的。

我一边往下爬去,一边在脑海里复原着当时许一城的举动。

他先是请郑虎铸好了关羽青铜像,然后跟"第三个人"来到海螺山,顺着这条大裂隙爬上去,替换掉了卢舍那佛。然后他们把坛座放好,石板铺回原样,然后从围墙外的裂隙爬下去。等到木户有三跟着许一城到海螺山时,许一城故意隐瞒下这条裂隙的存在,跟他一起搭起库奴栈道。到了山顶,木户有三的注意力肯定先被那小庙吸引,许一城或"第三个人"趁机把墙外裂隙遮掩掉。

这样一来,在木户有三眼中,海螺山就成了自唐代兴建之后再无人涉足的封闭之地,上面的青铜关羽像也就顺理成章地被认定是唐代之物。许一城处心积虑设下这么一个局,到底是为什么呢?如果这一切都是骗木户有三的,那么他们在海螺山顶发现的玉佛头,其真伪可就很堪玩味了。

我们花了三个多小时,总算有惊无险地到达了底部。这期间唯一的意外,是木户加奈不小心踩空了一脚,差点直接摔下去,被方震眼疾手快拉住了,但他自己的右腿受了伤。我们从一个隐蔽性极好的地洞里钻了出来。洞口被一大片大树的根须遮挡,几乎不可能被发现。我们都长长地出了一口气,这条裂隙可真是条天造地设的好通道。

我们打开手电,从地洞口绕到出发的栈道位置,无不大吃一惊。

在我们眼前,帐篷等物资都扔在山脚下,一截断掉的栈道从半空垂下来,谢老道趴在正下方直挺挺地一动不动,头和身体弯成一个奇怪的角度。他的那个罗盘丢在不远的地方,摔得四分五裂。

方震走过去检查了一下,说他已经死了,死因是高空坠落导致脖颈折断。我一拳捶在地上,心中痛惜不已。谢老道和这件事其实半点关系也没有,他只是想赚点小钱,想不到把命给赔上了。

现在看来,大概当时的情况是:谢老道不知吃错了什么药,忽然也想爬山。结果他刚走上栈道几十步远,赶上山风吹来,栈道摇晃不已。他心一慌,从山上跌落下来,连带着把栈绳也扯松了,最终导致了整条栈道的坍塌。

我正在嗟叹不已,方震却拖着一条瘸腿悄悄走到我身边,眉头紧皱。他环顾左右,用前所未有的严厉语气说道:"谢老道的死,不是意外事故,是他杀。"

听到方震的话,我倒吸一口凉气,顿时觉得周围温度又降低了几度。一个活生生的人,刚刚变成尸体,而现在又被发现是他杀。在黑影幢幢的深山里,这可不是什么好消息。

"首先,如果他从摇摆的栈道上跌下来,以这个高度,不可能正好落在正下方,应该偏离两到三米。"方震慢条斯理地分析道,"其次,这栈道这么难爬,会有人在爬的时候手拿罗盘?最后,也是最重要的,摔死的尸体不是这么流血的,尸斑形状也有差异。"

"你的意思是……"

"我看是谢老道遇害之后,凶手对现场进行了摆放。如果我们认定他是高空意外坠落,就上了凶手的当了。"

他不愧是老刑侦,仅从现场分析就得出了结论。

"那凶手在哪里……"我惊恐地看着周围的黑暗。方震道:"凶手的目的,应该是把我们困在山顶。他既然不知道裂隙的存在,估计已经离开了。"我沉默不语。这个凶手和方震一样,一路尾随着我们,处心积虑,其目的一定与佛头有关系。我一直觉得,在暗中有什么人在注视着自己,无论是在北京、天津、安阳还是岐山,这种如芒在背的感觉挥之不去。长久以来的不祥预感,现在终于变得清晰起来——我们即将接近真相,他终于决定动手。

我忽然起了疑心,莫非是方震事先有所察觉,才会主动现身来保护我们?

不过我没问他,问了也是白问。他如果认为你可以知道,会主动告诉你,否则打死他也撬不出什么消息。

"我们该怎么办?"

"就地扎营,明天再走。"方震说。

木户加奈看起来吓得不轻。这一天晚上,我陪她在一个帐篷里,聊了很多东西。我的童年、她的童年,我的家族、她的家族。方震一夜都没睡,一直到半夜,我还能听到他起身巡逻的脚步声,不由得对这位老兵充满了敬佩之心。

次日清早,方震借着太阳光把谢老道的尸体做了仔细的检验,记录下来,然后就地掩埋。他没亲戚也没朋友,除了我们恐怕没人会在乎他的生死。我甚至连他的名字都不知道,只得写了个谢老道之墓的木牌,支在坟墓面前。木户加奈在坟前为这位道士念了一段往生咒,我知道谢老道不会介意。

在方震的带领下,我们只花了两天多时间就走出了群山,再次回到岐山县。一进县城,方震先行离开。我则给姬云浮拨了一个电话,电话却是个陌生人接的,自称是姬云浮的堂妹姬云芳。我问姬云浮在不在,对方迟疑了一下,问我是谁,我说是他的一个朋友,对方告诉我,姬云浮在昨天突然心脏病发作,去世了。

一个晴天霹雳直接打了下来,我几乎握不住话筒。

姬云浮也死了?

这怎么可能?

姬云芳告诉我,姬云浮有先天性心脏病,所以几乎没离开过岐山。昨天有人来找他,发现姬云浮伏在书桌上,身体已经变得冰凉。法医已经做了检验,没有疑点,尸体已送去殡仪馆。

我闭上眼睛,心中的痛楚无可名状。我不相信他是心脏病死去的,我也不相信谢老道是自己摔死的。他们两个的死,包括我们三个遭遇的危险,都发生在接近真相之时。幕后黑手的打击来得又快又狠,连反应时间都不留给我们。

"那他死时有没有留下什么东西?资料、字条或者笔记什么的。"我颤抖着声音问。

姬云芳颇为无奈道:"他留下的东西,可太多了……"

她说得没错，姬云浮的藏书太丰富了，光是资料就有几大屋。但我想问的，是他跟戚老头合作破译的那本木户笔记，是否已经有了结果。我的直觉告诉我，他的死，和那本笔记有着直接联系。

　　但这些东西，姬云浮的堂妹都是不知道的。我也不想告诉她，怕她也会因此而遭毒手。

　　我问可否在方便的时候去姬府凭吊，姬云芳答应了。

　　我放下电话，把这个噩耗告诉木户加奈，她也震惊到说不出话来，连声道这怎么可能这怎么可能。我摇摇头，只觉得浑身力气都被抽走，气短胸闷。这郁结在胸中越积越多，我不由得大叫一声，一拳重重地砸在墙上，深深地感觉到自己的无力。两行热泪，缓缓流出。

　　姬云浮与我交往时间虽短，但一见如故，他是好朋友，是好前辈。没有他抽丝剥茧的分析与资料搜集，我们断然走不到今天这一步。我信任他，就如同我父亲信任他一样。可他却因为这件与自己本无关系的陈年旧事，枉送掉了性命。这让我既愤怒，又愧疚。

　　祖父的命运，我无法改变；父亲的命运，我也无法改变；现在对一个朋友的命运，我还是束手无策。我在这一瞬间，真的无比惶惑，不知道自己的这些努力，到底能改变什么。

　　我颓然坐在地上，失魂落魄。木户加奈拼命叫着我的名字，摇动着我的手臂，我却无力回应。木户加奈突然出手，给了我一记又响又脆的耳光，打得我左半边脸热辣辣的一片。

　　"振作一点！我们得尽快去找戚桑！"

　　她这一巴掌，让我的眼睛恢复了神采。对了！还有老戚头！他才是破解木户笔记密码的主力！

　　我霍地站起身来，拼命搓了搓脸，勉强打起精神。木户加奈就近买了两辆自行车，我们两个直奔老戚头住的平房区骑去。当我们快到时，远远地看到黑乎乎一片，我心中狂跳。等骑到了附近，我们发现那一片平房已被烧成了废墟。

　　我向附近的居民询问，他们告诉我，前天这里闹了一场火灾，从老戚头的家里开始燃起，波及了附近几十户人家。消防队赶到时，火势中央的几处房屋已经烧成了白地。老戚头和能证明哥德巴赫猜想的那几麻袋稿纸，就这么付之一炬。

看到这番情景，极度愤怒反倒让我冷静下来。我放倒自行车，蹲在废墟前，扫视着那一片废墟。老戚头是前天被烧死，而姬云浮是昨天才发病身亡。这个次序表明，幕后黑手先是烧死老戚头，然后发现姬云浮已经拿到了破译的结果，不得不第二次下手，杀死了他，拿走或毁掉了木户笔记译文。

但是，以姬云浮的智慧，不会觉察不到老戚头的死因蹊跷。两个人的死相隔了差不多一天，在这期间，姬云浮会毫无准备坐以待毙吗？

我看不见得。

想到这里，我站起身来，跨上自行车，对木户加奈说："我送你去找方震，在那里你会比较安全。"

"那你呢？"

"有些事我必须要去做。"我咬着牙。

我把木户加奈送到方震那里，他听到这两个消息以后表示，当地公安局已经介入，他会尝试多拿到些资料。我安顿好木户加奈，骑着自行车直奔姬家大院而去。

姬家大院不在县城，而是在北边的郊区。我凭借着记忆骑了半个多小时，顺利找到了他家的大门。姬云浮是当地文化界的名人，他死才没一天，已经有人给送花圈来了，门口摆了好几排。

我敲了敲门，里面一位中年女性走出来，她戴着黑框眼镜，很像严厉的小学老师，她应该就是姬云浮的堂妹姬云芳。我对她说明来意，想瞻仰一下姬云浮的书房，她讥讽地看了我一眼："今天有好几拨人来拜访，嘴上都是这么说，你们都是看中了他的收藏吧？"

我正色道："我与姬先生认识还不到一周，但一见如故，这才到此缅怀。对于他的心血收藏，我绝无任何觊觎之心。进了屋子我若妄动一物，您直接把我赶走就是。"

她看我说得诚恳，态度略有软化，把门打开了。她带我走进书屋，屋子里还是那一副纷乱的样子，铺天盖地都是书，幻灯机和无线电台依然摆在原来的位置。她边走边说："云浮的东西，我一点都没动，还保持着生前的次序。我这个堂哥，就喜欢把东西扔得乱七八糟，连分类都不分，整理遗物可麻烦着呢。"

我微微一笑。姬云浮的东西，绝不是随便摆的，他有自己的一套检索方法。不知道的话，看到的只是混乱；知道的话，就会井然有序。可惜他身死道消，没人能让这座巨大的资料库重新活过来。

几天之前，姬云浮还在这里眉飞色舞地给我讲解着佛头案，如今却已阴阳相隔。一想到这里，便让我心中痛惜。

他的书桌还保持着原来的样子，上面杂乱无章。她一指："当时他就是这么趴在书桌上去世，被人发现。"桌面正中铺着一张雪白宣纸，上头用草书龙飞凤舞地写了几行字，毛笔仍斜斜搁在一旁。我凑近一看，看到那上面写的正是陆游的《示儿》。更让我感到惊讶的是，它的第一句赫然写成了"死去原知万事空"，在"原"字旁边，作者似乎不小心滴了一滴墨水，形成一个圆圆的墨点。

若在平常人眼里，这不过是一幅普通的毛笔字帖而已。可在我眼里，意义却大不一样。我和姬云浮的初次相识，正是在宋代古碑的拍卖会上，在那里他指出了"元"字与"原"字的区别，将我击败。他在临死前写下这么一首诗，还故意写错一字，显然是一个只有我才会注意到的暗记。

看来，姬云浮生前，恐怕还和那位凶手周旋了一段时间。他知道自己无法幸免，即使留下遗书或者提示，也会被凶手毁灭。所以他抓紧最后的时间，打造了一把专用钥匙，只有在我眼里才能发挥作用。

可是，这把专用钥匙，到底是用来开启什么的呢？

我再度扫视桌案，上头摆着一盏荷叶笔洗、一方歙州砚、一尊青铜镂花小香炉、一块银牌、一个鸟纹祖母绿玉扳指、几本味经书院的线装书，还有一个小犀角杯和一把金梳背。这些东西有十几件之多，种类繁杂，而且摆放次序很怪异，一字排开。

看起来，姬云浮在写诗前后，曾经玩赏过这些东西。姬云浮在岐山是收藏界的大人物，手里有几件镇宅之物并不奇怪。但奇怪的是，我上次来的时候，姬云浮说过，这书房里全是书与资料，其他东西都搁到别处去了。他忽然把这些东西拿到书房来玩赏，一定有用意。

我转头问姬云芳："我能拿起来看看吗？"

"您记得自己说过的话就成，不要食言而肥。"她讥讽地撇了撇嘴，以为我是找理由想窥视她堂哥的收藏。我没理睬她的鄙夷视线，先拿起那把金梳背，细细端详。我想，姬云浮会不会把一些信息留在这些小玩意儿上面。

这梳背大概是桌子上最值钱的了，从造型来看是唐代的金器。梳背上是团花纹布，全以极细的金丝勾勒而成，而花蕊部分则镶嵌着一粒粒细小金珠，十分华贵。我翻过来掉过去，没发现任何文字，倒无意中看出，这东西居然是件赝品。

说来讽刺，我对金银器不是很熟，之所以能看出其中的问题，还是姬云浮前不久在聊天的时候教我的。

姬云浮告诉我，唐代金器上的金珠，制作工艺被称为"碾珠"，先是把金丝切成等长的线段，然后加热烧熔，金汁滴落在受器里，自然形成圆形，再用两块平板来回碾成滚圆的珠子。焊缀的时候，用混着汞的金泥把珠子粘在器物上，加热后汞一蒸发，就焊上去了。

这种工艺很麻烦，所以后世都是改用"炸珠"的办法，把烧熔的金汁直接点在冷水里，利用温度差异，结成金珠。炸珠比碾珠省掉了一道程序，但比后者要粗糙，金珠尺寸不能控制，且形状不够圆。

这个金梳背就有这个问题：花蕊中的珠子圆度不够，且大小不一，挤在一起显得笨拙凌乱。

我猜姬云浮也看出这是赝品，只是出于好玩而收藏。在他堂妹的注视下，我把金梳背放下，再去看其他的东西，结果发现里面真假参半：犀角杯、玉扳指和笔洗还有另外几件是假的，其他都是真品。

可是无论在哪一件器物上，我都没发现任何刻痕与标记。

我失望地转身离去，也许是我想多了，这一切只是巧合。姬云芳看我没提出任何要求，明显松了一口气。她把我送到门口，态度缓和了不少。我问她姬云浮的遗体告别仪式是什么时候，我想去吊唁。她告诉我时间还没定，但一定会通知我。

我走到自行车前，失望与悲伤让我的脚步变得沉重。我扶住车把，回过头去，想再看一眼这栋已变成姬云浮故居的房子。我从青墙扫到檐角，从滴瓦扫到脊兽，划过屋顶高高耸立的天线……

等等，天线？

我似乎抓到了什么，心中一跳。姬云浮是宝鸡无线电爱好者协会的会员，家里有台无线电台，没事就通过这个跟外界交流。

他会不会利用这台装置留下什么信息呢？

我扔下自行车，又跑了回去砰砰敲门。姬云芳见我去而复返，显得非常意外。我顾不得许多，恳求她让我再看一眼。姬云芳看我的眼神，像是在看一个精神病人，不过她没阻拦。

我冲进书屋，走到无线电台前，去找开关，却怎么也打不开。我检查了一下，发现那根外接天线不知何时被折断了。姬云芳无奈地告诉我，就算天线是完好的也没用。这个电台在一星期前就坏了，里头有个线圈烧坏了，新元件要从外地厂子订购，现在还没到货。

一个星期前，那还在我认识姬云浮之前，看来这也不是他真正的暗示。我颓丧地垂下头，那种感觉，就好像看到一张考卷的答案近在咫尺，你却抓耳挠腮答不出问题。

姬云芳看我这一副模样，大概起了同情心。她轻轻喟叹一声："我这个堂哥，从小就喜欢稀奇古怪的东西。他除了看书，整天就抱着这个电台，嘀嘀嘀地玩个不停。你如果对这个有兴趣，尽管拿走就是，反正我们家里没人搞得明白。物有所托，我想堂哥在九泉下也不会介意。"

她和大多数人一样，对无线电没什么认识，总以为和战争电影里那些电报机差不多，只会嘀嘀嘀地叫。

嘀嘀嘀？

嘀嘀嘀！

姬云浮为什么会把一台已经坏掉的无线电台的天线折断？

"对啊！原来是这么回事！"

我猛然跳起来，把姬云芳吓了一跳，急忙后退几步，随手抄起桌案上的砚台想自卫。我没理她，转而用狂热的眼神重新去审视桌子上的那些小器物。

谜底解开了！

我刚才看了一圈，发现桌上的东西里有真品，也有赝品。我本以为只是个巧合，现在却想通了，这是刻意为之，真假器物的摆放次序至关重要！

从左到右，最左边是清代青铜镂花小香炉，这个是真的，记为点；它的右边，是那把唐团花金梳背，这个是赝品，记为划。以此类推，通过书桌上摆放的真假次序，真点假划，最后得到的，是一串点划相间的摩斯电码。

把这串点划转换成数字，用电报码译成文字，就是他要传达给我的信息。这与木……笔记和《素鼎录》的加密方式，如出一辙。

大部分人只会注意单个器物，却不会想到只有将这些古玩排列在一起，真伪才被赋予了深远的意义。能够解开这个暗示的人，必须能鉴别古董真伪，还要熟知摩斯密码与电报码之间的转换规律——而这个人，只能是我。我手里的《素鼎录》就是用电报码加密，我需要经常阅读它，因此对电报码滚瓜烂熟。

《示儿》诗用来提示；天线折断暗示与电码有关；真伪古玩则暗藏着消息。这三个布置简单而巧妙，环环相扣，营造出了一扇只有我能开启的大门，一步步被引导着接近他藏匿的信息。姬云浮临终前的这些部署，真是一个天才般的构想。

我为求完全，又把桌上的古玩一一检验了一遍，比以往哪一次都细心。一次真伪辨认错误，就有可能导致整条信息都解读不出来。很快，我把他的这个信息换算了出来。

信息非常简短：二柜二排。

藏匿一片叶子最好的办法，就是把它放在树林里。姬云浮这间书屋，实在是隐藏文件最好的地方，随便扔在哪里，都很难找到。凶手大概是觉得姬云浮一死，他找不到，别人也不可能找到，这才放心离去。

我环顾整个屋子，发现那些木质书架实际上是分成了六个大架子，顶天立地。每个架子上都写着一个字，分别是：礼、乐、射、御、书、数，这是儒家的六艺。那么二柜应该是乐字柜。

我走到乐字柜前，仰头看到二排已靠近天花板，就找来一把椅子站上去。姬云芳看我这么放肆，瞠目结舌，一时间居然都忘了阻止。乐字柜的第二排有两米多长，一字排开高高低低几十本书，中间还夹杂着各类剪报、档案、照片与票据，看上去杂乱无章。

真假古董的编码容量有限，姬云浮塞不进更多细节，于是我只得一本一本地检查。姬云芳在下面仰起头说道："你再不下来，我可要不客气了。"

我情急之下，从兜里掏出身份证、钱包扔下去："我叫许愿，我绝对不是坏人，这是我身份证，钱也全在里头。"她捡起我的身份证，看了一眼，我连忙又补充道"姬老师生前有一份文件，是给我的，我必须找到它。"

姬云芳冷冷道："空口无凭，我凭什么要相信一个认识我堂哥还不到一个星期的人？"

"交情不能以长短而论，我和姬老师虽然认识不长，但一见如故。"

我一边拼命拖延着时间，一边飞快地翻动书架，希望能多争取点时间。姬云芳在下面听得将信将疑，让我先下来说清楚。我知道她现在对我已经起了疑心，下去未必能再上得来，只得继续翻找。

就在她的怒气差不多到极限之时，我手中一顿，终于在一本书的中间翻出了一沓稿纸。这稿纸的质感我很熟悉，和老戚头家里用的稿纸差不多。我刚要展开看，姬云芳忽然飞起一脚，把椅子踹倒在地，我也咣当一声摔到地板上。

姬云芳走到我身旁，俯身捡起稿纸："滚出去。"她脸色阴沉，显然对我的肆意妄为十分不满。我急得满头是汗，伸手去抓，姬云芳冷笑着后退一步，拿起一只打火机，作势要烧："我堂哥的遗物，谁也别想霸占。"

这是唯一的线索，如果被她烧毁，姬云浮和老戚头可就算是白死了。我恳求道："我不是要霸占……我只看一眼，看完就放回原处。这个事关你堂哥的死亡真相，不能烧啊。"

"我堂哥是自然死亡，有什么可疑的？"她根本不为所动。

一时间我没法解释那么多，只得喊道："你堂哥的死，与这卷稿纸有着直接关系。"听我这么一说，姬云芳一脸狐疑，缓缓把稿纸展开来看，只看了一眼，表情霎时变得很古怪。

"你刚才说你叫许愿？"

"身份证都给你看了。"

她的下一个动作出乎意料，将稿纸扔给我："好吧，东西你拿走。"

姬云芳这突如其来的转变，让我反而有点不知所措。她淡淡道："你刚才说的那些鬼话，我根本不信。我放你走，只是因为我堂哥的遗言而已。"

我愣在了那里："什么遗言？"

她指了指那沓稿纸，我展开一看，看到里面密密麻麻都是汉字，在抬头部分，有一行用铅笔写的字："给许愿，是稿当与《景德传灯录》同参之。"

从姬云浮家出来，天色已经黑了。我舒了一口气，下意识地摸了摸搁在怀里的稿纸，骑上自行车飞快地朝县里去。

乡下一向保持着日落而息的传统，这条没有路灯的县级公路又地处偏僻，所以天黑以后，路上几乎没有人，只剩我一辆自行车。我一想到木户笔记的真容即将揭晓，心中就不住狂跳，恨不得一脚踩回县城，车子蹬得风驰电掣。

我骑了有十几分钟，天色愈加黑起来，两侧都是连绵的丘陵庄稼地。这时候，我听到身后隐隐传来低沉的声音，回头一看，远处有两束白光在慢慢接近，看大小应该是辆轿车，具体型号看不太清。我车头摆了一下，朝着路边靠去。夜晚开车很危险，司机有时候注意不到前方行人，我这辆自行车的后面没贴红灯，万一被追尾就麻烦了。

轿车的车速很快，一会儿工夫就追上了我，嚣张的大灯把我前头的道路照得雪亮。我眯起眼睛，降低速度，从它的轮廓判断这是一辆帕萨特 B2。这可不是一般干部能开的车，估计是什么大领导出来办事吧。我心里想着，又往旁边靠了靠。

我猛然警觉，我都已经快下路面了，那两道光柱却依然笼罩着我，这说明帕萨特 B2 的车头，始终正对着我，它是冲我来的。我刚反应过来，就听身后的汽车发出轰鸣声，司机在猛踩油门，直直朝着我撞了过来。车灯霎时将我笼罩在一片白光中。

我情急之下，从自行车上朝旁边跳去。起跳的一瞬间，车头重重撞在了自行车上，我顿觉眼睛一黑，整个人在半空翻滚了几圈，然后重重地落到了路肩庄稼地里。我四肢剧痛，脑子昏昏沉沉的，只能勉强感应到周围的动静。迷迷糊糊中，我感觉到有人把我的身体翻过来，探了探鼻息，又在怀里翻找一阵，把怀里的那沓稿纸拿了出去。我心中一惊，奋力去抓，一下子抓住了那人的胳膊，指甲都掐了进去。那人情急之下，又给了我狠狠的一拳，把我打晕在地……

等到我恢复清醒时，周围已经恢复了一片寂静，只剩下我和一辆扭曲到不成样子的自行车。我挣扎着起身，跟跟跄跄走到公路旁，等了一个多小时，幸运地等到一辆进城的拖拉机，把我捎回了县城。等到我返回宾馆时，已经接近午夜了。

我敲了敲木户加奈的门，眼前出现了两个女人。其中一个是木户加奈，还有一个是姬云芳。她们看到我这副惨状，都很惊讶。木户加奈急忙从洗手间拿来毛巾，给我擦拭脸上的污痕。姬云芳双手抱臂，皱着眉头问："你还真受伤了？"

"嘿嘿，不出我的意料。"我咧嘴笑了笑，把遭遇汽车袭击的事说了一遍，又问道："东西你带来了？"姬云芳点点头，她把卷成一卷的稿纸拿给我，神色却变得非常阴沉。

我一开始就猜到，幕后黑手一定会跟踪我。所以从姬府出来时，我玩了一招"明修栈道，暗度陈仓"，请姬云芳亲自把稿纸送给木户加奈，而我则揣着另外一沓数学证明草稿，骑自行车大摇大摆地走在路上。果然和我预料的一样，黑手再一次出手，把草稿劫走了，希望他们最终能证明哥德巴赫猜想。

"你这也太冒险了，万一他们要杀死你可怎么办？"木户加奈一边给我擦脸，一边责怪道。

"如果他们要杀死我，早在北京我就性命不保了。"我冷哼一声。如果他们一直躲在幕后还好，现在他们连着好几次出手，固然伤我不轻，但也把自己慢慢暴露出来。

送走了姬云芳，屋子里只剩下我和木户加奈。我把窗户和门都关严实，坐回到沙发上。木户加奈早已等待在那里，两个人四只眼睛注视着茶几上的那沓稿纸，呼吸变得急促起来。

木户有三隐藏了几十年的秘密，就摆在我们的面前，已经有三个人因此而丧命了。我看看木户，这是她祖父的笔记，应该让她来打开。木户加奈没有推辞，她习惯性地把头发撩到耳后，拿起稿纸，缓缓掀开第一页。

稿纸上全是汉字，笔画很潦草，大部分汉字上头还标着四位数字，我估计这是老戚头破译时的原稿，那些数字就是加密的电报码。

在我们的预期里，这应该是木户有三的中国探险日记，里面应该记录了1931年那几个月的经历。可是，事实却和我们想象的大不相同。

我们看到的，是一段一段四骈六俪的古文。不是一篇，而是十几篇，每一篇的文风都不统一，有的很雅，有的却很大白话，看起来不是出自一人之手。有的甚至连完整的段落都没有，只剩残缺不全的几句话。除了这些以外，还有散见其中的一系列批注，有的批注很短，只有一句话，有的却写了满满一页纸。

"怎么会这样？"我和木户加奈交换了一个迷惑的眼神。这种格式，与其说是日记，倒不如说是一篇充斥着大量引文的学术论文。

每一段古文的左上角，都有一个用红墨水笔标出的数字，笔迹跟汉字不太一样，应该是出自姬云浮的手笔。他在拿到译稿以后，肯定做了初步的整理。也幸亏有他这位资料处理大师，不然我们光看这些明文，不比看密码容易多少。

"中文古文你能阅读吗？"我问木户加奈。木户加奈笑了起来："在日本史学界和考古学界，大部分人都不懂现代汉语，但古汉语阅读却是一项基本技能，否则与中国密切相关的日本上古史便没法研究。"

"很好……"我悻悻地缩了缩脖子。她的意思，她的古文阅读比我还要好。我们肩并肩互相倚靠着，开始按照姬云浮整理的顺序正式开始阅读。

这篇"论文"相当复杂，作者旁征博引，从故纸堆里刨出无数碎片，把它们巧妙地拼凑成一幅完整的图像，还加入了自己的分析与点评。而随着作者的考据推展，一个尘封已久的秘辛缓缓浮上水面，这秘辛是古老的，却与现在的我们息息相关，仿佛一面大幕缓缓拉开。我们慢慢翻看着笔记，像两个忠实的观众，完全沉浸到那个世界里。

鉴于原文太过艰涩繁复，我无法引用，只能试着用现代白话将整个故事还原，中间还加入了自己对"论文"的理解。

故事的开端，是在武周垂拱四年。

那一年，武则天决意称帝，开始大造舆论，为登基做准备。她宣称自己是弥勒佛祖转世，降于世间拯救万民，所以大肆崇佛，命令薛怀义以乾元殿为基础，建起了明堂与天堂，并在里面供奉佛像。这些佛像中，有两尊佛像最为珍贵。一尊是夹纻弥勒大佛像，身量极高，供奉于天堂之内，代表的是武则天的本身。

除了弥勒大佛以外，明堂里还供奉着另外一尊毗卢遮那佛。这一尊佛的质料来自西域进贡的极品美玉，依照武则天容貌雕成，是一件稀世珍品。武则天非常喜欢这尊玉佛，将它摆在了明堂隐龛中，用来与龙门石窟的卢舍那大佛对供。

毗卢遮那佛不过两尺多高，武则天一直担心会被人盗走，遂从神策军中选拔精壮士兵，担任明堂的守卫工作。可是明堂总有奇怪的事情发生，不是砖瓦无故跌落，就是夜闻女狐哭声。正巧北禅宗的六祖神秀大师在洛阳，武则天向他请教，神秀大师说您的护卫都是身经百战的勇士，血腥气与杀孽太重，与佛堂祥和气氛不合。武则天问有什么解决办法。神秀大师仰天一笑，说陛下您问得正是时候，这件事的因果，在数年前便已经注定了。

原来几年前神秀在玉泉山传法，曾挖出一座废弃祠堂。工人原想把祠堂拆走，不料平地忽起大风，无法施工。到了晚上，一位丹眼长髯的红脸武将出现在神秀梦中，说我乃汉将关羽，魂魄一直栖息玉泉山中，那祠堂是容身之处，倘若拆毁便成了孤魂野鬼。神秀说你不如皈依我佛，做个护教珈蓝，岂不更好？关羽大喜。到了第二天，神秀便为关羽重塑金身，再造祠庙，供入玉泉寺内，受信徒香火。

神秀讲完这故事，对武则天说关羽乃是天下无双的猛将，如今又已皈依我佛，请他为明堂护法，再合适不过了。武则天听说以后，大喜过望，立刻下诏造起一尊关公珈蓝铜像，供入明堂。神秀大师还为守卫明堂的士兵——剃度，授具足戒，号曰"佛军"。

佛军最高统帅当然是关羽，但他毕竟只是护法珈蓝，能防鬼祟防不了盗贼。所以在大元帅之下，还有正副两名统领。正统领是一个正八品上的宣节校尉，叫连衡；他的副手是正八品下的宣节副尉，叫鱼朝奉。两人都是贵族子弟出身，英勇果毅，忠心不二。他们两个人都起誓，愿以性命护卫明堂，永远有一个人亲自守护在玉佛身旁，日夜不辍。

当时在洛阳，还活跃着一位日本遣唐使，叫河内坂良那。他是在总章二年跟随第六批遣唐使来到大唐的，还是正使河内鲸的侄子。河内坂良那是一个狂热的大唐文化爱好者，对一切事物都非常痴迷。结果等到河内鲸回国之时，河内坂良那没有一同返回，而是留在了洛阳。到明堂落成之时，这位日本人已经在大唐生活了十九年。

明堂落成之后，对洛阳官员开放数日。河内坂良那凭着自己遣唐使的关系，也跑去参观。当他看到那尊玉佛时，立刻深深地爱上了它，不可自拔。他试图近前去摸那玉佛的脸，正巧那日连衡当值，见这人行为不轨，差点拔刀将其砍杀。

河内坂良那离开以后，得了深深的相思症，一心希望能够再次一睹玉佛风姿。可惜明堂平时很少对外开放，何况还有佛军护卫，基本不可能接近。河内坂良那一睹玉佛的心愿，始终没能实现。

八年之后，正是武周证圣元年。河内坂良那对玉佛的仰慕非但没有减退，反而与日俱增，已经到了茶饭不思夜不成寐的地步。他整个人已经近乎疯狂，居然浮现出一个极其荒谬的想法：把玉佛据为己有。为此，他设法与武则天的男宠薛怀义搭上了关系。

当时武则天已经有了新宠沈南璆，薛怀义唯恐地位不保，正冥思苦想如何讨好女皇。河内坂良那献上两计，一计是将佛像埋在地下，用铁链慢慢牵引上浮，制造祥瑞之象；还有一计是用百牛之血，绘出两百尺之高的浮屠。薛怀义闻之大喜，依言而行，不料武则天反应冷淡，让他大失所望。

薛怀义心中郁闷，河内坂良那借这个机会，将其灌醉，然后在明堂点起了大火。这一场火火势极大，史书记载"火照城中如昼，比明皆尽，暴风裂血像为数百段"。到了次日清晨大火熄灭，明堂与天堂均被烧成了白地，夹纻弥勒大佛像被烧成了灰烬，玉佛却不知所终，佛军统领连衡也消失了。

薛怀义酒醒以后，以为这场大火是自己引起的，自缚请罪。武则天念在旧情，赦免了他，但对失踪的玉佛却耿耿于怀。根据副统领鱼朝奉的说法，连衡是监守自盗，趁乱窃走玉佛。于是全国都发下海捕文书，捉拿连衡。

而实际情况，却是河内坂良那趁大火盗走玉佛，一路朝着东方跑去。连衡来不及通知同僚，只身追踪而去。最后连衡在扬州附近追及河内坂良那，两人斗智斗勇，都奈何不了对方。在争抢中，玉佛被一摔为二，佛头被河内坂良那夺走，返回日本，佛身却落到了连衡手中。

连衡返回洛阳，惊愕地发现自己竟已成罪人，连同连氏家族也被波及。他手中只有无头玉佛，不敢交还朝廷，又不敢留在身边，只得将其埋在岐山群山之中，在其上面建起一座关帝庙，以纪念佛军守护。而他则改姓为许，隐居在岐山附近，默默地守护着。

对于河内坂良那，许衡一直耿耿于怀，希望有朝一日可以寻回佛头，奉还朝廷，恢复家族名誉。为此，他拼命钻研金石玉石的鉴别之道，逐渐在当地有了名气，娶妻生子，把根扎在了岐山。儿子成年之后，许衡把家业与鉴古手艺传承给他，留下一篇《自序》给家人，毅然离开岐山。

在《自序》里，许衡先是把玉佛的来龙去脉讲了一遍，然后表示自己的时日无多，希望能在临死前去日本，毫无顾忌地放手一搏，才算对得起自己当年的誓言。许衡还表示，如果他没有回到中土，说明佛头的任务失败了，那么这个使命，将由许家子孙一代代传下去，直到玉佛身首归一为止。

据说后来他化装成僧人，混入鉴真大师的队伍，从此再无任何消息。究竟他是在海难中身亡，还是在日本被杀，就没人知道了。

但许家没有遗忘家族祖先的遗训，将祖先交托的使命一代一代传了下去。笔记里列了一个很详细的家谱清单，上面的记录显示，许家从没有忘记过这个遗训，一直把佛身保护得很好，再窘迫的时候，也没人会提出卖掉它。

几百年下来，许家的金石鉴定之术已成为权威，更逐渐吸引了一批志同道合者，形成了五脉鉴古的雏形。而先祖许衡的嘱托，历代许家子孙也未敢遗忘，每一代总有人会前往岐山，守护玉佛身。笔记关于这一部分的记录，零散而琐碎，都是在记叙哪一代什么人做的关于玉佛的什么事。

到了明代万历年间，才重新出现了大段记录。当时许家有一名子弟叫许信，参加了大明援朝抗倭战争。许信在前线杀敌之时，无意中发现一个叫木户明雄的倭寇头目，居然想乔装潜入，形迹可疑。他得到上级首肯后，只身追踪而去。几番交手，许信才知道，木户这个姓，原来就是当年的河内家分支传下来的，他们继承了河内坂良那的遗志，一直对留在中国的玉佛身垂涎三尺。最后两人在岐山附近同归于尽。

许家这才意识到，原来几百年过去，河内坂良那的子孙竟然也一直没放弃夺取玉佛的心思。在族长的主持下，许信被安葬在离玉佛不远的地方，以表彰其精神。而从这时候起，许氏族长下令对玉佛之事三缄其口，除了长房嫡子嫡孙以外，不得外传。

这个命令初衷是为了防止有心人觊觎宝藏，但时间一长，对玉佛的存在知道的人逐渐变少，再加上乱世波折，传承几度中断，五脉尚在，但玉佛之事却慢慢地被许氏子孙淡忘。到了清代，许家已无人记得，就连《自序》一文也不知流去何方。

在论文的结尾处，作者不无忧郁地写道："自从唐代许衡祖先东渡以来，列祖列宗无不秉承'信义'，把守护玉佛视为比性命还重要的事，这是多么令人钦佩的事情呀。连衡先祖开创白字门金石之法，本意是让许氏有朝一日寻得玉佛，可以明辨其真伪。可如今本末倒置，玉佛无人记得，这鉴古之法倒成了主业。世风日下，人心不古，许氏已遗忘了祖先的嘱托，偏离了本道，把心思都用错了地方。

"我花了十几年的时间，搜集、考证了无数古籍与古董，试着将许衡祖先的事迹复原，其目的在于有朝一日，可以唤醒许氏血脉，再度肩负起这个使命，不让我们的祖先蒙受无信的羞辱。明堂已经化为灰烬，武则天在乾陵里沉睡，对朝廷的恩义，我们可以不管，但让玉佛身首归一，是我们华夏子孙的责任。尤其是当下倭寇欲侵我国土，欲亡我民族之魂，欲灭我民族之精神，玉佛之事，可正为六万万同胞振奋之图腾也！"

落款是三个字：许一城。时间是民国十九年十月，也就是公元 1930 年 10 月。

我和木户加奈看完以后，各自捏着稿纸的一端，因震惊而久久不能开口。这篇笔记和我们预期的不一样，却更有冲击。它不仅讲述了玉佛头的真正来历，而且还揭开了许家和木户家之间纠葛千年的宿命和恩怨。我从来不曾想过，许家和木户家竟然有如此之深的渊源，不是从现代，也不是从民国，而是从唐代绵延到了今日。

我和木户加奈同时望向对方，我们从彼此的眼里，都看到一些不一样的东西。千年之前的两个人，努力把这尊玉佛一分为二；而千年之后，他们的两位后人，却在努力把玉佛合二为一，这其中恩恩怨怨的奇妙之处，难以尽言。

可以说，我们之间的牵绊，从河内坂良那投向玉佛那一瞬间的凝视开始，就已经注定了。

"加奈……"我轻轻地翕动嘴唇。木户加奈眼神闪了一下，嘴唇的弧度勾起一丝妩媚："知道吗？这是您第一次叫我的名字。"我们两个人的脸又靠近了一些，她的头向左微偏，我的头向右微偏，似乎都在寻求某种契合的角度。

屋子里的温度开始上升，暧昧的气味越发浓郁。这份笔记的冲击力太大了，许多东西需要慢慢消化，许多细节需要慢慢推敲。可在这个时刻，我的大脑根本无法思考，原始的欲望霸占了整个身体，推动着我继续靠近，靠近，近到可以听到她的呼吸，闻到她喷薄而出的香气。

就在我的理性即将崩溃的时候，门外忽然传来一阵敲门声。一声紧似一声，有着丝毫不掩饰的急切与粗暴。我和木户加奈猝然惊醒，像受惊的兔子一样分开。木户加奈面色通红，胸部微微起伏，身体软软瘫坐在沙发上起不来，只好由我去开门。

门外站着两个面色阴沉的警察，还有秦二爷。秦二爷一看到我，立刻歇斯底里地大叫道："就是他！没错！"一个身材高大的警察走上前来，一晃证件："许愿吗？你被捕了。"

古董局中局1

第九章

幕后主使人老朝奉浮出水面

听到他们的话,我有点蒙。我被捕了?什么我就被捕了?

还没等我反应过来,他们把我一把推开,直愣愣闯进屋子,开始到处翻动。木户加奈惊恐地瞪大了眼睛,不明白到底是怎么回事,我冲她使了一个眼色,她连忙把桌子上的稿纸抓在手里。

好在警察对那沓稿纸毫不关心,他们在屋子里转了一圈,很快在我的床边发现了龙纹爵——其实我根本没打算藏——为首的警察拿起来递给秦二爷看,秦二爷捣蒜一样地点头:"对,对,我看到的就是这个!"

为首的警察冲我微微一笑:"许愿,这是你的东西吗?"

他这句话,问得相当毒辣。龙纹爵是国家一级文物,我如果说是我的,马上就会被质疑来源;如果我说是从黄家拿的,那就更有盗窃文物的嫌疑,怎么回答都讨不到好去。警察看我保持着沉默,咔嚓一下用手铐子把我铐起来:"跟我们走一趟吧。"

"你们凭什么抓人?!"我大声质问道。

秦二爷过来,趾高气扬地喝道:"你这一副贼眉鼠眼的模样,那龙纹爵不是贼赃就是明器,北京来的同志大老远跑过来,还能冤枉了你?"

"你们不是岐山警方?"我皱起眉头。

"不,我们是从北京来的。"警察面无表情地说。

我心中暗叫不好。我本以为是秦二爷故意使坏,去当地公安局举报,这多半是托关系公报私仇,好解决。但如果是北京警方派来的人,事情就复杂了。

警察从北京直奔岐山抓人,说明那边已经正式立案。这背后的推动者,肯定是黄家。他们是龙纹爵真正的主人,他们一报案,立刻让我变成了一个携带国家一级文物潜逃的罪犯。

现在"人赃并获",证据确凿,纵然我要辩解或者请黄家收手,也是先要被押回北京再说了。无论如何,岐山我是无法继续待下去了。

"去找方震!"

我临被带走前,只来得及对木户加奈说这么一句话。现在能救我的,只有方震和他背后的刘局。木户加奈手里紧紧攥着稿纸,用力点了一下头。

宾馆外是一辆岐山当地的警车,我上了车,两只手搁在双腿之间,两名警察一左一右夹住我,一言不发。车子开了很久,眼看就要出城了,我忍不住问道:"警察同志,咱们这是要去哪里?"对方没有回答,我只好垂下头去,闭上眼睛,试图整理一下纷乱的思路。

按道理说,我调查佛头,是五脉都认可的行为。黄家纵然对我在安阳的举动不满,也不至于动用警方这么夸张。现在这个局面,似乎不是想把我整死,而是有人不愿意让我继续待在岐山。

难道是怕我挖出更多东西?有意思。看来杀死姬云浮、老戚头和谢老道的幕后黑手,越来越沉不住气了。这对我来说,未尝不是件好事。

我正想着,这时候车子突然停住了。我被警察带下来,抬头一看,看到一栋很高的建筑,建筑顶端有灯光闪现。远处还有两排地灯,直直地伸向远方,还有一阵低沉的嗡嗡声传入耳朵。

这是岐山的机场啊,而且还是军用机场,停机坪上放着好几架涂着空军标志的飞机。

"跟我们走,老实点。"警察拽着我胳膊,把我带到一架大腹便便的飞机前。我一看就认出来了,这是"运七",是咱们中国自己研发的机型,民航和军航都有装备。飞机的舱门打开了,一架舷梯放了下来,两侧的螺旋桨已经发动起来,转得飞快,发出嗡嗡的低沉声音。

我仰望"运七"那个大鼻子头,忽然觉得有一种莫名的喜感。

没想到他们居然急切到了这种程度,一夜羁押都不肯多等,一抓到我立刻要送上飞机。可见那位幕后黑手,也是颇有顾忌的。他知道,如果方震出手,或者刘局在北京打一个电话,警察肯定没办法把我带离岐山。为此,他不惜为我这么一个小人物动用军航飞机,就是不想给他们留出反应时间。

说实在的,我还真他妈有点荣幸了。

上了飞机以后，我扫视一圈，发现自己有点自作多情。机舱里很宽敞，里面堆着好多绿色邮包和麻袋，看来这不是给我准备的专机，而是运送邮件和货物的飞机。

我进了机舱，警察把我的手铐在了一个把手上，然后各自找了个地方席地而坐。机舱里还有其他几个人，看到警察面色阴沉，我又戴着手铐，都不敢过来搭话。

飞机很快起飞，这种螺旋桨式的飞机非常颠簸，大家都把背靠着舱壁，减少震动。可我的手被手铐吊在把手上，身体来回摇摆，非常难受。我实在受不了，问警察能不能给我换个地方。两个警察商量了一下，起身掏钥匙开手铐，然后把我带到后面一处角落，重新铐好。

这地方还不错，能靠直身体。我坐定以后，拿眼睛那么一扫，发现附近的邮包上还靠着一位老哥。这老哥脑袋特别大，头发稀疏，跟个大狮子头似的，偏偏脖子还特别细，让人一看很担心会不会折断。我眯起眼睛，借着机舱昏黄的灯光，看到他脖子上挂着一个小物件，不时用手去摩挲，显得十分珍惜。那是"握豚"，是一种汉代的玉器，圆柱形，用简单的几刀刻出俯卧肥猪的轮廓，大小正好能被一只手握住。下葬的时候，握豚会放在死者手心，象征着阴间的财富，和含在死人嘴里的玉蝉汉八刀是一类东西。

握豚是明器，给死人用的。这位老哥估计是个外行人，哪有把明器挂在身上的？这要是在潘家园让人看见，肯定得嘲笑一句"塞屁眼"。

"塞屁眼"是个典故。民国时候，孙殿英炸开慈禧墓，里面大量陪葬品流落民间。北京有个前清的旗人老爷，不知怎么弄到一件墓里的玉器，锥台形状，小巧可爱。他喜欢得不得了，每天没事含在嘴里。后来有明白人告诉他，那玉叫九窍门，用来封闭尸体九窍，他含嘴里那个，是慈禧拿来塞肛门的……

等到警察走开了，这位老哥把脑袋探过来，特好奇地问道："我说，你犯什么事了？"我看看他，没吭声。他还往前凑："能坐飞机押送，这事估计小不了吧？"

"古董。"我说了两个字。

大脑袋眼睛一亮："哟，童家店里折的？"

童家是鉴古界的切口，意思是亲自挖墓挖出来的东西。不过这是老讲，解放后几乎没人用了，都说是孙家的，意思是从老百姓家里收的。这个大脑袋估计是道听途说这么个切口，没确切把握其含义，就拿来乱用一气。在玩古董的人里，这种半瓶醋特别多，自以为很懂，其实根本没到那水平。好奇心还强，骗他们比骗什么都不懂的棒槌更容易。

我摸清了他的底，心里忽然有了个念头。我缓慢转动脖子，把目光聚焦在他胸前的握豚，一直到他觉察到这点，才把目光收回，摇了摇头，轻叹一声。这一声叹息，立刻让大脑袋不自在起来。他反复摩挲着握豚，眼神闪烁，犹豫了半天，终于探头过来："我说，这东西，有什么问题？"

"没问题，我就随便看看。"

我似笑非笑，这让大脑袋很是惊慌，越发认定我看出了什么。他悻悻缩了回去，一会儿工夫，又伸过来了："哎，我说，咱们萍水相逢，能在一趟飞机上，也算是缘分。现在闲着也是闲着，我看你欲言又止，是有什么话？"

"我一个犯人，不能随便讲话。"我摇摇头。

这让大脑袋立刻相信，不是没问题，而是我有话不敢讲。他一拍脑袋，起身走到旁边不远处的两个警察那里，嘀嘀咕咕说了半天，然后转回来道："我问过人家了。只要我不碰你，说两句话没什么关系。"

能坐军航的人，多少都有点背景。那两个警察估计觉得这是小事，不好拂他面子，就顺水推舟答应了。大脑袋生怕我不理他，一拍胸脯："兄弟我在京津一带还算有点人脉，你帮我，我也帮你。"

我等的就是他这句话，缓缓睁开眼睛："把东西拿近点我看看。"

大脑袋一听，赶紧摘下来，递到我的眼前。我就着灯光看了一遭，意味深长地问道："你这东西是从哪里弄的？"大脑袋忽然脸红了，他抓抓脑袋，咧开嘴傻笑，笑了半天才说："这是……这是我女朋友送给我的定情信物。"

原来这个大脑袋是个北京的军航子弟，在岐山认识了一个女笔友，两人通信了一段时间，他巴巴地跑来岐山看真人。女笔友带着他见了父母，父母拿出这么一件东西，说是祖传之物，只留给看中的女婿。大脑袋当时给感动坏了，当场确定了恋爱关系，还掏出身上所有的钱，给女方家里置办了一大堆东西当聘礼，然后带着这串东西回北京筹备婚礼。

听完这个描述，我心里有数了，告诉他："他们知道你爹的背景？"

"知道啊，我以前在信里提过。"

"你还答应他们什么了？"

"啊？我答应把她调进北京，安排到国营厂里；还帮她弟弟在西安找份工作；给她父母买台彩电；给她姑姑买辆自行车……"大脑袋掰着指头一一数来。还没说完，我打断他道："回北京以后，你只需要做一件事。"

"啊？"

"花八分钱给那姑娘写封信，说这事吹了。"

"为什么？"大脑袋张大了嘴，很是惊愕。

"这玩意儿是当地玉厂琢出来的，也就能糊弄一下外行人。"我把身体往后一靠，"真正的汉代琢玉，都是斜着下刀，所以刀口都是一面深一面浅。你看这个玉器上头，刻痕与刻口平整，凹槽平整，一看就是机器琢出来的。"

大脑袋一听这话，可就坐不住了，下巴不住颤抖："你这说法太武断了吧？我还特意去找过专家鉴定呢！"

我微微叹了口气。这样的人我见过太多了，自己受了骗，却不肯面对现实，抱定一个说法不放手，对任何指责都怀有疑心。

"那专家是谁带你去找的？"

"她啊。"

"那就对了，这就是托儿。"

也不知道是大脑袋本身智商比较低，还是恋爱中的人容易变傻，这么简单的道理都想不清楚。我解释了半天，大脑袋这才接受了现实，整个人像泄了气的皮球，颓丧地坐回到邮包之间，一会儿工夫后，居然哭了……

他哭得特别伤心，声音不大，但流泪不少，嗓子还发出凄凉的哀鸣。真看不出来，这么一个大汉，哭起来跟个小女孩似的。他边哭边含混不清地讲他跟那姑娘的一段段美好回忆，又用手绢抹眼角。两个警察还以为我把他怎么了，过来查问。我也没瞒着，都给说出来了，警察看他哭得涕泪交加，想乐又不好乐，又坐了回去。

他在那儿哭哭啼啼了半天，眼泪一抹："多谢你，兄弟。要不是你多看一眼，我的感情就被她欺骗了。说吧，有啥我能帮上你的。我在牢里也有几个熟人，可以照顾照顾你。"

我说："其实也没那么麻烦。我只要你给一个人捎句话就行。"然后对他耳语几句，大脑袋听完以后一愣："这人到底是你什么人？"

"整个北京城里我唯一能信任的人。"我长长吐出一口气。

大脑袋很快离开，继续去缅怀他被欺骗的爱情。我则继续闭目养神，脑子里不住地转动着。

从满是情欲味道的宾馆转换到这冰冷的机舱里,我终于可以静下心来,慢慢消化木户笔记带给我的冲击了。

从整篇文章来看,玉佛的传承,似乎到了明末就断掉了。一直到了许一城这一代,才搜集资料,将其补完。该文是在1930年写成的,说不定木户有三就是看到这篇考据,才动了来中国的心思。

但是,这篇考证文章还存在着一个大矛盾。根据许衡的《自序》所言,玉佛在唐代一分为二,河内得佛头带回日本,许衡得佛身,藏在岐山。既然如此,佛头应该是在日本才对,为什么木户有三还要来中国寻找呢?

这说明,在这两件事之间,还缺失了重要的一环。那尊玉佛头,在唐代到民国之间的时间里,很有可能曾经返回过中国,一直到抗战前才再一次被运到日本。姬云浮说这篇文章当与《景德传灯录》参照阅读,可《景德传灯录》是宋朝一本记录历代高僧事迹的书,不知和这个有什么联系。我手头没这本书,只好先搁置一边。

我忽然想到,在前往海螺山的半路上,我们曾经看到过一个大墓。按照笔记的说法,那应该是明代许信的坟墓。方震从那墓里找出来过一枚花钱,正面是"汝南世德",背面也是四个字,只看得清两个字:人、心。

我心里一哆嗦。那花钱是方孔的,方孔为回,"回"通悔。背面四字,两个字是人、心,难道另外两个字是事、过?难道它指的是悔人、悔心、悔事、悔过?

那是我祖父的遗言,也是父亲的遗言,以及四悔斋店名的来历。

我一直认为,父亲的遗言,代表了他对一些事情和人的悔意。可是现在发现,明朝我家先祖的墓里,就已经有了这四句话,如此说来,这句话应该是许家的祖训,由此看来,父亲的遗言,似乎又有了另外一层含义。

我想着想着,整个人似乎又回到了那一天。

那是一个阳光灿烂的下午。我从外头打完篮球回来,发现家门口聚着好多人。那些邻居看到我回来了,都纷纷让开一条路,眼神里有同情,有伤心,甚至还有几道幸灾乐祸,但没人开口说话。我不知道他们什么意思,拨开人群,掏出钥匙进了家门。平时回家,妈妈总会递来一搪瓷缸子的凉白开,然后把我的脏背心脱下来去洗;而父亲永远是在书房看书。可这次回来,家里静悄悄的,空无一人。

我在书房的桌子上,看到了父亲写的一张信纸,上面有八个字:悔人、悔心、悔事、悔过，还有一串数字。我不明白什么意思，随手折了起来。这时候传来敲门声，我打开门一看，是学校革委会的头头。他趾高气扬地向我宣布，右派、反革命分子许和平和他的夫人，在革命小将的震慑之下惶惶不可终日，生怕被揭露其罪行，在太平湖投水自尽，结束了自己罪恶的一生。他奉命前来收缴反革命分子的遗留罪证。

很奇怪的是，就像是有预感似的，我没有表现出多大的悲伤，反而异常平静。我扑向那个头头，跟他扭打起来。那头头是大学篮球队的主力，身材壮得不得了，可那一天却被我打断了两条肋骨。然后我被七八个人按在地上，拳打脚踢，动弹不得。我看到一群人冲进我的家里，肆无忌惮地毁灭我所熟悉的一切。父亲和母亲结婚的合影被践踏在地上，妈妈的花盆被砸烂，墙上的奖状和柜橱上的玩具枪全都被丢出窗外……

接下来的三天，我都是在派出所的羁押室里度过的。等到我被放出来，他们告诉我，父母的尸体已经火化。我没看到他们最后一面，拿到手里的只有一坛骨灰——他们甚至没有分开存放，不过这样也挺好的。自始至终，我没有流一滴泪。

我回到家里，发现家里乱了套，没有一个地方没被践踏过，没有一件东西没被翻动过。我怀抱着骨灰坛在废墟里蜷缩着睡了一夜。第二天醒来时，我又掏出父亲的遗言来看，猛然发现那一串数字，是大学图书馆的索引号。那时候学校都在闹，没人上课，图书馆更没人去了。我就找机会溜进去，按图索骥，找到一本笔记。这本笔记里，记录的是《素鼎录》，而它的密码，正是"悔人、悔心、悔事、悔过"这八个字——不过另外一本藏在哪里，我就不知道了，说不定已经随着老房子的拆迁，带着秘密在这个世界上彻底消失。

这可真是奇妙，木户有三带走了两本笔记，却不知道密钥；我父亲许和平知道密钥，却没有笔记。一直到木户有三去世前夕，其中两本才送回到我父亲手里。早在那个时候，我父亲就已经知道了真相，但他选择了沉默，把一部分资料交给姬云浮之后，继续隐姓埋名，直到大时代的洪流将我的家庭撞碎……

我靠着舱壁，静静地回忆着这些事情，忽然有一种奇妙的感觉，仿佛这些事情，从千年之前明堂起火的一瞬间就已经注定。"爸爸、妈妈、爷爷……"我望着机舱外看不到的夜空，喃喃自语。那一天未曾流出的泪水，在此时悄然滑落脸庞。

不知过了多久，机舱里一震，总算是安全降落了。我从飞机里被带出来，一辆警车已经在停机坪上等候着。此时已是深夜，我深深吸了一口气，当时去安阳的时候，我可没想过会这么回到北京。

  既然是军航,那么降落地点应该是北京南边的南苑机场。下飞机的时候,大脑袋冲我比了个手势,表示他没忘记我的嘱托,然后拎起包离开了。两个警察把我押上警车,警车里的窗帘拉得很严实,所以我也不知道自己会被拉去哪里。

  车子开了二十几分钟,停在了一处不知所在的看守所。这看守所白墙灰屋,规模不是很大,此时只有岗哨和交接室还亮着灯。警察把我送到交接室就离开了,一句话都没说。看守所的管教打量了我一番,也没多说话,只是让我换上囚犯的衣服,发了一套牙刷和漱口杯,个人物品封存签字,态度还挺客气。等手续都走完了,我被关到了一个单间号房里。

  这让我颇有些受宠若惊。北京的看守所条件很差,经常都是十几个人挤在一个号房里,吃喝拉撒都在里头,像单间这种奢侈待遇,很少有犯人能够享受到。也不知道我何德何能,竟然赶上这种待遇。

  其实这个单间的条件也不怎么样,床上一套看不出颜色的破褥子与被子,上头结着一层屎黄色的油壳。墙上沾着几道可疑的污渍和乱七八糟的刻痕。在床头方向的角落搁着一个夜壶,夜壶附近的墙角生着一圈惨绿色的尿苔,臊味仍能隐隐闻得到。

  如果换了黄烟烟、药不然或者木户加奈,他们绝对无法忍受,但这种环境对我来说,早已司空见惯。我没脱衣服,直接躺在褥子上,安然睡去。

  我以前在街上当过一段时间小混混,对里面的规矩还算熟悉。对看守所来说,单间只是个临时性的中转站,能住在这里的犯人,要么是穷凶极恶的重刑犯,要么是有背景的人,这两种人都不会待很久。所以我猜测,我既然被关进单间,应该最多也就待上一两天,很快就会被再度转移。

  可令我感到蹊跷的是,接下来一连五天,除了每日三餐定时有人送来以外,一点动静也没有,没人提审,没人探视,也没人来交保,甚至连一日两次的放风,都没我的份。我每天只能待在这间狭小的号房里,听着附近牢房犯人的吵嚷和管教来回巡逻的脚步声。这种平静很是让人不安,我似乎变成了《基督山伯爵》里的邓迪斯,被关进了无人问津的古老监狱。外界忘了有我这么一个人的存在,直到终老病死。

  为了驱走这种恐惧,我每天在号房里飞快地来回走动,让身体保持一定运动量,这在监狱里叫狗转圈;我的脑子也不闲着,把目前搜集到的线索重新排列组合,看是否会有新的发现,想得脑瓜仁都疼了,还是想不出个所以然。

到了第六天,终于有管教打开号房,对我说:"许愿,有人要见你。"我走出号房,先贪婪地伸了一个懒腰,然后跟随着他来到接待室。接待室被一扇厚玻璃隔成了两边,我一眼看到对面坐着一个须发皆白的老人,双手放在膝盖上,闭目养神。

红字门的掌门,刘一鸣?

居然会是他。

我对这个老人印象不深,只记得在那天晚上的聚餐上,他一共没说几句话。最后我要走,其他三门都送了好东西,就他送了轻飘飘的两句话。我倒真没想到,第一个来探监的人,不是木户加奈,不是刘局或方震,居然会是他。说实话,黄克武来,我都不会这么惊讶。

我慢慢走过去,坐下。刘一鸣听到声音,缓缓睁开眼睛,先凝神看了半分钟,才开口说道:"小许,你受委屈了。"这台词很熟,电影里那些被自己同志误会的地下党,在真相大白之后,总会有一位领导代表组织这样说。

"嗯?您说的委屈是?"我没客气。

"这事算是个误会。所有人都以为你死在了安阳,结果有人在岐山发现龙纹爵,黄家还以为是被人盗去,这才报了案,想不到把你逮了个正着。"

对于这个说法,我只是笑了笑,刘一鸣则略抬嘴角,两个人心照不宣。他给了这么一个拙劣的解释,是想隐讳地告诉我,这事是黄家自己搞出来的,不是五脉的官方决议。

刘一鸣轻轻拍了拍椅背:"你不必有太多顾虑,黄家很快就会撤诉,警方那边有方震在协调,这案子立不起来。不过程序上,还得委屈你在这里待几天。我会让看守所的人照顾你。"

我面无表情地说:"我受委屈不要紧,耽误了正事可就不好了。"

刘一鸣听出我的话外音,微微一笑:"你放心好了,无论是龙纹爵还是佛头,五脉都一定会给你一个交代,不让你白白辛苦。"

我听出来了,他在旁敲侧击问我在岐山的发现。这说明,无论是方震还是木户加奈,都没有说出当时的事情。我觉得很奇怪,木户加奈不说可以理解,方震是刘局的部下,居然都没透露半点风声,这可太奇怪了。难道刘一鸣和刘局不是一路人?

刘一鸣是这一代五脉的掌门,可就我的感觉而言,这人好似闲云野鹤,从来不参与任何事务,连说话都是云山雾罩,虚的比实的多。上次五脉聚首那么大的事,他几乎不置一词，只在最后给我留下两句不咸不淡的劝诫。这种有话从来不直说的风格，倒是跟刘局一脉相承。

我暗自下定决心，除非他直接开口问，不然我就装傻到底。

所以我安静地与他对视，不肯吐露一字。刘一鸣也不急，手指慢慢敲着椅背，好似下围棋的时候长考。旁边的警卫看到我们两个如老僧入定一般，都不讲话，表情变得颇为怪异。这种奇特的对峙持续了三分多钟，警卫不得不咳了一声："咳，我说，会面时间可就快过了。"

这句话对刘一鸣起了一点作用，他终于打破沉默："其实我今日到此，除了是想让你宽心以外，还要告诉你一件事：木户加奈已经回国了。"

我大吃一惊，再也无法装作淡定，腾地从椅子上站起来。她居然回日本了？

刘一鸣看到我的失态，未动声色，平静地说道："你出事以后，木户加奈立刻返回了北京。她本来要见你，但还有另外一件更重要的事去做，只好先回国，拜托我转告你一声。"

"什么事？"

"她应该已经掌握一部分资料，说是回国跟东北亚研究会的人协调，说服他们将佛头正式归还我国。看来你们在岐山的工作，卓有成效啊。"

我猛然意识到，刘一鸣是故意的。木户加奈的消息是我急于知道的，他却一直到会面时间快结束时才透露出来，这样一来，我就会陷入恐慌，没法继续保持淡定。我深吸一口气，索性把话挑明，挑衅般地反问道："您不想知道，我们在岐山发现了什么吗？"

出乎我意料的是，刘一鸣却摇了摇头，伸出一个指头封在了嘴唇上，示意我噤声，然后说："你就先在这里安心待几天吧，这里条件一般，不过总比外头清净。"然后他站起身，踏着会客时间结束的铃声飘然离去。

我彻底糊涂了，刘一鸣专程跑到这个看守所来，既不救我出去，也不追问我真相，难道真的只是通知我木户加奈回国的事情？

我回到号房以后，思绪万千，这事情开始朝着奇妙的方向发展了。木户加奈手里有木户笔记的译稿，看来她打算用这个去说服东北亚研究会。这个选择是对的，如今幕后黑手不明，留在中国太危险，不如早早跳出去。只要东北亚研究会同意归还佛头，这一切都将成为公众的焦点，对幕后黑手来说，下手就更有难度了。

木户加奈已经回日本了，方震知道一部分真相，但他从一开始就有意回避我们的谈话，所知也非常有限。若有人现在想了解岐山的真实情形，唯一的选择就是问我；而如果有人想隐瞒岐山的真实情形，唯一的目标，也是我……

我突然从床上一骨碌爬起来，心惊不已。我现在知道的东西太多了，有人不希望我知道，有人希望从我这里知道。各方隐藏在水下的势力，都冷冷地盯着我，打着自己的算盘。这么推演一下，我简直就成了众矢之的。我忽然明白，刘一鸣说我在牢里待着还算清净，原来是这个意思。

这时候，铁门传来敲击声，然后门上的小门打开，一盆热气腾腾的窝头、咸菜和满满一碗芹菜肉丁递了进来。看来刘一鸣果然已经打过招呼，这饭菜可比前几天的丰盛多了。有隔壁牢房闻到香味的犯人开始鼓噪，喊着也来一份，直到管教亮出棍子才闭上嘴。

我已经素了好几天了，肚子里缺油水，于是也不客气，张开大嘴风卷残云，一会儿工夫就吃了个饱，撑得倒在地上直喘气。五分钟以后，我忽然感觉不对劲了。肚子开始只是浅浅的一线疼痛，很快这疼痛感分出无数枝丫，扩展到整个胃部，把里面变成了火灾现场，无处不是火烧火燎的。

我捂着肚子躺倒在地，冷汗直冒，右手无力地伸向牢房铁门，抓了几抓，却没发出任何声响。又一阵疼痛传来，我忍不住大声呻吟起来。隔壁犯人听见了，开始还调侃说哥们儿吃太多了吧，后来听我声音确实不对，赶紧帮忙喊来了管教。

铁门咣当一声被拉开，管教一看我蜷缩在地捂着肚子疼得脸色发青，立刻喊来医生给我检查。医生匆忙跑过来简单检查了一下，擦了擦额头的汗，说可能是食物中毒或者胃穿孔，赶紧送医院去。于是三四名管教把我抬起来，七手八脚地送上看守所的一辆面包车，由一名司机和一名管教看着，往附近的医院送。

说来也怪，我的腹部剧疼，意识却清醒得很。这食物肯定不对劲，可到底是谁要下毒害我？是幕后黑手，还是五脉中的什么人？为何他们在岐山不动手，却要在北京灭口呢？刘一鸣跟这事，有没有关系？

疑虑袭击我的精神，痛苦折磨我的肉体。我在这双重的打击下不断呕吐，不断颤抖，在面包车的座椅上蜷缩成一团。管教看我这一副行将就木的模样，嘴里不住念叨着什么。

这时候，面包车一个急刹车，突然停住了。我听见管教大声问司机怎么回事，司机说好像撞到什么人了。管教看了我一眼，拉开车门下去查探。没过多久，外面传来一声闷闷的打击声，然后一个人冲进车里，一下打晕司机，然后凑到我面前。

我迷迷糊糊地，看不清来的人是谁。他喊了一声我的名字，往我嘴里塞了一粒什么东西。这东西有些发苦，一落进肚子，胃里顿时清凉一片，火势减弱了不少。我勉强睁开眼睛，看到一张老人的脸，脖颈右侧还有一道触目惊心的伤疤，表情颇为凶悍。

"付……付贵？"

来的人，居然是当年的北平探长付贵。他把我搀扶起来，厉声道："别说那么多，咱们先走。"我脑袋还有些晕，听凭他把我胳膊搭在肩上，扶我下了车，钻进旁边一条小胡同。看他的动作干净利落，完全不像一个老年人。在胡同的另外一头，一辆桑塔纳早已停在那里。付贵把我塞进车里，自己也跳上去，喝令司机开车。桑塔纳车头一摆，朝着相反方向开去。我在车上晃晃悠悠，胃里还是疼得很。付贵又递给我一粒药丸，我张口吞下，腹里又稍微好受了一点。

我本想问他这到底是怎么回事，可实在没什么力气，任由车子往前开去，昏昏沉沉地又睡了过去。等到我再醒来的时候，自己正躺在一张软绵绵的席梦思床上，床头柜上搁着一条粉红色毛巾，还有一粒药丸搁在一个塑料瓶盖儿里。

我环顾四周，发现这房间很有特点。家具与器物都是寻常所见，但摆放得颇为巧妙，不用任何字画古物，却自然流露出淡淡的古典韵味。唯一的例外，是床头的一个毛绒大熊玩具，就搁在我脑袋不远处。

门一开，我看到付贵走了进来，手里拿着一杯水。见我醒了，让我把那药就着水吞下。我喝完以后，虚弱地问他到底怎么回事。

付贵嘿嘿一笑："还不是为了把你弄出来。我买通了厨师，在你菜里下了特制的药丸，吃了那东西，你会开始胃疼。那个看守所没有好的医生，一定会把你往医院送，我们中途一劫，就成了。小事一桩。"说完以后，他还意犹未尽地舔了舔舌头，啧啧了两声："这是民国劫囚的老法子了，连药丸的配方都没变，想不到现在还能用上。"

从他的表情，依稀可见当年叱咤四九城的大探长风范。我苦笑着拿起毛巾，擦了擦脸："我不是问这个，而是问，您怎么会跑来蹚这浑水了？"

"是她把我找来的。"付贵回头望去。我看到一个窈窕的身影出现在门口，握着杯子的手不由得一颤。

来的人是黄烟烟。

黄烟烟面无表情地站在那里，神情和从前一样冰冷，只是脸庞愈加瘦削，双颊浮起两团苍白。她的眼神盯着我，却没有喜色或怒色。付贵站起身来，投来一个暧昧的眼光给我。黄烟烟走过来，我苦笑着刚要开口说话，她却扬起手来，扇了我一巴掌。

这巴掌打得好重，有如五条蘸了水的牛皮鞭子狠狠抽过。我猝不及防，被打得差点跌下床去，脸上一阵火辣辣的疼。打完这巴掌，黄烟烟才开口道："为什么是我？"

"因为整个北京我只信得过你。"我捂着脸，看着她的眼睛。

大脑袋下飞机前，我曾拜托他给一个人传句话。那个人就是黄烟烟。我知道自己即将身陷牢狱，但外面有件关键的事情，必须交托可以完全信赖的人。尽管那时候黄烟烟恨我入骨，但我仍相信她是最好的选择——本来我还考虑过药不然，但这个家伙有点太过跳脱，做事不能让人完全放心。

黄烟烟闻言，眼神闪动，手攥了又攥，这第二个巴掌，终究没有落下来。我忽然想起什么，从兜里掏出她的那枚青铜环，交到她手里，轻声说了一句谢谢。这是我掉进盗洞时她扔下来的，如今算是物归原主。黄烟烟眉头一蹙，把它接过去，"啪"地又重重地扇了我一记耳光。

这时候付贵在一旁提醒道："喂，我从天津冒这么大风险来这儿，是为了给许一城许老哥洗刷冤屈，不是看你们打情骂俏的。黄姑娘，你账算清楚了没？咱们好说正事了。"黄烟烟冷冷瞥了眼我脸上的五道指印："算清楚了。"

"都还清了就好。这世上两本账不能欠，一本风流账，一本恩义账，算错了可会惹出大麻烦。"付贵一脸揶揄。我抚摸着脸庞，尴尬地点着头，巴不得赶紧换个话题："你怎么会去找付老爷子？"

黄烟烟道："是你自己说的，要提防五脉里的人，我别无选择。"付贵补充道："这丫头找到我时，吓了我一跳。丫头说你小子有危险。老许的后人我不能见死不救，这把老骨头只好冒险出来闯一闯。"

"可你们怎么知道我有危险？"我问。

付贵道："黄丫头说了，这次黄家报案的事，黄克武并不知情。也就是说，试图借黄家整你的，另有其人。这个人所图非小，视你为眼中钉。你留在看守所内，等于是任人宰割，绝不安全。"

他的说法，跟刘一鸣截然相反，我不禁哑然。

我把今天刘一鸣的事说给他听。付贵笑道："这并不算矛盾。刘一鸣的话，倒也没错，但他只算到你在狱中会平安无事，这是守势；而我把你劫出来，则是个攻势。兵法有云，做敌人最不愿意做的事情，把你从牢里弄出来，等于为那幕后黑手平添一分变数，他只能进行补救，早晚会露出破绽，那就是咱们的机会！"

说到这里他重重一拳砸在桌子上，把上面的相框震得差点倒地，眼神凶光毕露。付贵当年在北平地皮上，三教九流什么场面都见过，奇案怪案也破了不少，无论眼界还是见识都是一流。经他这么一分析，我才明白原来劫我出来还有这层深意。

"辛苦老爷子了。"我真心实意地向他道谢。付贵至今在沈阳道还被悬赏，却跑到北京来劫看守所的囚车，这份胆识、这份义气都不得了。我心中感激，深觉我爷爷当年没交错这个朋友。

"你别谢我。"付贵摆了摆手，"我帮你，一是看许一城的面子；可更主要的是，我对当年他的作为也一直想不通。等这件事圆满解决，你要完完整整说给我听，让我这老头子闭着眼睛进棺材。"

我举起右手食指、中指、无名指三个指头，这象征着天、地、人，也代表着君、亲、师，是旧江湖发誓最郑重的手势。我当场郑重起誓，等佛头案真相大白，必将一切细节告之付贵，违者五雷轰顶。

付贵满意地点点头。我问他下一步该怎么办，他说你还记得让黄烟烟去调查的事吗？我说记得啊。

我在去天津和去安阳之前，先后接到过两封匿名信，上面都只有两个字"有诈"，还暗示了一个地址。我最初对此并没特别留意，但随着真相不断揭开，我越发感觉，这两封匿名信对于谜团的破解至关重要。所以我让大脑袋给黄烟烟传话时，特意叮嘱她针对这个地址调查一下。

写信之人熟知我的行程，必然与五脉有关。黄烟烟利用自己的优势，把调查重点放在五脉成员与这个地址的重叠上。结果发现，那个地址是一家高级品茗会所，会所的管理者姓沈，叫沈君，是青字门掌门沈云琛的远方侄子。

黄烟烟提醒我，那天五脉聚首的晚宴，他也去了，就站在沈云琛身后。我回想了一下，依稀记得那张脸有点熟悉，可他一直躲在阴影里，一句话都没说，印象不是特别深刻。

这个人给我连写了两封匿名信，却又不肯透露身份，到底有什么用意？可惜那个会所管理很严格，只接待港澳台来投资的商人，即使是黄烟烟也没办法大摇大摆进去。付贵唯恐打草惊蛇，没让她继续试探，而是留给了我。

"他既然暗示了你地址，一定有办法让你进去。"

我忽然想起来了。在那天晚宴上，沈云琛曾经给过我一张名片，说有事可以拿名片找青字门帮忙。那名片质地很不一般，有竹子纹理，想来是特制的。这事沈君也知道，我凭着它，说不定就能进入那个地址。

付贵一拍手："很好！没问题了，咱们事不宜迟，马上出发。"

"现在就走？"我一愣。

"你还打算在人家闺房待多久？"

我这才意识到，这房间原来是黄烟烟的闺房，顿时有些手足无措。烟烟一脸淡然："这房子我很快就卖了，所以没相干。"说完她先推门出去了。

付贵耸耸肩，拿出一顶宽檐鸭舌帽给我戴上，又弄了个口罩："现在劫囚的消息，新闻和报纸都没提，看来被有心人给压下来了。但警察外松内紧，盘查得很厉害，你出门前稍微伪装一下。"

我接过行头，给自己围起来，三个人一齐出了门。门外停着一辆桑塔纳，黄烟烟拉开驾驶室的门，迈开长腿坐了进去。我考虑到不要引人注目，就选择了驾驶室后面的位子。刚坐进去，黄烟烟突然回头，露出一个僵硬的笑容："对了，我忘了恭喜你，木户家的乘龙快婿。"

我一时语塞。木户加奈在回国之前，果然把我们的婚事告诉了五脉的人。这件事虽是权宜，可确实无可辩解。

"对不起……"我真心诚意地说，一阵阵地心虚。也不知道这一声道歉是指我在安阳骗她，还是指我跟木户加奈结婚。

黄烟烟耸耸肩，表示这事跟她没什么关系，我不需要解释。我用手把住前方的座位，把头探过去："烟烟，我……呃，谢谢你这次还肯相信我。我会告诉你所有的事情的。"

黄烟烟从遮阳板里弄了副墨镜戴上，遮住了大半张脸："我只想知道，谁在拿黄家当枪使。"她冷冷的语气里蕴含着杀气。

我悻悻缩回头来，偶然抬眼一瞥，发现那个青铜环恰好用一根蓝丝线拴住，正在后视镜下轻轻地晃动着。

那家高级品茗会所位于城东建国门附近，距离外交公寓很近。我们的车没法在那里停，于是我和付贵先下了车，黄烟烟找地方去停车。付贵不知从哪里弄来一个小窃听器，让我装在身上。他则躲在附近，负责监听。这个无法无天的探长，甚至还弄了一套警服，万一出现非常情况，他打算冒充警察去干涉。

我一切弄妥当了，迈步进了会所，迎头就看见"飘香品茗"的金匾额。这会所里真是气派，厅内摆放着四把檀木椅、两把太师椅，还有两扇人物画屏风，都是明清真品。柜台后头一个竹格大橱，里面的分格错落有致，放着各色茶叶，以及存放者的姓名。

见我进来，一个旗袍美女迎了上来，略一打量，便满是歉意地说："对不起，先生，我们这里只接待会员。"我拿出名片递给她："我想见见你们经理沈君。"旗袍美女一看那名字，脸色微变，连忙回到柜台，打了一个电话，很快又放下了："您好，请您到竹思厅稍候，我们经理马上就到。"

然后旗袍美女带路，把我一路带入室内。这会所真是不小，处处曲径通幽，我都快转晕了，突然在前方走廊旁出现一簇竹林，想必就是她说的竹思厅了。我信步刚要迈进去，从一旁突然伸出一只手来，一下把我的嘴捂住。我想要挣扎，却一点力气都没有，眼睁睁看着那手把窃听器取走，轻轻交给带路的旗袍美女。而我则被一路拖行，拖到一间狭窄的办公室内，丢在地上。

这时我才看清拖我走的那人。这是个身高近一米九的壮汉，剑眉短发，鼻梁高挺，唐装下的肌肉块隆起，难怪我一点反抗能力也没有。

"许先生，我没想到你这么鲁莽。"壮汉坐在办公椅上，这张单薄的椅子似乎支撑不住他的重量，发出咯吱的声音。

"你是谁？"我抬起头，忽然觉得这人似乎有点眼熟。

"您可真是贵人多忘事呀。"壮汉咧开嘴，露出两排雪白的牙齿，"许和平教授被抄家那天，我可是被你打断了两条肋骨呢。"

我父母自尽那天，学校的革委会战斗队的头头带着一群人来抄家。那头头叫魏大军，大学篮球队主力，也是我父亲的学生之一。那一天，我因为愤怒而迸发出强大的战斗力，打断了他的两条肋骨，他在医院里躺了好几个月，我也因此被拘留了好几天。在那次打架以后，我再也没见过他，没想到十几年后居然在这里遇见了。

"你是……魏大军?"我惊讶地喊出他的名字,脑海里的记忆慢慢苏醒。魏大军扯开衣领,用手指着自己胸膛,感慨地说:"那两截钢钉,至今还在骨头里呢。今天它们隐隐作痛,我就预感你要来。"

我脊背上流出冷汗,这世上怎么会有这么巧的事,在青字门的会所里,居然碰到了一个并不太想见的故人。他把我拽到这里来做什么?难道是为了报当年的仇?想到这里,我下意识地朝门外瞟去,魏大军笑了笑:"甭找了,那个窃听器已经被我送到竹思厅里,你的同伴,现在恐怕还以为你在安静地等待着呢。"

我努力让自己镇定下来,疑惑道:"你怎么会在这里……不,你怎么知道我会来这里?"魏大军歪了歪脖子,把椅子挪近一点,用手指向自己:"因为两次给你写信的人,不是沈君,而是我啊。"

我大为愕然,这到底是怎么回事?我的视线看向办公桌上的一摞报纸,还有一个放派克钢笔的架子。几乎可以肯定,那两封匿名信就是在这里完成的。

魏大军没有马上解答我的疑问,而是换了一个问题:"你来之前肯定做过调查,对沈君这名字有没有印象?"我摇摇头。我第一次知道这名字,就是刚才从黄烟烟的口中听到。

"也难怪……你当年年纪不大,记不住那么多……"

他把身体朝后靠去,双手搭在腹肌鲜明的小腹处,那种嘲讽的表情消失不见了,取而代之的是一种混杂着怀念与歉疚的神情——不知为何,还有一抹淡淡的哀伤。

"他和我是大学同学,也是许和平许教授的学生。"

我一听,几乎惊呆了。我一直以为我父亲彻底断绝了与五脉的来往,可他的学生中,居然还有五脉的子弟。

"我父亲,知道这件事吗?"

"应该不知道吧……"魏大军摸摸下巴,"许教授对人热情,但心思太单纯了,他脑子里只有教课,对其他事情都不感兴趣。要不然,那时节我们怎么会骂他是白专呢——唉,冤枉了一位好老师啊。"说到这里,魏大军自嘲地笑了笑。

"岂止是冤枉。"我冷冷地评论道。魏大军脸上掠过一阵阴影,嘴唇嚅动几下,终究没说什么。我又追问道:"你接着说那个沈君,他和你,到底做了些什么?"

"都是年轻时的荒唐事了……"声音无限感慨。

魏大军说,他跟沈君是同班同学,从大一开始就一起上许教授的课,两人意气相投,关系特别好。到了"文革",魏大军仗着出身好、成分硬,干到了工农兵坚决战斗队的总队长,沈君则出任军师一职,给他出谋划策。两个人联手,把周围一片学校全都打趴下了,无人敢惹。

　　工农兵坚决战斗队主要有两个任务:一个是对外跟其他院校的红卫兵对抗;一个是揪出自己大学内的各种牛鬼蛇神,大肆批判。前一个任务的指挥是魏大君,后一个任务的策划,则是沈君。沈君在这方面拥有极强的天赋,那些老教授、老学者的黑历史、黑言论无论隐藏得多深,他都能一一挖掘出来,引经据典形成罪名。所以他们的大学三天两头就会召开批斗大会,每次都有新鲜东西,显得比其他院校更革命。不过沈君从不居功,总是把光荣让给魏大军,所以知道他名字的人,并不多。

　　有一次,沈君找到魏大军,给了他一份计划,列出了几位"尚未深入揭批"的教授名单,其中包括了许和平的名字。魏大军有些犹豫,因为这几位教授在学生中口碑还不错,许和平还曾经帮过他。但沈君告诉魏大军,革命不是请客吃饭,不能温良恭俭让。他已经组织好了充分的批判材料,足可以把那些人打翻在地,再踏上一只脚。

　　既然他这么说,魏大军也就不再反对。战斗队对这一套流程轻车熟路,先是铺天盖地的大字报,然后是系内批判、院内批判,进而发展到全校批判,甚至还要把这些教授押送到其他院校游街。在新一轮的攻势下,有些教授屈服了,主动承认了罪行,有些教授发了疯,只有许和平夫妇坚决不认错。魏大军决定,必要时刻可以动用非常规手段,却听到了一个消息,许和平夫妇投了太平湖自尽。

　　魏大军听到这消息时,心中大为震惊。可沈君告诉他,这些反革命分子妄图以死来逃避批判,绝不可遂了他们愿,建议立刻组织人前往抄家。于是魏大军带着大队人马杀奔我家,与刚回家的我迎头撞见,然后就有了那一场斗殴……

　　"许教授是一个好师长、好前辈,现在回想起来,他对学生的照顾,真是无微不至。可惜啊,那时候我们这些年轻人头脑简单,容易激动,几乎没有明辨是非的能力,竟然……许愿,我其实是你的杀父仇人。"

　　魏大军说到这里时,双目泛红,手指支在桌子上微微颤抖。我心中百感交集,不知该揪着他的衣领痛斥,还是淡然处之。

　　"你现在后悔了?"

　　"是,但不是现在,而是在你把我打伤以后,我就被打醒了。我在医院躺了几个月,想明白了不少事情。可对许教授的伤害,让我一直有愧于心。我一直……一直想找个机会，给许教授，还有你当面道歉，不然我的灵魂会不安。"魏大军把手按在胸口，表情肃穆。我这才注意到，他的脖子上居然挂着一个十字架。

一个当年豪气干云的红卫兵小将，如今却选择了皈依上帝，这样的变化，让我感慨万千。

我静静地看着魏大军，我本该恨他入骨，可奇怪的是，我居然没什么恨意。那是个疯狂的年代，所有的正常人都陷入疯狂，这是时代的悲哀，不是某个人的错。魏大军这么多年来，始终被这种歉疚折磨着，说明他这个人良心未泯，仅这一点就已经强过了太多的人。

"所以你留了字条，是为了专程向我道歉？"

"是，但不只是这样。"魏大军别有深意地看了我一眼，"故事还没有结束。"

魏大军继续说，他出院以后，就辞去了战斗队的职务，去了辽宁农村插队。而沈君在全国搞串联，两个人失去了联系。后来"文革"结束，魏大军回到城里，无所事事，在一家国营单位当保卫科长。他无意中碰到沈君，后者在家族的扶持下，正在经营茶叶生意。沈君挺念旧情，便把魏大军也招进公司，一起创业。这家会所，沈君的总经理只是挂名，真正长年镇场子的人，是魏大军。

也就是在这个时候，魏大军知道沈君原来是属于一个叫中华鉴古研究学会的组织，也了解到了其背后五脉的存在。一次偶然的机会，魏大军从沈君口中得知，原来许和平教授竟然是白字门的唯一后人，不由得大为震惊。一个青字门的子弟，居然成了失落的白字门后人的学生，这件事真的是巧合吗？

魏大军这时意识到，那一连串抄家的行动，恐怕也不是单纯的革命行为。沈君在策划批斗时，若有若无地把矛头指向许和平家，只不过这个意图隐藏在其他一系列批判中，很不容易让人发现。魏大军对许和平心存愧疚，决定把这件事情弄清楚，就去找当年的几个当事人询问，这一问，还真问出了两条线索。

一条线索是，沈君是被保送进这所大学的，而且保送他的中学，是湖南的某一所高中。他学历档案里的籍贯，是假的。

而另外一条线索则更为重要，在抄完许和平家的当夜，有人看见沈君偷偷跑去许教授家里。据目击者说，他开始以为沈君想贪点小便宜，捡点洋落儿[1]。可是他偷偷看了一阵，发现沈君是在屋子里到处翻检，似乎在寻找什么东西。

[1] 指意外的财产或好处。

魏大军猜想，也许是许和平家里藏着什么东西，引起了青字门的关注。青字门把沈君派入大学接近许和平，想把这件东西找出来。为了不让许和平觉察到，还特意将沈君的籍贯改到了外省。

这个故事听完，我陷入了久久的沉默。我一直认为，我父母是因为不堪受辱，才双双自尽，这是"文革"的悲剧。可万万没想到，他们的死亡背后，居然还隐藏着如此的玄机。沈君试图寻找的，毫无疑问是木户有三还给许和平的那两本笔记。其中《素鼎录》是在我手里，那么另一本，说不定就是被他拿走了。

闹了半天，"文革"只是个背景，魏大军只是枚棋子，真正的因果，还是要归结到我爷爷许一城，甚至要归结到千年前许衡与则天明堂玉佛的渊源。

一种惊悸的感觉袭上心头，难道我许家真的无法摆脱这玉佛的诅咒，每一代都要因它而死？

无论如何，有一点我可以确定，沈君的动机，肯定跟袭击我的幕后黑手有关。第一次，我摸到了这黑手真实存在的证据。我问道："听你这么推断，沈君的背后主使者，莫非是沈云琛沈老太太？"

"我看未必。"魏大军换了个姿势，声音不自觉地放低，"其实沈君对沈云琛一直很不满，总说她太保守了，说这个行业也要有改革精神，步子要迈得大一点。我觉得沈君身后的人，可能是老朝奉。"

"老朝奉？"

"这大概是一个代号，或者尊称，我只是偶尔听沈君提及过。他谈起这个人时，语气很尊敬，但指代的到底是谁，就没人知道了。那个人在五脉里似乎建立起了一个庞大的渠道，利用鉴古学会的资源与人脉，制造赝品，走私文物。"

我心中一动，姬云浮也说过类似的话。

"那你给我写匿名信说有诈，是什么意思？"

魏大军说，沈君很信任他，所以五脉聚首的事他略知一二，甚至知道我受命去调查佛头。他知道五脉中隐藏着害死许教授的"老朝奉"，现在许教授的儿子又牵涉进这件事情，他们一定会再次出手。魏大军不希望这种悲剧再度发生，为了赎自己的罪，他暗中写了匿名信警告我，想叫我远离这摊浑水。在我置若罔闻的情况下，他又冒险写了第二封，再次警告。

"不过现在看你这架势，恐怕劝你抽身离开也是不可能了。"魏大军苦笑着说。我坚定地点点头："现在已经不是我一个人的事，而是关系我的父亲、我的祖父，还涉及好几条人命。我不能退。"

"老朝奉是谁，恐怕你只能亲自去问沈君了。"

说到这里，魏大军长叹一声，起身走到窗口，倒背双手沉声道："你如果想见沈君，就去后海胡同，他每个星期四都会去那儿喝茶。沈君是我的朋友，也是我的恩人，我不会帮你们更多了。"我默默地点点头，我能感受他的矛盾与痛苦。

背对着我的魏大军沉默了一阵，做了一个请离开的手势。当我走到门口时，身后又传来他有些迟疑的声音："许愿，我可以得到你的原谅吗？"

"我不知道……但如果真有天国的话，我想爷爷与父亲此时都看得到。"

"谢谢你，愿主保佑你。"他的声音有一种长久压抑消除后的轻松。我推门走了出去，身后传来魏大军虔诚的祈祷。

我从会所出来，付贵都快急坏了。他一直监听着窃听器，发现半小时都悄无声息，就意识到出事了。我再晚五分钟出来，他就打算穿起警服闯进去了。

我把魏大军的事约略一说，付贵和黄烟烟听了都大为惊异。尤其是黄烟烟，脸色变得奇差："许愿，你是否还记得龙纹爵？"

"怎么会忘呢……"我嗫嚅道。正因为黄烟烟带着龙纹爵去安阳，才引出来后面的一系列事情。

"事实上，要求我带龙纹爵去安阳找郑国渠，那也不是我爷爷的意愿，而是几位门内长辈一起要求的。我没办法，只得听命行事。"黄烟烟很难得地一口气说这么多话。

我眉头不由得紧皱起来。听黄烟烟这么一说，我感觉到，现在五脉里似乎存在着一股势力，已经超越了门派之限，能够在几位掌门之下偷偷地搞起串联，甚至越过掌门来操纵内部事务。

"咳，发什么呆。把沈君逮住，不就什么都问出来了？"付贵不以为然地说，他是个行动派。

明天就是星期四，我和付贵、黄烟烟简单商量了一下，各自分头去准备。到了次日，我们早早赶到后海胡同附近，很快就看到一个中年男子踱着步子，慢慢走进胡同。黄烟烟首先走过去，把他拦住了。沈君一看是她，不禁一愣："烟烟？你怎么跑这里来了？"

黄烟烟随便找了个理由，与他攀谈。她在五脉之中名声很大，沈君不好拂袖而去，便跟她站在原地闲扯。我和付贵化装成环卫工人，慢慢接近他，突然发难，一人抓住他一条胳膊。付贵手腕一抖，用一方蘸着乙醚的手帕遮住他口鼻，沈君当即不省人事。

　　我们把他放进垃圾车底，大摇大摆地推出去，来到我们临时租的一间平房里。黄烟烟身份敏感，留在外头放哨，只留下我和付贵。我们把沈君绑在椅子上，用凉水把他浇醒。他醒来以后扫了一眼，便明白发生了什么事情。

　　付贵很兴奋，说他好多年没审过人了，手艺都快忘了。吓得我赶紧叮嘱他，不能用旧社会那一套。付贵嗤笑一声，说你们这些孩子懂什么，从前的警察，有的是办法让犯人不见任何伤痕，还痛不欲生。

　　我们两个的这段对话没避人，有意给沈君施加压力。可是他听见以后，却是一脸不屑："许愿，你一个畏罪潜逃的罪犯，不去自首，还胆敢绑架公民，就不怕罪上加罪吗？"

　　看来我从看守所逃走的消息，五脉里已经都知道了。我慢慢走到沈君面前，眼睛直视："当初你也是我父亲的学生？"

　　沈君没料到我第一个问的居然是这个问题，他愣了一下，忽然哈哈笑了起来："不错。我还见过你几次呢。"

　　"你进入那所大学，就是为了接近我父亲吧？"

　　"不错。"沈君回答得倒真痛快，"本来我想扮演个好学生，讨得许和平的信任。可惜他根本不识趣，怨不得我用一些极端手段，借一借'文革'的东风。"

　　我看他说得平心静气，和说早上起来吃饭刷牙一样平常，气得牙齿咯咯作响，直想冲过去给他一拳。沈君眯起眼睛，看着我的表情，唇边露出一丝古怪的微笑。

　　"到底是谁主使你这么做的？"我大吼道。一想到就是这个人害死了我父母，我就很难保持冷静，何况他和佛头案之间还有千丝万缕的关系。沈君没有回答，他居然在笑。我一看到他的笑脸，血气涌上头来，过去狠狠地打了他两巴掌，打到他嘴角沁出血来，可那诡异的笑容还挂在脸上。

　　"说，老朝奉到底是谁？"

　　沈君的瞳孔发生了微微的变化："哦？你连老朝奉都查出来了？不简单嘛。"

　　"别着急，小许，所有的犯人开始时都是这副样子。"付贵拍拍我的肩膀，拿出一块白纱布,在沈君面前一晃:"小伙子,你知道这是什么吗?"

沈君冷哼一声,像是看白痴一样看着付贵。付贵道:"这是一块普通的纱布,透气性很好。等一下我会把它蒙在你的脸上,然后把你的脸仰放在水龙头下,让水慢慢滴到你脸上。"

沈君冷笑道:"那又如何,给我洗脸?"付贵道:"开始的时候你不会感到痛苦,不过慢慢地,你就会有窒息的感觉,这感觉逐渐扩大,让你的感官变得极为敏感。每一滴水,都像一枚扔到你脸上的炸弹,让你痛不欲生。我们那会儿,管这个叫作龙王拜寿。"

"故弄玄虚!"

付贵把沈君放平,纱布蒙脸,然后轻轻把水龙头扭开一点,刚好让水形成一滴滴流出来,中间略有间断。这些水滴滴到纱布上,开始时无法渗透,只是让纱布变得略微湿润。慢慢地,整块纱布都被浸湿,水再滴下来,就会透过纱布流到沈君的口鼻处。

我能听得出来,沈君的呼吸开始时很平静,然后变得急促,五分钟过去,呼吸声已变成呼哧呼哧的声音,胸部也不断起伏,看来付贵的手段很快就会见效了。付贵如同一个恶魔,附在沈君的耳畔悄声说着:"招出来吧,你就可以轻松些。"沈君唔唔着,身体还在挣扎,像砧板上的鱼。

虽然他是我的仇人,可我对这种逼供还是感到不舒服,转身走出屋子。黄烟烟正好迎面走回来:"有人来了。"

"谁?"我闻言一惊,这间屋子应该只有我们三个知道。

"药不然,我让他过来帮忙。"

我一听是他,顿时松了一口气。如果说五脉里谁能够信任的话,除了黄烟烟,就是药不然了。前几天一直没来得及通知他,这次绑架沈君是大行动,我担心人手不够,便让黄烟烟偷偷告诉药不然。我还特意叮嘱,不要勉强,毕竟我现在是逃犯,把无关的人拉下水不合适。

没想到药不然这小子一副浑不吝的性格,二话没说就跑过来了。

他一见到我,激动得够呛,伸开双臂来了一个法国式的拥抱,嘴里不住念叨着"×,哥们儿,哎哟我×!"拥抱完了,他又一拳捣到我肩膀上:"你个臭小子!不拿哥们儿当兄弟是吧?在安阳说跑就跑,在岐山冒充老百姓坑蒙拐骗,又跟日本姑娘流快活。现在回北京了可好，宁可告诉烟烟，也不跟我说一声，重色轻友啊！"

药不然瞪起眼睛，一脸愤怒。我跟他连连道歉，他才算心满意足。寒暄完了以后，药不然收敛起笑容："详细的事我都听烟烟说了。没想到你小子惹出这么大的麻烦，这是要跟五脉公开对着干哪。"

"你怕了？"

药不然搓搓手，两眼放光："怎么会！反抗家族统治这种事，光是想想就够让人热血沸腾了！算我一个。"我跟他握了握手，相视一笑。里屋忽然传来一声呼喊，药不然猛然转头，饶有兴趣地问道："是付老爷子在审沈君？"

"嗯……"我没好意思细说。多年的教育，让我总觉得刑讯逼供是国民党反动派才用的手段。药不然掀开帘子看了看，对这个水滴刑罚大感好奇，观察了好一阵，才缩回脖子，啧啧赞叹："这玩意儿看上去挺神奇的，能管用吗？"

"既然付老爷子有信心，姑且放手让他试一下——毕竟只有沈君知道五脉中的'老朝奉'何在。"

药不然却摇了摇头："你们都不了解沈君这个人。他性格绵里藏针，看着和气，其实犟得像头驴。你们这么逼供，他未必会吐露实情。"我问他有什么办法没有。药不然挽起袖子："哥们儿跟他混过一段时间，也许能有办法撬开他的嘴。"

我欣然同意，跟他一起走进里屋。付贵还在慢慢悠悠地滴着水，不时转动水龙头，调节水量。沈君的四肢抽搐得一次比一次厉害，跟受到电击似的。我没想到这其貌不扬的刑罚，竟有如此功效，不由得心中一凛。药不然走过去，掀开纱布看看沈君的脸，重新盖好，冲付老爷子比了个大拇指。

"沈奶奶若看见他这副模样，准保气得背过气去。"药不然哈哈大笑。我捅了他一下："你小声点，让沈君听见，你就等于彻底跟五脉翻脸了。"

"怕什么？他们青字门，奈何不了我们。"药不然不屑一顾，还用指头撩拨那层纱布，对纱布下那张扭曲的面孔极有兴趣。

"你可想清楚了，这么一弄，牵扯可就深了。"

"屁！你去西安的汽车票，都是拿我的钱买的！要说牵扯，那时候我就被牵扯进来了，现在可别想把哥们儿一脚踢开。"

我笑着点了点头，可下一个瞬间，却变得错愕，心情突然沉重起来。药不然还在兴致勃勃地观察着用刑，我拍了拍他的肩膀，开口道："不然，咱们是哥们儿对吗？"

"是啊。"

"哥们儿之间应该坦诚对吧？"

"那是当然的。"

"我离开安阳以后，你去哪里了？"

"嗯……烟烟回了北京，我在安阳有点私事，又待了一阵，这也才回北京没多久。"

我闭起眼睛，复又睁开，盯着他的双眼缓缓问道："那你能解释一下，你怎么会知道，我去西安是坐汽车的呢？"

药不然的笑容突然僵住了。

古董局中局1

第十章

佛头到底是真还是假

我从郑别村逃离以后，曾经联络过药不然，让他去安阳火车站跟我交接。我拿到路费以后，当着他的面登上去徐州的火车，然后在汤阴下车，一路乘坐汽车途经新乡、郑州，然后辗转来到西安。

这一段周折的旅程路线，只有我一个人知道，就算木户加奈我都没提过。而药不然刚才那一句话，却让我猛然警醒：他知道我是坐汽车去的西安。

"你是怎么知道的？"我迈前一步。付贵这时听出情况不对，他拧上水龙头，抬起眼来也盯着药不然。药不然勉强笑了笑："我就随口那么一说嘛，坐汽车去西安很稀罕吗？"

"我看不见得。坐汽车去西安不稀罕，但我们是在火车站交接的，你如果瞎猜，也该说火车才对。"

药不然恼怒地瞪着我，右手一拍桌面："许愿，你什么意思，你这是在怀疑我喽？"

"还有，你刚才说我冒充老百姓坑蒙拐骗，你怎么会知道？"

"我是听木户小姐说的啊。"

"我在岐山，只骗过一次人，就是假冒卖文物的农民去骗秦二爷。可这件事，我不曾对任何人讲过，除了秦二爷与胡哥，没人知道。你又是从何得知？"

药不然被我问得哑口无言，额头沁出细细的一层汗水。他还要开口辩解，却被我一声大喝打断："承认吧，你根本没留在安阳。你一直在跟着我，跟着我从安阳一直到了西安，又去了岐山。"

我目光灼灼地盯着他，脑海里的疑惑逐渐清晰起来。药不然愤愤地大叫："许愿你丫儿好荒唐，我好心过来帮你，你这种胡话都说得出口？"我走到他面前，一把抓起他挽起袖子的胳膊："你这胳膊上的抓痕，难道不是从我怀里偷走木户笔记时留下的?"在他的手臂上,几道长长的抓痕犹在。

这一击,让药不然彻底哑口无言。他缓缓把胳膊抽出去,整个人忽然换了一副面孔,以往的轻佻如蛇皮般蜕去,展露出来的,是一副陌生而冷漠的面孔。

"果然是你。"

我的心疼了一下,他可是我在五脉里最好的朋友,我觉得这是可以做一辈子的那种好朋友,我对他的信赖甚至要超过黄烟烟……但当我毫不犹豫地把背部交给他时,却被他狠狠地捅上了一刀。

我没来由地想起父亲留下的那四句话,所谓的"悔人、悔心",就是这种滋味吧。

药不然悠然走到墙角,掏出一支烟给自己点上,仰头徐徐吐了一个烟圈:"我当初一时心软没干掉你,现在想想,还真有点后悔。"

"你不杀我,不是因为心软,而是因为北京抓我的警察已经抵达,你不想节外生枝吧?"我也报以冷笑。

药不然没回答,反而吐出更多烟雾,把表情遮挡在青烟之中。

"我记得离开药老爷子家里时,你曾经说过:'我的理想,可不是五脉那一套陈腐的东西',我原来以为你指的是摇滚,现在看来,我错了。"

我说着这些话,死死注视着他。药不然并没逃避我的眼光,他一脸坦然道:"老朝奉说过,只要是为了自己的理想,即便背弃家族和朋友,又有什么关系?"

"老朝奉到底是谁?"

"这就不是你需要了解的了!"他话音刚落,突然出手,没有扑向我,反而攻向一旁的付贵。付贵早看出不对劲,手里攥起一把水果刀。药不然刚一动脚,他毫不犹豫地挺刀刺去。药不然身子一斜,堪堪避过刺击,右拳挥动,结结实实砸在了付贵的脸颊上。老人发出一声惨叫,整个人被打飞撞到墙上,又弹回地面,晕了过去。药不然收住招式,嘴唇微撇,原本懒散的神情被精悍之气取代。

药不然的手法,不是哪个功夫门派,而是现代散打术,这家伙居然还是个深藏不露的高手。谢老道、姬云浮和老戚头他们,大概就是倒在了这种绝对优势的武力威慑之下。

药不然把注意力转向我:"大许,你我相交一场,若不是因为佛头,也许还能做个好朋友。"他一边说着,一边把盖在沈君脸上的纱布揭开。沈君长长喘息了一声,歇斯底里地喊道:"你还要磨蹭到什么时候,快把我放开!"药不然冷冷道:"我最讨厌别人指挥我做这做那。"说完不耐烦地一掌切到他脖颈,沈君顿时晕了过去。

药不然看也不看自己同伙,弹了弹烟灰:"大许,把木户笔记的译稿交出来,我还能帮你。"

"事到如今,说这些还有什么用?"我冷笑道。

这时门外传来急促的脚步声,黄烟烟一推门冲进来:"不好了,我们被包围了。"她刚说完,就注意到了屋子里的奇怪态势。她瞪大眼睛,不明白到底发生了什么。药不然指着我道:"烟烟,警察是我叫来的。这个越狱犯和同伙试图绑架公民,被公安干警抓获,你我举报有功,可以去讨赏钱了。"

"你背叛了我们?"黄烟烟的判断简单明了。

"不,是想引导你们走入正轨……"

药不然还没说完,黄烟烟已经欺身贴近,二话不说,一双粉拳砸了过去。药不然接下一招,表情明显认真起来,两个人就在这狭窄的屋子里缠斗起来。

黄烟烟是形意拳的高手,加上她身材好,四肢颀长,打起拳来大开大合,如狂风骤雨。而药不然却像一条孤狼,看似左支右绌,却始终没有真正受制。他的每一次移动、每一次出拳或出脚都没有章法,也不好看,但都最简单、最具效率。黄烟烟现在处于极度的愤怒中,略占上风,可这种状态无法持久,时间一长,黄烟烟难免落败。

"许愿,你快走!我不欠你什么了!"黄烟烟突然发出一声高亢的喊叫,整个人朝药不然撞去。药不然若是想杀她,轻而易举,但他选择了后退。黄烟烟吃准他不会真下杀手,故意采用这不要命的打法,好为我拖延时间。

我眼睁睁看着这一幕,几乎呆住了。直到黄烟烟忽然发出一声呻吟,我才如梦初醒。药不然一看我要走,移动身体来阻挡,却被黄烟烟死死缠住。她气喘吁吁,头发散乱,却还在勉力支撑。我犹豫片刻,暗一咬牙,冲到两人之间,挺直了胸膛。

"你们别打了!"我挡在了黄烟烟身前,双手拦住药不然的攻势,"我跟你走,你不要为难她了。"药不然收住招式,没动声色地倒退三步。黄烟烟却怒极:"许愿,你还不走?"

我回头勉强一笑:"我许家历代,都有着四悔的宿命。到了我这里,悔人、悔事、悔过这三悔已然尝到了滋味。我若弃你们而去,势必悔心。我不想把这最后一悔,应验到你身上。"

"笨蛋……"黄烟烟从嗓子里挤出一点声音,全无刚才的气势。

药不然在一旁拍了拍巴掌:"识时务者为俊杰,大许你这么做,是对的。"我冷哼一声:"你可以带我走,但不许为难烟烟和付老爷子。"

药不然为难地敲了敲头:"本来大许你若没识破我的身份,此事都好商量。可惜你自作聪明,点破了玄机。我现在若放他们离去,必然会惹出大乱子。我看这样好了,你们都跟我回去见见老朝奉,盘桓几日。只要过了那一天,就不妨事了。"

"哪一天?"

"你自己去问老朝奉便是。"药不然咧开嘴,笑得天真无邪。

……我摘下眼罩,发现自己置身于一间宾馆房间里,里面只有简单的一床、一桌、一沙发,别无余物。这个房间的窗户都被厚厚的窗帘拉住,大白天的也得把灯打开。

药不然递给我一杯水:"甭找了,付老爷子和烟烟都被安置在别处,他们的安全,就全靠你的表现了。"

"卑鄙。"我说了两个字。

药不然耸耸肩,似乎对这个评价完全不在意。他把腰间那个大哥大搁到桌子上,一屁股坐回到沙发:"等一下老朝奉会来见你。你要做的,就是把在岐山的发现原原本本地说给他听,不要有半点遗漏。"

他语气轻松,和平常聊天一样,但我听得出里面不容置疑的命令口吻。这也从一个侧面表示,药不然虽然对我实施了跟踪,但是关键的几次谈话,他都没有听到,所以才这么急于让我说出岐山的发现。我强压住心中愤怒,开口道:"我能先问个问题吗?"

"问吧。"

"谢老道、姬云浮和老戚头,都是你杀死的?"

药不然毫不迟疑地答道:"不错。"

"可我一直想不通,他们三个人的遇害时间很接近。你是如何在海螺山杀死谢老道,又赶回去杀死老戚头和姬云浮的?"

药不然眯起眼睛:"大许你不妨猜上一猜。"我沉思片刻:"我想到的只有一种可能。你对海螺山附近地形非常熟悉,知道有捷径可走。"

"嗯,虽不中,亦不远。"

"告诉你海螺山捷径的人,是老朝奉。真正熟悉那里地形的人,是他!他曾经去过海螺山。"

"哎呀,大许我就佩服你这点,脑子太清楚了,靠一片叶子就能推断出整片森林。"药不然赞赏地看了我一眼。我冷着脸道:"你原本的计划,是杀死谢老道,毁掉栈道,把我们困死在山顶。但你们万万没有料到,我们找出了山中隧道,顺利脱困。当你返回岐山杀死姬、戚二人后,发现我们居然也平安返回了,仓促之下,只得找汽车来撞我,是不是?"

药不然懊恼地抓抓头:"那次是哥们儿失算了,一时心软没杀死你,只拿了手稿走,结果还他妈拿错了。"

"别扯淡了。"我毫不客气地戳破了他的谎言,"你不杀我,是因为你知道北京来的警察已抵达岐山,你得把活口留给他们。"

"哼,就算是吧。那件事是沈君操作的。他千方百计想看我出丑,我可不会那么容易遂了他的心愿。"

"那么,你是怎么杀的姬先生?"我尽量保持着镇定。

一提到这名字,药不然眼睛一亮:"哎呀,姬云浮姬先生可真是大家风范,脑子好使得不得了。我刚一进屋,他就把我的底细推理得一清二楚,比福尔摩斯和波洛都厉害。他那么一说,我不想杀也得杀了。当然哥们儿我挺文明的,给了他一片药,他很明白事理,知道挣扎也没用,就自己吃了下去,唯一的请求,居然是整理一下他的文物收藏,最后还写了幅字才病发而死,真不愧是文化人。"

我看他神采飞扬的脸,恨不得一拳打过去,心中却在冷笑。他大概还不知道,正是他的自作聪明,让姬云浮留了暗号,我才会得到译稿。

药不然颇为失落道:"要不是你运气好,翻出了稿子,我都有心一把火烧光姬府,省得如今这么麻烦。"

我实在忍不住,拿起水杯泼了他一脸。我打不过他,又有把柄捏在他手里,只好用这种方式表达愤怒。药不然没生气,跟狗似的抖抖头发上的水珠,居然又把脖子伸了过来:"你要觉得这么做能过瘾,我拿花洒头给你。"我看他一副刀枪不入的厚脸皮,悻悻地把水杯放下,只有双目依旧怒气腾腾。

药不然在屋子里来回踱了几步,语重心长道:"大许,其实老朝奉挺欣赏你的。你要是愿意,也能成为我们中的一员。"

"帮你们造假害人?白日做梦。"

药不然叹道:"知道老朝奉怎么评价你们吗?从许一城、许和平到你许愿,你们祖孙三代,都是一样的固执、一样的轴。"

"我们家有自己做人的原则。"我平静地回答。

就在这时,大哥大在桌面上突然开始剧烈颤动。药不然拿起来"嗯"了一声,递给我:"老朝奉打来的,你接吧。"我微微一愣。我本以为他会亲自来见我,却没想到是通过电话。药不然拍拍我的肩膀,拉开门走出去了,屋子里只剩下我和这一部大哥大。

"喂,是小许吗?"

电话里的声音很奇怪,似乎经过特别处理,别说声线,就连男女都听不出来。这位老朝奉,做事相当谨慎。

"是我。你是老朝奉?"

"没错。"

"或者我该称呼你为——姊小路永德?"我握着电话,挑衅般地先发制人。这是和刘一鸣对话的时候学到的,要牢牢地把握发问权,永远不要被对方牵着鼻子走。

面对我的质问,电话那边沉默了片刻,发出爽朗的笑声:"许愿,我果然没看错你。"

药不然刚刚提及,老朝奉对海螺山附近很熟悉。而去过那里的人,除了许一城、木户有三,就只有神秘的第三人。而在佛头案发以后,一个化名姊小路永德的人收回了三本笔记。不难推测出,这两个其实是同一个人,也就是电话另外一端的那个神秘人物——如果这个猜测成立的话,这位老朝奉年纪恐怕已逾古稀了。

"我不想和你浪费时间,你想要什么?"我主动问道。

老朝奉见我痛快,也不再客套,直截了当地说道:"如果有可能的话,我希望你能加入我们。"

"这是不可能的,我想你也知道。"

话筒那边轻轻笑了起来:"许家的人,果然都是这么固执。当年许一城、许和平都说过类似的话,想不到今天我第三次听到。被拒绝了三次,你要理解一个老人的心情……"

我握着大哥大,保持着沉默。老朝奉似乎挺伤心,隔了好久才再度开口道:"提这么愚蠢的要求,是我的错,真是对不起。换一个吧,我要木户笔记的译稿。"

"木户加奈不是带回日本了吗？"

"我相信以小许你的记忆力，不会忘记里面的内容。"

我呵呵一笑："看来你们也不是无所不能嘛。木户加奈手里明明有现成的，你们却束手无策，要用这么低级的手段来问我。"

"没办法。小药办事不力，打草惊蛇，方震对木户加奈加强了保护，一直保护到她返回日本。我们只好来请教你了。"

老朝奉一点也没有文过饰非的意思，反而说得很坦率。我发现药不然的说话风格和老朝奉很相似，他们都很少表现出情绪波动，无论是多么无耻、多么严重的事情，都可以面色如常像聊天一样地说出来。这是一种典型的利益思维，完全不掺杂任何道德因素在里面，也就是说，跟他们谈论道德与廉耻毫无意义。愤怒的指责与咆哮，对他们这种人没有任何效果。

我迅速做了判断，并暗中调整了策略。电话里这个老头子，能够在五脉中隐忍这么多年，暗中积蓄势力，其心志与手段一定非常可怕，何况他手中还握有一把好牌。我必须要冷静，非常冷静，像浸泡在冰水里一样，才能求得一线生机。

"我说出来，有什么好处？"我调整了一下呼吸，把情绪稳住。

话筒那边显得很意外："小许，我才夸你聪明，你怎么就犯糊涂了？现在黄烟烟和付贵在我们手里，你怎么还有资格跟我讨价还价？"

"我看不见得。"我冷冷道，"若只是为了木户笔记，你们何必费如此大的心思。你们把我拘禁在此，想必是有更大图谋，这图谋非我不能完成。不知这是否有资格讨价还价了？"

"不简单，这都被你猜到了。"话筒那边是遮掩不住的赞叹，"你比小药、小沈他们都强得多。真的不肯过来帮我？"

"我说过了，不可能。"

"好吧好吧，真是的，年轻人这么固执……"老朝奉显得颇为无奈，"算你说得对。不过你想要什么？想仔细再开口，机会可只有一次。"

我想都没想，脱口而出："1931年的真相。"

1931年的真相。那是佛头案的关键节点，是千年恩怨的中转，是许家三代跌宕的起源。而我对它的了解，还只是模模糊糊的一点而已。为了拼凑这张巨大的拼图，我还有许多空白需要填补。

话筒那边的老朝奉倒没显出意外:"我就猜到会是这个。看来你还是没放弃给你爷爷恢复名誉嘛。"

"我爷爷身负汉奸之名而死,我父亲隐姓埋名,仍无法逃脱,还因此而自尽。我们许家四悔俱全,背负污名几十年,两代人的悲剧,若连肇始之因都不知道,我实在无法厚颜与你们合作。"

我现在稍微掌握了对话的节奏,对于他们这些人,就要赤裸裸地以利益相威胁。

"你为什么会认定我知道真相呢?"话筒里的声音很是好奇。

"既然你曾经化名姊小路永德去领取笔记,这就不难猜了。我甚至怀疑,第三本笔记如今就在你手里。"

老朝奉哈哈大笑:"你这个问题算是问对人了,除我以外,还真没别人能够回答。好吧,我很欣赏你,就姑且表示一下诚意。你猜得不错,第三本笔记就在我手里,但内容是什么我大概猜得出。我就以此为引,给你讲个故事吧。这故事连小药、小沈他们都不知道,这么多年来,你是第一个听到的。"

他停顿了一下,又开口道:"不过诚意是双向的,你得答应我,听完这故事,就得乖乖地跟我们合作,把木户笔记的内容讲出来,并按我的吩咐去做一件事情。"

"成交。"我毫不犹豫地说道。

老朝奉这个故事,是从1931年的春天开始。当时的老朝奉,还是五脉的一个年轻学徒,年纪轻轻就表现出卓越的手艺,尤其得到掌门人许一城的青睐,被视为接班人之一。有一天,许一城找到老朝奉,说他将与一位日本学者木户有三去陕西考古,需要一个助手,让他打点行装。老朝奉受宠若惊,二话不说就赶往岐山。

到了岐山,许一城才告诉他,他们的真正目的不是协助日本人考古,而是要设一个骗局。老朝奉问到底是怎么回事,许一城却语焉不详,只让他做好自己的工作。

当时许一城还找了第三个人郑虎,在岐山当地铸出一尊青铜关羽像。郑虎离开以后,许一城和老朝奉利用海螺山的山腹隧道,把它运到山顶布置在庙内,然后把隧道口掩埋住,再返回岐山。接下来,木户有三教授如约抵达岐山,与许一城会合,再度前往海螺山。

许一城、老朝奉以及木户有三登上海螺山以后,发现了小庙的存在,并从庙后石柱下挖出玉佛头和垫衬的木身。木户有三欣喜若狂,数度流泪。老朝奉心生疑窦,更趁许一城不注意时,偷偷摸摸去套木户有三的话。木户有三心思单纯,在老朝奉有心询问之下，几下就被套出了真相。

原来木户有三的家族曾经秘藏过一个大唐玉佛头，奉为家族至宝。结果在大明万历年间，一个叫许信的锦衣卫借着明倭战争的时机独闯日本，将佛头盗来中国。木户家的当主大怒，派遣了家族的精英武士木户明雄带人潜入大明，全数战死。但木户明雄在临死前将玉佛身躯毁掉，记下了佛头的封印地点，并把这个消息传回了日本。

这条遗训被木户家世代传下来，一直传到木户有三这一代。恰逢"支那风土会"编制《支那古董账》，资助他来中国考察，木户有三决意把佛头找出来，以遂家族夙愿。而海螺山上的关帝庙，正与祖上传下来的遗训完全吻合，他认定这玉佛头就是自己梦寐以求的宝物。

许一城发现了老朝奉的行为，把他狠狠痛骂一顿，命令其立刻返回北平。老朝奉表面上唯唯诺诺，实际上并没有远离岐山。他凭着自己的智慧推测出，许一城很可能是许家后人，他协助木户教授找到的玉佛头，肯定是赝品。以许一城在金石玉器领域的手段，做出一个假玉佛头不算困难。

老朝奉知道日本人的秉性，他们这次没找到，下次还会来；木户教授就算死了，还会派其他人来调查。与其让他们一次又一次来寻访，不如一劳永逸，用一个赝品了结此事。这就是许一城的计划。

可是，老朝奉有一个疑问：如果海螺山顶的佛头是假的，那么真佛头会在哪里呢？

他一个人悄悄返回岐山，凭着自己对风水的理解，很快锁定了一个疑点——海螺山附近的那座明代坟墓。他盗掘了那座坟墓，发现果然是明代许信的墓。墓里的阴碑记叙，许信虽从日本取回了佛头，却让木户明雄毁掉了佛身，痛悔不已，遂自封坟墓，甘愿在此为海螺山镇魂赎罪。真正的佛头，不在海螺山，而是藏在许信墓中。墓中却是空空如也，佛头不知去向。

老朝奉从墓里爬出来，却发现许一城等在外头，一脸阴沉。老朝奉连连叩头求饶，许一城才饶他一命，把他驱逐出五脉。老朝奉心中无比怨毒，返回北平以后，联络报馆，揭露出许一城盗卖佛头一事。一时间舆论大哗，许一城也因此被捕。

许一城可以说出真相，洗清污名，但日本方面也会觉察到佛头是赝品，必然会卷土重来。因此，他一直保持沉默，默默地承受着指责。

老朝奉忽然想到，他们在海螺山探险时曾经拍过照片。老朝奉虽然没出现在照片中，但如果有心人稍加推演，便会知道他也参与过此事。好在这卷照片的底片都存在味经书院冲洗，只被许一城取走过一张。老朝奉二度奔赴岐山，把剩余的照片做了修改，销毁了底片，这次终于如释重负。

（被取走的那一张，正是许一城送给付贵，付贵后来又送给我的那张合影原版。我听着故事，在心里想。）

可是在味经书院，老朝奉又得知了另外一个令他惶恐不安的消息：许一城曾经在这里买了三个笔记本，里面用加密的文字记录了探险的全过程。如果这些笔记被人解密，老朝奉行踪仍会暴露。他回到北平略作打听，发现三本笔记被当成佛头案的证物，遂化名姊小路永德，把笔记全部取走。

许一城很快被宣判死刑。没有了后顾之忧的老朝奉，决定投靠日本人，而投靠的资本，正是手里的三本笔记和关于佛头的真相。木户有三教授收下了三本笔记，却不承认佛头是假的——这可以理解，日本人最要面子，寻回佛头是已经公开宣扬的成功，不可能再做澄清。于是这件事被压了下来，当事人均三缄其口。木户有三从此再不愿提及佛头之事。

而老朝奉借着木户教授这根线，搭上了"支那风土会"。在接下来的时间里，他与"支那风土会"密切合作，按照《支那古董账》的指导，一边在五脉积蓄力量，一边把许多中国文物偷偷运往日本。因为这事做得隐秘，没多少人知道。

后来历经抗日战争、解放战争，老朝奉凭着机智，没有让任何人觉察到他与日本人有染。中华人民共和国成立以后，文物市场极度萎缩，他跟随着五脉蛰伏起来，并不动声色地吸引了五脉中一些不甘寂寞的年轻人。到了"文革"期间，一次偶然的机会，老朝奉才惊恐地发现，木户教授居然把其中两本笔记送还给了许氏后人。这两本笔记如同定时炸弹一般，随时可能解密，毁掉老朝奉的声望和地位。老朝奉别无选择，只能派出沈君，去毁掉许和平。沈君成功地拿走了其中的一本，而另外一本却一直没有找到……

这一段长长的故事讲完，我的耳朵都听得有些滚烫。我对故事的真实性并不怀疑，许多细节都可以对应上。老朝奉相当坦诚，丝毫不掩饰自己在这故事里的胆怯、卑劣以及利欲熏心，大大咧咧地承认了自己的全部图谋。1931年的真相，就是他陷害许一城的过程。

"也就是说，我爷爷是为了保守佛头赝品的秘密，才选择了牺牲？"我的手剧烈地颤抖，几乎握不住大哥大。几十年的谜团，终于呼之欲出。

"对，他真是个蠢材，用三代人的幸福去掩盖一个并不高明的谎言。"老朝奉毫不留情地进行了批判。

我二话没说，直接挂掉大哥大，然后一个人在屋内号啕大哭起来。

这既是悲愤之泪，又是喜悦之泪。一种喜悦充盈在我的胸膛，我爷爷不是汉奸，他从来都不是。一直郁结在我心头的阴霾，此时已经全部散去。我爷爷和许家历代祖先一样，忠诚地执行着许衡的遗命，用自己的血肉之躯守护着誓言，至死不渝。

我把整个身子蜷缩在沙发上，心情突然变得轻松，然后再度沉重。一个尘封多年的历史真相终于被揭破，但这样一来，我的责任更加艰巨了。1931年许一城完成了他的责任；"文革"期间我父亲完成了他的责任，现在听完老朝奉这一段自白，这份责任转移到了我的肩头。

真相已然揭破，但宿命仍未终结。

讽刺的是，我获取真相的代价，却是与这段真相中的背叛者合作。

我望着冥冥中的父亲与祖父，希望他们能够给我以启示，却没有回应。不知为何，刘一鸣在晚宴上送给我的那句话，突然跳入脑海："鉴古易，鉴人难。"老朝奉之于许一城，沈君之于许和平，药不然之于我，岂不正是如此？

大哥大的铃声再度响起，我拿起电话，老朝奉的声音听起来很愉快："哭够了？"我一时间不知道该说什么好，他无比坦诚地把许一城的故事告诉我，我应该对他心存感激，可他也是这一切悲剧的始作俑者，是贯穿我们许家三代的仇人。

老朝奉道："我能理解小许你的心情。这么多年来，我难得把这个故事完整地讲给别人听。我年纪已经不小，能这么回首往事的机会，已经不多啦。"他的声音里带着几许沧桑，几许感慨。

"你不怕我知道以后，跑出去揭穿你吗？"我反问道。

"事隔这么多年，已不可能被证实，没人会信你的。"老朝奉轻松地回答，表示一切都在他计算之内。

"你为什么要跟'支那风土会'合作盗卖文物？就因为许一城要把你赶出五脉？"

"呵呵，年轻人，你太小看我了。不错，我恨许一城，可我恨的不是把我赶出五脉，而是他那种泥古不化的态度。你知道我在陪同木户教授考察的时候，发生了一件什么事吗？"老朝奉的声音忽然变得激动起来，似乎我的问题触及了他的痛处。

"什么？"我问。

"我们在进入陕西境内以后,目睹一座坟墓被掘开。周围的乡民一拥而上,疯狂地从那座坟墓里抢劫明器。那是一座晋代贵族的古墓,里面不光有大量的玉器、陶器,还有许多帛书、竹简和珍贵的墓葬遗骸。可那些愚昧的村民只认金银玉陶,却把更有价值的丝绢书简踏在脚下。我当时很心痛,里面任何一件东西拿出来,都有可能改写中国的历史,可它们就在我的眼前被践踏成碎片。当抢劫结束以后,整个墓葬已经被搬运一空。木户教授在这里停留了三天,用毛刷和小铲一点点把残片收集到一起,拼回原状,并花了大钱将其中的内容用电报拍回日本。日本人对文化与古物的态度,远远胜过我们中国人。"

"你这是在为自己的汉奸行为找借口。"

"荒谬!古董本是死物,放在土里度过千年,又有什么意义呢?中国人根本不珍惜自己的东西。你看看长城,在中国人手里被毁得乱七八糟;你再看看圆明园里那些被抢走的东西,在大英博物馆里不是放得好好的?你再看看日本保存的那些中国古籍,连中国自己都没有了,都要到日本去抄。与其为了一个爱国的虚名而让宝物蒙尘,不如让文物落入识货人的手中!不错,我是往日本运送了许多文物,但这些文物如今都完好无损地保存着,而那些留在中国的呢?在战乱中被毁去多少,在'文革'中又被毁去多少?你觉得我是在毁它们,还是在救它们?"

老朝奉的声音略显激动,似乎对我的评语感到非常委屈,对此我没有发表任何评论。我现在已经彻底冷静下来了,这是因仇恨而生的冷静,也是因责任而生的冷静。

老朝奉发了一通议论,似乎也舒服了不少。他换了个口吻:"行啦,这些都是过去的事了,咱们应该朝前看。邓小平同志不是说了吗?历史问题,宜粗不宜细。"

"可是你并没有收敛。姬云浮告诉我,现在古董界有一股暗流,似乎与'支那风土会'仍旧有千丝万缕的关系,想必那就是你的杰作吧?"

"你连这个都查出来啦?不简单。不错!改革开放以后,文物市场复苏,我跟日本'支那风土会'的老熟人取得了联系,以他们的财力支持,继续完成《支那古董账》未完成的事情。"

我握着电话,一时无语。

"好了,现在到你履行你的诺言了。"老朝奉催促道。

看在他那么坦诚的分上,我也痛快地把木户笔记的内容说了出来。这里面涉及许多古文常识以及引用书目,老朝奉一听便知,这是不可能做假的。我讲完以后,老朝奉却没有想象中那么高兴："许一城的坚持，居然只是为了一个虚无缥缈的家族诺言？这可太让人失望了。"

"你这种人，大概是无法理解我爷爷的原则。"我反唇相讥。

"哼，许一城还自诩绝不造假呢，到头来，不也弄了个假佛头来骗日本人吗？所以别跟我谈什么原则。"老朝奉在电话那边撇了撇嘴，"只有这点内容？"

"是的，只有这些。"

电话那边沉默片刻，开始自言自语："第一本笔记是《素鼎录》，讲的是许家的古董鉴别法；第二本笔记是佛头考据，讲的是玉佛头的前世今生；看来，第三本笔记里，记录的才是许一城在1931年的真实历程。他当时到底是怎么想的呢？他那个人，我到现在也摸不透……"

"所以你才拼命想把三本笔记的内容都搞清楚？"

"当然啦，我不知道哪一本里他写了我的坏话，万一泄露出去，总是不好的。可恨那个木户有三，我好心送笔记过去，指望他能破译，结果他却束之高阁，不还给我，否则哪儿还用费这么多手脚。"

"如果老戚头在，也许就能解开这个谜——可惜药不然把他杀死了。"我讽刺道。

"好了，这些陈年旧事就说到这里。"老朝奉痛快地转移了话题，"你还答应帮我做一件事，不会反悔吧？"

"到底是什么事？"

老朝奉道："我也是刚刚得到的消息，木户加奈已经说动了东北亚研究会，即将把佛头运抵北京。届时会有一个佛头归还新闻发布会，各级领导都要出席。而你要做的，就是在这次鉴定会之前去告诉刘局，这个佛头是真的。"

我闻言一愣。如果老朝奉关于1931年的真相没说谎，那么木户家的这个佛头，其实是许一城伪造的赝品。他如今让我去指认为真，不知葫芦里卖的什么药。

"发布会一定会请许多专家，刘局怎么会听我的？"我谨慎地问。

"可除了你，谁又是许家后人呢？谁又有《素鼎录》呢？谁又对1931年佛头案有那么深切的了解呢？刘局既然把你牵扯到这件事里，对你必然信任。你的鉴定，一定会被他当作最终的鉴定。"

我握着电话，大概明白了老朝奉的如意算盘。佛头归还是刘局与刘一鸣一力操持，如果我坚持是真品，他们就会依照原定计划召开新闻发布会，将此事公开。而在这时，老朝奉站出来指出佛头是赝品，那么上级必然会为之震怒，刘局和刘一鸣的位子绝对不保。以老朝奉在暗处的实力，便可轻易夺取中华鉴古研究学会的大权。一想到这里，我冷汗涔涔。届时以研究学会的底蕴和人脉，加上老朝奉这么多年苦心构建的文物网络，做起赝品和盗卖生意来，绝对是如虎添翼。

而我，将是扳倒刘一鸣和刘局最关键的一枚棋子。

"刘局和刘一鸣，一个小东西，一个老东西，本想借着佛头归还之事打击我的势力。他们死也想不到，他们最倚重的一枚棋子，如今却被我捏在手里。"

我一听，顿时无语。原来这一切早有预谋。刘局那么积极地把我引入局中，张罗着什么五脉聚首，原来是存了打击老朝奉势力的心思。而这老朝奉一面清除着和自己有关的黑历史，一面不动声色地酝酿反击，手段也强得惊人。可怜我这凡人一心为洗清祖父名誉，到头来却只是这两拨神仙手里的法宝罢了。

如果我顺从了老朝奉的计划，五脉将遭受毁灭性的打击，我祖父许一城的忍辱负重，将付之东流；父亲许和平遭受的冤屈，也将永远无处伸张。

可是，我能拒绝吗？

我没法说不。一个"不"字出口，黄烟烟和付贵都将性命不保。老朝奉就是算准了我重情义这个软肋，他可以毫无顾忌地把所有的阴谋都告诉我——这已经不算是阴谋，而是阳谋。

"我得考虑一下。"我努力调整着呼吸。

"我知道这不容易。给你一天时间，不能再多了。具体的安排，你可以跟药不然说。"老朝奉的语气不容商量，他说完这一句，立刻把电话给挂掉了。

药不然似乎有心灵感应似的，电话挂掉的一瞬间，他推门从外面进来："谈完了？"

"谈完了。"

"顺利吗？"

"我看不见得。"

药不然咧开嘴笑了："大许你还真是个犟嘴鸭子，都答应老朝奉了，还摆出这番不情愿的脸色。"他看我脸色很不好，也没过多刺激，把大哥大拿起在手里："你今天就待在这房间吧，需要什么，用这个房间通话器告诉我。这屋子里没电话，你也甭想跟外头联系——不过大许你是聪明人，知道逃走或者跟别人多嘴的后果。"

我端坐在沙发上，忽然问道："你为什么会选择跟着老朝奉？作为药家嫡长孙，你的前途应该足够美好了。"

药不然发出一声嗤笑:"美好?从他们禁止让我加入摇滚乐队开始,我就知道,从那里根本得不到我想要的。"

他的眼神闪过一丝不易觉察的黯然,旋即又隐藏起来。我想到我们离开药家前的那场谈话,不知道是他的真情流露,还是经过计算的演技——不过这些都已经不重要了,我们之间已经被姬云浮等三个牺牲者结成了死结,我知道这点,他也知道。

"别管别人了,好好想想自己吧。"

药不然哈哈一笑,推门离开,把我一个人剩在屋子里,像是一只被困在笼中的鸟。

我在屋子里来回踱步,拼命思考。我只有一天时间。我必须在这段时间里,想出一个办法。现在我们的信息完全不对等,老朝奉手里多捏着数张大牌,而我手里的牌却悉数被他掌握。如果我再摸不出一张王牌,到了新闻发布会那一天,我将只能按照老朝奉的剧本出演。

眼看着时间一分一秒地过去,我把所有的线索都梳理了几遍,却完全没有任何头绪。因为过度紧张,我头疼得厉害,不得不躺回到床上,脑袋似乎要被盘古一斧劈成两半。我闭上眼睛睡了几分钟,疼痛却丝毫未止,只得爬起身来,喝了一杯白水,嗓子却依然干燥得厉害。

我下意识地摸摸自己的脸颊,发现滚烫,都有点烧手。我晕晕乎乎地走进卫生间,用凉水扑了扑脸,这才感觉稍微好点。我抬头看了看镜子,惊讶地看到一张苍白、疲惫而且全无生气的脸,就像是一张被水泡过很久的黑白照片。

古有伍子胥过文昭关,一夜愁白了头,今天我恐怕也要重蹈覆辙。我比伍子胥还惨,人家愁白了头,还能过了关去,我却还不知道要如何过关。

我端详着镜子里的自己,心中悲苦,一瞬间甚至想过,学我父亲自尽,会不会是一种解脱?这个念头一闪而过,把我吓得冷汗直冒,几乎站立不住,只得伸手扶住镜子。

一道光芒霎时闪过。

等一等,镜子?镜子!

我忽然想到,我遗漏了一个关键线索。许一城临死前曾送给付贵一面海兽葡萄青铜镜,这镜子后来被郑国渠收购,已然化为碎片。不过镜子上刻的两个字却保存了下来:"宝志"。这个线索,除了我和郑国渠,没有人知道。

我不知道"宝志"那两个字隐藏着什么隐秘，但这是我唯一的机会。于是我俯下身子，按动通话器："药不然，给我送一套《景德传灯录》来。"

姬云浮给我的译稿题头，写了一句他的批注："是稿当与《景德传灯录》同参之。"他用意何在，我不知道，不过我相信他不会乱写，这部书一定跟佛头有着密切的关系。

《景德传灯录》和"宝志"，这是我手里剩下的最后两张暗牌，如果我悟不出其中玄机，那就一点希望也没有了。

药不然虽不知我的用意何在，但也没多问，很快就给我找来一本，而且还是上海书店出版社的《四部丛刊三编〈景德传灯录〉》。我躺在床上，慢慢地翻阅着，希望从中找出启示来，直到抱着书沉沉睡去……一天时间很快过去，我起了床，洗漱一番，要了一份蛋炒饭，狼吞虎咽地吃完，告诉药不然我已经准备好了。药不然开门进来，说咱们走吧，我却把他拦住了。

"我要跟黄烟烟通话，确定他们平安。"

"不行，等到你办好了事情再说。到时候别说跟她说话，就是娶了她，也有老朝奉做主呢。"药不然笑眯眯地回绝了我的要求。

这个反应是在我预料之中，于是我又提了第二个要求："那么我需要你们的保证，一旦老朝奉得手，你们必须立即放人，一分钟都不许耽误。如果这个要求不答应，我就不去了。"

药不然略微思索了一下，答应得很爽快："这没问题。现场有大哥大，马上就能证明给你看。"

"好，接下来我们去哪儿？"

药不然神秘地眨了眨眼睛："回到最初。"

回到最初。

我被卷入此事的最初起点，是我家那个名叫四悔斋的小店。在那里，方震趁夜拜访，把已决意安静度过这一辈子的我，推入到五脉的旋涡中来。

药不然把我送回到了琉璃厂就走了。我慢慢推开四悔斋的大门，屋子里的一切和我离开时一模一样，熟悉的气味弥漫在四周，让我紧绷的神经稍微放松了一些。

这里是我的家，也是一切的起点。

我安静地坐在屋子里，父母的平反申诉材料和《素鼎录》摆在我的面前，向我无声地诉说着不该遗忘的故事。我闭上眼睛，心境却无论如何也难以平复。许衡的一生、许信的一生、许一城的一生、许和平的一生、我的一生，这许许多多人的一生，画成许多圈子，彼此嵌套，互相影响，让人难以捉摸。

我正在沉思。这时候，屋子外面传来一阵声音。声音低沉，像是蚕吃桑叶的沙沙声，慢慢由远及近，虎伏着飘过来。橱窗玻璃随之轻振，里头搁着的几尊玉佛、貔貅像是看见克星似的，都微微颤抖起来，纷纷从原来的位置挪开，四周尘土乱跳。

过不多时，声音没了。店门吱呀一声被推开了，走进来一个人，正是方震。

这番情景，简直就是那一天晚上的重演，我苦笑着想。

我此时的身份，仍是一名逃犯。可方震看到我时，表情却波澜不惊，仿佛早就预料到了。我知道他早已在四悔斋布置了监控系统，我一回来，他肯定第一时间知道。

方震道："告诉你个好消息。你现在不用藏了，通缉令已经取消，黄家也已撤诉。"

"嗯，我知道，所以我回来了。"

我点点头。药不然给我身上装了一个窃听器，所以很多话我是没法说的。

方震看了我一眼，也不知是否看穿了我的谎话。他没有继续追问我这几天的行踪，只是淡淡说道："我这次来，是接你去见刘局。木户加奈已经把佛头带来北京，在新闻发布会前，刘局希望你能去看一眼。"

"好。"我在心中暗叹，一切都和老朝奉预料的一样。

红旗车早已在门口等候，我上了车，方震一如既往地拉起窗帘，带着我一路西行，来到八大处的那个神秘大院。方震照例等在院子外头，我独自走进院子，来到当初的那间会议室。

会议室里只有三个人在：刘局、刘一鸣和木户加奈。而在他们中间的大台子上，正摆放着那一尊惹起多少风波的则天明堂玉佛头。

"许桑！"木户加奈看到我，急忙跑过来，抓着我的手臂，眼神里充满了关切。自从我在岐山被警察带走以后，这是我们第一次见面。我注意到她的神态十分疲惫，想来从日本带回玉佛头，也相当周折。

"辛苦你了。"我喃喃道。木户加奈把头扑到我怀里，我身体突然僵直，想不留痕迹地将她推开，却又不知该怎么做。这时木户加奈抬起头，语气充满喜悦："许桑，我把佛头带回来了。"她的表情就像是一个为情人织好毛衣的女孩子，羞涩中混杂着自豪。

刘局和刘一鸣站在一旁，面带着微笑，都很识趣地没吭声。

我怀抱着木户加奈，朝那佛头看去。这尊佛头用一个特殊的支架支起，实物比照片上看起来更加华贵雍容。沉静的面孔晶莹剔透，双颊隐有血色，五官精美而和谐，唇边还带有一丝神秘。佛头顶严层层剥开，一直延伸到宽阔的佛额处，斜过两侧，像是两扇幕帘徐徐拉开。确实是大日如来的造型。

如果是之前的我，大概会为这精妙的工艺而惊叹；而现在，我像是个早已知道考试答案的作弊学生，对眼前这个赝品只有感慨而已。

我需要做的，是说服刘局和刘一鸣，让他们相信这个赝品是真品。

许家的家训是"绝不作伪，以诚待人"，我祖父许一城违背了一次，现在我也不得不违背一次。

木户加奈终于放开了我，刘局这才呵呵笑道："小两口儿等一下再亲热不迟啊，咱们先把正事办了。"刘一鸣还是那副闭目养神的样子，一句话也没说。

我慢慢走过去，刘局起身握握我的手："小许啊，你果然没辜负我的期望。这才几天工夫，你就成功地把佛头弄回国来了，真是后生可畏啊。"

"还好，还好。"

我谦逊了几句，没表现出多大的热情。刘局完全不知道我心中复杂的心理斗争，以为我还在为被羁押的事情愤恨，便开口道："黄家的事情，你放心。这次佛头回归，许家一定会重回五脉，到时候一定会给你一个交代。"我几次犹豫，要不要把真相手写给刘局，可冲动临到实行，又都被压回去了，风险太大。别看我如今身在此处，可身上却系着看不见的丝线，丝线的另外一头牢牢地捏在老朝奉手里。

我别无选择。

刘局拍拍桌子："你先来看看这佛头吧。我相信这个是真的，专家也都鉴定过一圈，可我还是想听听你的意见。"

他们三个人让开一个位置，我走过去，双手捧在佛头两侧，慢慢地摩挲着。即使这是件赝品，它的做工精细程度，也已经达到一个相当高的水准。我爷爷许一城的制伪手法，当真是妙至毫巅。

可是无论从左边看，还是从右边看，这尊佛头都给我一种奇妙的不协调感。这种感觉光看照片体会不到，直到目睹实物，从多个角度反复揣摩，才能体会得到。

佛像的雕刻，并非随心所欲。额角之间、眉宇之间、唇鼻之间的尺寸，皆有一定之规。即便是描摹武则天面容的卢舍那大佛,也是依循这一比例关系进行发挥。看多了佛像以后,心中自然会形成一个直观概念,在看到不合标准的佛像时,一眼就会觉得有问题。

而这尊大日如来玉佛头,给我的感觉就是如此。它的脸庞与五官单看都很绝美,可综合到一起,却说不出地怪异。更不要说那离奇的顶严,说不出地突兀,与唐代佛像的形制根本不符。

"老朝奉说得没错。"我暗暗叹息道,却不敢表露出来。如果是在一个公平的场合来鉴定,我一定会说,这是一个赝品。可是我现在能说什么呢?药不然还在窃听器旁支着耳朵听着。

"确实是真品无疑。"我把佛头放下,转过脸对屋子里的三个人平静地说。

刘一鸣突然把眼睛睁开了,目光如刀:"小许,你确定?"

"是的,这确实就是那尊则天明堂佛头。"

"你可知道,这样一来,你祖父盗卖文物的罪名,可就坐实了。"

"真的就是真的,假的就是假的,这个与我的家世无关。"

刘一鸣笑了:"很好,能够抛弃杂念,只专注于鉴古本身,小许你已有了入五脉的资格。"他转头对刘局道:"既然如此,你就尽快安排吧。"刘局道:"是,新闻发布会已经开始准备了,媒体也已经预热起来,各级领导都已知会——上头已经有了指示,这次要配合好当前外交形势。"

刘一鸣满意地点了点头,没再说什么,起身离开。当他走到门口时,我忽然喊了他一声,刘一鸣却像是没听到一样,依然前行。

"有什么事跟我说就行了,老爷子年纪大了,精力不济,必须按时睡觉。"刘局笑眯眯地解释道。我连忙道:"没什么,就是想表达一下谢意。他那天晚宴送我的那句话,真是受益良多。"

"呵呵,哪句来着?"

"鉴古易,鉴人难。"

刘局"哦"了一声,拍了拍巴掌。两名工作人员从会议室外面走进来,把佛头小心翼翼地收进一个定制的金属箱内,刘局亲自检查了一遍,掏出钥匙锁好,还在箱子边缝贴了一圈封条。如果什么人试图打开这箱子,就会让封条损毁。

工作人员把箱子搬走了,刘局一指隔壁办公室:"走,去我那儿喝茶去。"他兴致很高，大概是一件大事即将了结的关系吧。

我和木户加奈跟着走了过去，半路上木户加奈悄悄牵起我的手，十指相攥，我任由她牵着，感受着女孩子细腻滑嫩的手指，心里却沉重得像被景山压住了。

办公室里的陈设还是一点没变。刘局和我们两个对首而坐。他拿出那一套茶具来，给我们摆了茶碗，又拿出一把紫砂壶，放了点茶叶进去。那紫砂壶一看就是养了很久，色泽内敛光亮，是把好壶。

刘局把滚水倒进壶里，一直快要溢出壶口才停。他把壶盖盖住，又浇了一遍壶身。

"这情景，和我第一次在您这儿喝茶一样啊。"我说道。

"当时你心怀疑虑，这茶，只怕是品不知味。如今大事已定，你可以安心享受一下了。"

刘局把茶碗摆出来，先洗了遍茶，然后给我们斟满，对木户加奈道："你们日本人搞的茶道，在我看来，和魔道差不多。其实喝茶喝的是个心境，只要心境在，怎么喝其实都不重要，搞那么多仪式，就着相了。"

木户加奈道："我对茶道不是很懂，让您见笑了。"我们各捧起一杯，慢慢喝完，顿觉满嘴生香。刘局道："许愿，怎么样？跟我第一次让你喝的茶比，有什么不同？"

我放下茶碗："第一次涩，但苦味悠长；这一次香，但缭绕不散，各有千秋。"

刘局大笑："看来你还是个懂茶之人。等这件大事了结，五脉聚首，咱们找个地方，好好地品上一品。"

我们各自饮了几杯。我满腹心事，根本无法细细品味。刘局这时又倒满一杯，对我正色道："我真的没看错你，许愿。从我第一眼看到你，我就知道，你是典型的许家中人，都是一样固执、聪明且有原则。如果没有你，这次的事是必然不成的。这杯茶，是我代表国家，代表五脉多谢你。"

我沉默地举起杯子，慢慢啜了一口，却什么也没说。刘局微微一笑："行了，时候也不早了，你们也早点回去休息吧。年轻人肯定有不少话说。等到新闻发布会那天，我让方震去接你们。"

我们告别刘局，离开了大院。我要回四悔斋，木户加奈却扯住了我的衣袖，她的声音几乎小得听不见，头深深垂着。

"嗯？什么？"我问。

"我们两家的羁绊，马上就要合二为一了。我们的人生，也将因此而合二为一。

我想，发布会那天我们能不能一起出席？"

"呃……这个……"

"我是说，以真正夫妇的名义出席……"木户加奈鼓起很大的勇气，把头重新抬起来，双颊红得好似刷了一层海棠红釉，双眸含水欲滴，"我回到日本以后，一直在想着许桑你，一直都想着。我知道，这与家族、宿命什么的没有关系。"

面对她突如其来的真情告白，我唯有苦笑。如今的我，怎么能接受这份心意？我舔舔干涩的嘴唇，看到木户加奈勇敢地直视着我，等待着我的回答。

我轻轻地摇了摇头："时间不早了，你早点回宾馆吧，咱们发布会上见。"

木户加奈的眼神一下子变得暗淡。我拍拍她的肩膀，径直离去。我不敢回头，我无法正视她失落的表情，因为还有更深的一层羁绊，在等着我去解开——为了救出黄烟烟，我会不惜一切代价。

接下来的三天里，我的生活非常平静。无论是刘局那边还是老朝奉那边，都没有来骚扰我，木户加奈也没有再次出现。报纸和电视上开始对佛头进行报道，左邻右舍和业内的朋友也开始谈论，大家都对这个传奇故事颇感兴趣。只有我一个人对这些议论充耳不闻，每天只在四悔斋里擦拭古董，整理文件，扫扫地，过得波澜不惊。我努力不去想，努力不去正视即将面对的未来。

到了第三天一大早，方震开车过来接我，说新闻发布会定在今天上午十点，让我快过去。

我把家里那件很久不穿的西装翻腾出来，还弄了一条皱皱巴巴的领带，怎么看都像是一个蹩脚的土包子。我打扮完以后，又从屋子里拿了一件工具，揣入怀中。方震看到那件工具，眉头一皱，但什么也没说，低头把车门拉开了。

新闻发布会的地点，是在著名的大会堂内。宴会厅内张灯结彩，一道大红横幅挂在正中，上书"则天明堂佛头归还大典"。横幅下是一张精致的镶金檀木方台，上面有一个用红丝绸罩着的大玻璃罩，两侧摆着好几个花篮，几名保安把玻璃罩围得水泄不通。

还有两台摄像机对着玻璃罩，线路在红地毯上杂乱地盘着，几个技术人员在调试。看这架势，只怕是要搞现场直播。

我进来的时候，宴会厅里人来得已经相当多。除了一些在电视上总能见到的大领导以外，大部分都是文化界、考古界的名人，京城这圈子的精英们差不多一网打尽了。五脉的人也去得不少，我见过的几位掌门全都来了，各自被一群记者簇拥，在高谈阔论。我注意到，黄克武有些心不在焉，神情闷闷不乐，大概是在担心失踪的孙女黄烟烟。

我的视线在主席台右侧停住了。在那里，木户加奈身穿一套华贵的晚礼服，正擎着酒杯跟日本大使聊天。这是我第一次见她穿着正式礼服。和平时的知识分子气质不同，今天的她显得格外光彩照人，如同从敦煌壁画上走下来的古典美女一般，一颦一笑都有种难以言说的魅力。

我没有走过去。如今的我，从什么立场都没有接近她的资格。我微微叹息一声，找了个人少的角落待着，这里大部分人我都不认识，乐得清净。忽然肩头被人拍了一下，我回头一看，居然是药不然。他今天打扮得西装革履，头发还抹了摩丝，简直可以去竞争电影男主角了。

"干吗一个人在这里喝闷酒？"他明知故问。

我冷冷地回答道："等着宣判一个人的死刑。"

药不然哈哈一笑："你那天表现得不错，我把录音给老朝奉听了，他很满意，又把你夸奖了一番，真让人嫉妒啊。"

"你不要忘了我们的约定。"我端起酒杯啜了一口，根本不接他的话头。

"放心吧，等一下老朝奉做完事，我这边立刻就放人。"药不然耸耸肩。我环顾四周，老朝奉这个神秘人物如今就藏在这人群之中，等着施展雷霆一击。这位神秘人物，在垫伏了这么久之后，终于要站到台前了。

"这次的排场可真不小啊，文化界的大领导和日本大使也都来了，嘿嘿，刘一鸣这回可真下了血本。"药不然咧开嘴，露出闪亮的白牙齿。他的语气里，对这位五脉掌门一点尊敬也没有。

"无论如何，今日可以有一个了结了。"

我望着主席台上的玻璃罩。

十点差五分，扩音器里开始宣布仪式马上开始，出席者们纷纷落座。领导们在第一排，各个媒体的记者们在第二排，其他人都坐在了三排之后。我注意到，木户加奈和刘一鸣、刘局三个人，都在第一排。我挑了一个靠后的位置，但视野很好，刚好能看到主席台的展台位置。至于药不然，他的位置离我不远，大概隐含了监视的意思。

十点整，仪式正式开始。先是主持人的介绍，然后是各级领导讲话，捐赠者木户加奈小姐讲话。木户加奈说的话不多,只是简单地说她的祖父希望中日世代友好,希望佛头的回归能为中日邦交做出自己的贡献云云。在讲话结尾处,木户加奈声音突然提高了:"这次来到中国,受到了许多人的照顾。今后我回到日本,会一直铭记中国朋友们的热心,致力于中日文化交流。"

我听到以后,心中一沉。她这是变相地在告诉我,她在仪式结束后就回去了。中国的一切,对她来说都将变成过去。

可是我又有什么资格遗憾呢?

木户加奈下台以后,新闻发布会的重头戏到了。刘一鸣和刘局起身,一左一右站在玻璃罩前。刘一鸣以中华鉴古研究学会会长的身份,简要地介绍了一下佛头的来历,不过中间省略掉了不少细节,略微提及许衡,许信和许一城却根本没提,只简单地说了一句"历经战火,国宝流落日本"云云……

在座的人早在发布会前,就通过各种渠道拿到相关资料,所以对刘一鸣的讲话给予礼节性的掌声。刘一鸣讲完话以后,请上来两位高官,一人一边,各执丝绸一角,轻轻一扯。宴会厅霎时暗了下来,只有玻璃罩顶上的小灯悄然亮起。那尊则天明堂玉佛头,缓缓出现在观众面前。

在精心设计的灯光照射下,这佛头显得流光溢彩、生动无比,俨然如卢舍那大佛一样睥睨众生,气度恢宏。宴会厅里一下子变得无比安静,只听见摄像机嗡嗡的转动声。过了一分钟,台下的观众才清醒过来,纷纷发出惊叹,相机快门声噼里啪啦响成了一片。后排的人全都站了起来,伸着脖子拼命往前张望。

在群情激动中,我端坐不动,缓缓闭上眼睛,等待接下来的一幕。

"刘先生,这尊玉佛就是您刚才说的,在武则天明堂中所供奉的毗卢遮那佛吗?"一个记者大声问道。

刘一鸣道:"不错,根据我们多方考证与论证,认为它就是毗卢遮那玉佛真品。"

他正在拧髯微笑,一个洪亮而苍老的声音突然在大厅里响起:"我看不见得!"这声音极具穿透力,霎时把喧闹全都压下去了。大家都不知所措地彼此互望,不知道这声音从何而来。这时一个白发苍苍的老者从座位上悠悠地站了起来,高举起右手,大声又重复了一遍:"那个佛头不旧!"

这一声吼,把所有人都震蒙了。那位站起身的老者顿时鹤立鸡群,吸引了所有人的目光。我心中大惊,因为那老者我很熟悉,正是药不然的爷爷、玄字门的掌门——

药来。

在台上的刘一鸣眉头一皱："老药，你是什么意思？"

"这个玉佛头，是赝品。"药来大声道。

这一句话的威力犹如投向广岛的原子弹，在观众席里一下子炸开了花，喧哗声几乎掀翻了房顶；那几位政府高官，也纷纷交头接耳，对这个意外情况很是吃惊；日本大使低下头去，一个翻译飞快地在他耳边说着什么。整个仪式的主角，刘一鸣、刘局和木户加奈三个人，全都变了脸色。沈云琛、黄克武两个人，也眉头紧皱，显然对这个意外没有心理准备。

"请安静，请安静。"刘局对着话筒连说了好几声，观众席才慢慢安静下来。大家都不说话，盯着药来迈着方步，一步步走向主席台。他的每一步都走得特别踏实，如同踏在每个人的心上。

我注意到，摄像师捂了一下耳麦，把机器垂了下来。想必这是接到了导播的通知，中止了直播。

我望着药来负手而行的背影，心中疑窦越发浓郁。

药来我接触过两次，感觉是个挺随和的老人。没想到今天发难之人，居然是他，难道他就是老朝奉？

可这怎么可能？药不然话里话外，透露的意思是他反叛药家门，投靠老朝奉，如果老朝奉就是他爷爷，他何必多此一举；而且，我去安阳前曾与药来见过一面，那次药来特意提醒我，"文革"时我父母的死亡有疑问，若没他提醒，我根本想不到要从这个方向去查。

可如今药来就这么施施然地站了起来，高举着右手，搅乱了刘一鸣苦心经营的局面。除了老朝奉，谁会这么做？

我在思考的当儿，药来已经走到了展台前。他伸手摩挲了一下玻璃罩子，周围绕了一圈，轻轻摆了摆头。这一个轻微的动作，又引发了一轮低沉的议论。

"药老爷子，您到底有什么指教？"刘局还保持着微笑，但那笑容已有些僵硬。

药来道："咱们五脉，是从古代传承至今的鉴古门派。之所以能够立足这么久，凭的就是一个信字。买古董的、卖古董的，都信咱们这块招牌，相信咱们掌眼的玩意儿，绝不会被打眼。我今天看到这'信'字眼看就要被毁，按捺不住，所以特意站出来说句话。"

刘局道:"药老爷子,您在瓷器方面的造诣,可称大师,想不到在玉石领域,也这么有眼光。"

他这么说,其实就是在暗示,这根本不是你的专业范围。药来也听出来了,却未动怒,用手拍了拍玻璃罩道:"你们红字门是搞字画的,也在这里公开鉴定佛头。许你们附庸风雅,就不许我来插一嘴了?"

刘局意识到,周围许多人在盯着呢,再这么绕圈子,恐怕会对自己更不利,便拿起话筒单刀直入:"药老爷子,您有什么话,就直说吧。"

药来眯起眼睛,一字一顿:"我刚才说过了,这个佛头啊,它不旧。"刘局道:"只一句不旧,未免难以服众。"药来似乎早等着这句话,他一摆手:"佛头代表了中国近代史的屈辱,它的回归是中国人民的大事,必须要慎重才行。你不妨把玻璃罩掀开,咱们就当着诸多朋友的面,一起来说说这佛头。真理不辩,它可不明哪。"

那几位高官饶有兴味地把视线投向刘局,看他如何应对。刘局看了一眼刘一鸣,刘一鸣沉思良久,方才缓缓道:"既然药家人坚持要再掌一次眼,咱们就给他个机会。"台下观众们都激动了,他们可没想到会看到这么一场大戏,纷纷瞪大了眼睛。

我看到木户加奈朝着观众席焦虑地扫视,我知道她在找我,便把头垂得更低些。

工作人员走上来把玻璃罩掀开,玉佛头立刻袒露在几百道火热的目光之下。药来从兜里掏出手套戴好,轻轻拿起佛头,上下端详了一番。

刘局道:"您可看仔细了。"药来道:"我看得很仔细,一看就看出来三个破绽。"他伸出三个指头,向台下摆了摆,观众们的好奇心被彻底调动起来了。

"愿闻其详。"刘局不动声色。

药来眉毛轻挑:"刚才刘一鸣掌门说了,这佛头乃是则天明堂供奉之物,曾为兵火所侵,身首异处。请问这其中细节,可有史料佐证?"

木户加奈已经把木户笔记的内容交给了刘局,这个问题不难回答。刘一鸣略做思忖,便答道:"当日佛堂大火,曾有贼人盗取佛宝,意欲离开,被一名卫士发觉,尾随追击。这一追,便是数千里。最后两人争抢之中,玉佛被一摔为二,以至有今日之憾。卫士著有《自序》一篇,记录很详细。"

河内坂良那和许衡的故事,早在佛头回归前,就在报纸和电视上介绍过,公众对这段传奇故事都很有兴趣,尽人皆知。

药来道:"这《自序》我相信是真的,也正因为如此,反而衬出这佛头的假来。"

"此话怎讲？"发问的是台下一位政府高官。

药来道："大家要知道，玉器摔断留下的断口，和被锯断的断口，是截然不同的。前者依石性开裂，裂隙参差不齐，高低不均，是不规则的曲线；而如果是人为锯断，受外力金属切割，那么断口应该是一条直线。这尊佛头，是许衡和河内坂良那在争抢过程中摔断的。那么它的脖颈断裂处，该是一条曲线才是。"

他把佛头拿在手里，脖颈断面朝向观众，前排的人都纷纷凑过去细看，后排的也踮起脚，希望好歹看到一眼。待得几位领导都过目之后，药来又说道："大家看到没有？这尊玉佛头的脖颈断裂一片平直，是人工锯断或斩断，绝非摔断，可见根本不是明堂那一尊。"

他的话，在观众里引起了巨大波澜。刘一鸣却不为所动，待到议论停息，他才开口说道："唐代至今已有一千多年，这么长的时间里，绳锯木断，水滴石穿，再有棱角的金刚石，也会被打磨平整。这佛头在民间流转那么长的时间，历经风霜，脖颈处纵然本有曲裂，也早被磨平成一条线了。老药你这个指责，不大妥当。"

刘一鸣答得合情合理，台下舆论似乎又朝他这方倒来。

药来冷笑道："容你先狡辩几句，咱们接着来看第二个破绽。"他背着手，围着佛头来回踱了几步，等到观众胃口都被吊得老高，这才朗声说道："大家都知道，武则天崇佛是出了名的。可是你们可知道她为何如此佞佛[①]？"

这是个反问句，不需要回答。药来很快又继续说道："因为武则天是一个女人。在重男轻女的封建王朝，一个女人想做皇帝，那是非常不容易的事。武则天为了不让老百姓说三道四，就想了一个办法。她利用民间普遍的迷信心理，宣称自己是弥勒佛转世，前来搭救世人，为她统治的合法性辩护。"

药来说到这里，一指佛头："这一尊佛，乃是如来的法身、毗卢遮那佛，也就是俗称的大日如来。按照刘掌门的说法，这佛脸是按照武则天的容貌雕刻而成。那我要试问一下，一个宣称自己是弥勒佛转世的女皇帝，为何要在大日如来佛像上雕刻自己的容貌呢？这岂非自相矛盾？"

这一次质问更有力道，大家都不说话，都等着刘一鸣回答。刘一鸣道："依照女皇容貌雕佛，此事并不稀奇。龙门石窟的卢舍那大佛，不也是武则天的相貌吗？"

药来道："卢舍那是报身佛，而大日如来是法身佛，虽然如来在立名的时候，把

[①] 谄媚佛，讨好于佛之意。

法身与报身立在同一名下，以表示法、报不二，但两者之间还是有细微区别的。所谓法身，代表了佛法本身的智慧；而报身，则是指佛领悟佛法以后凝结成的身体。法身只有一个，报身却有许多，弥勒佛也是报身之一，与卢舍那性质一样。所以卢舍那佛与弥勒佛同样容貌，可以说得通，但大日如来与弥勒佛同样容貌，却是佛法难容！"

刘一鸣听了这一通佛法宣讲，却没出言反驳。台下观众轰然开始议论。药来道："接下来，是它的第三个，也是决定性的破绽。"

他一把将玉佛头上的顶严抓住，好似拔萝卜一样把佛头抓起来，环场绕了一圈，方才说道："这东西大家都不陌生，此物名为顶严，乃是佛像标志性装饰之一，在藏传佛教的佛像上有很多。可我要告诉大家的是，在武则天时期，中原绝没有一尊佛像会有顶严，那时连藏传佛教都没有——这就好像我们不可能在汉代发现自行车一样。"

这第三次质问掷地有声，大家全都不说话了，宴会厅里一片寂静。

无论是刘一鸣还是刘局，面对这个质问都保持着沉默，脸色铁青。他们的态度，让正确答案呼之欲出。观众们先是恍然大悟，然后再一想这么大的排场和宣传声势，最后居然发现国宝是假的，不由得都有些心惊，想看刘一鸣如何收场。

药来站在佛头旁，头高高地昂起，又抛出一枚炸弹："其实在佛头回归之初，我就曾经写过匿名信提醒刘掌门和刘局，告诉他们佛头是赝品，需要慎重。谁知他们为了一己私利，一意孤行，欺骗了党、欺骗了政府、欺骗了人民，以至于演变成了今日之局面。我年纪虽大，却不能坐视损害国家利益的事发生。我们鉴古学会，怎能让'信'字被玷污！"

他的话，博得了热烈的掌声，他就如同一位真正的老英雄。我这才醒悟到，当初寄给刘局，声称佛头是赝品的匿名信，原来是药来写的。这一招伏笔相当毒辣，顿时让刘局显得更加无能，让药来的质疑者形象光彩照人。

几位高官有些坐不住了。这时候丢的，已经不是刘局或者刘一鸣或者五脉的脸，而是政府的脸。其中一个老者让刘局和刘一鸣过去，看他的脸色，似乎是在训斥着什么。药来独自一个人站在台上，台下闪光灯闪成一片，许多记者凑过来发问，俨然把他当成了民族英雄。木户加奈站在一旁，浑身颤抖，如同一片深秋的树叶。

观众席位上，更多的五脉成员茫然不知所措。原本一场和光同尘的盛宴，却变成了难堪的闹剧。所有的人都意识到，鉴古学会就要变天了。我闭上眼睛，实在不愿意看到这一幕的发生。

"大功告成。"药不然忽然出现在身后，拍拍我的肩膀，语气无比快乐。

他说得没错，老朝奉的夺权计划，已经完美地实现了，刘一鸣和红字门已彻底垮台，五脉马上就会重新洗牌，届时能够统帅鉴古学会的人，舍老朝奉其谁？然后"支那风土会"和《支那古董账》的计划将会再度启动，中国的文物市场，会充斥着赝品与伪造，真品却源源不断地流入日本……

这样一番景象，光是想象，就已让我额头沁出汗水。

"药不然，我们的约定呢？"我闭着眼睛，连头都没回。

"真是情圣啊。"

药不然一边感慨，一边掏出大哥大拨了几下，说了一句，然后递给了我。我把耳朵贴近听筒，黄烟烟的声音从里面传出来："许愿！你没有答应他们吧！？"

她的声音高得几乎要把我震聋，我不得不把大哥大拿远一点，反问道："你们都平安了吗？"

"他们刚把我和付老爷子放出来，这群浑蛋！我恨不得……"

"烟烟，先别激动。你听我说，你和付老爷子，确实已经身处安全之地了吗？"

"算是吧，我们现在大街上，周围人很多，旁边就是个派出所。"

"好，你快带着付老爷子去四悔斋，方震在那里等你们。"

说完这一句，我没容黄烟烟再多说，立刻掐断电话，扔给药不然。药不然嗤笑道："你还找方震？他的主子都已经是丧家之犬，他能成什么事？如今大局已定，任谁也翻不了盘了。"

我没理睬他，双手轻轻放在膝盖上，调整了一下呼吸。当我在心里默数到三十时，双眼"唰"地睁开，直直地目视着前方。

时候终于到了。

恰好在这时，一位记者问药来是如何得知这佛头是赝品的，药来微笑作答，表示靠的是追寻真相的意志和几十年的经验。真的假不了，假的真不了，希望今后也要为文物鉴定贡献力量云云。

"我看不见得！"我运足了力气，大声吼道，顿时把场内所有的声音都压下去了。

我站起身来，大踏步朝着主席台走去。药不然觉得不对劲，一把拽住我胳膊："放人出去，你就想翻脸啊！事到如今，你还想翻盘吗？"我继续朝前走去，药不然似乎隐隐有不好的预感，大怒道："你到底想做什么？"

我冲他微微一笑:"正像你说的,回到最初。"药不然听到这四个字,愣在了原地。

出席嘉宾们没料到,玉佛头这件事居然还有意外的发展,纷纷屏息凝气,连那几位高官都停止了训斥,把注意力转向这边来。

我就在这一片安静中,坦然地走上展台,站在了玉佛头的左侧,与右侧的药来并排而立。我环顾四周,深吸一口气,用沉静而缓慢的腔调说道:"大家好,我的名字,叫作许愿,是许一城的孙子。"

这是我的开场白。

台下观众面面相觑,一个嘉宾高喊道:"许一城是谁?"

"他是个大汉奸。"黄克武在观众席里忽然大声喊道。

"没错,他是一个大汉奸。在1931年,是他将玉佛头盗卖给了日本人,从此玉佛头流落到日本。一直到今日,才被日本友人归还。"我看了一眼惊愕的木户加奈,向她做了个安心的手势。

几个记者低头开始记录,那位嘉宾又喊道:"那你刚才那一嗓子,到底是什么意思?你觉得这玉佛头是真,还是假?"

"在判断佛头真伪之前,我希望你们能听我讲一个故事,一个关于汉奸的故事。"我把脸侧过去,望着同样惊讶的药来,"药老爷子,可以吗?"

"你讲吧。"药来摸不清楚我的意图,于是从善如流。

我清了清嗓子,从许衡与河内坂良那的纠葛开始说起,然后是许信,然后是许一城、许和平。我把我所有的调查结果综合起来,融会贯通,我相信这世上不会有人比我更熟悉那段往事。我们许家尘封多年的经历与宿命,今天就在这大会堂中当着众多嘉宾的面,被我娓娓道来。

我不是想洗刷什么,也不是想澄清什么。我只是希望,许家人历经千年的执着,在今日能够骄傲地大声讲出来,他们的付出与牺牲,不会永远被掩藏在暗处,会有人记得,会有人缅怀,会有人在心中留下印记,不致被彻底遗忘在时光的洪流之中。

我是许家宿命的记录者、传播者,也是许家宿命的终结者。

故事里唯一略有改动的,是关于老朝奉的存在。我刻意没有提及他就是药来,而是以"老朝奉"代称。

这一讲,就是半个多小时。整个宴会厅里鸦雀无声,都被这段离奇、曲折的故事所震惊。他们想不到,居然还有这么一个家族,持续了千年的守护,代代不辍。黄克武面沉如水,手指捏着扶手,青筋绽露,不知是因为愤怒,还是因为震惊。

"每一个故事,都有一个结局,这个也不例外……"我缓缓抬起头,手指指向天花板,"……而这个故事的结局,就在今天,就在这里。诸位都将成为见证人,见证一段漫长宿命的完结。"

一位记者站起来道:"这是一个好故事,但它到底能说明什么呢?许一城也许是无辜的,但和这个玉佛头的真伪,好像没什么关系吧?刚才这位老师说了三个破绽,你有相应的证据反驳吗?"

"不,我没有。"我摇摇头,"药老爷子说的,都是实打实的质疑,辩无可辩。"

台下观众轰的一声,嘘声四起。药来和台下的药不然对视一眼,眼里神色都稍微缓和了些。我突如其来地站出来,不在他们计算之内。现在看到我只是在讲家族史,对他们不构成威胁,都松了一口气。木户加奈站在远处,神色又变得紧张起来。

我看了一眼刘一鸣,老先生神色还算平静,可右手却在微微颤抖。我再度开口道:"刘一鸣老师曾经告诉我一句话:鉴古易,鉴人难。这句话让我受益匪浅。古董的鉴定,往往不局限于器物,也在于鉴人。比起死物来说,人性的千变万化,才是最难了解的。一旦熟知了人性,则器物真伪,便可迎刃而解。"

我慢慢走到佛头处,抚摸着它的头顶:"古董的真与赝,并非简单地如我们肉眼所见的那样。有时候,你必须要了解人,才能了解器物的价值。只有了解我爷爷的情怀和坚持,才能知道这佛头的真假。因为我们鉴的不是器物,而是人心。"

台下一片寂静。

"那么这佛头到底是真,还是假?"

喊出这一句话的,是药不然,他带着一丝狠戾的笑意。我能体会到他的用意,这是一个两难境地:如果佛头是真的,那么许一城就是汉奸;如果佛头是假的,那么五脉的终结,就在今日。无论我坚持哪一个主张,都会失去重要的东西。

我不慌不忙地答道:"佛头是真的,同时也是假的。"

台下顿时哗然。这是一个出乎意料的答案,也是一个自相矛盾的答案。药来皱眉道:"小许,你这是什么意思?"

我解释道:"药老爷子刚才提到,这佛头有三个破绽:脖颈处的裂隙、佛像的面容以及顶严风格。我在第一次看到佛头时,也注意到了这三点。那时候的我,和药老爷子一样心存疑窦,直到了解了我爷爷许一城的临终遗言,才发现其中的微妙之处……"

药来的眼神霎时变得惊骇，他应该知道这青铜镜的存在，但没想我已参透了个中奥秘。

"我爷爷在行刑之前，曾经把一面唐代海兽葡萄青铜镜交给一位朋友。这面青铜镜很奇怪，它被故意搁在一处冰窖里。大家都知道，在低温状态下，青铜镜很容易沾染锡疫而化为粉末。以许一城的阅历，怎么会犯这种低级错误？所以结论只有一个：他是想通过这不正常的状态，做出暗示，希望在不被日本人注意的前提下，传达出一条关键信息。可惜那位朋友对古董不熟，未能留意。后来这镜子流落到河南，很快因保存不当化为粉末——好在暗藏于镜中的提示被保存了下来，这个提示，只有两个字：宝志。"

台下大部分人面面相觑，不明白这两个字有何玄妙。沈云琛忽然起身："宝志，莫不是南朝的那位高僧？"我点头道："沈奶奶说对了。宝志，乃是在南朝齐、梁之间活跃的一位高僧大德。他举止颇为怪异，长发赤足，在锡杖上挂满剪刀、扇子、镜子，行走于城乡之间，屡现神迹，颇为百姓所信奉，被尊称为宝志大士。"

"一个南朝的和尚，跟唐代女皇有什么联系？你绕了半天圈子，佛头到底是真是假？"药不然跳起发难，他显然也想到了什么，有些发慌。我抬手让他少安毋躁，朗声道："宝志和尚一生，有许多灵异事迹，《景德传灯录》中有过许多记载。其中有一个故事，最具神奇色彩。这个故事，与我们今日的佛头之争，密切相关。"

观众们瞪大了眼睛，等着我说，记者们甚至忘记了拍照。整个局势，已隐然在我的掌控之中。

"齐武帝时，宝志和尚因妖言惑众的罪名，被关入监狱。一直到梁武帝即位，他才被放出来。梁武帝沉迷于释道，对宝志和尚尊崇有加，特意请入宫中供养。当时在南朝有一位大大有名的丹青圣手，叫作张僧繇，被梁武帝召进宫中，为宝志和尚画像。宝志和尚问梁武帝：请问陛下是要画皮相，还是要画法相？梁武帝说当然要画法相。于是宝志当着梁武帝和张僧繇的面，伸出食指，在自己的面门竖着一切，一张人脸顿时被一分为二，向两侧裂去，里面出现的，竟是观世音菩萨的面孔。这观音相分为十二面，神色各有不同，流转变幻，玄妙不可言说。张僧繇端详良久，根本无法下笔描摹。

"多亏了一位好朋友的提示，我才把宝志与《景德传灯录》里的这个故事联系起来。这个故事，是一个非常关键的提示。有了它，我们才能解开佛头之谜。"

说到这里，我缓缓从怀里拿出从四悔斋带出来的一件工具。这是一把小榔头，铁头，木身，握手处还裹着一圈胶皮。我面带着微笑，拿起榔头朝着玉佛头砸去。

见我突然暴起发难，观众席上发出惊叫。几个保安见状不妙，要冲过来阻止，但他们的速度哪有我手快。在众目睽睽之下，我挥舞着榔头，重重地砸在了佛头的顶严之上，发出清脆的声响。这一声深沉悠远，如古寺晨钟，像是敲到在场每一个人的心中。

我又敲了第二记、第三记……在保安把我按倒在地之前，我一共敲了五下，每一锤，都砸在了那突兀而高耸的顶严之上。

"佛头碎了！"一个坐得近的嘉宾颤声喊道。

只见玉佛头顶的顶严被我敲出数条粗大的裂隙，那些裂隙朝着下方疯狂伸展，眼看就要遍布到佛头。这时奇怪的事情发生了，当裂隙伸展到玉佛额头时，却像是被无形的力量所阻止，像是奔流的洪水被导入两条水槽一般，绕过佛脸，沿着那两道装饰用的额帘向两侧延伸开裂，到耳郭，到脖颈，到后脑勺，整个佛头除了脸部，都密布着裂纹。

随着"哗啦"一声，这些裂纹终于玉碎崩解，大片大片的碎片掉落在台子上。这时候大家才注意到，与其说是崩解，不如说是剥落，碎裂的只是佛头的一层外皮，就像是蛇蜕掉了一层旧皮一样。当碎片全部落光以后，出现在所有人面前的，竟是一个全新的佛头。

这尊玉佛头的面部仍是武则天的雍容造像，可头顶、耳部、脑后等地方，却与刚才截然不同，流光溢彩，静谧不可名状。

我甩开惊骇的保安，捧起佛头，平静地对台下所有人说道："给大家重新介绍一下，这一尊，就是武则天供奉在明堂内的仿则天面容弥勒玉佛。"

全场的人都呆住了，没有人说得出话来。一尊假佛毁去，一尊真佛现身。这是何等奇妙的事情。人的大脑无法立刻反应过来。即使是药来，也瞪大了双眼，目光不肯从那尊玉佛上挪开。

"这是怎么回事？"药来喃喃自语。

我告诉他，在许家《素鼎录》的最后一页，记载了一种叫作"包玉术"的技术，可以把一块整玉包裹在另外一块玉内，不见任何破绽，天衣无缝。我爷爷许一城用这种手法，在真正的弥勒玉佛外面，包了一层同样质地的玉皮，巧妙地遮掩住了弥勒佛的造像特征，重构了大日如来，就好像给人蒙了一层人皮面具一样。两层玉重叠在一起，需要无比精确的手法和计算，才能不凸显叠线，也不影响折光率。这可真是神乎其神的技艺。

而那个顶严，则有两重功效。一是故意留出破绽，让人以为这是赝品；二是作为破解机关。外包的那一层玉，结构应力全都集中在顶严处，只要这里被敲碎，伪装立刻就会被解除，露出佛头真容。在知悉真相的人眼中，它就是一把钥匙。

至于脖颈处的折纹，只要简单地把曲线磨成直线，就可以伪造出人为锯断的破绽了。

自古从来都是赝品伪真，谁又能想到，我爷爷竟反其道而行之，用真品来伪赝呢？

这时候观众们才如梦初醒，情不自禁地欢呼起来，如同海潮扑向沙滩。闪光灯以前所未有的强度闪个不停，记者们颤抖着双手，在笔记本上飞快地记录着，这种新闻，绝对是百年难遇的好素材。政府的几位高官和日本大使表现得比较稳重，可是闪闪发亮的眼神，暴露出了他们内心的震惊和兴奋。

黄克武激动地站起身来，冲到台上："许一城，他为什么要这么做？"

"因为日本人一心要得到玉佛头，他无力阻止，只得设计了这么一个真中带假、假中带真的双重圈套。第一重圈套骗过了木户有三，让他误以为真；第二重圈套骗过了老朝奉，让他误以为假。"

说到这里，我苦笑着摇摇头："我爷爷唯一失算的是，他的手法太过精湛，几乎把所有人都骗了过去，几十年来，竟没一个人能够领悟他的暗示。所以我刚才说了，只有了解许一城这个人，才能弄清楚这佛头的真假。"

姬云浮的脸，慢慢浮现在我的心中。他真是一个天才，可以说，他才是许一城真正的知己。这么多年来，只有他了解到了许一城的用意。

面对台下的热潮，药来呆立在台上，眼神有些茫然。当玉弥勒佛头展露真容之时，他刚才列举的那些破绽，反成了它是真品的最好佐证。他辛苦一场，却给我做了嫁衣。他苦心经营出这么一个局，却反而葬送了他自己。

刘局正在和领导们谈笑风生，刘一鸣缓缓走上台，拍拍我的肩膀："小许，辛苦了。"药来这才如梦初醒："你们，早就串通好了？"

"还记得那晚刘局请我喝的茶吗？"我似笑非笑，"虽然药不然在我身上装了窃听器，可惜他却看不到，我和刘局之间，是在用茶阵交流。"

刘局第一次见我，就是用茶阵考验。后来我找了些资料，也学了一些切口。那一晚，我在刘局办公室内喝茶，不动声色地用茶碗摆出了我想要表达的信息。此后的一切，都是我与刘局默契设置的一个局，诱使药来跳进坑来。一等到黄烟烟和付贵脱困，立刻发动。

"老朝奉，如今你大势已去，准备好为你手里的几条人命负责吧。"我冷冷地对他说，想上前抓住他的胳膊。可这时刘一鸣却把我拦住了："小许，你错了，他不是老朝奉。"

听到刘一鸣这么说，我一愣，心中掠过一丝阴影。

"怎么可能？不是他今日跳出来跟你们为难的吗？"

刘一鸣道："小许，你也许很懂鉴古，却不懂官场之道。在大庭广众之下跳出来质疑佛头真伪，固然能使我们红字门垮台，同样也扫落了领导的面子，这样的人，绝不可能上位。老朝奉一生工于心计，绝不会犯这种低级错误。老药，只不过是他安排的与我等同归于尽的弃子而已。"

"可是……"

我把目光转向药来，陡然发现他的嘴角，有一丝鲜血流出来，大叫不好。比我先动的是黄克武，他一个箭步冲过去，右手虎爪卡住药来的下颌，试图把他吞下去的东西卡住。可是他还是慢了一步，药来整个人软软地瘫了下去，目光开始涣散。

"老药！"黄克武大吼道，把他半扶起来，连连拍打背心。可这种努力也是徒劳，药来似是下了决心，始终紧闭着嘴唇，不肯张开。一直到我走到他的面前，药来才倏然睁开眼睛，缓缓抬起一条胳膊，嘴唇嗫嚅。我凑得近了些，才听清他在说："小许……救救我的孙子，救救他……"说到一半，他头一歪，一代掌门，就此气绝身亡。

我抱着药来的尸体，抬头环顾。整个宴会厅里，大多数人还在热烈地讨论着刚才的逆转，混乱不堪。黄克武缓缓放平他的尸身，刘一鸣在一旁叹道："老药一生洒脱，唯独却对这个孙子用心至深。老朝奉用药不然做钳制，迫使他今日来做弃子。这祖孙之情，真是令人可佩，也可叹。"

药来一代掌门人，若非是至亲受到胁迫，又怎会做出此等事来。现在回想起来，他当日与我透露"文革"情形，正是良心未泯心中有愧。我若是早早觉察到，就不会有今日的惨事了。

一股悲凉郁闷的气息,开始在我的胸中郁结。这个老朝奉真是何等的用心,视人命若草芥,全然不把人类情感当回事,在幕后玩弄着人心与人命,简直就是一个恶魔。

"对了,药不然?"我急忙朝台下看去。他爷爷为他而死,这个浑蛋如果还不幡然醒悟,就太不像话了。可是我环顾四周,却发现药不然消失了,他的座位是空的,上面孤零零地只搁着一个大哥大。这小子估计在我敲碎玉佛之时,觉察到事情不妙,不管他爷爷,自己先跑掉了。

"老朝奉漏算了你,这可真是他的一个失招。他自诩跟随许一城多年,对你们许家人的秉性,还是不太了解。"刘一鸣呵呵笑道,紧接着又遗憾地摇了摇头,"可惜此役失败以后,老朝奉定然会隐姓埋名,躲藏起来,现在恐怕已经寻不到他了。"

我看了一眼药来的尸体,冷冷说道:"我只希望,在我找到他之前,他不要老死就好。善终对他来说,太奢侈了。"

"刘掌门,我还有一件事想问你。"

"哦?请说。"

"让郑国渠买走青铜镜的人,是您吧?"

刘一鸣抚髯微笑,却不置可否,神秘莫测。

"许桑?"

一个怯怯的声音从身后传过来。我转过头去,看到木户加奈向我走来,她似乎对我十分畏惧,不敢接近:"许桑,你觉得我的祖父,是否因为这个原因,才郁郁寡欢,以至于抱憾终生?"

我明白她的意思。木户教授回到日本之后,对佛头之事表现得非常低调,十分反常。我估计,他肯定是相信了老朝奉的话,认为佛头是假的,这才变得十分失落。

"你会恨我的祖父吗?"她问道。

"不会。他毕竟是一个学者,虽然被'支那风土会'利用,但还有着良心和道德。如果不是他将两本笔记交还给许家后人,也就不会有后来的故事了。"

听到我这么说,木户加奈展露出了开心的笑容。她走到我跟前,双臂伸开,环抱住我的脖子,双唇在我的嘴上轻轻一点,立刻远离。

"那么我总算是做对了一件事。感谢您一直以来的照顾。再见了,许桑。"

木户加奈深深鞠了一躬，然后倒退着离开。我想阻止她，可是身体却动不了。佛头的真相，在我们之间竖起了高大的藩篱。我明白她的意思，木户家和许家的千年恩怨，就此终结，不该再继续纠葛下去。

"加奈！谢谢你！"我大声喊着她的名字。木户加奈蓦然回首，微笑回应，然后转身跟日本大使一起离去。她的背影，深深印在我的眼眸里。

此时宴会厅里已经彻底乱了套，有人发现药来居然服毒自尽，又是尖叫，又是拍照；有的人想抢先出去发稿子；有的人却拼命凑近，想瞻仰一下玉佛头。几位大领导围在一起，轻声讨论着。黄克武守在佛头一旁，如渊渟岳峙，把一切试图靠近的人都一一轰开。

"小子，我孙女呢？"他忙里偷闲地问了一句。

我还没回答，忽然一阵香风扑来，然后一个红色的影子扑到了我的怀中，冲击力之大，差点让我把佛头撞倒。我拼命抱住她，却觉得胸前被硌得生疼，一低头，看到那一枚青铜环，正夹在了我们两个之间。

"你跑不掉了。"她说。